T0248408

La fiesta

Margaret Kennedy

La fiesta

Traducción de **Ainize Salaberri**

Navona

Primera edición
Marzo de 2022

Publicado en Barcelona por Editorial Navona SL
Editorial Navona es una marca registrada de Suma Llibres SL
Aribau 153, 08036 Barcelona
navonaed.com

Dirección editorial Ernest Folch
Edición Xènia Pérez
Diseño gráfico Alex Velasco y Gerard Joan
Maquetación y corrección Moelmo
Papel tripa Oria Ivory
Tipografías Heldane y Studio Feixen Sans
Distribución en España UDL Libros

ISBN 978-84-19179-08-1
Depósito Legal B 20609-2021
Impresión Romanyà-Valls, Capellades
Impreso en España

Título original *The Feast*
© Margaret Kennedy, 2022
Publicado por acuerdo con Casanovas & Lynch Literary Agency SL
Todos los derechos reservados
© de la presente edición: Editorial Navona SL, 2022
© de la traducción: Ainize Salaberri, 2022

Para Margot Street

Índice

PRÓLOGO

El sermón del funeral

En septiembre de 1947, el reverendo Gerald Seddon, de St. Frideswide, Roxton, hizo su visita anual al reverendo Samuel Bott, de St. Sody, al norte de Cornualles. Son viejos amigos y estas vacaciones juntos es el mayor placer que conocen. Para el señor Bott, que no puede permitirse ir a ninguna parte, aquello es como una especie de asueto mientras el señor Seddon se queda allí con él. Intercambia la sotana que suele ponerse y con la que se le ve a todas horas por unos viejos pantalones de franela y una sudadera, y se va de expedición a mirar pájaros por los acantilados. Por la noche juegan al ajedrez. Ambos tienen cincuenta y muchos, son anglocatólicos, célibes y perturbadoramente sinceros. Les gusta que sus parroquianos los llamen «padre», pero ya no disfrutan de las escaramuzas con los protestantes tanto como lo hacían cuando eran jóvenes. El padre Bott tiene el pelo cano, es regordete e hirsuto; se parece a un terrier escocés y no es muy popular en la parroquia de St. Sody. El padre Seddon tiene la melancólica papada de un sabueso; su vida es más dura y más desagradable, pero sus parroquianos lo aprecian.

Llega a tiempo para la cena y en cuanto terminan sacan el tablero de ajedrez. En Londres suele pasar las tardes en clubs y misiones, por eso ansía mucho la tranquilidad. Y, en conse-

9

cuencia, se sintió algo ofendido cuando, la noche de su llegada en 1947, Bott le dijo que guardara el tablero de ajedrez.

—Esta noche no puedo jugar —le explicó—. Lo lamento mucho, pero tengo que escribir un sermón.

Seddon levantó las cejas. Una de las reglas de las vacaciones era que Bott debía escribir todos sus sermones por adelantado.

—Es un sermón inesperado. He intentado escribirlo esta tarde, pero no se me ha ocurrido nada que decir.

—Qué inusual —dijo Seddon poco amablemente.

—Bueno, es un sermón para un funeral...

Bott fue hasta su escritorio y quitó la cubierta protectora de su máquina de escribir.

—Ni siquiera es un funeral al uso —se quejó—. En realidad ni siquiera es un funeral. No podemos enterrar a los fallecidos. Ya están enterrados. Debajo de un acantilado...

—Oh, ¿Pendizack Cove?

Seddon nunca tenía mucho tiempo para leer los periódicos, pero recordaba el incidente porque había sucedido en la parroquia de su amigo. Durante el mes de agosto, una gran parte de la pared del acantilado se había derrumbado de repente. Había caído sobre una pequeña cala a unos tres kilómetros del pueblo de St. Sody, y había destruido una casa que en su momento habían construido en la parte este de la misma. Todos los que estaban en su interior habían fallecido.

—Fue una mina, ¿no? —preguntó—. ¿Explotó una mina en la cueva que había detrás de la casa?

—En parte. Pero lo de la mina había sido meses antes —dijo Bott—. Sucedió el invierno pasado. Explotó dentro de la cueva y parecía que no había provocado daños. Todos fuimos conscientes de que la casa se había librado de milagro. Era un hotel. Había sido una vivienda, pero la habían convertido en una casa de huéspedes. La cueva está justo en el acantilado. La explosión debió de romper las rocas en el interior y aflojó una gran parte de la ladera. Un poco más tarde se encontraron grietas en la parte superior del acantilado, a unos ciento sesenta kilómetros en el interior. Humphrey Bevin, el inspector, ya sabes, que vive en Flamouth, se enteró y vino a echar un vistazo. No estaba muy seguro al respecto; pensó que si fuese a caerse ya se habría caído, pero, tras reflexionar, escribió a Siddal para decirle que si esas grietas se ensanchaban, le parecía que la casa no estaba a salvo y sería mejor que se fuesen de allí. Siddal era el dueño del hotel. Nunca contestó. Nunca hizo nada al respecto. Y ahora está debajo del acantilado.

—¿Quieres decir que aún están todos enterrados?

—Es imposible sacarlos. Deberías ver el lugar, no sabrías cómo hacerlo. La cala ya no existe. Nunca nadie se creería que ahí había una casa, y jardines y establos. Así que ahora tenemos que celebrar una espantosa ceremonia. La misa será en la iglesia y el resto lo haremos lo más cerca posible de ellos, trepando por los acantilados. No me gustan este tipo de cosas, pero no puedo negarme y tenemos que ofrecerles cristiana sepultura en la medida de lo posible. Lo hubiésemos hecho antes, pero durante un tiempo consideramos la posibilidad de sacarlos de allí. Es mañana. Y si yo fuera tú, me iría de aquí durante el día. Tendremos a toda la prensa por la zona, imagino, y coches llenos de excursionistas... ¡Y se supone que yo tengo que predicar!

Bott se dirigió a la máquina de escribir. Mecanografiaba siempre sus sermones porque su letra manuscrita era tan mala que era incapaz de entenderla. Y tampoco podía leer siempre sus propios textos mecanografiados porque en eso también era inexperto. Puso una «q» en la parte superior del folio, volvió atrás y puso un «1». Después presionó la tecla de las mayúsculas y escribió el primer titular:

AGTODE DIOS

Después de eso hubo una pausa de veinte minutos. Seddon se enfrascó en un problema de ajedrez. Parecía que el tictac del reloj barato de la repisa de la chimenea corría más deprisa.

Bott hizo dibujos en su papel secante. Primero dibujó un delfín. Después, unos capiteles curvados. Y luego dibujó Pendizack Point, sobresaliendo frente al mar. Aquello aún estaba allí. Estaba en el otro extremo de la cala. Llevaba allí cientos, quizás miles, de años. Pero el caos de las rocas y los peñascos caídos, la nueva y cruda ladera del acantilado, en el lado este, solo llevaba allí un mes. No pudo dibujarla; era absolutamente incapaz de aceptar su nueva apariencia.

Durante semanas, se había encontrado con esa fría confusión al final de todos sus pensamientos, y había estado bloqueándolos con una especie de conmoción temblorosa, puesto que la carretera había quedado cortada la misma noche que salió corriendo para ver qué había ocurrido. Porque había oído, igual que el resto de la gente del pueblo, el rugido y el ruido sordo de la pared del acantilado al caer. Mientras corrían por el campo, se encontró a personas gritando que el hotel Pendizack había «desaparecido». Esperaba encontrar ruinas, ruido, confusión, gritos, cuerpos, cualquier horror menos el que se encontró.

Se toparon con una cortina asfixiante de polvo mientras bajaban la colina hasta los acantilados, y no podían ver mucho. Para acceder al hotel había que descender por un sendero serpenteante y empinado, a través de árboles y arbustos al lado del pequeño barranco. El silencio que reinaba allí abajo había empezado a encogerle el corazón antes de tomar la segunda curva y chocarse con una piedra. Frente a él se alzaba una colina. Y no quedaba ni rastro del camino al hotel. Al principio pensó que era una barrera de peñascos sueltos e intentó trepar por encima. Pero, finalmente, tuvo que recular por las rocas que aún caían y se deslizaban, y cuando volvió a la carretera cogió un camino secundario, un pequeño túnel a través de los rododendros, que lo llevó a la explanada del acantilado. Ahí, bajo la luz de la luna aún oscurecida por el polvo, vio lo que había ocurrido. No quedaba ni rastro de la casa, ni de la plataforma de tierra sobre la que se asentaba, ni de nada que hubiese habido ahí antes.

La marea ya estaba lamiendo con suavidad los peñascos recién caídos, como si hubiesen estado siempre allí. La costa había adquirido un patrón nuevo y los acantilados habían vuelto a su antigua y silenciosa firmeza.

Suspiró, tachó el primer titular, y mecanografió otro.

eSTAOS QUIETOSYSABED QUE sOY DIOS

—No estás avanzando muy rápido —observó Seddon.

—Estaba aterrorizado —dijo Bott.

Escribió: «Muerte repentina». Y añadió:

—Aún estoy asustado.

—Nunca hubiese imaginado nada de lo que pasó al norte de Londres en el 41 —dijo Seddon.

—Lo sé.

Bott se levantó y se acercó a la ventana. Hacía una buena noche, se estaba levantando viento. Podía ver los árboles agitándose alrededor de la torre de la iglesia, una masa oscura y móvil contra un cielo sin estrellas. Las hojas pronto caerían y quedarían esparcidas encima de las lápidas hasta que se pudriesen y volviesen a la tierra. Las ramas desnudas sufrirían el azote de los vendavales invernales, a la espera de que surgieran nuevos brotes. A medida que pasasen las semanas y los meses, esa noche de verano, que ahora recordaba, se adentraría cada vez más en el pasado. Se sentía más seguro respecto al futuro. «Nada es seguro —pensó—, salvo la primavera.»

—Aquella primera noche —dijo— los supervivientes vinieron aquí. Subieron para buscar refugio.

—¿Hubo supervivientes?

—Oh, sí. Vinieron aquí y hablaron. Se pasaron toda la noche aquí sentados, contándomelo todo. Ya sabes cómo habla la gente cuando ha sufrido una conmoción. Dijeron cosas que no dirían en ningún otro momento. Dijeron cosas increíbles. Me contaron cómo habían escapado... Me contaron demasiadas cosas. Ojalá no lo hubieran hecho.

—¿Cómo escaparon?

—No sé qué decir al respecto —dijo Bott, apartándose de la ventana—. No sé muy bien qué pensar. Me dijeron muchas cosas, pero no me lo dijeron todo, por supuesto. Nadie nunca sabrá toda la verdad. Pero lo que sí me contaron...

Se acercó a la chimenea y se sentó en una silla frente a Seddon.

—Ahora escúchame —dijo—. Y a ver a qué conclusión llegas tú...

SÁBADO

1. Carta de lady Gifford a la señora Siddal

The Old House
Queen's Walk, Chelsea
13 de agosto de 1947

Estimada señora Siddal:

Debería haberle escrito antes para transmitirle cuántas ganas tenemos todos de pasar nuestras vacaciones en Pendizack. Pero en primavera, cuando mi marido reservó las habitaciones, no me encontraba muy bien y tenía prohibido escribir cartas. Ahora estoy mucho mejor. Los médicos, afilando sus cuchillos, me han prometido que para otoño estaré perfectamente bien.

Llegaremos el sábado 16. Los niños viajarán en tren y necesitaremos un coche para recogerlos. La secretaria de mi marido le escribirá a este respecto y le dirá en qué tren y a qué estación, etcétera. Yo iré en coche con mi marido, y esperamos llegar entre la hora del té y la cena. Pero si nos retrasamos, ¿sería tan amable de vigilar que los niños se vayan pronto a la cama? Después del viaje estarán cansados y excitados.

Nuestra amiga común, Sibyl Avery, me ha contado muchas cosas sobre Pendizack y lo maravilloso que es. Mucho más agradable que un hotel al uso, sobre todo para los niños. Dice que usted tiene varios hijos, pero que no recordaba qué edades tenían. Si aún están en la guardería, quizás Michael y Luke podrían comer con ellos, porque es posible que sean bastante ruidosos en el comedor, y mucho me temo que yo tendré que comer muchas veces arriba, en mis aposentos, por lo que no podré supervisarlos. ¿Supondría esto una gran molestia? Mi marido puede subir las bandejas, por supuesto. Odio ocasionar problemas. Pero mi médico insiste mucho en que reine la tranquilidad mientras como: sufro indigestiones a menudo y cree que es porque mi mente es muy activa (pienso y hablo mucho mientras como, por lo que es mucho mejor que lo haga sola).

Sibyl me contó que usted tiene su propia granja, por lo que debería ser fácil continuar con mi dieta. Es difícil conseguirlo en un hotel convencional, porque no moverían ni un dedo por una inválida. No son grandes cosas, pero voy a dejarle por escrito (a) lo que mi médico dice que debería comer y (b) lo que no debería comer.

(a) Aves, caza, carne fresca de la carnicería, hígado, riñones, mollejas, etc., beicon, lengua, jamón, verduras frescas, ensaladas verdes, huevos, leche, mantequilla, etc. Así que, como ve, hay una amplia variedad.

(b) Carne picada, carne cocinada dos veces, margarina, y nada que salga de una lata (huevo en polvo, leche en polvo, etc.) y nada de picadillo de carne.

No voy a entrar en detalles aburridos. Es solo que, desde que nació Caroline, mi metabolismo nunca ha estado bien, y todos los de la calle Harley parecen incapaces de llegar al meollo del asunto. No me preocuparía tanto si no fuese tan aburrido. Odio, de verdad, ser una molestia y no puedes estar enferma sin ser un problema para los demás. Pero sé que usted lo entenderá. Sibyl me ha dicho lo maravillosa persona que es usted y lo estupendamente bien que cuida a sus huéspedes. Asegura que después de pasar una semana en Pendizack seré una mujer nueva. Y otra cosa respecto a que coma en mi habitación: no puede, como es natural en estos tiempos difíciles, darle a todo el mundo lo mismo que debo comer yo, así que quizás prefiera que otros huéspedes no vean lo que me está cocinando. A veces la gente es de lo más egoísta y desconsiderada.

La admiro mucho por haber encontrado un modo de mantener su vieja y encantadora vivienda. Nosotros tuvimos que abandonar nuestra casa de campo en Suffolk. ¡No había personal! Parece que hemos dejado atrás toda la amplitud y la elegancia de la vida, ¿verdad? Parece que se han esfumado para siempre.

Ah, y ¿le importaría si llevamos un gato? Hebe insiste en llevarse a su gata y no tengo agallas para decirle que no. Me temo que malcrío a mi familia, pero ¡espero que lo entienda después de que Sibyl le haya contado mi divertida y triste historia! Después de Caroline no he tenido más hijos, ¡y eso que quería una docena! Pero no podía soportar que Caroline fuese hija única, así que tenía que buscar a una hermana y a dos hermanos pequeños entre las pobres criaturas rechazadas de este mundo, y siempre he sentido que debo ser más que una madre para ellos para compensar esa primera y horrible mala desdicha. Hebe tiene diez y los chicos (gemelos) tienen ocho.

Me he dado cuenta de que no he dicho nada del pescado. Me permiten comer de todo menos arenques, pero no creo que la platija me siente muy bien, ni el bacalao, a menos que se cocine con mucha mantequilla. No tengo prohibidos ni el cangrejo ni las langostas, lo cual es muy conveniente, porque espero que consiga muchos y no haya muchas personas que puedan comerlos.

Será un placer conocerla. Y debo insistirle en que no emplee la mayor parte de su tiempo como la maravillosa ama de llaves que es y que pase de vez en cuando un rato conmigo para cotillear, porque creo que tenemos muchos amigos en común.

Me parece que conoce a los Grackenthorpes. Estoy muy orgullosa de Veronica, y ahora que se han ido a Guernsey la echo mucho de menos. Pero, si no bajan los impuestos, todos nos tendremos que ir a vivir allí.

Saludos cordiales,

Atentamente,

EIRENE GIFFORD

P.D.: ¿Hay alguna posibilidad de que mi marido juegue al golf?

2. Carta sin terminar de la señorita Dorothy Ellis a la señora Gertrude Hill

Pendizack Manor Hotel,
Porthmerryn
Sábado, 16 de agosto de 1947

Querida Gertie:

Anoche recibí tu postal. Sí, me llegó tu carta sin problemas y no me culpes si no te contesté porque desde que he llegado aquí no he parado, literalmente, ni un segundo. Bueno, en cuanto a la pregunta que me haces en la carta, no, no te recomiendo venir aquí si puedes conseguir cualquier otro trabajo (una cocinera siempre consigue trabajo, no como la pobre de mí). Si pudiese soportar el calor de una cocina, no estaría donde estoy ahora. Esto es un agujero podrido, el peor lugar en el que he caído; no creo que me quede mucho, no al menos si encuentro otra cosa. He respondido a muchos anuncios, pero, claro, al haber venido aquí ya no quedan buenos trabajos, y creo que la dueña me engañó porque no necesita un ama de llaves sino una sirvienta que le haga toda la faena. Si no fuese lo suficientemente mordaz para cuidar de mí misma, estaría haciéndolo todo.

Bueno, esto no es un hotel en absoluto. No es más que una casa de huéspedes que se cae a pedazos y cuyo tejado gotea, y se ve claramente que durante años no se han gastado ni un penique, y solo hay un baño. Han perdido todo su dinero, así que ella tuvo la brillante idea de convertirla en una casa de huéspedes porque por supuesto sus queridos niñitos tienen que seguir yendo a escuelas pijas, pero no tiene ni la menor idea de cómo llevar un hotel, no sabría ni queriendo. Me pone histérica verla con un lugar tan grande como este, porque yo podría haber abierto mi salón de té si tuviese las oportunidades que tienen otros.

Hasta donde yo sé, él no ha movido un dedo en toda su vida, salvo para venir a este mundo; le han mandado a dormir a ese agujero donde se limpiaban las botas y no es más que un auténtico dolor de cabeza. La semana pasada había aquí una familia, de apellido Bergman, no de lo mejor, más bien normalitos, y el señor Bergman se quejaba de que el agua no salía caliente (bueno, nunca lo está) y ella vino rápidamente y dijo que cuando llegase le pediría a Gerry, que es su hijo mayor, que atizase el calentador. Ah, no, dijo el señor Bergman, lo va a hacer usted ahora mismo, señora Siddal. A mí me da igual quién avive el calentador, dijo. Pero pago seis guineas a la semana para descansar, no para que sea usted quien descanse. ¡Su cara! Tendrías que haberla visto. No me río a menudo, porque no hay mucho de que reírse, pero en ese momento estaba fuera en el camino y me reí de lo lindo. Este gobierno socialista no se preocupa de los pobres como habían prometido pero han acabado con los ricos, lo cual es un alivio.

Está a kilómetros de distancia de Porthmerryn y las tiendas también, así que por supuesto que no puede conseguir servicio. Solo tiene a una sirvienta todos los días y a un joven mentalmente deficiente que se supone que es camarero. Tiene que hacer la comida hasta que puedan conseguir una cocinera. Y ahora mismo no tienen a ningún huésped, solo a una pareja de ancianos chiflados de apellido Paley, aunque se supone que esta tarde llegan dos familias.

Bueno, Gertie, he de terminar esta carta en algún otro momento porque van a dar las ocho de la mañana y ya puedo ver a Nancibel, la supuesta sirvienta, cruzando la arena y he de perseguirla o no hará nada. ¡No hay paz para los impíos!

3. Fragmento del diario del señor Paley

Pendizack, sábado, 16 de agosto

Llevo aquí sentado, frente a la ventana, desde las cinco de la mañana, observando cómo baja la marea. Puedo ver a la pequeña y joven sirvienta..., he olvidado su nombre..., bajando por el camino del acantilado desde Pendizack Headland. Hace ese recorrido todos los días y siempre que la marea está baja cruza por la arena. Debe de ser más tarde de lo que creía.

Christina duerme. No se despertará hasta que la sirvienta nos traiga el té y las vasijas de agua caliente. Después, dará comienzo un nuevo día. Este descanso terminará. Cuando Christina se despierte ya no estaré solo.

No me preguntará por qué me he pasado media noche aquí sentado. Ya no me pregunta nada ni se preocupa por cómo estoy. Pasa su vida a mi lado, en silencio. Es, sin duda, una vida miserable, pero no puedo ayudarla. Al menos es capaz de dormir. Yo no puedo. La sirvienta ha llegado ya a la arena, pero camina muy despacio. Es una jovencita grácil. Camina bien. Creo que es el ojito derecho de Christina. Pero mi mujer siempre tiende a ser muy sentimental con las chicas jóvenes: para ella representan la hija que perdimos. El instinto maternal es un asunto puramente animal. Una gata que ha perdido a su gatito amamantará felizmente a un cachorro, o eso me han dicho.

Ayer mantuve una charla con Siddal, nuestro anfitrión. Me dijo que Pendizack Cove se llamaba Hell's Kitchen y que sus hijos querían llamar a la casa Hell's Hotel. Puesto que para él esto era una broma, empecé a reírme y no dije, como Mefistófeles: «¡Esto es el infierno y no me he librado de él!». Pero esa frase, esa frase, me persigue allá donde vaya. Nunca puedo escaparme de ella.

Debería, si pudiera, pensar en otra cosa. ¿En qué debería pensar? ¿Puedo pensar? A veces me da la sensación de que he perdido la capacidad de hacerlo. Pensé en los viajes. Permanezco... donde estaba.

Pensaré en Siddal. Es un tipo curioso. Si pudiese sentir algo por cualquier otro ser humano, sentiría una pena enorme por él. Porque me da la sensación de que nunca ha sido capaz de mantenerse a sí mismo. Y ahora que ha perdido todo su dinero, debe vivir del trabajo de su mujer y aceptar el pan de sus manos. Aquí no tiene un puesto. No lo respetan. Vive, o eso me han dicho, en una pequeña habitación detrás de la cocina, una habitación que antaño utilizaba el limpiabotas. Todas las mejores habitaciones de la casa han sido desalojadas para los huéspedes, por supuesto. La señora Siddal duerme en algún lugar en el ático y los chicos Siddal en una buhardilla encima de los establos.

¿Cómo puede Siddal soportar una vida semejante? Si tiene que dormir en ese agujero, ¿por qué no insiste en que su mujer duerma con él ahí? Yo lo haría. Pero, claro, yo no hubiese actuado como lo hizo él, de ninguna manera. Yo me hubiese negado a explotar mi casa de ese modo. Se ha hecho, entiendo, para pagar la educación de los dos niños pequeños. Si tienen que pagar la educación a ese precio tan alto, entonces, digo, la pagan muy caro. Además, es obvio que estos chavales desprecian e ignoran a su padre.

Y, aun así, no le falta inteligencia. Se le consideraba brillante, según tengo entendido, cuando era joven. Llegó al Colegio de Abogados. No sé qué le fue mal allí. Tenía medios privados y esto, unido a su indolencia y a una falta de ambición absoluta, pudo ser su ruina.

Debería estar agradecido de no haber tenido nunca ni un penique, de no haber aceptado jamás ayuda o dinero de nadie. Siempre he tenido que depender enteramente de mí mismo.

Me sonrojo cuando estoy con él. La mayor parte del tiempo es invisible. Pero a veces aparece en la terraza, o en las salas comunes, mal afeitado y no demasiado aseado, muy dispuesto a hablar con cualquiera que quiera escucharle. Tiene tres hijos que lo desprecian. Yo no tengo hijos. Pero no me cambiaría por Siddal...

4. Un par de manos

Nancibel Thomas llegaba un poco tarde, pero atravesó la arena, como el señor Paley había notado, muy despacio. Todas las mañanas era lo mismo. En esa parte del camino no podía acelerar. En cuanto tenía la casa a la vista, su ánimo se derrumbaba, y lo hacía cada vez más a cada paso que daba, como si estuviese adentrándose en una neblina de tristeza y depresión. Y cada día sentía mayor reticencia a continuar. No sabía a qué podía deberse. El trabajo en Pendizack no era duro ni desagradable y todos la trataban bien. No le gustaba la señorita Ellis, pero la vida en el Servicio Auxiliar Territorial le había enseñado cómo llevarse bien con todo tipo de gente, incluso con aquellas personas que no le caían bien. La señorita Ellis no podía ser la responsable de esa aversión que la asaltaba cada vez que se aproximaba a la casa, no era la culpable de esa sensación de que algo horrible, algo indescriptiblemente triste, estaba ocurriendo en aquel lugar.

A veces pensaba que aquello podía deberse a una tristeza que ella misma había traído consigo a ese lugar, donde una vez fue una niña feliz, haciendo recados entre Pendizack y la casa de campo de su padre en el acantilado. Porque había llegado con el corazón roto y el invierno había sido duro. Pero si fuese yo, pensó, mientras arrastraba los pies en la arena, estaría mejorando. Porque yo estoy mejorando. Lo estoy superando. Ahora mismo solo pienso en ello dos o tres veces a la semana. Sin embargo, la casa está empeorando. Y aun así, la casa tenía una apariencia inocente y desesperada esa mañana. Todas las cortinas estaban echadas, y no había salpicaduras brillantes de los bañadores colgando de las ventanas, porque desde que los Bergman se habían ido nadie se bañaba. Y recordó que en una ocasión se encontró con el señor Bergman cerca de las rocas, mientras ella atravesaba la arena. Él iba a bañarse. La había mirado con dureza, y dudó, como si fuese a tirarle los tejos. Pero no lo hizo. Le dio los buenos días con todo respeto y siguió su camino hacia las rocas. Ya nadie se le insinuaba. Su problema, y la fortaleza que la había ayudado a superarlo, la habían convertido en Alguien. Incluso el rudo del señor Bergman era capaz de ver que no era una chica más, otra chica rolliza, guapa y morena. Parecía que hasta su madre se daba cuenta, porque había dejado de darle consejos a Nancibel y, en ocasiones, incluso se los pedía.

Pero a medida que se acercaba comprobó que no todas las cortinas estaban echadas. El pobre señor Paley estaba sentado, como siempre, en el gran mirador del primer piso. Parecía una estatua, observando el mar. Y de la ventana batiente surgió un destello, justo debajo de una fila de cormoranes posados en el borde del tejado. La señorita Ellis había estado cotilleando y se había ocultado.

Nancibel apretó el paso y subió corriendo los escalones tallados en la piedra. Una verja en la parte superior la llevaba hasta la terraza del jardín de donde salía un camino que rodeaba la casa. Su peto blanco colgaba de un gancho fuera de la cocina, y sus zapatos de trabajo estaban en el suelo, justo debajo. Se los puso rápidamente y entró en la cocina. El hervidor siseaba en el fogón. Sabía que debía darle las gracias a Gerry Siddal por ello, y no a Fred, el camarero. El trabajo en Pendizack era siempre mucho más fácil cuando el señor Gerry estaba en casa durante sus vacaciones. No solo hacía gran parte de las cosas, sino que también se aseguraba de que Fred, que también dormía en los establos, se levantase por la mañana. Mientras se acercaba a la casa, había oído el rítmico chirrido del interior, lo que significaba que Fred estaba arrastrando su limpiamoquetas de un lado a otro del suelo del comedor.

Una vez que habían subido el té y las vasijas de agua caliente a las habitaciones, ella tendría que hacer la sala mientras Fred hacía la entrada y las escaleras y la señora Siddal preparaba el desayuno. Luego fregarían los platos, harían las habitaciones, los rellanos y el baño. Entre los dos, de algún modo, Fred y Nancibel tendrían todo hecho antes de la hora de la comida.

Pero no será posible si esta tarde llegan de verdad diez personas más, pensó, mientras subía el té a los Paley. No puedo hacer todas esas habitaciones adicionales. Ellis tendrá que hacer algunas.

Un año atrás, antes de que ella fuese Alguien, no hubiese pensado en aquello con tanta tranquilidad. Habría ensayado un manifiesto acalorado sobre el hecho de que abusen de ella, y al mencionárselo a la señora Siddal se hubiese aturullado. Ahora sabía cómo cuidarse sin pasar por situaciones desagradables.

Llamó a la puerta de los Paley y le dijeron que entrara. La temprana luz atravesaba la ventana descubierta. El señor Paley aún estaba ahí sentado, escribiendo en un libro de ejercicios. La señora Paley estaba tumbada en su mitad de la cama, y su pelo cano estaba perfectamente recogido en una redecilla rosa para dormir. En la habitación rondaba una atmósfera petrificada como si algo violento acabase de ocurrir, y sus ocupantes se hubiesen tensado y quedado inmóviles solo por el golpe en la puerta de Nancibel. Los Paley siempre sugerían esta especie de suspendida violencia momentánea. Desayunaban, siempre, en un silencio sombrío y concentrado, como si estuvieran mentalizándose para realizar un esfuerzo enorme que tendrían que sostener a lo largo del día. Poco después se les podía ver atravesando la arena, con libros, cojines y una cesta de pícnic. Caminaban en fila, con el señor Paley a la cabeza. Subían el camino del acantilado y desaparecían a la altura del cabo. A las cuatro, después de haberse deshecho del cadáver, como sugería el frívolo de Duff Siddal, volvían en el mismo orden para tomar el té en la terraza. Era difícil creer que no hubieran hecho otra cosa más que leer y comer sándwiches.

Nancibel puso la vasija de agua en el lavabo y acercó la bandeja del té a la cama. Se dio cuenta de que la señora Paley no estaba realmente dormida. Estaba tumbada tensa y rígida, y tenía los ojos ligeramente cerrados. Paley tampoco dijo nada y, sin duda, en cuanto ella cerró la puerta toda la violencia estalló de nuevo.

La siguiente en recibir el té fue la señorita Ellis. Cuando llamaban a su puerta nunca decía «adelante». Siempre gritaba:

—¿Quién es?

Algún día, juró Nancibel, diré que soy el duque de Windsor.

—Su té, señorita Ellis.

—¿Eh? Entra.

La habitación olía a humedad y estaba llena de cajas de cartón. Antes de que llegara la señorita Ellis, había sido una bonita y pequeña habitación, con chintz brillantes y buenos muebles. Pero se las había arreglado para darle una apariencia pobre y lamentable. No ordenaba nada: sus pertenencias estaban desparramadas por todas partes, para que el mundo viera lo andrajosas, sucias y rotas que estaban. Sus dientes sonreían descaradamente sobre el tocador junto al peine y al cepillo, que daban asco. Pero el objeto más escuálido de todos era la señorita Ellis, que llevaba puesta una bata harapienta del color del barro, y cuyo pelo, grasiento, le caía sobre los ojos.

—¿Has hecho la sala?

—No, señorita Ellis.

(¡La que se armaría si no le trajese el té hasta haber hecho la sala!)

—Entonces será mejor que la hagas de inmediato, Nancibel.

—Sí, señorita Ellis.

—¿Fred se ha levantado ya?

—Sí, señorita Ellis.

—¿Ha hecho el comedor?

—Lo está haciendo, señorita Ellis.

—Muy bien. Cuando hayas hecho la sala, puedes ir a echar una mano a la cocina. Bajaré enseguida.

Esta conversación, tan rutinaria, tenía lugar cada mañana y era deliberadamente ofensiva. La conclusión era que a Nancibel le faltaba tanto el ingenio para recordar la rutina como la conciencia para seguirla sin que se la recordasen a diario. Se llamaba Perseguir A La Chica y era, en opinión de la señorita Ellis, una gran parte de sus deberes: una tarea que llevar a cabo por menos de cuatro libras a la semana.

Cuando Nancibel bajó, Fred aún estaba trajinando con el limpiamoquetas. Ella se lo cogió y le pidió que le quitara el polvo a las escaleras, con lo cual él respiró hondo y contestó:

—Nancibel, eres ree-dundante.[1] Es decir, que no te quieren aquí.

Esto también era una fórmula que se repetía a menudo. Era parte del ingenio de Fred, y él se sentía muy orgulloso. Pero tenía buen fondo y siempre hacía lo que le pedían.

Después de terminar la sala, disponía de unos minutos de descanso para tomarse una taza de té. Para entonces la señora Siddal ya estaba en la cocina, que olía a café, a tostadas y al beicon chisporroteante. Se apartó de los fogones para dejar que Nancibel cogiese la tetera y dijo que había que traer de los establos una cuna para ponerla en el ático.

—La señora Cove, que viene esta tarde, quiere que sus tres hijas duerman con ella. Imagino que serán bastante pequeñas, puesto que dice que no cenarán.

—Será toda una hazaña meter cuatro camas allí —dijo Nancibel, dando un sorbo a su té.

—Sí. Y debemos preparar las otras tres habitaciones. La habitación que da al mar es para lady Gifford y su marido, y las dos de arriba son para sus hijos. Pídele a la señorita Ellis las sábanas. Será mejor que...

El gong, que Fred había golpeado en la entrada, ahogó el sonido de sus palabras. Cogió de inmediato la olla de gachas, la puso en la mesa y empezó a servir dos boles para los Paley, que siempre bajaban en cuanto sonaba el gong. La olla pesaba

[1] La autora hace un juego de palabras: *redundant*, en inglés, significa «despedido/a». *(N. de la T.)*

y Nancibel, observándola, pensó en lo extraño que era tener a una dama trabajando en la cocina. La señora Siddal era una cocinera pasable, pero había empezado a hacer tareas de casa demasiado tarde. No tenía músculo, no conocía los trucos. Era torpe, una principiante; hacía muchos movimientos innecesarios. Su bonito pelo se le caía sobre los ojos todo el tiempo y su peto estaba totalmente arrugado media hora después de habérselo puesto. La madre de Nancibel podría haber hecho el doble en la mitad de tiempo.

¡Pobrecita!, pensó Nancibel. Esperemos que consiga pronto a una cocinera decente. A lo mejor eso es lo que no funciona en esta casa. Si hubiese una cocinera, quizás yo no estaría tan triste.

5. Desayuno en la cocina

Duff y Robin Siddal llegaron de su baño con las toallas húmedas alrededor de sus cuellos. Volvieron a enviarlos al patio para colgarlas en fila mientras su madre preparaba boles de gachas, que dispuso en la mesa auxiliar, al lado de la ventana, para ellos. Cuando abrió el hotel no era su intención alimentar a su familia en la cocina. Los Siddal iban a tener su propia mesa en el comedor, donde Fred pudiera servirles. Pero habían descubierto que en el comedor no podían hablar. Sus huéspedes los cohibían.

—¿Dónde está Gerry? —preguntó cuando volvieron—. ¿No se ha bañado con vosotros?

—No —dijo Duff—. Está arreglando el generador eléctrico.

—Se le van a enfriar las gachas.

Metió las gachas en el horno para mantenerlas calientes y se preguntó quién se habría encargado de la luz eléctrica si Gerry no estuviera ahí. De sus tres hijos él era el más cariñoso y al que menos cariño le tenía. No había heredado nada del encanto que la había engatusado para casarse con Dick Siddal. El cielo sabrá de qué cepa plebeya había recibido su constitución baja y fornida, su nariz respingona y el ser tan propenso a los forúnculos. La aburría incluso cuando era bebé, aunque ninguno de sus hijos le había dado menos trabajo. Alicaído, afectuoso y meticuloso, se había arrastrado lenta y deprimentemente por la vida hasta alcanzar su madurez sin dejarle ni un recuerdo adorable. Incluso sus cartas durante la guerra (y había luchado en Arnhem) eran tan simplonas que resultaban casi imposibles de leer.

Le daba vergüenza que las cosas fueran así y que los otros dos dividiesen por completo su decepcionado corazón. Porque Robin se parecía a su propia familia, los Treherne. Era la viva imagen de un hermano que perdió en 1918, rubicundo, atractivo y alegre. Y Duff era el hijo de sus sueños: tenía el encanto de Dick, la belleza de Dick, la brillantez de Dick, y hasta el momento se había librado de la tacha del fracaso de Dick. A Duff no podía negarle nada. Pero cuando Duff le pidió nata con sus gachas, se opuso ligeramente.

—A partir de hoy, nada —dijo—. Tendré que reservar lo que haya para lady Gifford. Va a ser muy complicado alimentarla. Pero he de hacerlo lo mejor posible, porque la manda Sibyl Avery.

—¿Qué le pasa? —preguntó Duff—. Parece una enfermedad muy agradable. Ojalá la pillara.

En el pasillo de la cocina se oyeron unos pasos que se arrastraban. El señor de la casa emergió de su madriguera, el otrora cuartucho de las botas. Se quedó en el umbral unos momentos, atándose su vieja bata, como si dudase sobre si podía entrar o no. Duff y Robin movieron sus sillas para hacerle sitio y su mujer le dio un bol de gachas, que él aceptó con exagerada humildad, disculpándose con sus hijos por causarles la molestia de moverse. No se sentía muy familiar.

Después de una pausa breve e incómoda, Duff hizo un esfuerzo para retomar la conversación.

—Dos familias más —dijo— supondrán mucho más trabajo.

—Sí —dijo la señora Siddal—. Y Nancibel no puede hacerlo todo. La señorita Ellis tendrá que encargarse de las habitaciones. Se lo dije anoche.

—¡Madre! —gritó Robin—. ¡Qué valiente eres! ¿Qué dijo?

—Se quedó sin palabras, muy sorprendida. Pero se las arregló para preguntarme si esperaba que vaciase los orinales. Le dije que sí.

—Ahora se marchará —auguró Duff.

—No lo creo —dijo la señora Siddal—. No creo que pueda conseguir ningún otro trabajo.

Su voz, al pronunciar esas palabras, era aguda, y alrededor de la boca se le formó una profunda arruga. Esta agudeza y esta rigidez no eran naturales en ella. No le importaba trabajar, o sacrificar su tiempo libre, de descanso y confort. Pero cuando la gente la trataba mal, odiaba tener que defenderse, y ya había empezado a darse cuenta de que ese abuso era el único método que probablemente le hiciese tener éxito con la señorita Ellis. Debía aprender, por el bien de Duff, a contenerla, porque Duff nunca iría a Balliol a menos que el hotel consiguiese ser rentable.

—Lo haré yo misma —dijo—. Pero no tiene mucho sentido que yo esté arriba por las mañanas.

El señor Siddal se comió sus gachas y miraba tímidamente las caras de todos. Había perfeccionado su silencio para incomodar a todos. Estaba consiguiendo intencionadamente que lo dejaran a un lado. Y aun así ellos sabían que si hacían el más mínimo esfuerzo por incluirlo en la conversación, él haría como que no entendía nada. Los asuntos del hotel, insinuaría, eran demasiado complicados para el intelecto de un gusano como él.

Duff, sin embargo, se atrevió a dirigirse a él directamente.

—No creo que Ellis tenga que vaciar los orinales, ¿no te parece? Puede que se vacíe a sí misma por error. Se parece mucho a la bazofia, en realidad: es un desecho humano. Siddal expresó una inseguridad inmensa respecto al origen de la porquería y su lugar en el esquema de las cosas. Pero, al cabo de un rato, se le encendió la bombilla.

—Empiezo a entenderlo —le dijo a Duff—. Es el problema básico del socialismo, ¿verdad? Como lo definió un francés al que le explicaron la belleza de una sociedad igualitaria. *Mais alors, qui videra le pot de chambre?*[2]

—Eso —dijo la señora Siddal, ruborizada— es lo que cualquier persona civilizada debería hacer por sí misma. Pero ojalá tuviéramos más baños.

—Oh, sí, lo sé —dijo Siddal—. Yo también lo creo. Y también lo creía Tolstói. Eso sí que recuerdo al menos, que escribió con pasión sobre el tema. ¿No es así, Duff?

—No lo sé —dijo Duff con mal humor.

—Oh... Se me olvidaba. Tu generación no lee a Tolstói. Mis disculpas. Los carcamales como yo no deberíamos hablar sin parar de los libros que se han publicado. Todos tienen una mentalidad capitalista y se los dejan a Nancibel, igual que lo hicimos nosotros hasta que nos convertimos también en proletarios. Es preciosa, y es buena, y es extremadamente inteligente, y vale más que todos nosotros juntos, pero es la única persona de la casa a la que podemos encomendarle una tarea como esta sin que haya ninguna revuelta social porque es la hija de un granjero.

---

[2] En francés en el original: «Pero, entonces, ¿quién vaciará el orinal?». *(N. de la T.)*

—Sí que leo a Tolstói —dijo Duff—, pero...

—Aquí tienes el beicon —dijo la señora Siddal, empujando un plato delante de las narices de su marido.

—Gracias. ¿Es para mí de verdad? ¿Todo? ¿Puedes compartirlo? Bueno, en una comunidad realmente justa (y eso es lo que queremos lograr, ¿verdad, Duff?) este trabajo se daría a los de los estratos más bajos y a los últimos... A los menos útiles, a los ciudadanos menos productivos. Un principio admirable. Voy con él a muerte. Solo tenemos que pensar en quién, en esta casa, está a la altura. ¿Quién tiene menos tareas? ¿A quién podemos encargarle otras tareas más importantes?

Miró a su familia y esperó sugerencias.

—La señorita Ellis —dijo Robin.

—¿Eso crees? Estoy seguro de que ella no piensa igual. Ahora soy mucho más humilde. Y hoy por hoy no hago nada para mantener mi castillo. Me preocupa un poco, aunque tu madre no me crea. Pero, al parecer, estoy cualificado para muy pocas cosas. Este trabajo no parece superarme, y estoy totalmente dispuesto a...

—No seas tonto, querido —dijo la señora Siddal.

—¿Tonto? ¿Estoy siendo tonto? Lo lamento mucho. No era mi intención. Esperaba ser útil por una vez.

—No podrías...

—¿Por qué no? ¿Tan difícil es?

—Molestaría a los huéspedes.

—Te refieres a que a las damas Paley, Gifford y Cove no les haría ninguna gracia que entrase en su habitación y rebuscase debajo de sus camas...

Robin empezó a reírse a carcajadas y la señora Siddal exclamó:

—¡Dick! ¡De verdad! Basta con eso.

El señor Siddal retomó su intimidante silencio y Duff cambió de tema preguntando hasta cuándo podrían contar con Nancibel.

—Solo durante la temporada, me temo —suspiró su madre—. Se merece un trabajo mucho mejor, desde luego. Pero después de salir del Servicio Auxiliar Territorial quiso quedarse en casa un tiempo. Y según su madre... ¿Está Fred en la trascocina?

—Todavía no —dijo Robin, reclinándose hacia atrás para mirar a través de la puerta de la trascocina.

—Según la señora Thomas, ha sufrido un desamor, y le ha llevado un tiempo recuperarse. Estaba comprometida con algún jovencito, tenía su ajuar preparado y todo, y la dejó tirada en el último momento. Al parecer, se creyó demasiado bueno para ella. Su gente eran subastadores en las Midlands y no les gustaba la idea y lo convencieron para que terminase con todo aquello. No supone una gran pérdida, pero ella se preocupaba por él, pobre criatura. Nunca he oído nada tan disparatado. ¡Qué familia podría pensar que su hijo es demasiado bueno para Nancibel!

—Tú lo harías —dijo Siddal, volviendo al trapo—. A ti te molestaría mucho que Gerry quisiera casarse con ella.

La señora Siddal parecía tan aterrorizada que los tres empezaron a reírse a carcajadas.

—No te preocupes —la consoló—. No lo hará. A menos que se lo pidas, claro.

—Podría hacerlo peor —dijo la señora Siddal, recuperándose—. No conozco a ninguna chica más agradable.

—Entonces, ¿por qué parecías tan asustada? —preguntó Duff.

—Lo que la ha asustado no ha sido Nancibel —dijo su padre—. Ha sido la posibilidad de que Gerry pueda casarse. No puede permitírselo. Queremos su dinero, para enviarte a Oxford, mi querido niño. Gerry no puede siquiera mirar a una mujer en los próximos siete años, no hasta que te hayan llamado del Colegio de Abogados y hayas conseguido unas cuantas buenas declaraciones. Por eso tu madre no va a hacer absolutamente nada para curarle los granos. Siempre está preocupada por esas enfermeras del hospital que están a la caza de un joven médico. Espera que los granos las echen para atrás.

Esto se acercó tantísimo a la verdad que a nadie se le ocurrió nada que agregar.

6. Las tribulaciones de sir Henry Gifford

«Un policía ha preguntado por lady Gifford.» Pero basta. Si sigo pensando en eso, me estamparé contra un árbol. No puedo hacer nada al respecto. No tiene sentido preguntarle. «No debería angustiarme, Harry. Mi cardiólogo me hizo prometerle que no iba a alterarme.» Y sale muy tranquilamente de la habitación. Si queremos llegar a Pendizack esta noche, debemos irnos ya. No tenemos tiempo para dar un rodeo de ochenta kilómetros porque haya oído hablar de una pequeña posada donde sirven crema de Cornualles y langosta. «Un sitio pequeñito y divino.» Divino mi trasero. Nunca lo son. Pero ella lee esos ridículos anuncios. Por eso ayer malgastamos kilómetros de distancia. «Un policía...» No viviré en Guernsey. Cuando lleguemos a la curva seguiré todo recto. Lo lamento mucho, Eirene, pero he debido de pasármela. Ahora es demasiado tarde para dar la vuelta. Si queremos llegar esta noche, debemos seguir todo recto. Ahí, en el asiento de atrás, está haciendo crujir el mapa. Decidida a que no la pasemos de largo. Pero no sabe interpretar un mapa. Es demasiado tonta. Aunque no lo es para conseguir lo que quiere. Si de verdad quiere ir a esa posada, aprenderá a leer el mapa. Si quiere algo de verdad... Pero no Guernsey. No viviré en Guernsey. Solo entenderá lo que quiera entender. Si queremos llegar allí tenemos que comer en Okehampton. Una comida asquerosa, me atrevo a decir. No puedo evitarlo. Debemos irnos de inmediato. Debemos llegar poco después de que lo hagan los niños. No podemos permitir que lleguen a... Pero se bajaron bien, de todas formas. «Un policía...» Llamé. ¡Oh, Mathers! ¿Se bajaron los niños en Paddington esta mañana? «Oh, sí, sir Henry. Y un policía llamó preguntando por su señoría. No, no lo mencionó. Le dije que se había marchado a la campiña y apuntó la dirección.» Querida... Ha llamado un policía preguntando por ti. «¿Un policía? ¿Por qué? ¡Qué extraño! No, querido, no tengo ni la menor idea de por qué. ¿Para qué llama la policía?» Aunque estuviera asustada, no se le notaría. ¡En absoluto! Nunca se asusta. Prometió no alterarse jamás, y nunca lo hace. Y, además, no cree que pueda pasarle nada desagradable. A lo mejor no es nada... Setenta y cinco libras. ¿Se ha ajustado de verdad a su paga? Pero he hecho las cuentas cien veces. Si de verdad estuviese hospedándose con los Varen... «¡No entiendo por qué tienes que llamarles colaboracionistas, Harry! Como dijo Louise: las bestias estaban allí y alguien tenía que ser civilizado.» Pero no parece que hayan sufrido dificultades. Toda la guerra estuvieron en una situación favorable, y siguen igual. ¿Eirene y yo? ¿No estuvieron ella y los niños tranquilos en Massachusetts? Y ahora quiere vivir plácidamente en Guernsey y no hay nadie que la detenga, salvo yo. Esta guerra la libraron los pobres y por ahora son los pobres los que siguen pagándola... Pero si se quedó de verdad con los Varen y no tuvo gastos de hotel, podría habérselas arreglado con setenta y cinco libras. Prometió que lo haría. Hice que me lo prometiera antes de irse. Le expliqué las regulaciones de la moneda. Le dije que si las rompía y lo descubrían, yo tendría que dimitir. Un juez no puede... Seguro que incluso Eirene puede entenderlo. Pero solo entiende lo que le da la gana.

¡Ay, Señor! ¡Ovejas! Si tengo que ir detrás de un rebaño durante kilómetros, nos vamos a retrasar. Y ella tendrá tiempo para... ¡Oh, no! Están atravesando la valla. Mejor. No podré evitarlo si ha comprado una casa en Guernsey. No podría detenerla. Con su dinero puede hacer lo que quiera. Pero no viviré allí, y no podrá librarse de los impuestos a menos que lo haga yo. ¿Y qué pasa con mi trabajo? «Pero Harry, ¿por qué tendrías que trabajar? Si vivieses en Guernsey y no pagases impuestos, serías un hombre rico.» No lo entiende. Estaba en América. No estaba en el Blitz. Yo sí. Todo aquel sufrimiento, todo aquel sacrificio, todo aquel heroísmo... Yo fui testigo. No voy a irme a Guernsey. Ojalá no estuviese tan enferma. No dejo de pedirle a Dios que puedan dar con lo que le pasa. Hay que darle asignaciones, pobrecita. Creo que esta es la curva. Está muy callada ahí detrás. ¿Está dormida? Ha pasado mala noche. La hemos pasado. Sí, tuvo neuralgia. No debería volverme tan impaciente. Tiene mucho con lo que lidiar. Pero tengo que mantenerme firme respecto a lo de Guernsey. Y si queremos llegar esta noche, tenemos que seguir todo recto. Comer en Okehampton. «Un policía...»

7. Dinero caído del cielo

Los forúnculos de Gerry Siddal siempre empeoraban cuando estaba en casa. Le afligían como le afligían a Job: eran el estigma de la paciencia llevada al límite.

Era una criatura afectuosa. Amaba a su madre y hacía muy poco que había dejado de amar a su padre. Estaba orgulloso de sus hermanos. Pero las cosas en Pendizack habían llegado a tal punto que haría cualquier cosa, se inventaría cualquier trabajo, para evitar a su familia a la hora de comer. Aún podía llevarse bien con ellos por separado, pero era incapaz de soportarlos en grupo.

Así que trasteó con el generador eléctrico hasta que estuvo seguro de que habían terminado de desayunar y de que su padre estaba de nuevo en el cuchitril que tenía por habitación.

Después fue a la cocina y se comió sus gachas congeladas mientras su madre cortaba los sándwiches para los Paley. Para su sorpresa, le dio toda la nata que había estado guardando para lady Gifford. Estaba sufriendo uno de sus espasmódicos ataques de remordimiento.

—Necesitas más grasas —declaró—. Estoy segura de que por eso te salen esos granos. Estoy decidida a hacer algo al respecto. Cariño…, ¿vas esta mañana a Porthmerryn?

—Podría ir, si necesitas algo de allí.

—Tengo una lista de cosas y no sé si tendré tiempo. Pero

antes de ir, ¿podrías ayudar a Nancibel a poner esas camas extra en la habitación de la señora Cove?

—Espero que seas firme con la señora Cove —respondió Gerry—. Después de su carta es obvio que espera que le hagas un descuento por dormir todas en una habitación.

—Bueno, si las niñas son muy pequeñas...

—Le harás el descuento, de todas formas. No deberías rebajar más.

—Parece tremendamente desesperada. No ha pedido ningún coche y dijo que esperarían el autobús de la estación.

—Nosotros también estamos tremendamente desesperados. No tiene por qué venir aquí.

—Me alegro de hospedarla. No tenemos más reservas.

—Lo sé. Pero siempre puede caernos dinero del cielo, ahora que los hoteles de Porthmerryn están tan llenos. La gente tampoco puede reservar allí...

—No son del tipo que quiero. No quiero huéspedes como los horribles Bergman. Quiero gente agradable y tranquila, de la que sepa algo.

Empezó a envolver los sándwiches y Gerry cogió sus platos y los llevó al fregadero para ahorrarle a Nancibel la molestia de recogerlos. Estaba allí, fregando, y se lo agradeció con una cálida y dulce sonrisa. Él anhelaba la calidez y la dulzura, pero nunca hubiese soñado en buscarlas en el fregadero de su madre, así que continuó arando su angustioso camino en un mundo que no le ofrecía nada de aquello. Puso las camas extra en el ático, recogió su listado de recados para hacer en Porthmerryn y empezó a subir la empinada cuesta hacia el camino.

En la segunda curva de la carretera en zigzag se encontró

con una chica alta y delgada que bajaba y que le preguntó tímidamente si ese era el camino que llevaba al hotel.

—¿Pendizack Manor? —dijo—. Sí. ¿Puedo ayudarla? Es el hotel de mi madre.

Ella dudó y murmuró:

—Oh, bueno, quizás sería mejor que... Solo quería... No estaba segura... Me dijeron que a lo mejor había habitaciones...

—¿Quería unas habitaciones?

—Oh, sí... Eso es... No creo que... Pensé en recorrer el camino por si acaso... Pero claro entiendo que...

—¿Cuántas habitaciones?

Contestar a eso la superaba. De hecho, todas las preguntas que eran directas parecían causarle pánico. Él empezó a preguntarse si estaría totalmente en sus cabales, porque mientras hablaba temblaba y nunca lo miraba. Apartaba la mirada y mantenía la cabeza agachada ligeramente, algo que había visto hacer a los locos.

—Te llevaré a ver a mi madre —sugirió por fin.

Al oír eso se reanimó y le lanzó una mirada rápida. Sus ojos eran preciosos, aunque un poco alocados.

—Oh... —dijo—. Gracias.

Comenzaron a bajar el camino y Gerry adoptó un método subrepticio para conseguir información.

—Ahora mismo tenemos tres habitaciones libres. Una doble, en el piso de abajo, y dos pequeñas individuales en el primer piso.

—¿Dos individuales? Oh... Gracias.

—Quiere dos individuales —le dijo—. Podemos tenerlas preparadas de inmediato, si así lo desea.

—Oh, sí. Oh, gracias.

—Nuestras condiciones son seis guineas a la semana por habitación.

—Oh, gracias.

Hubo una pausa. Descubrió, al observarla, que era en realidad bastante joven, pero tan delgada, tan deteriorada, que su juventud no era evidente a primera vista. Y tenía el caminar, la voz y los movimientos nerviosos de una solterona madurita.

—Ha dejado a su amiga —sugirió él— en Porthmerryn.

Eso la sorprendió profundamente. Lo miró asustada y después dijo:

—Yo... Yo no tengo amigas.

—Pero quiere dos habitaciones.

—Sí... Una también es para mi... Quiero decir que es para mi... Mi padre... Él quiere una habitación... Y otra para mí.

—Oh, su padre. Quiere dos habitaciones. Una para usted y otra para su padre.

—Oh, sí. Gracias.

—Y su padre está en Porthmerryn.

—Oh, no. Él... está aquí.

—¿Aquí?

—En el... Encima del... Encima del... Encima. En el coche.

—¿Su coche?

—Oh, sí. Quiero decir, su coche.

—Entonces querrá una cochera.

—Oh, sí. Gracias.

Para entonces ya habían alcanzado la casa y la acompañó a la oficina. Cuando empezó a hablar con su madre parecía mucho más sensata y serena. Explicó que su apellido era Wraxton; su padre era el canónigo Wraxton. Hasta entonces se habían hospedado en el Bellevue, en Porthmerryn, pero las estancias no eran de su agrado y se habían marchado esa misma mañana. Querían dos habitaciones durante una semana. Su padre estaba esperando en el coche, en lo alto de la colina, mientras ella buscaba alojamiento.

—Subiré y le diré que tenemos habitaciones disponibles —se ofreció Gerry, porque consideraba que la pobre chica no parecía estar lo suficientemente en forma para subir la ladera de nuevo.

Pero esa idea pareció perturbarla mucho más, y se mostraba tan totalmente firme con que debía volver ella misma y tan reacia a su compañía que tuvo que dejar que fuera sola.

—Me sorprende mucho que no estuvieran cómodos en el Bellevue —dijo la señora Siddal—. Es un hotel muy agradable. Me pregunto si están bien.

—Antes de que vengan, llama y entérate —sugirió Gerry.

—Eso puedo hacerlo. Puedo preguntarle a la señora Parkins, en confianza... A nadie le gusta tener que rechazar dinero contante y sonante.

Llamó al Bellevue, pero apenas había mencionado el apellido Wraxton cuando un torrente de palabras la interrumpió al otro lado de la línea. La señora Parkins tenía muchas cosas que decir de los Wraxton.

—¿Y bien? —preguntó Gerry cuando la conversación hubo terminado.

—En cuanto al dinero, todo bien. Pagaron una semana por adelantado, pese a que solo se quedaron dos noches. Pero dice que él tiene un temperamento realmente horrible, que se peleó con todo el mundo y que se oponía a jugar a las cartas y a bailar en las salas. Y que fue muy desagradable con el servicio.

—Oh, madre... No los admitamos.

—Si es canónigo debe de ser respetable. No podemos permitirnos tener habitaciones vacías...

—Pero si es ese tipo de hombre...

—No jugamos a las cartas ni bailamos... Y tampoco podrá ser desagradable con el servicio porque no tenemos mucho. Y solo es una semana.

—Tú misma dijiste que no querías que te cayese dinero del cielo.

—Son doce guineas.

En el exterior se oyó el sonido de ruedas haciendo crujir la gravilla. Miraron por la ventana y vieron un gran coche girando cuidadosamente por la última curva, entre los rododendros. Se acercó hasta la puerta principal.

Conducía la señorita Wraxton y el canónigo iba sentado detrás. Era una reproducción tan exacta de lo que se habían imaginado que ninguno de los dos Siddal daba crédito. Se habían imaginado a un hombre con una nariz grande, cejas pobladas, pequeños ojos rojos, de tez morada y un labio inferior torcido; y ahí estaba. Su ropaje de cura lo hacía aún más formidable, porque parecía jurarle castigo eterno a todos aquellos que tuviesen la osadía de discrepar con él.

—Oh, querido... —susurró la señora Siddal—. Oh, querido, no puedo...

Fue hasta la puerta principal acompañada por Gerry y decidida a decirles que, después de todo, no les quedaba ninguna habitación.

Pero el canónigo, que ya había salido del coche y estaba de pie en el porche, fue de lo más civilizado y afable, y pensó que era un buen comienzo que no pareciese estar enfadado con ella, por lo que en un arranque de gratitud le había permitido quedarse con las habitaciones de inmediato. Era muy muy amable por su parte, pensó ella, que se mostrase de tan buen humor. Nada parecía detenerle; parecía realmente contento de que fuese a haber varios niños en la casa, no se opuso a las habitaciones pequeñas y se ofreció a pagar la semana por adelantado. Cerraron el trato bajo el influjo de un rayo de sol, y la única nube llegó con la torpeza de su estúpida hija, que no podía darle una respuesta inteligible a la pregunta que Gerry le había formulado respecto al equipaje. Estaba nerviosa, murmuraba y gesticulaba hasta que llamó la atención de su padre. Él le dedicó una mirada de profundo disgusto y dijo:

—Puesto que mi hija elige comportarse de este modo, como una mema, le contesto yo mismo, señor Siddal. La maletita azul es suya. El resto del equipaje es mío. —Y evitó futuras incoherencias añadiendo—: Está bien, Evangeline. Si no puedes decir nada con sentido, entonces mejor no hables.

No ocurrió nada más que pudiese alterarlo, salvo un pequeño e incómodo incidente en la entrada, donde se encontró con los Paley, que estaban emprendiendo el camino a su pícnic del día. La señora Siddal los presentó, y el canónigo, que andaba de tan buen humor, estaba listo para darle la mano. Pero ellos tan solo se inclinaron ligeramente y salieron por la puerta. La señora Siddal estaba ya tan acostumbrada a su arrogancia habitual que al principio no calculó la impresión que tal actuación podía haber generado en el canónigo. Se quedó tras ellos, observándolos, incapaz de hablar por unos instantes.

—Menuda insolencia tan intolerable —dijo al cabo de un rato—. ¿Quién es el señor Paley?

—Es arquitecto. Ha debido de oír hablar de él. Diseñó los edificios de la Universidad de Wessex.

—¿Eh? ¡Ese hombre! Sí. He oído hablar de él. ¿Siempre es así de maleducado?

—Él... Son gente muy reservada —balbuceó la señora Siddal—. No creo que tuviesen la intención de ser desagradables.

—Ah, ¿no lo cree? Yo sí. Nunca, en toda mi vida, me han tratado de este modo.

Siguió hablando del comportamiento poco cívico del señor Paley mientras ella lo llevaba arriba y le enseñaba su habitación. Y ver a los transgresores atravesando la arena lo mantuvo un rato en la ventana mientras daba toquecitos con los dedos en el cristal y murmuraba:

—Preveo que a menos que el señor Paley mejore sus modales, tendré que hablar con él.

Cuando Gerry bajó de nuevo las escaleras, la reprobó.

—¿Qué has hecho? —dijo—. ¿Por qué lo has hecho?

—Oh, no lo sé. Tuve miedo de él. Y fue tan agradable cuando preguntó por las habitaciones... He sido incapaz de decepcionarlo.

—No fue tan extraordinariamente agradable —dijo Gerry—. Solo educado. ¿Qué esperabas que hiciera? ¿Destrozar los muebles?

—Estoy segura de que lo he visto antes en alguna parte. Ojalá me acordase. Y creo que conozco su apellido...

Gerry subió el equipaje del canónigo en dos tandas, y después subió la maletita azul a la habitación de la señorita Wraxton. Cuando entró, la chica estaba sentada en la cama, bastante quieta por una vez, y mirando fijamente al frente. No se movió ni le dio las gracias cuando dejó la maleta. Pero mientras se iba, sonrió, pero no a él, sino a algo que había detrás de él. Fue, de hecho, una sonrisa muy extraña, y un escalofrío le recorrió el espinazo.

Esa chica, pensó mientras bajaba las escaleras, tiene todas las papeletas para volverse loca de remate.

8. Una fiesta y rápido

El tren de Paddington iba lleno, y mucha gente se vio obligada a viajar de pie en el pasillo todo el trayecto hasta Penzance. Pero los cuatro niños Gifford disponían de asientos. Ni habían esperado en la cola detrás de la barrera ni habían tenido que pelearse en el andén. Dos mozos del tren, considerablemente sobornados bajo el generalato del secretario y el mayordomo, les habían conseguido asientos en un vagón de tercera clase donde no se estila tanto sobornar a los mozos. Relegaron al pasillo a una viuda con sus tres niñas pequeñas, que intentó hacer valer una queja anterior, y pusieron a los cuatro Gifford, a los que entregaron tickets para el almuerzo, dulces y revistas, y a los que les habían dicho que recurriesen al jefe de tren si necesitaban algo.

Los sentimientos de los compañeros de viaje se habían inclinado más hacia la viuda, y no había absolutamente nada en los Gifford que les fuera a hacer cambiar de opinión. Parecían inusualmente bien alimentados, y ninguna familia podría vestirse de un modo tan inmaculado utilizando solo sus cupones legales para ropa. Pertenecían, era evidente, a ese grupo de gente que se alimenta del mercado negro, que visten ropa de contrabando y que, en épocas de desabastecimiento, no tienen escrúpulos en hacerse con un trozo de tarta más grande del que les pertenece.

Pero la humanidad es tolerante de un modo extraño, sobre

todo con los niños, y los Gifford no habrían tenido que sufrir los pecados de sus padres si no se hubiesen comportado como si el tren les perteneciera. Durante la primera parte del viaje, jugaron a un juego muy ruidoso de *Animal Grab* y Hebe insistió en liberar a su gato del transportín. Fue precisamente esa arrogancia descuidada lo que la sentenció a ella y a Caroline y a Luke y a Michael. Porque cuando se fueron en dirección a la cola del tren para comer, la viuda y su familia volvieron a ocupar sus asientos, y nadie hizo nada para detenerles.

En los recién llegados no había rastro de mercado negro o de ropa o libros comprados a limpiadoras necesitadas. Parecían una ilustración del panfleto *Save Europe*. Todo lo que tenían era exiguo. Las tres chicas eran altas y pálidas, como las plantas que han crecido en la oscuridad. Sus dientes eran prominentes, pero no llevaban aparato; sus ojos azul pálido eran miopes, pero no llevaban gafas. El corte de pelo era casero, como si se lo hubiesen recortado a media melena con un bol del pudin, y sus vestidos de algodón raídos apenas cubrían unas huesudas rodillas.

La viuda era en sí misma una mujer sobria, adusta y competente. Se llevó rápidamente a su familia al compartimento en cuanto el último de los Gifford había desaparecido en el pasillo, empujó a cada una de sus dóciles hijas a su asiento asignado, retiró todo el equipaje de los Gifford del portaequipajes y lo reemplazó con el suyo. Lo hizo con una rapidez y un mutismo que hubiesen intimidado a cualquiera que protestase, si es que algún valiente se hubiera atrevido.

Una vez que estuvo sentada en su asiento, sacó de una bolsa de malla un paquete de sándwiches de sardinas que parecían secos, les dio tres a cada una, y repartió agua en una taza esmaltada. Cuando terminaron esta comida tan espartana, les dio a las niñas piezas grises para tejer. Pero ninguna dijo ni una palabra.

Sobre el compartimento se cernió la pesadumbre y el péndulo de la simpatía del público pasó a posicionarse ligeramente en los guapos y ruidosos Gifford. Parecía que esta mujer era conocida. Todo el mundo tuvo la sensación de que la habían visto con anterioridad. Se había apropiado de algo de cada uno de ellos en algún momento u otro, con la misma rapidez y competencia. Se había colado delante de ellos en la fila del autobús. Les había cogido el último trozo de pescado delante de sus narices. Y sus hijas, tejiendo sin ningún tipo de entusiasmo, eran sus armas.

Pero el péndulo volvió a oscilar cuando los Gifford, sonrojados después de comer, llegaron gritando por el pasillo, empujando a los pasajeros que iban de pie y pisándolos. Semejante horda de jóvenes vándalos podían arreglárselas por sí solos.

Se produjo una pausa un tanto atolondrada hasta que los Gifford se dieron cuenta de que su equipaje estaba en el pasillo y, mirando por la ventanilla, identificaron a los intrusos.

—Es el orfanato —dijo Hebe—. Nos han chorizado los asientos.

Ella había visto a esas chicas delgadas en el pasillo y había dado por hecho que debían de ser huérfanas viajando con una matrona. Y se había preguntado si ella tendría las mismas pintas horribles si lady Gifford no la hubiese adoptado para ser la hermana de Caroline.

—Qué cara tan dura —dijo Luke.

Caroline sugirió llamar al jefe de tren. Pero Hebe ya había abierto la puerta y había entrado para librar la batalla.

—Disculpe —le dijo a la matrona de turno—, pero estos son nuestros asientos.

La matrona levantó la mirada. Escudriñó a Hebe desde sus rizos rubios oscuros hasta sus suaves rodillas, y acto seguido continuó tejiendo.

—Estábamos aquí sentados —dijo Hebe—. Nos hemos ido a comer, pero hemos dejado nuestro equipaje. No tiene ningún derecho a dejarlo fuera.

Miró alrededor del compartimento en busca de apoyo, con la confianza de una niña criada en el privilegio. Se encontró con miradas de indiferencia y diversión, pero no de empatía.

—No deberíais haber dejado que lo hicieran —les dijo enfadada.

En ese momento, la mujer que estaba en la esquina habló:

—Han pagado por sus asientos, igual que vosotros.

—Nosotros los teníamos primero —dijo Hebe.

Se abalanzó sobre la huérfana más pequeña, la alzó de golpe y a punto estaba de ponerse en su sitio cuando la matrona intervino. Con suavidad y en silencio cogió a Hebe del brazo y la empujó de nuevo al pasillo. Parecía que su mano estaba hecha de hierro; daba la impresión de no tener ni un gramo de carne. Y antes de soltarla la pellizcó con fuerza. Después les cerró la puerta a los Gifford en la cara, volvió a su asiento y comenzó a tejer de nuevo.

—Voy a ir a buscar al jefe de tren —dijo Caroline.

—No —dijo Hebe, frotándose el brazo donde la había pellizcado—. Ellas se han metido ahí sin el jefe de tren. De bemos recuperar nuestra fortaleza con nuestras armas. Debemos acatar las reglas de la contienda.

—Pero madre le ha dado diez chelines.

—Lo sé. Pero los Espartanos nunca recurrirían al jefe de tren.

—Tengo una pistola de agua —dijo Michael, intentando abrir su maletín—. Puedo llenarla en el servicio.

—No. Los nativos son hostiles. No debemos usar la artillería. Tenemos que preparar una emboscada. Esperaremos. Tarde o temprano esas huérfanas tendrán que salir al pasillo. Cuando lo hagan, entraremos y recuperaremos nuestros asientos.

—Ella nos echará fuera.

—No si estamos preparados. Me ha pillado por sorpresa. Si pellizca, pellizcaremos de vuelta.

Esperaron, y una de las huérfanas, después de hablar en susurros con su matrona, no tardó mucho en levantarse e ir al pasillo. Hebe, como un rayo, se coló y ocupó el asiento libre. Nadie se percató de su presencia y nadie dijo nada hasta que la ausente volvió y se quedó tímidamente en la puerta. Entonces la mujer se inclinó hacia delante y se dirigió a Hebe:

—¿Serías tan amable de levantarte del asiento de mi hija?

¿Hija?, pensó Hebe. Entonces, después de todo, no son huérfanas.

—No —dijo—. No voy a moverme. Es mío, porque me lo dieron primero. Si vuelve a intentar echarme la denunciaré por agresión. Mi padre es juez y lo sé todo sobre las leyes. Ya me ha hecho un moratón que podría enseñar en el tribunal.

Se levantó la manga y le enseñó la marca del pellizco.

Tras una breve pausa, su antagonista se reclinó hacia atrás y dijo:

—Me temo, Blanche, que tendrás que quedarte de pie un rato, porque esta niña no sabe comportarse. Intenta sentarte sobre una maleta en el pasillo. Quiero que tu pobre espalda descanse todo lo posible.

—Sí, madre —dijo Blanche.

Lo de la pobre espalda fue una estocada inesperada y eliminó el impacto que el moratón de Hebe había originado.

—¿Ha estado enferma, la niña? —preguntó la mujer de la esquina.

—Sí —dijo la Enemiga—. Acaba de recuperarse de una mala enfermedad.

Por el compartimento se extendió un murmullo de empatía. Hebe, sonrojada pero desafiante, preguntó si todos sufrían mal de espalda. La opinión que tenían sobre ella empeoró.

—Qué pena algunas criaturas —dijo la mujer de la esquina—. Se creen que dominan el mundo porque su padre es juez. Los niños de la gente trabajadora se avergonzarían si se comportasen así.

Blanche se sentó en el pasillo sobre una maleta y devolvió la mirada a Caroline, Luke y Michael. A ellos también les había impresionado lo de la espalda. Caroline le ofreció un caramelo, que ella rechazó con evidente reticencia.

—Venga —dijo Luke—. Tenemos muchos más. Son *marrons glacés*. No entran en el racionamiento.

Siguió negando con la cabeza.

—¿No te gustan los *marrons glacés*? —le preguntó Caroline.

—Nunca los he probado —susurró Blanche.

—Entonces... prueba uno.

—N-no, gracias.

—¿Os vais de vacaciones? —quiso saber Michael.

—Zí —dijo Blanche, ceceando un poco.

—¿Adónde?

—Al hotel Pendizack Manor.

—¡Oh! —exclamaron los tres Gifford.

Luke y Michael miraron a través del cristal para transmitirle las noticias a Hebe. Ella les puso mala cara, como aviso. Una de las hermanas de Blanche estaba a punto de salir al pasillo y quería un aliado para hacerse con ese segundo asiento. Pero ninguno tenía ganas de unirse a ella. El pasillo era más divertido. Sonrieron y negaron con la cabeza. Hebe los fulminó con la mirada, con cierto reproche. Pero ella no iba a salir, pese a que ellos le hicieron señas.

—Nosotros también vamos a hospedarnos allí —le dijo Caroline a Blanche.

—¿Dónde está tu padre? —le preguntó Michael.

—Eztá muerto —dijo Blanche con tristeza.

—Oh, lo siento.

Y es que entre lo de su padre muerto y su pobre espalda todos comenzaban a sentir pena por ella. Caroline la incitó de nuevo a coger un caramelo. Pero ella le explicó que no tenía ninguno para devolvérselo.

—Oh, eso no importa —dijo Caroline—. Tenemos muchos. Nos llegan en paquetes desde América.

Blanche cogió el caramelo con timidez.

—¿Recibes paquetes de América? —preguntó Michael.

—Zí.

—¿Qué hay en ellos?

—No lo zé. Ze loz queda madre.

—Con los nuestros hacemos auténticas fiestas —dijo Luke.

Blanche abrió mucho los ojos. Se quedó mirándolo, en una especie de éxtasis.

En ese momento su hermana volvió por el pasillo y también le ofrecieron un caramelo, que aceptó con cierta reticencia, explicando que no tenía nada que darles. Parecían creer que todos los regalos se intercambiaban por algo. La recién llegada les dijo que su nombre era Beatrix y que la tercera hermana se llamaba Maud. Su apellido, dijeron, era Cove.

—¿Por qué no vuelves al compartimento y descansas tu espalda? —le preguntó Caroline a Blanche—. Beatrix puede quedarse aquí con nosotros.

—Me gusta estar aquí —dijo Blanche con entusiasmo. Le susurró a su hermana—: Celebran fiestas.

—¡O-o-oh! —dijo Beatrix, ahogando un grito.

Las dos hermanas se quedaron ensimismadas, chupando los caramelos y observando a aquellos maravillosos Gifford.

La palabra «fiesta» tenía un significado mágico para las pequeñas Cove. Nunca habían estado en una, pero habían leído sobre ellas. Tenían un libro titulado *The Madcap of St. Monica's* en el que a medianoche se celebraban fiestas en las habitaciones. Para ellos la palabra expresaba una hospitalidad y un entretenimiento social que desconocían. Y su juego favorito era planear fiestas que celebrarían si fueran ricas. La dificultad para encontrar invitados (porque conocían a muy poca gente) la sorteó Beatrix, quien sugirió colgar un aviso en la puerta de casa que dijera: VAMOS A CELEBRAR UNA

GRAN FIESTA. ESTÁIS TODOS INVITADOS. Y entonces todo el mundo iría. Su ignorancia respecto al mundo era increíble, porque su madre no podía permitirse dejar hacerles nada o tener cualquier cosa que quisieran. Pero soñar despiertos no cuesta nada y vivían en ensoñaciones, nutriendo su hambrienta imaginación con cualquier alimento que encontrasen. Estos Gifford, estos niños alocados que habían salido de un cuento de hadas, eran una fiesta.

—¿Tenéis un poni? —preguntó Blanche finalmente.

Sí. Cada uno de los Gifford tenía su poni. Pero se los habían prestado a sus primos cuando abandonaron su casa de campo. Michael y Luke estaban demasiado encantados describiendo las glorias de aquella casa, y, aunque Caroline sintió que se estaban pavoneando, fue incapaz de detener un recital que le daba tanto placer. Maud también terminó saliendo, le dieron caramelos y la incluyeron en el grupo. Los Gifford hablaban y las Cove escuchaban, sin rencor y sin envidia, sintiéndose ellas mismas enriquecidas por semejante aventura. Podrían haberse arrodillado y alabado a los Gifford por llevar todo aquello a cabo y por tener tanto.

—Y tenemos una sociedad secreta —dijo Luke—. Hebe la empezó. Se llama la Noble Alianza de los Espartanos. Me atrevo a decir que os dejará uniros cuando lleguemos todos a Pendizack.

Pobre Hebe, sentada sola en el compartimento, demasiado orgullosa para abandonar aquel asiento que tanto le había costado ganar, diana de la crítica adulta, a la que atormentaba aquella fraternidad en el pasillo. Sintió que todo el mundo era extremadamente desleal. Y conoció la amargura que experimentan todos los líderes. Se había colado con rapidez, había sido valiente, la habían pellizcado, había ganado, y todo para descubrir que sus seguidores habían desaparecido. Sacó un cuaderno pequeño y un lápiz de su bolso de mano. El cuaderno contenía las reglas de la Noble Alianza de los Espartanos. Acababa de decidir que añadiría una más, aunque no pudiese convertirse en ley hasta que los otros la hubiesen votado. Después de chupar la punta del lápiz, escribió:

Regla 13: Cuando un Espartano ha hecho algo valiente por el bien de los demás Espartanos, todos deben apoyarlo aunque esa semana no sea el líder.

9. La importancia de ser alguien

La señora Thomas estaba fregando los platos de la cena. Nancibel bajó; llevaba puesto un vestido blanco con un cinturón rojo, sandalias y gorrito rojos. Aún estaba ahorrando para comprarse un bolso rojo.

—¿Vas a salir? —le preguntó su madre, girándose.

—Sí. Voy a dar una vuelta con Alice. Pero antes te ayudo con eso. No tengo prisa.

—No te mojes el vestido. Es bonito. Ojalá llevases medias.

—¡Oh, mamá! Nadie lo hace, no en verano. Las guardo para los bailes. Dame un paño. Secaré los platos.

—Tus piernas están llenas de moratones.

—Se ven a través de las medias. Es culpa de esas palas con las que me golpeo en las espinillas.

—Quería contarte que esa vieja mujer resentida, la señorita Ellis, vino hoy a por la miel. Se quedó tanto tiempo aquí hablando que pensé que había echado raíces. No sé cómo la soportas, de verdad que no.

Nancibel se rio.

—Ha estado con gatitos todo el día porque la señora Siddal dice que no quiere limpiar la porquería de nadie.

—¿Con gatitos? ¿Qué quieres decir?

—Oh, ya sabes... ¡Es una forma de hablar! Lo que solíamos decir en la guerra. En realidad es jerga de la Real Fuerza Aérea británica, significa enfadarse.

—Me suena muy vulgar. No entiendo la mitad de las cosas que decís las chicas hoy en día. Pero ¿esta señorita Ellis? Me parece una persona muy metomentodo.

Nancibel estuvo de acuerdo:

—Es una metomentodo de cuidado, no hay nada que no sepa de los huéspedes de Pendizack, créeme. Dice que la hija del clérigo que ha llegado esta mañana, ya sabes, de la que te he hablado en la cena, se queda sentada en su habitación todo el día moliendo un poco de cristal roto con una lima de uñas, y que guarda el cristal en polvo en una caja de pastillas; y Ellis ha llegado a la conclusión de que tiene intención de asesinar a alguien. Ya sabes, ponérselo en la comida a alguien.

—¡Ella lo haría! Quería saber hasta el más mínimo detalle sobre ti. ¿Acaso no estaba yo preocupada por ti? Y lo agradecida que está de no tener ninguna hija porque a las chicas de hoy en día parece no importarles lo que hacen. Y ya sabemos cómo son los hombres, dice. De nosotras, las mujeres pobres, solo quieren una cosa. ¡Quería decirle que menuda gilipollez! Solo hay una cosa que nosotras las mujeres pobres queremos de los hombres. Pero ¿qué demonios sabrá ella, de todas formas? Apuesto lo que quieras a que nunca han hecho cola en su puerta.

—Oh, sabe más de lo que tú crees —dijo Nancibel, colgando el paño—. A veces me cuenta la historia de su vida, mientras me observa haciendo mi trabajo. La historia cambia cada vez, salvo en una cosa. Que todo el mundo la ha tratado injustamente. Eso siempre es igual.

—No quieres decir que ella alguna vez...

—¿Lo hizo? O dice que lo hizo. Y la primera vez que me lo contó me dio pena porque parece que el tipo salió por piernas. Pero después resultó que era el chico de su hermana, para empezar, y que ella lo atrapó. Y de verdad, mamá, no quiero ser mala persona, pero odio pensar en cómo será su hermana si ella es menos atractiva que la señorita Ellis. Bueno..., ¡ya la has visto!

—Sí. Y lo único a lo que me recordó fue a un sapo. Pero eso no significa nada —declaró la señora Thomas—. Cualquier mujer puede conseguir al hombre que quiera, al menos una vez, si está dispuesta a rebajarse lo suficiente.

—Eso es verdad —suspiró Nancibel.

Algo pesaroso en el suspiro de Nancibel obligó a su madre a decirle rápidamente:

—He dicho una vez, no para siempre. Y suele acabar mal.

—Así es. Lo sé. Bueno, este tipo desapareció. Pero la hermana estaba dolida al respecto y toda la familia se puso de su parte, motivo por el cual la señorita Ellis se peleó con todos sus familiares, y por eso tiene que trabajar cuando su familia es rica. Al menos es lo que ella cuenta.

Nancibel se acercó al espejo que había al lado de la puerta para echarse un último vistazo antes de salir.

—No quiero llegar tarde —dijo—. Vamos a ir un rato al desfile a escuchar a la banda.

La señora Thomas fue con ella hasta la puerta y la observó marcharse por la calle.

Si encontrase a alguien, pensó la madre. A algún tipo agradable que la apreciase y la cuidase. Que no fuese demasiado joven. Alguien mayor. Es tan dulce y tan bonita, mi dulce Nancibel. E inteligente. Nadie está a la altura, y si lo supiera se desharía de ese sentimentaloide de Brian. Pero por aquí no hay nadie lo suficientemente bueno.

Porque la señora Thomas llegó de Home Counties y despreciaba a los habitantes rústicos de Porthmerryn.

En la primera pequeña terraza en lo alto de la colina había una casa con un aviso en la puerta:

LEDDRA. DESHOLLINADOR

Aquí se detuvo Nancibel para recoger a Alice Leddra, su vieja amiga del colegio. Bajaron la empinada colina, atravesando calles estrechas hasta llegar a Marine Parade, donde una banda estaba tocando y la mitad de los habitantes de Porthmerryn paseaba de un lado a otro. Alice estaba entusiasmada con un chico nuevo con el que había ligado el miércoles en el baile del Drill Hall. Él le había dicho que se hospedaba en el hotel Marine Parade, y esperaba volver a encontrarse con él.

Nancibel se mostraba escéptica al respecto.

—¿En el Marine Parade? Entonces, ¿qué demonios hacía en el Drill Hall? En el M. P. tienen bailes todas las noches y una banda mucho mejor.

—Oh, no le gustan los bailes del M. P. Dice que la gente que va allí lo pone enfermo. Dice que no hay más que hombres de negocios y sus *bong zammies*.

—¿*Bong* qué?

—*Bong zammies*. Ya sabes... Es la palabra francesa para las putas. Es tan guapo, Nance. ¡Y sabe bailar! Pero ya ves, no se siente en casa en ningún lado por culpa de su infancia.

—¿Qué le pasó en la infancia?

—Bueno, en realidad, es toda una aventura. Nació en un

suburbio... Ya sabes... En Limehouse. Un sitio horrible. Y toda su familia estaba en el paro. Pero consiguió salir de todo aquello, estudió, hizo un montón de amigos artistas y ahora es escritor.

—¡Santo Dios! ¿Cuándo te contó todo esto? ¿En el Drill Hall?

—Sí. Me dijo que sentía que podía hablar conmigo. Sintió que yo era diferente.

—Alice, sé que nunca te has ido de casa porque estabas en la fábrica de redes. Pero incluso en Porthmerryn hubo soldados americanos. ¿Cómo puedes seguir siendo tan inocente?

—No es lo que piensas —dijo Alice un poco enfadada—. No es el tipo de chico que habrías conocido cuando estabas en el Servicio Auxiliar Territorial.

—Nunca he conocido a ningún chico que no quisiera hablar de sí mismo, y todos me dijeron que yo era diferente. Pero te diré que nunca he conocido a ninguno que ganase suficiente dinero escribiendo para hospedarse en el M. P. Esperemos que mande algo de lo que gana a su pobre familia en Limehouse.

Habían llegado hasta el rompeolas y estaban apoyadas en el parapeto, escuchando las selecciones de *Il Trovatore* que la banda estaba tocando. Atardecía y las luces del puerto comenzaban a brillar en el agua. El mar estaba muy tranquilo. Una ola suelta rompió con una sacudida indolente contra los guijarros. Al otro lado de la bahía, el faro de Pencarrick lanzó un gran haz de luz a través del aire, moviéndose circularmente desde el horizonte hasta la misteriosa y oscura masa de la casa de la ladera.

—¡Ahí está! —gritó Alice de repente.

Señaló a un jovencito increíblemente guapo que vagaba solo a regañadientes por la playa de guijarros.

A Nancibel le dio un vuelco el corazón. Y después casi se le detuvo por pura sorpresa. Porque creía que se habían acabado los momentos como aquellos, que se habían terminado para siempre. Pensaba que su corazón estaba roto. Y no quería recomponerlo; había decidido seguir adelante sin él.

—¿No es encantador? —suspiró Alice.

—¿Un suburbio? —dijo Nancibel—. ¡Menudo cuento! No ha salido de ningún suburbio. Para crecer de esa manera ha tenido que beber zumo de naranja y leche de primera calidad.

Y unos instantes después, cuando él levantó la vista, reconoció a Alice y se le dibujó una brillante sonrisa, ella añadió:

—Pero ¡mira sus dientes! Reconozco a los de los barrios pobres cuando los veo.

—Tú lo sabes todo, ¿verdad, Nancibel Thomas?

—Algunos de ellos son fuertes. Pero son pequeños y no tienen dentaduras como las estrellas de cine.

Estaba cruzando los guijarros y subiendo los escalones de piedra para llegar al desfile. Alice se metió un rizo en el gorrito de nuevo.

—¿Y cómo se llama? —le preguntó Nancibel—. No lo has dicho.

—Bruce.

Estaba de pie frente a ellas. Alice dijo:

—Esta es mi amiga, la señorita Thomas.

Y durante unos segundos, antes de que se desvaneciese, Nancibel fue incluida en esa radiante sonrisa. Descubrir que era Alguien, no otra chica del montón, la borró completamente de su cara. Él las observó, dudó y sugirió que deberían ir a tomar un helado al Harbour Café.

—Queremos escuchar a la banda —dijo Alice.

—No podéis hacer eso —protestó Bruce—. Es horrible. Las chicas como vosotras no podéis elegir música tan horrible como esa.

—Vale —dijo Alice—. Iremos al Harbour.

Lo hizo porque se le había ocurrido que de camino se encontrarían con muchas más de sus amigas y quería presumir de compañía.

Partieron los tres, y el relato tan escandaloso que les hizo sobre lo que estaba ocurriendo en Marine Parade lo convirtió en un paseo muy agradable.

—Cinco mil cupones para ropa —les aseguró—. Todos robados, por supuesto. Y lo hacen sin esconderse demasiado. El camarero jefe los vende en el comedor.

Alice gritó y quiso saber más. Nancibel no dijo nada, aunque les sonrió a ambos con simpatía. Se trata de conversaciones de camareros, pensó. Él finge tener información sobre los visitantes, pero ningún huésped sabe tanto. Es alguna especie de sirviente...

—No hablas mucho —protestó él finalmente.

—A lo mejor eso es bueno —dijo Nancibel.

—Es de las calladas —dijo Alice.

—No lo parece.

Pero él tenía dinero. Sus ropas parecían costosas y la cartera que sacó en el Harbour Café estaba llena de billetes.

El corazón de Nancibel latía ya con normalidad. Solo la había traicionado en aquel momento, cuando lo vio solo en la playa. Por unos instantes le había parecido que era algún emocionante equivalente de ella misma: soltero, joven e infeliz. Y aún sentía que podría haberle gustado si no hubiese tantas cosas que estaban mal.

Su acento estaba mal: una superestructura refinada sobre una base *cockney*. Era evidente que la mitad de las expresiones que utilizaba se las había copiado a otra persona hacía muy poco. Decoraban su discurso como los adornos a un árbol de Navidad. Y alardeaba de ello todo el tiempo: del Marine Parade, de sus amigos intelectuales, de su humilde nacimiento. Presumía con ella, algo de lo que era muy consciente, pese a que la zoqueta de Alice no parecía darse por enterada. Y cuando se fuesen a casa iba a ser muy extraño, porque él querría acompañarla y Alice pensaría que se lo estaba robando.

Pero Alice tenía su propio problema y no estaba ansiosa por dejar que él la acompañara, porque leería el aviso en su puerta. Ella misma había estado alardeando, hasta cierto punto. Así que, cuando se fueron de la cafetería, ella sugirió que él podía acompañar a Nancibel colina arriba.

—Tengo que ver a otra amiga. Así que me despido.

—Vale —exclamó Bruce, traicionado, por la celeridad de una expresión rechazada—. Es decir, no hay nada que pudiese gustarme más. Gracias por una noche deliciosa.

—Gracias a ti —dijo Alice—. Adiós, Nancibel.

—Adiós, Alice.

Caminaron durante toda la primera calle en silencio. Nancibel estaba un poco sorprendida consigo misma por permitir que la acompañara, después de haber descubierto tantas cosas de él que no le gustaban. Pero durante toda la noche, en tanto él no dejaba de hablar y de mirarla con la esperanza de que dijera algo mientras que ella se había quedado allí sentada en silencio, había sido consciente del clímax inevitable, la explicación que debía venir a continuación. Pero podrían superarlo.

Cuando se encontraron entre las pequeñas calles estrechas y empezaron a subir la colina, él soltó:

—¿Qué tipo de chica eres, Nancibel? ¿Por qué no hablas?

—Porque no me gusta tu forma de hablar —le dijo Nancibel.

—¿Eh? Eso es lo que he pensado. ¿Qué es lo que no te gusta?

—Bueno, hay una cosa... No me gusta lo que has dicho de tu casa.

—¿No te ha gustado? Supongo que debería haber ocultado que vengo de una pocilga.

—¿Por qué sigues llamándolo pocilga? —gritó Nancibel, exasperada—. Creo que es muy injusto para tu madre.

—¿Qué?

—Ha debido de ser una buena madre. Por lo que veo, de todas formas, te ha dado bien de comer. ¿Por qué tienes que decirle a todo el mundo que tu casa es una chabola de ese modo tan desdeñoso? Puede que no fuera gran cosa, pero estoy segura de que trabajó muy duro para tenerla tan bonita como pudo.

Tras aquello hubo una pausa tan larga que Nancibel pensó que se había ofendido lo suficiente para decir algo más. Alcanzaron la cima y dejaron las casas tras ellos. Un sendero serpenteante los llevó por los acantilados entre pequeños campos vallados por altos muros de piedra. El pueblo y sus luces permanecían allí abajo, y podían ver la gran curva del océano crepuscular.

—No nací en un suburbio —dijo Bruce finalmente.

—¿Qué?

—Vivíamos en una vivienda de protección oficial en un edificio del Estado. Teníamos cinco habitaciones y un baño y un jardín bastante grande. Papá estaba muy orgulloso del jardín. Nunca se quedó en el paro. Trabajaba para el Metropolitan Water Board y ganaba ocho libras a la semana. En el salón teníamos un sofá y dos sillones, y mi madre todos los lunes, antes que cualquier otra mujer de nuestra calle, siempre tenía la colada colgada.

—¡Por Dios bendito! ¿Ni siquiera naciste en Limehouse?

—No. Son todo mentiras. Diciendo Limehouse es más fácil superar la vergüenza. La gente tiene una mejor opinión de ti si has renacido de la miseria. Pero es imposible escapar de una casa como la mía.

—¿Por qué querrías hacerlo? Creo que suena genial —dijo Nancibel.

—Bueno... Quiero ser Alguien. Yo... Yo no quiero ser uno más, quiero ser original.

Nancibel asintió con la cabeza. Lo entendía muy bien, esa necesidad de ser Alguien.

—¿No estás tan disgustada como para no querer volver a hablar conmigo?

—No —dijo—. Una vez hice algo parecido. Cuando fui al Servicio Auxiliar Territorial. Dije que mi nombre era Rita. Odiaba mi nombre: suena demasiado rural y antiguo. Si me llamaba Rita pensé que podría ser una persona muy diferente a la que era.

Él seguía tan tranquilo por su comportamiento que apenas la escuchaba.

—Pero lo de que escribo es verdad —se apresuró a decir—. He escrito una novela y va a publicarse.

—¿Quieres decir que la van a imprimir?

—Sí. Y cuando tenga el dinero no haré otra cosa más que escribir. Eh... En estos momentos soy secretario... Chófer y secretario.

—¿De qué va tu libro?

—Te hablaré sobre él, si me lo permites —dijo Bruce, feliz—. Va sobre un niño, ¿sabes? Bueno, es niño al principio del libro.

Soltó la expresión del árbol de Navidad y cuanto más se emocionaba, más acento *cockney* tenía.

—Nacido en un suburbio...

—¡Por favor! —gritó Nancibel—. Estás obsesionado con los suburbios.

—Resulta que varios distinguidos escritores han visto el libro —dijo Bruce un poco estiradamente—. Y tienen, de hecho, muy buena opinión sobre él.

—Oh, estoy segura. Disculpa. Continúa.

—A algunas personas les parecerá demasiado honesto, pero si no les gusta tendrán que aguantarse. No escribo para revelar sus sentimientos. Hay que exponer este tipo de cosas.

—¿Comienzas con su nacimiento? —preguntó Nancibel, astuta.

Bruce se ablandó y continuó:

—Sí. Es un bastardo, ya sabes.

Esto, para Nancibel, era un reflejo del carácter del niño, no algo de su estirpe, por lo que preguntó:

—¿Por qué? ¿Qué es lo que ha hecho?

—No ha hecho nada. Pero no tenía padre. Su madre hacía

la calle. El capítulo inicial, en el que nace, es bastante fuerte. Así que crece en ese horrible entorno y después llega la guerra y lo evacúan al campo.

—¡Eso es algo bueno!

—No, no lo es. Lo envían a una granja horrible donde lo tratan peor que nunca. Es una de esas granjas abandonadas en la que suceden cosas de las que nadie se atreve a escribir. Pero voy a hacer que la gente esté expectante. Bueno, entonces él crece un poco más y conoce a esta mujer... Es bastante más mayor que él, una mujer rica, aristócrata, y muy bella, por supuesto, y ella se ocupa de él, solo por capricho, y se convierte en su amante.

—¿Dónde la conoce? —preguntó Nancibel.

—Es el botones en el hotel donde ella se hospeda. Pero ella se lo lleva a su casa en Mayfair. Ella es una depravada de cuidado, por supuesto. Y cuando él descubre lo que es en realidad, la estrangula y lo cuelgan.

—¿Eso es todo?

—Sí. Quería titularla *Desperdicio*. Pero ese nombre ya está cogido. Así que voy a llamarla *El chico del ahorcado*.

Hubo una pausa y Nancibel sintió que tenía que decir algo.

—Bueno —se atrevió a decir—, espero que ahora que lo tienes todo escrito te sientas mejor.

—No te llama nada en absoluto como historia, ¿verdad?

—No, no mucho. Me temo que no me gustan los libros tristes.

—¿Qué tipo de libros te gustan?

—Me gustan los libros sobre gente agradable. Y una historia con final feliz.

—Pero, Nancibel, eso no es fiel a la vida.

74

—Me atrevo a decir que no. ¿Por qué debería serlo?

—Eres una soñadora.

—¿Disculpa?

—No quieres enfrentarte a los hechos.

—No en libros de ficción, no. Ya me enfrento a suficientes de lunes a sábado sin tener que leer sobre ellos.

Bruce suspiró.

—No creo que un libro tenga que ser triste —dijo Nancibel—, a menos que sea un gran clásico, como *Cumbres borrascosas*.

—¡Oh! Has leído *Cumbres borrascosas*. ¿Te gustó?

—Sí, pero creo que no era el papel adecuado para Merle Oberon. Corriendo con los pies descalzos, bueno, se pasó la mayor parte del tiempo cojeando. Era obvio que no estaba acostumbrada a eso.

—Ah, te refieres a la película.

—Sí, la película. Fue todo un clásico. Como *Orgullo y prejuicio*. Esas hermanas Bronty eran escritoras clásicas.

—Ver la película no es lo mismo que leer el libro.

—Oh, no lo sé. Es la misma historia, ¿no? Pero a lo que me refiero es que si eres un autor clásico está bien; puedes atraer el interés de mucha gente a la que no le importa que sea triste.

—¿Y no soy un escritor clásico? —sugirió Bruce.

—No puedes serlo hasta que estés muerto —dijo Nancibel.

—Resulta que las Brontë estaban vivas cuando escribieron sus libros. No esperaron hasta estar muertas.

—Oh, ya veo lo que quieres decir. Bueno... Todo dependerá de si consigues llamar la atención de la gente, ¿no?

—¿Y a ti no te interesa?

—Tal y como me lo estás contando, no. Mira, esa es mi casa. Buenas noches, Bruce.

—Buenas noches, Nancibel.

Subió corriendo un sendero y abrió la puerta de su casa. Él la vio, por un momento, enmarcada en un rectángulo de luz y distinguió de refilón a una familia en su interior, sentada alrededor de una mesa, con tazas de té. Las caras se giraron para saludarla. Después, la puerta se cerró.

Se giró y caminó de regreso al pueblo. Nancibel era una chica estúpida, casi analfabeta. Nancibel era única: la chica más deliciosa que había conocido jamás. *El chico del ahorcado* era una tontería. Lo quemaría. Era un gran escritor clásico y estaría a la altura de «las hermanas Bronty» si pudiese encontrar algo sobre lo que escribir. Pronto, muy pronto daría con algo. Tenía el mundo ante sí. Debía volver a verla.

Lo habían desanimado y lo habían alentado; humilde pero lleno de una euforia tonificante. Sabía que hasta la fecha no había hecho absolutamente nada, pero nunca había estado tan seguro de que era Alguien. Caminó flotando hasta que el camino lo llevó de nuevo frente al pueblo. Allí abajo la banda aún seguía tocando.

Se le cayó el alma a los pies. Recordó quién era y lo que era.

DOMINGO

1. Extracto del diario del señor Paley

17 de agosto de 1947

Anoche volví a tener el mismo sueño. Me desperté enfermo y muy frío. No pude volver a dormir. No quiero describirlo aquí, pero lo haré si vuelvo a tenerlo. No estoy seguro de que sea un sueño.

Estoy sentado junto a la ventana, en mi sitio habitual. Christina tiene intención de ir a la primera eucaristía. Anoche rompió nuestro contrato de silencio y me preguntó si sería tan bueno como para despertarla a las siete de la mañana. Le prometí hacerlo.

La iglesia de aquí me da igual. El pastor es anglocatólico y se llama a sí mismo, creo, «padre Bott». Tiene problemas constantes con su obispo; reserva el sacramento, escucha confesiones y no lee lo que está escrito en el libro de rezos, sino que lo edita y altera de un modo de lo más irresponsable. Se atribuye a sí mismo un prestigio y una autoridad que serían perfectamente propias de la comunión católica, pero que respecto a los de la Iglesia de Inglaterra, en mi opinión, no le da ninguna concesión.

Aun así, creo que es mi deber acompañar a Christina. No debería comunicarme, por supuesto. No me considero digno de recibir el sacramento. Cuando se lo expliqué a Mallon, el párroco de Stoke, me dijo que nadie lo es. Fallé estrepitosamente a la hora de explicarle mis motivos. Me hubiese dado el sacramento sin ningún escrúpulo en absoluto. Me dijo que Dios me había perdonado. Le dije que yo no me perdono a mí mismo.

Mi esposa, le dije, afirma que me ha perdonado. Pero no creo que debiera hacerlo. Si hubiese tenido un sentido de la justicia más estricto, una apreciación más sutil de los valores morales implicados, se hubiese visto obligada a juzgarme de otro modo. Me preguntó si esa opinión servía también para el Todopoderoso. Le dije que no podía suponer que el Creador fuese inferior a sus criaturas. ¿Por qué debería suponer que Él me perdona si yo no me perdono?

Sé lo que hay en la mente de Christina. Hoy es el cumpleaños del bebé. ¿Acaso se cree que no lo recuerdo? Se queja, o solía quejarse, de que no podía soportar estar sola en su duelo. Pero ¿cree de verdad que está sola? ¿Acaso hay algún recuerdo que la torture a ella y no me torture a mí también? Mientras nos arrodillemos uno al lado del otro en la iglesia, los dos estaremos recordando las mismas escenas. Para mí serán más claras que para ella, porque mi memoria es más precisa.

Podría describir el papel pintado de la pared de la habitación donde ella estaba: tenía un patrón de lazo azul sobre fondo blanco; el lazo se cruzaba en una especie de entramado sobre ramos de acianos. Estábamos alojados en Leeds. Era una habitación tan pequeña que apenas sabíamos dónde poner la cuna. Aquel día fue el más feliz de nuestras vidas. Pero incluso entonces me hizo enfadar porque quería una baratija, una colcha rosa que había visto en algún escaparate. En ese momento se nos iba de presupuesto. Habló a las bravas, sin intentar no hacerme daño. Pero ella no debería haberme recordado lo pobre que era yo. Si hubiese podido le habría comprado la colcha rosa. De haber podido, le habría regalado la luna. Lo que conseguía quejándose era hacerme sentir que se arrepentía del lujo de casa al que había renunciado casándose conmigo. Pero no dije nada porque estaba débil y enferma. Hoy en la iglesia, ¿recordaría todo esto? Yo sí.

2. Se necesitan dos personas para hacer una cama

La señorita Ellis oyó pasos en el pasillo y devolvió rápidamente el diario del señor Paley al lugar donde lo había encontrado. No quería, de ningún modo, leer mucho más. Los diarios que merecían la pena ser leídos, en su opinión, no solían dejarse a plena vista, y el señor Paley no era precisamente la excepción que confirmaba la regla.

Nancibel entró. La señora Siddal se había rendido al argumento de la señorita Ellis de que se necesitaban dos personas para hacer una cama, y había accedido a que Nancibel la ayudase con esta tarea en las habitaciones de la planta alta antes de empezar a fregar. Pero era inflexible respecto a los orinales.

—Cuesta creer —dijo la señorita Ellis— que estos dos tuviesen una hija, ¿verdad?

—¡No veo por qué! —dijo Nancibel, tirando del pesado colchón doble.

—Bueno, la tuvieron. Pero murió.

—¿Cómo lo sabes?

—Oh, sé bastantes cosas sobre ellos.

Nancibel dejó de pelearse con el colchón y se quedó a un lado de la cama, mirando a la señorita Ellis. En todas las habitaciones pasaba lo mismo. Ella hacía todo el trabajo mientras la sirvienta hablaba. Pero ya no podía más.

—Fue una gran tragedia —continuó la señorita Ellis—. La familia de ella era rica y él, bastante pobre, y no querían que se casara con él. Así que ella se escapó. Pero él no pudo superar que no considerasen lo bastante bueno. No podía perdonar las cosas desdeñosas que habían dicho. Hizo que su mujer cortase todos los lazos con ellos; no le permitía escribirles ni nada por el estilo.

»Bueno, lo pasaron fatal. Eran pobres como ratas. Y ella no estaba acostumbrada a eso, claro. Sigue, ¿no? ¿A qué estás esperando?

—Lista cuando usted lo esté, señorita Ellis.

La señorita Ellis se quedó quieta en ese lado del colchón y le dio un toquecito suave, quejándose:

—No tiene derecho a tener estas cosas tan pesadas. Si me sale una hernia la demandaré y le exigiré una compensación. Dejémoslo, ¿no te parece? Es domingo. Bueno..., tuvieron a la bebé y enfermó. Tuberculosis. Y no tenían dinero para un sanatorio y él no le permitió escribir a su familia. Y ella dijo que si la bebé moría nunca se lo perdonaría. Y la bebé murió y nunca se lo perdonó.

—Si hubiese estado en su lugar —dijo Nancibel, cogiendo una sábana— habría escrito igualmente. Sí, lo habría hecho. Y habría conseguido el dinero y habría llevado a la bebé al sanatorio cuando él le diese la espalda, y me habría negado a decirle dónde estaba. Oh, yo habría sido egoísta.

—No es de las que se defienden a sí mismas. Y no es que él no se culpe. Lo hace. Sabe que es su culpa que la bebé no esté viva hoy por hoy. Y ahora también tiene mucho dinero. Empezó a conseguirlo después de aquello y montó una galería de arte o construyó algo.

—Pobres criaturas —dijo Nancibel—. Ahora entiendo por qué parecen tan tristes.

Las voces en el jardín hicieron que la señorita Ellis se acercase a la ventana. Nancibel, decidida a no hacer más camas sola, se quedó quieta con la sábana en la mano.

—Ven aquí y mira, por el amor de Dios —exclamó la señorita Ellis—. ¿Qué demonios estarán haciendo esos niños?

Nancibel se unió a ella a tiempo para ver a las pequeñas Cove haciendo la primera de las siete pruebas impuestas por las leyes de la Noble Alianza de los Espartanos. Caminaban a ciegas por un pretil de piedra al final de la terraza, donde las rocas caían abruptamente hasta la playa. Los Gifford corrían por el camino a su lado, gritando órdenes:

—¡Seguid! ¡Seguid! ¡Estáis a medio camino! Os avisaremos cuando lleguéis. No paréis. Si lo hacéis, quedaréis descalificadas.

En una única línea se tambaleaban y vacilaban, con los brazos estirados, y sin separar los pies descalzos de la piedra irregular. Pero no se detuvieron hasta que alcanzaron el final del pretil y Hebe las bajó, a una después de la otra, poniéndolas a salvo.

—¡Es esa Hebe! ¡Ha sido cosa suya subirlas ahí! —gritó la señorita Ellis—. Si algún niño se merece que le azoten, es ella. Pero ¡venga, venga, Nancibel! La señora Siddal no te paga para que estés de pie mirando por la ventana. ¡Ahora entiendo por qué se tarda tanto en hacer las camas!

3. La gente buena viene y reza

El pueblo de Pendizack Church se asentaba en los desnudos campos de las tierras altas, en lo alto del acantilado. Consta de siete casitas de campo, una oficina de correos y un bar, agazapado detrás de una lanosidad de árboles detrás de una enorme iglesia, la iglesia de St. Sody, que llegó hacía mucho tiempo de Irlanda, en un barco de madera, con otros diez mil santos.

Apenas va gente a los servicios durante la mayor parte del año, porque la mayoría de los habitantes van a la capilla y a los parroquianos acomodados no les gusta el anglocatolicismo del padre Bott. Pero en la temporada de verano la belleza del paseo del acantilado, la fama del coro y los rumores de un ritual fantástico, traen consigo un goteo de visitantes de Porthmerryn. A la misa en St. Sody van aquellos que se hospedan en el hotel Marine Parade que normalmente no suelen ir a la iglesia para nada.

Bruce, sin embargo, no subía esa empinada colina por amor al Plain Song, o por las vistas costeras, o para ver al hombre que decían que había traído a un burro al presbiterio el Domingo de Ramos. Iba porque le habían dicho que fuera. Su amante quería ver el lugar y le había ordenado acompañarla. Así que él esperaba, con bastante mal humor, en la recepción del hotel, consciente de las miradas desaprobadoras de los otros huéspedes.

Ella apareció inmediatamente en lo alto de las escaleras. La cruel luz del sol mañanero, reluciendo sobre ella desde la ventana de la escalera, enfatizaba su edad, su corpulencia y su abandono; hizo que se sintiera considerablemente tranquilo. Nadie podía suponer, salvo aquellos que tuvieran una mente sucia, pensó, que era algo más que su secretario y chófer, un simple trabajador.

—¿No tienes que llevar sombrero? —preguntó él mientras salían del hotel.

—¡Dios mío! —dijo la señora Lechene—. ¡Espero que no! ¿Crees que me echarán de la iglesia? No tengo sombreros.

Aunque lo intentase no conseguiría un sombrero, pensó Bruce. No se ha creado aún el sombrero que quede bien en esa cabeza. Debería estar agradecido de que llevase el pelo recogido y no suelto.

Porque Anna Lechene estaba muy orgullosa de su pelo, que era oro puro, muy grueso, bastante liso, y que le llegaba hasta las rodillas. No perdía ocasión de dejárselo suelto. Pero cuando se veía obligada a recogérselo, se hacía una trenza con mechones gruesos y se lo enrollaba alrededor de la cabeza. El efecto era llamativo, aunque quizás inestable.

—Al menos no llevo pantalones de vestir —dijo ella—. Me he puesto un vestido, ¿no es verdad?

Sí, pero ¡vaya vestido! Está bien para una chavala de trece años. Nadie mayor de veinte debería llevar esos *dirndls*. Oh, ¡de acuerdo! Sé que lo hacen todas las abuelas en Macedonia o de dónde sea que lo trajiste. Pero esto no es Macedonia.

Mientras la seguía por Fore Street, se quedó mirando maliciosamente la ancha espalda de Anna. Era un hombre voluble. Hacía poco había admirado la dorada cabeza y los bordados rurales de Anna. Pero se alegró en cuanto abandonó la abarrotada calle y se dirigió a un tramo de escaleras que llevaban colina arriba.

—¿Dónde está la iglesia a la que vamos? —preguntó él.

—En los acantilados, a mitad de camino a Pendizack. Seguro que has visto la torre.

—¿Eh? Ah, sí, la he visto.

Se animó. La torre estaba cerca de la casa de Nancibel. Se había dado cuenta anoche, allí de pie contra el cielo vespertino. Puede que vuelva a verla. Quizás esté en la iglesia.

La señora Lechene, resoplando ligeramente porque los escalones eran empinados, estaba hablando del padre Bott. Había oído decir que era un hombre extraordinario.

—Un célibe —añadió meditativamente.

Un canalla afortunado, pensó Bruce, e hizo pequeños ruiditos de aprobación mientras Anna especulaba sobre las causas y efectos del celibato en el padre Bott.

En la cima de la colina pasaron por un horrible y pequeño edificio llamado Bethesda donde ya resonaba el primer himno de la mañana:

Oh eso será.
¡Gloria para mí!
¡Gloria para mí!
¡Gloria para mí!

Y reflexionó respecto a que debería agradecerle a Anna por no llevarlo allí, sin saber que Nancibel estaba dentro, con toda su familia. Los domingos por la mañana se tomaba un rato libre de Pendizack para ir a la capilla. Pero él aún tenía la esperanza de encontrarla entre el rebaño de gente en St. Sody y continuó hacia aquella alta torre cuadrada.

Qué pensará, reflexionó, mientras la grande y pura curva del mar estuvo de nuevo al alcance de su vista. ¿Qué pensará sobre mí y sobre Anna? Nada. ¿Por qué debería pensar algo? Si me la encuentro de nuevo y me pregunta, se lo contaré: es la señora Lechene. Mi jefa. Es escritora. Una escritora de renombre. No. Sus libros no te interesarían. Ha sido muy amable conmigo. Consiguió que un editor aceptase mi novela. Es muy amable con los escritores jóvenes. Sí, sé que tiene una apariencia peculiar. Como la mayoría de las escritoras. Si hubieses conocido a tantas escritoras como yo, no te parecería tan extraña. Sí, señora Lechene. No... Bueno... Creo que se ha divorciado. Mecanografío sus novelas y conduzco su coche. Soy su secretario y su chófer.

—Es bonito esto —dijo astutamente—. Creo que después de la misa daré un paseo para ver los acantilados.

Anna se giró y dijo con brusquedad:

—No lo creo. Después de la iglesia volverás al hotel y terminarás de mecanografiar esos tres capítulos de B. S. No sé por qué no los terminaste anoche.

El B. S. era *El bosque sangrante*, una novela basada en la vida de Emily Brontë en la que Anna estaba inmersa.

—No me queda papel de calco —dijo Bruce.

—¡Santo Dios! Siempre te falta lo mismo. Nunca he conocido a un chico como tú. Ve a comprar más.

—No puedo en domingo. Las tiendas están cerradas.

En la torre empezó a sonar un repiqueteo de campanas que resonó por los campos y por la tranquila profundidad azulada del mar. A lo lejos, una procesión de gente llegaba por el estrecho camino a través de los trigales. Así colocados, en una única fila, parecían infinitos. La lideraba Gerry Siddal y tras él iban Duff, Robin, el canónigo Wraxton, Evangeline Wraxton, la señora Cove, Maud, Beatrix, Blanche, Michael, Luke, Hebe, sir Henry Gifford, Caroline y, a una distancia considerable, el señor y la señora Paley.

—¿Podría ser un Butlin's Camp? —especuló Bruce.

—No —dijo Anna—. Hay un pequeño hotel allí abajo, en la cala. He oído decir que es muy atractivo y cómodo. Estaba pensando en ir allí cuando nos vayamos del Marine Parade. Pero no sé si me gustan las pintas de los huéspedes, si son estos.

—Una chica bonita y pequeña —dijo Bruce.

Ella pensó que se refería a Evangeline Wraxton y exclamó:

—¿Qué? ¿Ese esqueleto vestido de tweed?

—No —respondió él—. La muchacha de verde. La que está hablando con su padre.

—Oh —dijo Anna, ligeramente calmada—. ¿Te refieres a la señorita Bobby Sox? —Escudriñó a Hebe, que iba dando saltitos y se giraba para reírse de sir Henry, y añadió—: Diría que poniéndole ojitos a su padre.

—La gente buena viene y reza —gritaban las campanas.

La tropa del Pendizack subió los peldaños hasta el patio de la iglesia. Cada uno, por turnos, se delineó contra el cielo durante unos instantes, en lo alto de la pared de piedra, y después desaparecieron de la vista. Cuando Anna y Bruce llegaron al edificio, estaban todos dentro. Los chicos Siddal se habían ido a la sacristía, porque Duff y Robin cantaban en el coro y Gerry servía en la misa. Los demás encontraron asiento en la gran nave vacía. Como es habitual entre los feligreses, se sentaron más bien en la parte de atrás, dejando libres los bancos de las filas de delante. Un anciano repartió los libros de oraciones a los veraneantes que no tenían ninguno. Las campanas cesaron. Hubo un estruendo de pasos mientras los ocho campaneros descendían de la torre; en esa pequeña parroquia todos tenían doble trabajo, y necesitaban a seis de ellos en el coro.

Anna y Bruce se sentaron en un banco justo detrás de los Wraxton. Un ligero olor a madera putrefacta se mezclaba con el hedor del incienso. La gran iglesia se estaba cayendo rápidamente a pedazos y el pobre padre Bott no podía recaudar el dinero suficiente ni para reparar los bancos.

—Un poco apestoso —comentó Anna en voz alta.

Todos los niños de la congregación giraron la cabeza para ver quién lo había dicho.

—¿Quién demonios se supone que es? —continuó mientras señalaba un estandarte de St. Sody que utilizaban en las procesiones.

—No tengo ni idea —murmuró Bruce.

—Es bastante bueno —declaró—. Un poco afeminado... Supongo que uno de los artistas de Porthmerryn lo diseñó para ellos.

En ese momento se dio cuenta del semblante airado del canónigo Wraxton, que se había girado y la estaba mirando.

—¿Sería tan amable de no hacer tanto ruido? —ladró.

Anna lo miró boquiabierta. No le gustaban los clérigos y normalmente era borde con ellos. Pero ellos no solían serlo con ella.

—Bueno... —dijo ella finalmente—, me ha sorprendido.

—Lo digo en serio —vociferó el canónigo—. Si no puede comportarse decentemente, haré que la echen.

—Está montando un escándalo —le replicó Anna.

—¡Cállese! —susurró Bruce, escandalizado muy a su pesar.

—¿Por qué debería callarme? Esta no es su iglesia. O, si lo es, no sé por qué está tan vacía.

El canónigo estaba en ese momento examinando a Bruce.

—Si tiene alguna decencia —dijo él—, convencería a su madre para marcharse.

Nada podría haber callado a Anna de un modo más efectivo. Durante unos segundos se quedó sin saber qué contestar. Y la aparición de Gerry en el presbiterio, llevando una vela, la distrajo del asunto. Encendieron una vela detrás de otra. El canónigo, que parecía un toro en el campo, se giró para examinar esta novedosa enormidad. Anna se rio pero no se atrevió a volver a hablar. La congregación habían dejado de mirar antes de que la cruz que precedía al coro apareciese, y el padre Bott, rodeado por sus siervos y acólitos, emergió de la sacristía.

4. Notas mecanografiadas del sermón del reverendo S. Bott. Domingo, 17 de agosto de 1947

—«entregar JS DEL DEMONIO»

q1 Miedo. Inseguridad. Bomba atómica. £Indefensión

2 Nada nuevo respecto al demonio. Las razones son tan viejas como Adán. Pero los efectos son más espectaculares. Pecado.

e 3 El pecado aísla el alma z(@) de Dios. (b) de los prójimos. Generosidad mutua, disposición para dar y aceptar, condición esencial de la Salvación.

4 La enseñanza de la Iglesia. Hay 7 formas letales de aislamiento espiritual. Los vicios que destruyen la gratitud y la generosidad.

El ORGULLO no acepta nada.

E

La ENVIDIA no da nada.

La PEREZA es especialmente traicionera para lo intelectual.

xxxxxxxxx sustituye la especulación por la acción.

xxxxx24@5£ IRA lujuria por el poder.

S LA LASCIVIA explotación sexual. «Lo insensibiliza todo en el interior y endurece los sentimientos.»

X GULA. Su Dios está en el estómago.

7 CODICIA. Explotación financiera.

Estos pecados son las armas más letales del enemigo.

Debemos temerlos más que a cualquier arma del hombre.

Nuestra única protección es la Gracia.
£De ahí la importancia de la última petición en la oración del Señor.

5. El canónigo testifica

Sí, pensó sir Henry Gifford, mientras se arrodillaba para el himno de la colecta. Pero ¿dónde entro yo? Soy un pecador, supongo. Todos lo somos. Pero de toda esa lista, ¿cuál es el mío y qué hago al respecto? El número 4. Lo sé. Una canción bonita y fácil. No creo que esté orgulloso. Sé que no soy envidioso.

El amor se renueva cada mañana
y pone a prueba nuestro despertar y revuelta;

No soy perezoso. Trabajo muy duro. Y tengo mucha práctica controlando mi temperamento.

a través del sueño y la oscuridad traídos a salvo,
restaurados en la vida, poder y pensamiento.

Y tampoco soy particularmente codicioso, lujurioso o goloso.

Hay nuevas misericordias cada día...

Si fuese codicioso, me iría a las islas del Canal y eludiría los impuestos. Pero me niego a eso. Y si lo hago, si ella me agota y lo consigue, no será por orgullo o envidia o nada de esa lista. Será por puro cansancio. Aquí viene el plato. ¡Santo Dios! ¡A Michael se le va a caer! No... Todo bien. Hebe no tenía por qué empujarlo así. Es insoportablemente mandona. ¿Se lo devuelvo o se lo paso a los Cove? Una libra parece mucho, pero no tengo suelto. Mañana tendré que hacerme con monedas. Mi pecado es la debilidad. Y creo que es el pecado de casi todos los que estamos aquí. No hacemos el mal, pero cedemos... Dejamos que nos intimiden.

La ronda trivial, la tarea común,
nos proveerá de todo lo que necesitemos preguntar,
y tendremos la posibilidad de negarnos a nosotros mismos,
[un camino...

Pasaron años antes de que me percatara de que ahí había una coma. Pensé que era «Y tendremos la posibilidad de negarnos a nosotros mismos un camino...». Una especie de hito del contorsionista. Sí, pura debilidad. En realidad, hay muy poca gente totalmente malvada en el mundo, pero dejamos que nos dominen. Eirene..., ¿pienso realmente que es malvada?

Y ayudarnos, en este día y siempre,
a vivir más cerca mientras recemos. Amén.

Sí, lo pienso. A veces lo pienso.

Los Gifford esperaban que la misa terminase después de la ofrenda. Pero ha continuado. Todo el mundo se ha arrodillado y el padre Bott ha rezado por los feligreses. Después, dirigiéndose a la congregación, balbuceó una invocación que la mayoría desconocía. Todos los pequeños Gifford comenzaron a pasar las páginas de sus libros de oraciones. También lo hicieron Beatrix, Blanche y Maud, ansiosas por hacer todo lo que los Gifford hacían, hasta que su madre apartó sus manos enguantadas de negro de su cara y les frunció el ceño. Con lo cual las tres Cove se quedaron inmóviles, con la frente apretada contra el saliente del banco de la iglesia, y con la parte trasera e infantil de sus cuellos expuesta al mundo.

—Es el momento de la comunión —susurró sir Henry.

Hebe parecía sorprendida y protestó:

—No deberíamos estar aquí. No estamos confirmados.

—Lo sé. Pero debéis quedaros y arrodillaros en silencio.

Se sintió avergonzado de sí mismo, porque habían pasado años desde la última vez que había escuchado esta misa. No era muy practicante, pero consideraba que los niños debían crecer en un ambiente religioso y si nadie más estaba disponible para acompañarles, lo haría él mismo. Él, también, solo esperaba los maitines, en los que lo único que tendría que ofrecer sería un comportamiento decoroso. Intentó recordar los detalles del ritual que seguía, y después intentó recomponer sus pensamientos en una especie de gravedad sincera, como hacía en los funerales. Porque sentía que sería indecente obcecarse con temas triviales en un momento que para sus vecinos era de suma importancia.

Pero en los funerales siempre podía pensar en la muerte, que dignificaba la vida y abolía lo trivial. Sin embargo, en ese momento no se le ocurría ningún tema adecuado. Sus reflexiones durante el himno habían sido demasiado imparciales, demasiado frívolas. Quería sentir, si es que podía hacerlo. Se quedó mirando la parte superior del banco que tenía delante e intentó despejar su mente de todos esos asuntos insignificantes que lo invadían a diario, como una calle que hay que despejar para que pase la procesión. No llegó ninguna. *Debo pensar en la gente a la que quiero*, decidió, y después no se le ocurrió nadie. *Los niños...* Miró a las pequeñas criaturas que tenía a ambos lados. Caroline tenía su cabeza hundida entre los brazos. Luke estaba siguiendo la misa en su libro de oraciones. Michael estaba girando un botón de su chaqueta. Hebe estaba arrodillada, erguida, observando con avidez al padre Bott. No le importaban mucho. Eran asunto de Eirene. Solo uno de ellos era suyo y era la menos vistosa. Habían pasado cinco años en América, durante la guerra. Y apenas los veía incluso estando en casa. ¿Estaban bien? ¿Eran felices? ¿Estaban creciendo como deberían?

Las especulaciones incómodas no eran demasiado apropiadas. Debía posponerlas para un momento menos sagrado. Haría mejor en pensar en su propia infancia, en las personas a las que había amado y que ya no estaban, en los lugares que recordaba, en los momentos felices. Atravesó los años y buscó un camino de vuelta.

Las malas sensaciones de Evangeline habían empezado a remitir. No iba a pasar nada horrible. Aquel pequeño alboroto antes de que empezase la misa no había sido nada: esa gente se lo merecía de verdad. Lo que más la angustiaba no había sucedido, a pesar del incienso y las genuflexiones y las velas. Dios lo había evitado.

Su padre no había participado en el servicio, eso era cierto. Se había quedado sentado con los brazos cruzados, observándolo todo con una expresión de diversión absoluta, como si le hubiesen dicho de antemano algo de los merecidos castigos divinos que iban a superar al padre Bott. Y eso ya era suficientemente malo, porque la gente se lo quedó mirando cuando no se puso de pie para la Avaricia. Pero ella estaba acostumbrada a que los observasen y si él se callara, ella creería que Dios estaba realmente escuchando sus plegarias. Le mostraría gratitud. Abandonaría su pecado, aunque nadie podría calificarlo como tal porque no hacía daño a nadie. A lo mejor era una pérdida de tiempo moler cristal con una lima de uñas, pero ¿seguro que no había nada peor? Porque nunca lo usaría, nunca haría nada malo con ello. Y le aliviaba enormemente poseer ese pequeño pastillero lleno de cristal en polvo. Decían que era indetectable en la comida de una persona. Si fuese una mujer malvada, podría liberarla de este martirio. Era un pequeño pero muy poderoso tesoro, esa caja. A veces la besaba. Pero si Dios mantenía al canónigo en silencio, entonces Dios estaba ahí de verdad y lo aplacaría lanzando el pastillero al mar. Porque Él lo sabría todo de esa caja.

Cuando me haya confirmado, pensó Caroline, seré religiosa. El obispo pondrá su mano en mi cabeza y el Espíritu Santo me atravesará como una corriente eléctrica, y seré religiosa. Pero Hebe desearía ser el obispo.

—Es muy adecuado, muy correcto y nuestro deber imperioso... —entonó el padre Bott.

¡La cena del Señor!, pensó Beatrix Cove. Estoy en la cena del Señor con Hebe y toda esta gente. Su corazón rebosaba de éxtasis. Levantó la cabeza y miró la brillante luz de la vela, esperando en parte ver una larga mesa con todos los discípulos alrededor de ella y a la Presencia Divina en el medio. Pero solo vio al padre Bott y a Gerry Siddal. Había sido muy bonito cuando el joven señor Siddal agitó el incienso en dirección a la gente y se inclinó, y todos se inclinaron educadamente a su vez. Esas atentas cortesías eran la esencia pura de la Festividad. Miró a su alrededor para ver si Blanche estaba tan feliz como ella. Pero Blanche, blanca y rígida, tenía lágrimas en las mejillas, no de felicidad sino de dolor. Arrodillarse le había provocado de nuevo un agonizante dolor de espalda y estaba totalmente concentrada en soportarlo. Pero llamó su atención y le dedicó una leve sonrisa.

—Elogiándote eternamente y dicieeendo...
Duff y Robin fijaron su mirada sobre sus partes en los Santos y respiraron profundamente.
—¡Santo! ¡Santo! ¡Santo! —cantó el coro de St. Sody.

Me volví muda, rezó Christina Paley, y no abrí la boca. Porque era tu voluntad... Escucha mis plegarias, oh Señor, y permite que tu oído escuche mi llamada. No calles ante mis lágrimas.[3] Porque soy una extraña para usted y una residente temporal, como lo han sido todos mis padres. Oh, préstame un poco para que recupere mi fuerza antes de irme de aquí y que no me vuelvan a ver.

El padre Bott estaba hablando entre susurros y cuando se detuvo, tres suaves y claras notas de una campana llenaron el silencio, justo antes del increíble horror que cayó sobre ellos.

3 Salmo 39: 12. *(N. de la T.)*

99

Una especie de bramido emergió de la nave. Una gran voz estaba gritando:

—¡Denuncio este teatro!

La sorpresa fue tal que todo el mundo retrocedió, como si los hubiesen golpeado. Estando aún arrodillados, se giraron para ver al canónigo levantándose de su banco.

—Esta es una iglesia protestante... —comenzó.

Lo interrumpió un intenso grito de su hija. Los nervios de Evangeline se habían quebrado. No solo estaba temblando, estaba golpeando el saliente del banco con su libro de oraciones.

—¡No! —gritó—. ¡No! ¡No! ¡No! No lo soporto. No puedo... ¡Aaay! ¡Aaaay!

Este ataque desde atrás pareció confundir al canónigo. Tenía intención de caminar hasta el altar y atacar al padre Bott. Pero acababa de girarse para ordenarle a la chica que se callara. Aunque ella lo único que hizo fue gritar más alto. Él la agarró del brazo e intentó que se pusiera en pie mientras ella se reía como una loca y lo golpeaba con el libro de oraciones.

—Que alguien me ayude —dijo casi con humildad.

La congregación, paralizada, se levantó. Bruce y sir Henry fueron a ayudarlo y entre ellos sacaron de la iglesia a la chica que reía y gritaba. El sacristán cerró la puerta ante el ruido, pero aún persistía una especie de sollozo porque muchos de los niños habían empezado a llorar. Pasaron unos minutos antes de que estos suspiros de congoja remitieran y el padre Bott pudiera terminar la consagración.

6. ¿Te hace bien estar enfadado?

—Pero no tienes ni idea —dijo Gerry— de lo absolutamente desagradable que fue. Menuda atrocidad... Lees sobre ese tipo de cosas en los periódicos y ya resulta bastante sorprendente en ese momento. Pero estar allí... Tienen que irse. No podemos hospedarlos. Le dije al padre Bott... Le dije que los echaríamos de inmediato.

—No podemos hacer que se vayan —suspiró la señora Siddal—. Hablé con el canónigo Wraxton. Le expliqué lo vergonzoso que es para nosotros. Pero lo único que dijo es que había pagado por una semana y que iba a quedarse una semana.

—¿Y qué hay de la chica? Fue peor que él, esos horribles ruidos que hizo.

—No sé dónde está. No bajó a comer y no está en su habitación.

—¿Padre...?

—Gerry, ya sabes que no lo hará.

—Muy bien entonces. Lo haré yo. Ahora mismo iré a hablar con esa vieja bestia. Le diré que tiene que marcharse. Dame el dinero que pagaron y se lo devolveré.

Gerry se fue escaleras arriba, decidido a tener una pelea con alguien. Su naturaleza no era belicosa, pero sentía que la atrocidad cometida aquella mañana exigía tomar medidas de algún tipo. Había que acabar con los Wraxton. No veía muchas diferencias entre ellos, ni tenía muy claros los hechos. Habían montado un alboroto de lo más blasfemo, gritando y riendo, hasta que los echaron. Desde su puesto, en el altar, había visto muy poco. Había intentado ir corriendo para golpear al canónigo Wraxton, pero el padre Bott lo había sujetado. No se había dado cuenta de que la risa de Evangeline provenía de la histeria, no de la burla, y estaba convencido de que la interrupción había sido deliberadamente planeada por los dos infractores.

El canónigo estaba tumbado en la cama echándose una siestecita. Pero cuando Gerry entró, se sentó y apoyó los pies en el suelo.

—¿Y bien? —reclamó—. ¿Qué puedo hacer por usted?

Gerry puso las doce guineas en la mesita de noche.

—Deben irse, por favor —dijo—. De inmediato. Aquí tiene el dinero que pagó.

—¿Es usted el propietario de este hotel? —preguntó el canónigo.

—No, hablo en nombre de mi madre.

—¿Por qué no lo hace ella misma?

—Porque no la escucha.

—La escuché. Es ella la que no ha debido escucharme o ya le habría contado lo que le dije.

Y el canónigo volvió a tumbarse en la cama.

—Me dijo que usted no pensaba marcharse.

—Y le dije que si quiere que me vaya tendrá que traer a la policía para que me eche. Que nadie se equivoque al respecto.

—¡Muy bien! —dijo Gerry.

—También le dije que, si me echan, la denunciaré por incumplimiento de contrato. Aceptó hospedarme y prestarme ciertos servicios por los que he pagado.

—Ningún hotel está obligado a hospedar a personas que ocasionan un escándalo público —dijo Gerry.

—No se produjo ningún escándalo, como tú lo llamas, en las instalaciones de tu madre. Pero si quiere guerra, la tendrá. No me importa pelear. Si el señor Bott quiere pelea, también la tendrá. Y la tendrá tanto si la quiere como si no. Voy a escribir a su obispo. Me aseguraré de que se conozcan los hechos.

—Nosotros también lo haremos —declaró Gerry.

—Y si se me echa de este hotel por hacer mi trabajo como ministro de la Iglesia de Inglaterra, me encargaré personalmente de que se sepa también. Escribiré a todos los periódicos de la ciudad.

—Haga lo que considere oportuno —dijo Gerry—. Siempre y cuando se vaya.

—Me iré si me sacan a la fuerza. No lo haré de ningún otro modo.

Gerry volvió junto a su madre, pero fue incapaz de convencerla de que llamase a la policía. Dijo que prefería soportar al canónigo una semana, y tampoco estaba de acuerdo en que la lealtad a su parroquia exigiese medidas extremas. Cuando él insistió, ella incluso dijo que la culpa también era en parte del padre Bott, por ser de la Iglesia alta.

—No es de la Iglesia alta —le explicó Gerry—. Es anglocatólico.

—Lo cual es peor —dijo la señora Siddal—. Estoy segura de que simpatizo con personas a las que no les gusta. ¿Para qué hicimos la Reforma?

—Yo soy anglocatólico —dijo Gerry.

—Lo sé. Pero yo no. Yo soy protestante y no me gusta lo que está ocurriendo en mi parroquia. Somos seis de un lado y media docena de los otros, y no voy a meter a la policía en todo esto.

Desesperado, Gerry hizo algo poco habitual. Decidió consultarlo con su padre, con la esperanza de conseguir algún tipo de apoyo parental que le diera coraje para buscar venganza. Porque Dick Siddal solía enfadar a su mujer profesando una admiración considerable por el padre Bott. No esperaba que hiciera nada energético por sí mismo, pero puede que dijera algo que pudiese ser interpretado como autoridad para llamar a la policía.

Él también se estaba echando una pequeña siesta cuando llegó Gerry, desparramado en ese cuartucho lleno de periódicos dominicales. Acababa de terminar el crucigrama del *Observer* y estaba reuniendo fuerzas antes de intentarlo con el del *Sunday Express*. Pero abrió un ojo y miró a su hijo con buen humor.

—¿Y bien? —preguntó—. ¿Cómo está Martín Lutero?

—No se irá.

—¿Por qué debería hacerlo?

—No ponemos hospedar a gente de esa calaña.

—¿Entonces por qué los aceptasteis?

—No sabíamos cómo eran.

—Pero deberíais haberlo sabido. ¿Nunca leéis los periódicos? Anda siempre haciendo lo mismo; su apellido es famoso. Porque solo en el último mes empezó una pelea en algún lugar de Dorset. Lo han suspendido o lo que sea que se haga con los clérigos que no se comportan, pero él sigue haciendo de las suyas.

Gerry miró boquiabierto a su padre y luego preguntó:

—Entonces, ¿ayer ya sabías quién era?

—Naturalmente —dijo Siddal—, cuando oí que teníamos al canónigo Wraxton supuse que era el canónigo Wraxton.

—Pero ¿por qué no nos lo dijiste?

—Nadie me preguntó.

—Pero, padre, deberías haber sabido que nosotros... No... Si hubiésemos tenido la menor idea...

—En absoluto. No quería interferir. Rara vez apreciáis mi consejo. No pretendo ni por un segundo entender cómo o por qué tu madre elige a sus huéspedes.

—Entonces tú sabías... Cuando nos fuimos a la iglesia... ¿Sabías que podía pasar algo así?

—Pensé que era probable. Y cuando os vi volver supe que tenía razón. Nunca, desde que tu madre abrió el hotel, me he reído tanto. Ojalá os hubieseis visto.

No estaba consiguiendo ninguna ayuda desde este flanco, así que Gerry subió la colina en busca del padre Bott, esperando que le dijera que era su deber, como buen feligrés, utilizar la violencia física contra el canónigo. Pero el vicario, al que se encontró en el patio de la iglesia, fue desalentador.

—Oh, déjalo, déjalo —dijo el padre Bott—. No puede hacer más daño del que ya ha hecho. Si vuelve a intentar entrar en mi iglesia, yo mismo me enfrentaré a él.

—Pero ¡que estemos dando cobijo a esta gente! —gritó Gerry—. No lo haré.

—Mi querido chico, eso tienen que decidirlo tus padres. Es su hotel, no el tuyo.

—Pero estoy muy enfadado —protestó Gerry—. No soporto que se salgan con la suya. Fue tan... tan vil..., tan obsceno... Me puso enfermo.

—También a mí me puso enfermo —le comentó el padre Bott—. Pero qué le vamos a hacer.

Y suspiró. Esa tarde se sentía muy viejo y muy desanimado. De jovencito había disfrutado peleándose con los protestantes, pero había llegado a percibir y a sospechar que su beligerancia era más bien un vicio, y no una virtud, y sabía que un escándalo en St. Sody no le haría ningún bien a su iglesia. Elevó la mirada al cielo, después observó la hierba y luego miró la cara airada de Gerry.

—¿Te hace bien estar enfadado? —preguntó, sonriendo de repente.

—Sí —dijo Gerry—. Creo de verdad que hay ocasiones en las que la ira está justificada.

—Puede que sí —aceptó el padre Bott—. Pero nunca he podido dilucidar qué ocasiones son esas.

—Insultó a Dios —dijo Gerry.

—¡Oh, no, no, no! ¡Oh, no! No podría hacerlo ni aunque quisiera, ¿no es cierto?

El párroco suspiró de nuevo, miró su reloj y dijo con impaciencia:

—No tenemos por qué armar tanto escándalo por Dios. —Después, intentando contener la risa por la expresión de sorpresa de Gerry, añadió—: Dios puede cuidarse a sí mismo. Y Él es el que nos pide que no armemos tanto jaleo. «Tranquilo y recuerda que soy Dios.» Ahora, discúlpame. Tengo que dar la misa de los niños.

—Entonces lo que me dices es... ¿que no haga nada?

—Ahora no. Cualquier cosa que hagas estará mal, eso seguro. Debo admitir que estoy extremadamente enfadado. Pero no sé si hago lo correcto.

Se giró y caminó a través de la hierba, mientras su vieja sotana aleteaba alrededor de sus delgadas piernas. Desconcertado, el feligrés volvió a Pendizack. No le permitían pelearse con nadie aunque su furia crecía sin tregua. Los Wraxton no eran del todo responsables de su estado de ánimo: que tensasen tanto su paciencia, el rencor de su padre, la parcialidad de su madre y su propia existencia frustrada, se estaban volviendo más pesadas de lo que podía soportar. Así que era un alivio sentir que su ira estaba justificada.

En el umbral de la puerta, por desgracia, se encontró con Evangeline. Se había estado escondiendo durante horas en alguna guarida en los acantilados, incapaz de soportar su desgracia, y pretendía subir a su habitación sin que nadie se percatase de ello. Gerry se quedó a un lado, sin aspavientos, para dejarla pasar. Pero cuando lo vio, la tonta criatura lo esquivó, cambió de dirección y esperó a que él entrase primero. Bailaron en el umbral de la puerta durante unos segundos.

—Entre, por favor —dijo Gerry con una fría educación.

Ella tragó saliva y empezó a balbucear. Él entendió las siguientes palabras:

—Lo lamento mucho... Perdóneme...

—Ni lo mencione —dijo—. Si de verdad lo lamentase, no insistiría en quedarse cuando les hemos pedido que se marchen.

Él la vio cruzar la recepción y subir las escaleras. Debería haberse sentido satisfecho al verla tan decaída. Pero no fue así, y se sintió más miserable que nunca. Jamás, en toda su vida, le había hablado a alguien de aquella manera.

7. Una vieja conocida

Toda la casa estaba sufriendo una conmoción moral. La horrible escena de la iglesia pesaba en el espíritu de todos los que habían estado allí, y la tendencia entre los adultos era sentarse solos en sus habitaciones.

Los niños desaparecieron, elevándose como una bandada de estorninos justo después de la comida, para enfilar hacia algún lugar secreto. Se retiraron a su propio mundo, como lo harían los niños cuando los mayores se comporten mal. Desconcertados, incapaces de juzgar, le dieron la espalda al mal recuerdo.

Reaparecieron a la hora de la cena y, como un niño, rechazaron el postre de moras rojas y helado con el que la señora Siddal esperaba alegrarlos. Los Gifford lo ignoraron sin aspavientos. Las Cove, que estaban cenando, después de todo, abajo, porque la señora Siddal había insistido en cobrarles la tarifa completa, lo rechazaron con piadoso entusiasmo. Fred llevó de vuelta a la cocina todo un plato lleno y Siddal consoló a su mujer sugiriendo que Duff podía comérselo.

—A menos que venga pronto, se derretirán —dijo ella—. Él y Robin se fueron a Porthmerryn. Los pondré en la alacena.

—Sí, hazlo —dijo Siddal—. Gerry y yo tampoco queremos.

Sonrojándose un poco, la señora Siddal exclamó:

—Oh, después de que comierais un poco, quería decir. Y comenzó a ayudarlos, mientras Gerry, discretamente, redirigió la atención de su padre pasándole un trozo de papel.

—Lo he cogido en la entrada —dijo—. Parece un mensaje codificado.

En una página rota de un libro de ejercicios había un mensaje escrito en mayúsculas:

BBM TQBSUBOT XJMM SFGVTF
EFTFSU UPOJHIU CZ PSEFS

Siddal, a quien le gustaban los puzles, lo cogió y se puso las gafas. Cuando Duff y Robin entraron, él estaba tan absorto que apenas levantó la vista.

Para la señora Siddal fue evidente de inmediato que Duff había estado tramando algo. Se le veía ruborizado, emocionado e inusualmente callado. Estaba tan intrigada por su apariencia que casi no percibió el escandaloso pavoneo de Robin. Pero Gerry sí que se dio cuenta y dio gracias al cielo por que la atención de su padre estuviera en otra parte. Esperaba que le llevase mucho tiempo descifrar el mensaje codificado. Más tarde, en la intimidad de la buhardilla del establo, se enteraría de todo, sin duda.

Robin, sin embargo, no tenía ningún deseo de esconder su estado de ánimo.

—¡Hemos estado bebiendo! —anunció—. Hemos estado bebiendo *old-fashioneds* en el bar del M. P.

—¡Robin! —gritó la señora Siddal.

—¿Quién ha pagado? —preguntó Gerry.

Duff levantó la mirada y preguntó por qué no podían haberse pagado ellos mismos la bebida.

—Porque ninguno de los dos tiene dinero en efectivo.

—Una extraña dama nos las pagó —dijo Robin—. ¿Y qué?

—Se burló un poco de su madre y después lo explicó—: La conocimos en el Parade. No conseguía que su mechero funcionase. Así que Duff le dio uno. Y hablamos un poco y nos invitó al M. P. a tomar una copa. Se hospeda allí.

—Oh, bueno —dijo la señora Siddal tristemente—. Supongo que las chicas hoy en día hacen ese tipo de cosas.

—No era una chica —dijo Robin—. Era mayor que tú, creo, ¿no, Duff?

—No —dijo Duff—. Mucho más mayor que madre.

—Es bastante fácil —dijo Siddal—. Dice: «Todos los Espartanos rechazarán el postre de esta noche, es una orden».

Se reclinó hacia atrás y sonrió triunfante a su familia.

—Eso lo explica todo —dijo la señora Siddal—. Era un juego de los niños.

—Es escritora —dijo Robin—. Nunca había conocido a una. Dice que conoce a padre.

—¿Cómo? —preguntó Siddal.

—Una dama a la que conocimos en Porthmerryn. Su nombre es señora Lechene.

Siddal soltó un alegre chillido.

—¡La buena y vieja Anna! ¡La vieja y gorda Anna! ¿Me estáis diciendo que aún no está bajo tierra?

—Por supuesto que no —dijo la señora Siddal, que no parecía contenta con las noticias—. No es vieja..., solo tiene mi edad, como dice Duff. Y siempre está escribiendo libros. Puedes encontrarlos en las bibliotecas.

—Yo no —dijo Siddal—, porque nunca voy a la biblioteca. Y todos mis viejos amigos me han dejado tirado. Quizás estén muertos y no me haya enterado. Pero ¿entonces Anna está en Porthmerryn?

—Se hospeda en el M. P. —dijo Robin.

—¿Oh? ¿En el M. P.? ¿Con quién?

Duff y Robin se miraron el uno al otro.

—No lo dijo —dijo Duff—. Pensábamos que estaba sola.

—No parece muy probable —dijo Siddal.

Duff le dedicó a su padre una mirada rápida y aguda y dijo:

—Está escribiendo un libro sobre Emily Brontë.

—¡Señor bendito! ¡Claro que sí! ¡Claro que sí! No sé por qué todavía no lo ha hecho. Pobre Emily. Qué vergüenza. ¿Por qué no dejan a esa pobre y desafortunada muchacha en paz?

—¿Es buena escritora? —preguntó Robin.

—Escribe bien. Hoy en día todo el mundo lo hace. Escribe ficción biográfica, o biografía de ficción, como quieras llamarlo. Coge algún jugoso escándalo de la vida de un personaje famoso y escribe una novela sobre el tema. Los hechos que no le sirven, los desecha. Incluye cualquier detalle que quiera inventarse. Se ha ahorrado el problema de crear una trama y a los personajes, y no tiene por qué ajustarse a los hechos porque no es más que una novela, ya sabes.

—No parece que te caiga muy bien —dijo Duff.

—¿No? Estoy hablando de sus libros. Los odio. Pero eso no significa que sienta ninguna antipatía personal hacia la pobre muchacha. ¿Crees que no debe criticarse el trabajo de un amigo? ¿Te parece desleal? ¿No es un poco provinciano por tu parte?

—Solo he leído uno de los libros de Anna —dijo la señora Siddal apresuradamente—. *La pléyade perdida*. No pude con él.

—Oh, sí, ese sobre Augusta Leigh. «Como la pléyade perdida, ¡a la que nunca más volvieron a ver abajo!» Eso es lo que la hizo famosa. Un gran éxito. Creerías que habrían picoteado toda la carne de ese viejo hueso duro. Pero ¡no! Parece que en Cardiff, Wimbledon, Tunbridge Wells, Palm Beach y Milwaukee aún no lo sabían. Así que todos acogieron con entusiasmo *La pléyade perdida*. Había un capítulo inolvidable sobre Byron y Augusta sepultados por la nieve... Creo que quedaron sepultados de verdad. Eso no se lo inventó. Pero, oh, Dios la bendiga, sabía todo lo que habían hecho y dicho y pensado desde el primer copo de nieve hasta el deshielo. ¿Qué pintas tiene ahora? No la he visto desde... Han debido de pasar diez años por lo menos.

Duff y Robin parecían confusos.

—Está gorda y bastante pálida —dijo Robin finalmente—. Y no parece que se maquille, salvo por su pelo, que es puro peróxido.

—Oh, no, no lo es. Es verdad, es oro teutónico, y está muy orgullosa de ello. Se lo deja suelto a la menor provocación. Al parecer no ha cambiado. Hace veinte o treinta años ya era una chica gorda y pálida, y siempre parecía que había dormido con todo lo que llevaba puesto. Solía soltarse el pelo en la mesa, a la hora de la cena, y se inclinaba muy segura hacia la persona que tenía al lado hasta que lo metía en su sopa. Si él se retiraba, ella decía que era un reprimido.

Robin empezó a reírse a carcajadas y dijo que Anna les había contado una quintilla jocosa sobre represiones.

—¡Quintillas! —gritó el señor Siddal—. ¡Qué cruel debe de estar volviéndose! Pero supongo que os confundió con colegiales.

—¿Quién es el señor Lechene? —preguntó Duff ignorando la pulla.

—No tengo ni idea. Había terminado con él mucho antes de que yo la conociera. Solía decir que se había casado a los quince y me atrevo a decir que así fue. Pero doy por hecho que actualmente hay algún señor algo. Siempre lo hay. ¿No lo visteis? A lo mejor se estaba tomando un descanso.

—Quiere venir aquí —dijo Robin—. Preguntó si teníamos una habitación.

—Oh, no, no tenemos —exclamó la señora Siddal.

—¿Por qué, madre? La habitación del jardín está sin alquilar.

—No podría hospedar a Anna aquí. Con los Wraxton ya tengo suficiente.

Robin estuvo de acuerdo:

—Bueno, puede que molestase a la gente, dice unas cosas... Parece que le importa un bledo lo que dice, ¿no te parece, Duff?

Duff hizo un ruido evasivo. No sabía si quería que Anna viniese o no. Lo había enfadado. Le avergonzaba bastante las ideas que ella había conseguido meterle en la cabeza; y después se lo había quedado mirando, sonriendo, como si fuese plenamente consciente de lo que estaba haciendo.

—Duff —dijo el señor Siddal—, será mejor que tengáis cuidado. Es más vieja que las piedras sobre las que se sienta y se desayuna a un jovencito todas las mañanas. Su papelera está llena de calaveras y huesos.

—¡Seguro que ahora no! —dijo Robin.

—Oh, sí. Todo lo que dice, todas las miradas que dedica, son un afrodisíaco de lo más poderoso; después de una dosis adecuada, ya no saben ni si está gorda, ni si es un ogro. Creen que va a enseñarles algún secreto maravilloso.

—¿Y lo hace? —preguntó Duff, con otra de esas miradas entusiastas.

—Eso —confesó Siddal— no lo sé. No estoy en posición de decírtelo. Y si ha sugerido lo contrario, es un fallo de su memoria. Me atrevo a decir que le resulta inverosímil que algún viejo conocido haya conseguido escapar de su papelera. Pero yo, por muchos defectos que tenga, nunca he mirado a otra mujer desde que me casé con tu madre. Soy lo que llaman un hombre felizmente casado.

8. Ideas que calan

El hotel vio por primera vez a lady Gifford el domingo, en la cena, porque había guardado cama desde su llegada la noche anterior. Se sentía en el ambiente, cuando apareció, que despertaba cierta curiosidad. Su palidez, su delgadez extrema y su voz débil atestiguaron su mala salud, y nadie se sintió capaz de protestar cuando pidió que encendieran un fuego en la sala, a pesar de que la noche era cálida. Gerry cogió troncos y ella se sentó cerca del fuego, donde se quedó calentándose las delicadas manos y mirando a su alrededor con una leve y triunfante sonrisa, como si esperase que la felicitaran por su valentía al bajar al salón.

Pero nadie salvo Dick Siddal, que tenía por costumbre limpiar y unirse a sus huéspedes en la sala por las tardes, dijo lo correcto. E incluso a él el calor del fuego le parecía insoportable. Se vio obligado a irse al otro lado de la habitación, lejos del alcance de sus quejumbrosos susurros. Había varias personas en la estancia, y todos estaban sofocados. Sir Henry estaba escribiendo cartas en un escritorio junto a la ventana de la bahía. Los Paley, sentados uno al lado del otro en el sofá, leían los periódicos dominicales. En otro sofá estaba la señorita Ellis, que se suponía que no podía usar la sala, pero que la estaba utilizando a modo de protesta por tener que vaciar los orinales. No había nadie junto al fuego aparte de la señora Cove, que había dejado su calceta en el sillón más cómodo antes de la cena y había decidido quedarse allí a pesar de las desventajas posteriores.

Entre estas dos damas, agazapadas en su infierno particular, surgió una conversación ocasional. Lady Gifford le susurraba preguntas a las que la señora Cove daba respuestas sucintas en una voz singularmente desagradable. Su voz era fría y aguda y tenía un matiz sutilmente común, no innato, sino adquirido en el curso de muchas batallas con la codiciosa multitud. Dijo que se había tomado estas vacaciones porque acababa de vender su «caaasa» en el sur de Londres. Una simple casa, como le diría más tarde Siddal a su familia, probablemente no podría haberse vendido por tanto dinero como una «caaasa». Las casas se venden a través de agentes inmobiliarios que se llevan comisión. Son los dueños de las «caaasas» los que se deshacen de ellas, y el que reparte siempre se lleva la mejor parte.

Esta, explicó la señora Cove, había doblado su valor desde que la compró, porque los bombardeos aéreos habían producido escasez en el barrio.

—¡Oh, qué terrible! —dijo lady Gifford—. ¡Mucho peor que el Blitz! Te destroza mucho más los nervios, ¿no es así?

—¿Estuvo en Londres durante el Blitz, lady Gifford?

Eso lo preguntó la señorita Ellis, piando desde su sofá, recordándoles que no solo tenía derecho a estar allí sino que, si quería, también podía hablar.

Lady Gifford respiró hondo y dijo:

—No, no. En realidad estuve ahí muy poco. Pero mi marido estuvo durante la peor parte. Y eso me provocó una gran inquietud, como es natural. Porque sentía que tenía que estar con los niños. ¿Adónde envió a los suyos? —preguntó a la señora Cove.

—A ningún sitio —espetó—. Nos quedamos en Londres. Teníamos un refugio Anderson. No estaba nerviosa.

—¿Y ellos? —preguntó lady Gifford.

—No.

La señora Cove frunció los labios como diciendo que sus hijos eran muy listos como para ponerse nerviosos.

—Qué suerte. Los míos hubiesen quedado destrozados. Son todos tremendamente nerviosos. Agradezco que ninguno de ellos tuviese que escuchar nunca el estallido de una bomba.

—¿Estaba usted en América, lady Gifford? —sugirió la señorita Ellis.

Lady Gifford la ignoró y continuó dirigiéndose a la señora Cove.

—Recibimos una amable invitación de un amigo en Massachusetts. Se lo pasaron en grande. Pero yo no quería que se americanizasen, obviamente. Así que sentí que tenía que ir con ellos.

—¿Por qué? —le preguntó la señora Cove, levantando la vista de su calceta—. ¿No le gustan los americanos?

—Oh, sí, me encantan. Son inmensamente amables y hospitalarios.

—¿Entonces por qué no quería que sus hijos se americanizasen? ¿Acaso no aceptó su hospitalidad?

—Oh, bueno... —Lady Gifford hizo un pequeño gesto de impotencia—. Queremos que sean británicos, ¿no es así?

La señora Cove estuvo de acuerdo:

—Sí. Y precisamente por eso quise que los míos se quedaran en el Reino Unido. Recibí invitaciones para mis hijos. Pero no me gusta gorronear.

Lady Gifford se ruborizó ligeramente.

—Esa es la parte que no me gustaba, naturalmente —dijo—. Siempre he pensado que era bastante ridículo que no pudiésemos pagar por ellos. Pero creo, a mi modo de ver, que les debíamos a nuestros hijos el ponerlos a salvo, fuese cual fuese el sacrificio. ¿No cree?

Dirigió su demacrada mirada a los Paley, como si les estuviera pidiendo apoyo. Los Paley parecían nerviosos y no contestaron. El señor Paley se quedó mirando sus botas y dijo:

—Estoy de acuerdo con la señora Cove. Si hubiese tenido hijos, habría decidido que se quedaran en el Reino Unido. No hubiese permitido que vivieran de la caridad.

—En las islas Británicas había muchos lugares bastante seguros —dijo sir Henry, girándose—. Muchos de los que viven aquí no han escuchado nunca el sonido de una bomba.

—Oh, pero eso no lo puedes saber —dijo lady Gifford—. Y no creo que las inocentes criaturas tengan que pasar por eso. Es algo que siempre digo. Los inocentes no deberían sufrir.

—Pero lo hacen, invariablemente —dijo el señor Siddal—. Siempre lo hacen.

—Pero ¿por qué? ¿Por qué?

Dick Siddal se echó hacia atrás en el sofá y observó a las tres moscas que rondaban la araña del techo. Lady Gifford lo estaba aburriendo.

—Quizás —sugirió él— los sufrimientos de los inocentes sean útiles. Se me ocurrió esa idea por primera vez cuando uno de mis hijos dijo lo cruel que había sido Lot al abandonar Sodoma, puesto que mientras él estuviese allí la ciudad estaba segura. La presencia de un hombre recto la preservaba. Me pregunto si no se tolera a la humanidad al completo solo por esa minoría inocente.

—Qué idea tan dulce —dijo lady Gifford.

Él bajó la mirada unos segundos y la miró. Después volvió a levantarla y siguió con el tema de conversación que había iniciado. Era una mujer intolerablemente estúpida e incapaz de entender nada de lo que él decía. Pero disfrutaba del sonido de su propia voz y era poco probable que alguien lo interrumpiese.

—Me atrevo a decir —dijo— que la humanidad está protegida y sostenida por un sufrimiento injusto; por todos esos millones de desamparados que pagan por el mal que hacemos y que nos protegen estando ahí, simplemente, como Lot en la ciudad condenada. Si alguna comunidad de personas fuera del todo malvada, sin ningún elemento inocente entre ellos, la tierra probablemente se abriría y los devoraría. Una comunidad como esa dividiría el átomo de la moral. —Se sentó recto y dirigió sus afirmaciones hacia Paley, que quizás era capaz de continuarlas—. Son los inocentes los que integran todo este asunto. Su agonía es terrible pero:

Sus hombros sostienen el cielo suspendido.
Ellos resisten y las bases de la tierra permanecen.

»¿Por qué la tierra no se abrió en canal para tragarse Belsen? Incluso en los búnkeres de la Cancillería de Berlín podías encontrarte a los hijos inocentes del doctor Goebbels. Allí donde te encuentras al inocente que sufre, a la víctima crucificada, encuentras también al redentor que nos asegura a todos un constante alivio temporal. Los oprimidos mantienen a los opresores. Si los inocentes no sufriesen, es probable que todos explotásemos.

Lady Gifford parecía un poco desconcertada.

—Pero seguro que había bebés en Sodoma, incluso después de que Lot la abandonase —dijo.

Siddal negó con la cabeza.

—¿No había? Seguro que...

—Ni uno.

—¿De verdad? No lo sabía. ¿Eso dicen?

Se abrió la puerta y apareció el canónigo Wraxton en el umbral. Todas las conversaciones cesaron a la vez.

—Aquí hace un calor insoportable —anunció.

—Me temo que es culpa mía —suspiró lady Gifford—. Debo tener mucho cuidado de no coger un resfriado.

—Asarse es la forma más segura de hacerlo, señora. Si he de sentarme aquí debo pedir que se abra alguna de las ventanas.

—Entonces yo no puedo quedarme —señaló.

—Es usted la que debe juzgarlo por sí misma —dijo el canónigo.

Dio una vuelta por las ventanas, abriéndolas todas, antes de sentarse al otro escritorio para escribir una carta. Lady Gifford se vio obligada a volver a la cama y partió del brazo de su marido.

9. En la profundidad de la noche

El murmullo del mar se colaba por entre las ventanas abiertas. Un soplo de aire frío refrescó la mejilla de Christina Paley. Miró hacia fuera y vio a una gaviota volando tan alto en el cielo que un rayo del sol, que ya se había puesto, se posó en sus alas. El calor y la oscuridad de la habitación la estaban agobiando. Miró a su marido. No estaba leyendo. No estaba pensando. Estaba segura de que cuando se sentaba acurrucado de ese modo no pensaba en nada en absoluto; se limitaba a existir, simplemente, dentro de su concha. Parecía haber menguado en los últimos tiempos, como si el cerebro escondido tras su calavera estuviese marchitándose.

Deseaba que alguien dijera algo y echó un vistazo a sus acompañantes a través del atardecer asfixiante. Solo quedaban cuatro. Y todos estaban ensimismados, profundamente callados. La señora Cove tejía bajo la luz del fuego. El señor Siddal observaba la araña del techo. El canónigo Wraxton dibujaba círculos en su papel secante. La señorita Ellis parecía estar examinando un agujero en la alfombra. Tenía la impresión de que ninguno de ellos estaba pensando, que nada del mundo exterior cruzaba por sus mentes. Cada uno de ellos se había retirado, como se retira un animal con un hueso al fondo de su jaula, para roer su obsesión particular. Y eso la aterrorizaba. No podía soportar por más tiempo quedarse callada en esa turbia guarida de bestias extrañas. Debía salir ahora mismo de ese hotel y alcanzar la seguridad de los acantilados. Se levantó y salió discretamente de la habitación. Nadie se percató de su marcha. Su pánico no disminuyó hasta que había cruzado la arena y estaba a medio camino del promontorio. Pudo controlarlo, pero solo para descubrir que su tristeza había vuelto. La desesperación se abatió sobre ella de un modo tan irresistible que se preguntó cómo podía aún observar la paz y belleza puras de la escena. Pero sus sentidos continuaban diciéndole que el cielo, el mar, los acantilados y la arena eran encantadores, que había música en el murmullo de las olas, y que el aire vespertino olía a flor de tojo. A ese mensaje su mente contestó: ya no me hace ningún bien. Podría haberme ayudado en una ocasión.

Como amaba la belleza natural, en los primeros estadios de su lucha había encontrado a menudo consuelo en los paseos por el campo. Pero este era un estadio tardío, el último. Ahora lo único que sentía era una clara convicción de que la vida se había terminado para ella, ahora que se le había acabado el último calmante. Si esa justa perspectiva no la tentaba a quedarse, entonces nada lo haría y podía irse cuando quisiese.

Llegó al final del promontorio y se sentó en una roca con vistas al mar. El agua era una balsa pálida, más pálida que el cielo, salvo tocando el horizonte, donde una pintura azul oscura había dibujado una gran curva. A su izquierda, detrás de la oscura masa del punto siguiente, aún ardía la luz del atardecer. A su derecha, sobre Pendizack Cove, caía la gran sombra de la noche acechante. Pensó en descansar un poquito y volver después a la arena. Caminaría y se adentraría en el agua cálida y calma, caminaría tan lejos como pudiera y después nadaría. Hacía años que no nadaba, pero suponía que aún sabía hacerlo, aunque desconocía hasta dónde, pero seguro que lo suficientemente lejos. Nadaría en línea recta hasta esa fina línea azul del horizonte, mar adentro, hasta el final. Llegaría un momento en que no podría nadar más. Le seguirían, quizás, unos instantes de pánico. El deseo de vivir quizás se reafirmase antes de hundirse en el agua asfixiante. Pero terminaría rápido. Y no haría daño a nadie, porque había perdido toda esperanza de ayudar a Paul. Su vida no tenía sentido y era una carga.

Demasiado sufrimiento, pensó. Demasiado sufrimiento por todas partes. Y cuanto más vivo, más añado. No soy fuerte. No puedo hacer nada. Soy otra persona desesperada, otra desamparada más.

Un viento ligero suspiró junto a la roca, y una ola más larga de lo habitual rompió en la playa que tenía debajo. Estaba más tranquila desde que había tomado la decisión. Apoyó la espalda en la roca y cerró los ojos, vació su mente y se dispuso a recibir cualquier visión que pudiese fluir en ella. De repente, y de un modo muy vívido, vio un profundo agujero desde el que la miraban muchas caras. Llegó y se marchó tan rápido que no pudo reconocer ninguna, aunque estaba segura de que algunas le habían resultado familiares; diferenció, entre millones, tras verlas a la luz de un relámpago, la cara de una chica y la de tres niños pálidos. Oyó al mismo tiempo una voz en su oído: «Sus hombros sostienen el cielo suspendido. Ellos resisten y las bases de la tierra permanecen».

El señor Siddal había dicho aquello. El señor Siddal, sentado en la sala y observando el techo, había dicho unas cosas muy extrañas. No estaba segura de haberlas entendido. Había dicho que los inocentes salvan el mundo y que su sufrimiento es necesario. Había dicho que las víctimas, los desesperados, los desamparados, son los redentores que sostienen y protegen a la humanidad. No podía recordar sus palabras exactas. Pero durante unos instantes, mientras él hablaba, se había sentido muy rara, como si estuviese a punto de hacer un gran descubrimiento. Crucificados, había dicho. El Señor había sido crucificado. Era inocente y él había redimido a la humanidad. Pero el señor Siddal dijo «redime», como si aún estuviese ocurriendo. Quería decir, se preguntó a sí misma, que todos nosotros, todos los oprimidos, y la pobre gente de China, y los sin techo, y los pobres bebés judíos que nacían en barcos, sin casa, sin país, se descarriaban por todas partes... Oh, creo que eso es lo peor de todo, que un pobre bebé nazca incluso sin país... Pero ¿quiso decir que todos somos una persona, inocente y crucificada y que redimimos el mundo siempre? ¿Es eso lo que quiso decir?

Otra ola rompió en la playa y antes de que su eco cesase supo que, fuese lo que fuese lo que el señor Siddal había querido decir, ella había alcanzado una certeza. Había hecho su descubrimiento y sabía que ya no estaba sola. Se había roto la cadena de su soledad, la soledad que, impuesta por la crueldad de Paul, había sido incapaz de soportar. Su dolor no era enteramente suyo, y la había transportado a una existencia fuera y más allá de sí misma, a una mente, a una resiliencia de la que jamás podría volver a separarse.

Ellos sufren por mí y yo por ellos, pensó, y se esforzó por convocar desde su interior esas caras pálidas que la observaban desde el agujero. Pero la visión había desaparecido y no podía traerla de vuelta. Solo podía especular con su familiaridad y preguntarse si la chica que había visto no era Evangeline Wraxton, que ahora estaba encerrada en alguna parte del hotel, entre todas esas bestias en sus guaridas. Y a la que debía rescatar del agujero antes de que se hundiese.

—¡Ya! ¡Inmediatamente! —exclamó la señora Paley en voz alta, mientras se ponía de pie—. No podemos perder ni un minuto.

Se marchó tan rápido como pudo, camino abajo hasta la cala.

La noche casi había caído cuando, media hora más tarde, volvió con Evangeline. Había entrado en la habitación de la chica sin ningún plan en mente y la había invitado a dar un paseo por el acantilado con tanta calma como si se tratara de una costumbre de toda la vida. Evangeline la había mirado sorprendida, pero se puso en pie obedientemente y metió en un cajón algunos de los objetos de su tocador: un trozo de cristal, una lima y una cajita.

—¿Necesitaré abrigo? —preguntó.

—Será mejor que cojas uno —le recomendó la señora Paley—, y así, si empieza a hacer frío, no tenemos que volver. Podemos quedarnos tanto tiempo como queramos. Mi abrigo está abajo. Lo cogeré cuando salgamos.

También se habían hecho con dos cojines de la recepción para no coger frío si sentaban en las rocas.

—Porque ese hotel no es un sitio agradable en absoluto —dijo la señora Paley—. No lo es por la noche.

Evangeline estuvo de acuerdo:

—No, es verdad. No puedo dormir allí.

—Yo tampoco. Con abrigos y cojines podemos dormir en el acantilado si queremos.

—A menos que llueva.

—No lloverá. Y hay una especie de refugio, de todas formas, en Pendizack Point.

Encontraron un agradable y pequeño hueco en un brezo cerca del refugio y se tumbaron boca arriba, una al lado de la otra, a observar las estrellas y debatieron sobre cuál era la mejor forma para que durase la ración del té. Ninguna de las dos sintió el menor impulso, en ese momento, de confiar en la otra. Pero sabían lo que las unía. Estaban un poco sorprendidas de sí mismas y tenían ganas de reírse, como hacen las mujeres cuando se embarcan en alguna aventura valiente.

—Infusiono —dijo la señora Paley—. Cubro las hojas con agua hirviendo y lo dejo durante cinco minutos antes de llenar la tetera.

—Me estás dando sed —dijo Evangeline.

—Tengo una cesta de pícnic y un hervidor y un quemador. Si mañana por la noche subimos aquí, nos prepararemos un té.

—Eso sería maravilloso —dijo Evangeline—. Me gustaría venir aquí todas las noches hasta que se termine la semana. Ojalá no tuviera que quedarme. Nos han pedido que nos marchemos.

—Saben que no es tu culpa.

—¿Lo saben? El señor Gerry Siddal... ¿Lo conoces?

—Apenas. Solo lo he visto por ahí.

—Creo que es un chico agradable —dijo Evangeline con tristeza.

—¿Lo es?

—Es muy considerado con su madre. Pero... intenté hablar con él para disculparme y no quiso escucharme.

—Mañana hablaré con él —le prometió la señora Paley—.

Me atrevo a decir que no lo entendió. Supongo que balbuceaste.

—Sí, lo hice. No puedo evitarlo. Me aterroriza la gente. Ruégale que no siga enfadado.

—Lo haré.

—Ojalá la gente no se enfadase... Ojalá no lo hiciesen... —suspiró Evangeline.

Se quedó dormida muy poco después. Pero la señora Paley permaneció un buen rato mirando las estrellas, tan pequeñas y pálidas en el cielo estival. La chica delgada que tenía junto a ella la llenaba de una inmensa ternura y compasión, un amor que iba más allá de lo que había sentido jamás. Pensó en la hija que había perdido, cuyo cumpleaños hubiera sido ese día, a la que habían puesto en sus brazos por primera vez hacía veintitrés años. Pero le daba la sensación de que habían enviado a su hija en lugar de Evangeline, porque para entonces su corazón había encogido y no podría haber acomodado a una criatura que no era suya de ninguna de las maneras. Tampoco habría soportado saber tanto de esa hija como sabía de esta, ser conocedora de lo que implicaba haberse pasado toda su vida con el canónigo Wraxton, adivinar el significado de esa cajita, de esa lima de uñas en el tocador.

Acto seguido dormitó un poco, y al despertar descubrió que había muchas más estrellas en el cielo oscuro. Los espacios entre las estrellas eran muy negros y el viento suspiraba en el brezo, y murmuró medio dormida una frase que aprendió en su infancia ya olvidada: «Y susurra a los mundos del espacio... un centinela..., a veces escucho a un centinela, que se mueve de un lado a otro y susurra a los mundos del espacio, en la profundidad de la noche, que todo está bien».

LUNES

1. La omnisciencia de la señorita Ellis

El lunes por la mañana la señorita Ellis tenía muchas cosas que decir de las camas de la señora Paley y de la señorita Wraxton. Pero sus especulaciones se llevaron a cabo sin la ayuda de Nancibel, que había visto a las ausentes en el acantilado mientras se dirigía al trabajo y decidió morderse la lengua. No era seguro contarle cosas sobre alguien a la señorita Ellis.

—No las han tocado desde que las hicimos ayer —declaró la señorita Ellis—. ¿Qué significa eso? No me sorprendería si solo fuese el señor Paley. Suele pasarse toda la noche sentado.

—Menos trabajo para mí —dijo Nancibel.

—Para las dos. Será mejor que hagamos la de lady Guzzle.[4]

—No podemos. Aún está en la cama.

—¡Qué paciencia! ¿Qué sería de esta casa si me pasase todo el día en la cama?

No habría mucha diferencia, pensó Nancibel, y siguió a la señorita Ellis escaleras arriba, hasta el dormitorio de las Cove. Esta habitación la hacían rápido porque sus ocupantes tenían hábitos de limpieza. Las cuatro camas estaban deshechas y las sábanas colgaban sobre la barandilla del final.

---

[4] *Guzzle,* en inglés, significa «engullir», por lo que está llamando a lady Gifford «lady Engullidora», por su condición. *(N. de la T.)*

—¡Mira eso! —gritó la señorita Ellis asqueada—. Demuestra que no confían en nosotras, ¿no te parece? Demuestra que creen que solo les damos la vuelta a las sábanas.

—En mi casa lo hacemos —dijo Nancibel, dando la vuelta al primer colchón—. Nuestra madre siempre nos hace colgar las sábanas en la silla. Dice que tirarlas al suelo es un hábito sucio.

—En una casa —dijo la señorita Ellis altivamente— puede que eso sea necesario. Pero aquí es un insulto al servicio. ¿Serías tan amable de mirar sus camisones? Podrías pensar que se avergonzaría.

—Vestir a tres niñas cuesta dinero —dijo Nancibel.

—Se lo puede permitir. Tiene mucho. ¡Las cosas que he oído sobre ella! Creía que conocía el apellido. ¡Cove!, me dije a mí misma. ¿Dónde había oído ese apellido? Pero no fui capaz de recordarlo hasta que me enteré de que las niñas se llamaban Maud, Blanche y Beatrix. Entonces lo recordé todo. Tenía tres viejas tías, tías abuelas en realidad, y esperaba heredar, claro...

—¿Le importaría sentarse en la cama que acabo de hacer? —preguntó Nancibel—. Quiero darle la vuelta a este colchón.

La señorita Ellis se cambió de sitio y continuó:

—Está claro que quería un hijo por el título. Se volvió loca cuando solo tuvo hijas. Y entonces él se murió antes que su tío, y el título y las propiedades fueron a parar a otro sobrino. Así es como supe de ella. Tienen una casa en Dorsetshire, el baronet, quiero decir. El tío. Y viví cerca de allí un tiempo. Bueno, acepté el puesto de ama de llaves en una pequeña residencia de ancianos durante unos meses. Y me hice muy amiga de la señora..., la señora... Oh, ¿cómo se llamaba? Bueno, no importa. Sea como sea, había sido la gobernanta o algo así en Court antes de casarse, y las historias que nos contó sobre esta señora Cove, su sobrina, y sus groseros modales... Todos solían reírse al respecto. Y la gota que colmó el vaso fue que legaron todo el dinero a esas crías. Solo tiene un interés en la vida. A menos que mueran, claro. Y no morirían todas. ¡Es muy improbable! Si lo hicieran, a la gente le resultaría sospechoso. Pero ella esperaba conseguir una gran fortuna y un título y la vieja mansión familiar, y cuando no lo hizo actuó como si le hubiesen dejado sin un penique. Y todo este escatimar en gastos y morirse de hambre es solo porque quiere tener cuanto más mejor cuando esas hijas hayan crecido. ¿Adónde vas?

—He hecho todas estas camas —dijo Nancibel—. Me voy a la habitación de los pequeños.

Luke y Michael dormían al lado de las Cove, y sus sábanas apenas estaban revueltas.

—¿Qué pretenden —dijo la señorita Ellis cuando se unió a Nancibel—, que tengamos que deshacer las camas, además de hacerlas? Nunca he conocido a una familia que dé tantos problemas. ¿Te has enterado de la última? Lady Guzzle tiene que tomar el café con un huevo batido dentro, ¡a media mañana!

—No entiendo cómo puede comer todo lo que come y estar tan delgada —dijo Nancibel—. No es más que un esqueleto.

—¡Oh! Tengo una teoría al respecto. No me sorprendería que engordase mucho en un momento dado, y adelgazase al más puro estilo Hollywood. Ya sabes. Como hacen las estrellas de cine.

—No —dijo Nancibel—. No lo sé. ¿Qué?

Se arrepintió enseguida de haberlo preguntado, porque vio en la expresión de su compañera que la respuesta sería desagradable. Pero no iba a achantarse. La señorita Ellis rodeó la cama de Luke y le susurró dos palabras al oído.

—¡No! —gritó Nancibel, poniéndose pálida—. ¡No! No me lo creo. ¡Es horrible!

—Lo hacen —dijo la señorita Ellis, asintiendo sabionda—. Trabajé en una ocasión con una chica que había sido la ayudante de camerino en uno de esos estudios, y me contó muchas cosas.

—Pero ¿cómo lo hacen?

—Con una pastillita —dijo la señora Ellis con una risita—. Me atrevo a decir que con una copa de champán no sabe tan mal.

—Pero ¿no las pone muy enfermas? Vaya, eso podría matarlas.

—Claro que podría. Pero pueden comer todo lo que quieran sin tener que preocuparse por el peso.

—No me lo creo —repitió Nancibel—. Nadie podría.

—No les queda otra. Tienen que mantener la silueta o las despiden.

—Pero ella no es una estrella del cine. No tiene que ganarse la vida.

—Me atrevería a decir que no sabía lo que había tomado. Alguien le habló de un médico maravilloso que obraría un milagro por quinientas libras y ella se tomó la pastilla y no hizo preguntas. —La señorita Ellis se rio entre dientes y añadió—: Me hubiese gustado ver su cara cuando se enteró.

—Bueno —dijo Nancibel—, me asquea. De verdad. Me asquea profundamente.

—Cuando has visto todas las cosas que he visto yo sobre lo sórdida que puede ser la vida —dijo la señorita Ellis—, no te alteras con tanta facilidad.

Terminaron la cama de Michael en silencio. Después Nancibel exclamó:

—Es una pena que no pueda contar cosas sobre alguien que no resulte desagradable.

—¿Me estás hablando a mí, Nancibel Thomas?

—Desde luego que le estoy hablando a usted, señorita Ellis.

—Entonces eres una chica muy impertinente, y me siento tentada a quejarme de ti a la señora Siddal.

—Muy bien, señorita Ellis.

—Esto es lo que pasa cuando hablas con alguien como si fuera tu igual. Crees que puedes tomarte libertades.

—Preferiría mucho más que no hablase, señorita Ellis. Si fuese verdad, sería muy repugnante. Y no me creo ni la mitad. No es más que cotilleo de los criados, al fin y al cabo.

—Nunca en toda mi vida me he sentido tan insultada.

Nancibel le dio la espalda y se fue con gesto altivo a la habitación de Hebe y Caroline, que era la siguiente en el pasillo. Había decidido que no haría más esfuerzos por llevarse bien con la señorita Ellis. Pero no le gustaba pelearse con la gente, y no respondió cuando el ama de llaves se le acercó para cantarle las cuarenta.

—No creí que tuviera que trabajar, nunca —dijo la señorita Ellis, de pie en el umbral—. No me criaron para tener que ganarme la vida. Mi padre era un hombre rico. Teníamos cinco sirvientas; no eran chicas rurales sacadas del campo sino chicas agradables, excelentes, bien preparadas. Y me resulta tremendamente amargo tener que mezclarme hoy en día con gente inferior, ordinaria, que creen que pueden insultarme porque he tenido mala suerte y no tengo a nadie que me proteja. No hay nada que le guste más a alguien que ver a sus superiores hundidos...

Nancibel cogió el camisón de Hebe, que estaba en el suelo, y lo metió en el armario. Su soplido de sorpresa cuando abrió la puerta frenó la corriente de indignación de la señorita Ellis.

—¡No me lo puedo creer! —dijo.

—¿Qué pasa? —preguntó la señorita Ellis, corriendo para mirar.

En la parte interior de la puerta había un gran trozo de papel clavado con chinchetas. Estaba mecanografiado en letras mayúsculas, en un papel tamaño póster, y decía:

NOBLE ALIANZA DE LOS ESPARTANOS

OBJETIVO: Crear una banda de Espartanos que domine Inglaterra y finalmente el mundo.

LEMA: Todo lo bonito es Malo.
       Todo lo desagradable es Bueno.

(1) Obedecer siempre al líder.
(2) No revelar jamás secretos de los Espartanos.
(3) No estremecerse nunca ante la adversidad.
(4) No darse nunca un capricho.

(5) No comer nunca tu ración de dulce.

(6) Jamás besar a alguien. Si alguien te besa y no puedes evitarlo, murmura la siguiente maldición: MALDITA SEA TU CARNE Y EL TUÉTANO DE TUS HUESOS Y EL HÍGADO Y TU ESTAMPA POR HABERME BESADO EN CONTRA DE MI VOLUNTAD.

(7) Nunca alabes, salvo que lo hagas de modo irónico.

(8) Si te hacen pronunciar ideas no espartanas, di «no» debajo de cada respiración.

(9) Cada semana se elige a un nuevo líder. Todos tienen su turno.

(10) El líder no puede ordenar pruebas que dejen una cicatriz o un moratón que los no Espartanos puedan ver.

(11) Nunca habrá más de tres pruebas a la semana.

(12) No habrá nuevas reglas a menos que haya una reunión.

(13) Cuando un Espartano haya hecho algo valiente para el beneficio de todos los Espartanos, aunque esa semana no sea el líder, todos tendrán que respaldarle.

PRUEBAS PARA LOS NUEVOS ESPARTANOS

(1) *Miedo.* Hacer algo que te dé miedo.

(2) *Comida.* (a) Comer algo que te dé mucho asco (por ejemplo, petisú de chocolate y sardina) y no vomitarlo.
(b) No comer nada durante veinticuatro horas.

(3) *Olfato.* Oler algo que huela fatal durante diez minutos. Por ejemplo: hablar con la señorita Rigby. Las arcadas no están permitidas.

(4)	*Vista.*	Mirar fotografías de anatomía.
(5)	*Oído.*	Hacer chirriar una tiza sobre una pizarra, si no te gusta.
(6)	*Frío.*	Dormir una semana en el suelo sin ninguna manta.
(7)	*Tacto.*	Tumbarte y dejar que te hagan cosquillas.
(8)	*Dolor.*	Pincharte el dedo meñique.
(9)	Una hazaña especialmente valiente que elija el líder. Muy peligrosa.

Cuando los Espartanos júnior han pasado las nueve pruebas, obtienen una tarjeta de afiliación y pueden ser líderes. Mientras las pasan, pueden asistir a reuniones, pero no pueden votar ni utilizar todos los privilegios de la sociedad, incluido el código de los Espartanos. Pero deben obedecer todas las reglas.

Este manifiesto sorprendió tanto a la señorita Ellis y a Nancibel que durante unos instantes depusieron las armas.

—Me parece contra natura, de algún modo —se quejó Nancibel—. Es decir, es contra natura. ¡Todo lo bonito es malo! ¡Imagínate a un niño que piense así!

—A lo mejor se debe a que absorbe todo lo que ve —sugirió la señorita Ellis—. Suponiendo que sepa algo... Bueno, ¡como lo que acabo de decir! Algo así le crearía una conmoción terrible. La suficiente para albergar un montón de ideas extrañas.

—Pero no puede saberlo. ¿Cómo habría podido enterarse?

—Puede que haya escuchado hablar a las sirvientas. Recuerda mis palabras: algo así hay detrás.

Se oyeron pasos por el pasillo y la señorita Ellis cerró rápidamente la puerta del armario. Era Hebe. Cuando las vio, se detuvo en el umbral y dijo, con una arrogancia súbita:

—Oh, ¿no han terminado?

Se giró, agitó sus rizos y se marchó.

—Algún día —juró la señorita Ellis— le diré a la jovencita Hebe Gifford exactamente quién es y lo que es. ¡Gifford! Su apellido no es más Gifford que el mío. La adoptaron. Es una bastarda, la hija de alguna sirvienta, probablemente. ¡Y tengo que vaciar su orinal!

2. El barco en la botella

—Porthmerryn es un lugar tan pequeño —dijo la señora Cove, mientras metía prisa a su familia por los acantilados—. Y está lleno de visitantes. Si no llegamos los primeros con nuestros puntos del racionamiento, los mejores caramelos habrán volado. Así que no os entretengáis. Blanche, ¿no puedes andar más rápido?

—Le duele la espalda —dijo Beatrix.

—Andar le vendrá bien.

Blanche empezó a caminar perdiendo el equilibrio, ayudada por sus hermanas. No les interesaba en absoluto el recado, porque era poco probable que comiesen alguno de los caramelos que se habían asegurado hasta el momento. Su madre tenía la costumbre de reservar esas cosas para un día lluvioso que nunca llegaba. Pero sabían lo importante que era poseer bienes que otras personas querrían tener, porque el valor depende de la escasez.

En la cima de la colina, justo al lado del Bethesda, la señora Cove se detuvo un momento para dar las últimas instrucciones:

—Será mejor que nos dividamos. Si entramos todas juntas en la misma tienda, podrían darse cuenta de que somos una familia y obligarnos a coger una mezcla. Creo que hay varias tiendas. ¡Blanche! Tú irás por Marine Parade. Beatrix puede ir a Church Street. Yo iré a Fore Street. Maud a Market Street.

Aquí tenéis media corona cada una, por si podéis conseguir delicias turcas. Si podéis, comprad eso, porque no hay mucho. Si no, comprad malvaviscos o dulces de azúcar. No compréis caramelos duros ni tabletas; de eso siempre hay mucho. Y si dicen la estupidez de que no venden a los visitantes, decidles que se lo comunicaréis a la oficina de alimentación. Nos reuniremos en la oficina de correos en media hora.

Se separaron y la señora Cove bajó Fore Street a toda velocidad. Pero la espalda de Blanche las había retrasado, y no fueron las primeras en llegar a las tiendas, tal y como ella había planeado. Había una cola considerable en la confitería más grande. Se puso a la cola justo detrás de Robin Siddal y sir Henry Gifford.

—Han llegado pronto —dijo con amargura cuando la saludaron.

—Vengo a por malvaviscos —dijo Gifford—. Mi esposa me ha pedido que le lleve algunos antes de que desaparezcan. Por lo que veo, aquí tienen.

—Yo quiero dulce de azúcar y mantequilla —dijo Robin—. En Parade no quedan. Vi a Blanche allí, señora Cove, y quiere saber si ella y las otras chicas pueden venir conmigo a ver el barco de la botella del que les hablé. Les dije que si la veía, se lo preguntaría.

—¿Dónde está? —preguntó la señora Cove.

—En una casa de campo, justo al lado del puerto. Pertenece a la bisabuela de Nancibel, de hecho. Tiene muchas cosas antiguas interesantes.

La señora Cove lo sopesó y después dijo, bastante de mala gana, que las chicas, si querían, podían ir; pero debían estar de vuelta en Pendizack para la hora de la comida.

—Es una señora muy mayor —dijo Robin, girándose hacia sir Henry— y está prácticamente ciega, y creen que debería irse al asilo. Se siente tremendamente triste al respecto. Todos lo están. Pero no hay sitio para ella en casa de los Thomas, y necesita cuidados. No dejo de preguntarme si vender alguna de sus antigüedades la ayudaría un poco, lo suficiente para que se sienta más a gusto. ¿Sabe usted algo, por casualidad, del ámbar negro? Ayer dijo que le gustaba el ámbar.

—Sé un poco sobre el tema —dijo sir Henry con cautela—. Es muy extraño.

—Creo que tiene una pieza. Su hijo, marino, se la trajo a casa hace años. Lleva muchos años muerto. La consiguió en algún lugar del este.

—¿Cómo es? —preguntó sir Henry.

—Una pequeña figura tallada —dijo Robin, separando sus dedos unos diez centímetros—. A la vista y al tacto parecen ámbar. Lo tiene en su cómoda.

—Pero ¡eso valdría unas mil libras por lo menos!

—Lo sé. Sé que el ámbar negro es muy valioso. Si lo fuese, no tendría que irse al asilo.

La cola avanzó, pero ni Robin ni sir Henry se dieron cuenta. La señora Cove esperó unos segundos y después ocupó el sitio libre entre ellos.

—No le conté lo que pensaba —dijo Robin— porque no quería darle esperanzas. Pero me gustaría que un experto le echase un vistazo.

—Creo que es extremadamente improbable que lo sea —dijo sir Henry.

—Supongo. Pero merece la pena averiguarlo, aunque no sé a quién consultárselo.

—Yo podría echarle un vistazo —se ofreció sir Henry—. Si resulto de ayuda.

—¡Oh, sir! ¿Lo haría?

La fila volvió a moverse, y la señora Cove ocupó el lugar en el mostrador.

—Malvaviscos —dijo con firmeza.

Sir Henry y Robin se giraron sorprendidos, preguntándose cómo era posible que estuviese delante de ellos. Pero se dieron cuenta de que era su culpa.

—Y si, por casualidad tienes razón —dijo sir Henry—, podría ayudarla a venderla y asegurarme de que consigue una cantidad justa.

—Le digo que es usted extraordinariamente bueno. Voy a ir esta misma mañana. ¿Podría acompañarme?

—No. Hoy no puedo. Mi esposa me espera. Pero iré contigo otro día, si quieres.

La fila volvió a avanzar y era el turno de sir Henry. Pero no pudo conseguir malvaviscos porque la señora Cove acababa de llevarse los últimos. Compró guirlache y Robin consiguió su dulce de azúcar y mantequilla.

—Ha sido un truco sucio —dijo Robin mientras salían de la tienda—. Se ha colado delante de nuestras narices. ¿Lo ha visto?

—Dejamos que lo hiciera. Sabes, yo en tu lugar no hablaría de esa pieza de ámbar negro, si es que lo es, tan alegremente. No en una tienda en Porthmerryn. Alguien podría oírte. Y cuanto antes se ponga en un lugar seguro, mejor. ¿No podrías soltarle una indirecta, cuidadosamente, para que la cuide?

—Si no estoy en lo cierto, no quiero decepcionarla.

—Dile que podría valer cinco libras. Se lo creerá, probablemente, sea lo que sea. Y dile también que la esconda.

Robin accedió a hacerlo y se marcharon. Hizo unos cuantos recados para su madre y después se fue a la oficina de correos, donde estaban esperándolo las tres chicas. Le dijeron que su madre se había ido al hotel y que todas querían ver el barco de la botella.

—Venid conmigo entonces —dijo Robin—. Coged unos dulces.

Les ofreció la bolsa de papel. Pero todas negaron con la cabeza, explicando, como siempre, que no tenían nada que ofrecerle a cambio.

—¿Nada? —exclamó—. Pero todas habéis estado comprando dulces, ¿no?

—Los tiene nuestra madre —le explicó Beatrix.

—Oh, entiendo. Bueno, coged de los míos de todas formas.

Finalmente, aunque sin mucho entusiasmo, accedieron a coger un trocito cada una. Hubiesen preferido mil veces dar un regalo que aceptarlo. Si les hubiesen permitido quedarse sus golosinas, habrían ido por todo Pothmerryn ofreciéndolas a todo el mundo.

Robin las llevó hacia el puerto por una calle paralela, porque no tenía ganas de cruzarse con ninguno de sus amigotes mientras tenía detrás de él a estas chicas tan extrañas. Se sorprendía por momentos por haberse embarcado en una expedición como esa, porque normalmente no prestaba atención a las chicas de entre siete y diecisiete años, y a estas les faltaba el encanto, sin duda. Pero las sonrisas de Blanche lo habían encandilado. Tenía una expresión tan radiante cuando estaba contenta, que era imposible no sentir deseos de complacerla.

Había estado mirando, con absoluto deleite, unos barcos metidos en botellas baratas, fabricadas en masa, en una tienda en el Parade. Ese deleite se convirtió en éxtasis cuando él le habló del barco de la vieja señora Pearce. Fue todo fulgor, todo gratitud con él, solo porque se lo había descrito. Antes de ser consciente de lo que estaba diciendo, se había ofrecido a enseñárselo, algún día, y esa oferta la había elevado al sexto cielo, por lo que se sintió obligado a desbloquear el séptimo y les sugirió ir de inmediato.

—Este barco —les dijo— puede que tenga ciento cincuenta años, porque lo hizo el abuelo de la señora Pearce. Es una goleta de cinco mástiles y está metido en una larga y fina botella, no en una gruesa como las que son de imitación. Ya hemos llegado. Subamos los escalones.

Los escalones de piedra llevaban hasta una puerta verde en el piso superior, porque la parte de abajo de la casa era una pescadería. Robin llamó a la puerta, que estaba abierta, y las acompañó hasta una habitación llena de muebles, tiestos de helechos y gatos. La bisabuela de Nancibel, una mujer mayor y pequeñita, se movía ligeramente, como husmeando, por la casa. Se giró para mirarlas, al tiempo que se frotaba sus nublados ojos.

—Soy Robin Siddal —gritó—. He traído a tres jovencitas para que vean su barco, señora Pearce. ¿Pueden?

La señora Pearce rumió las noticias un tiempo y le preguntó si se trataba de las jovencitas de Tregoylan.

—No, no, son de Londres.

—¿Londres? No veo tan bien como antes. Las sirvientas de Tregoylan, vienen a veces. Pero no las espero en el mes de agosto. ¿Londres?

Blanche avanzó y apoyó su mano sobre los viejos dedos retorcidos.

—Soy Blanche Cove —dijo en voz baja pero con claridad—. Y estas son mis hermanas, Maud y Beatrix. Nos hospedamos en el Pendizack con la señora Siddal.

—¿Os hospedáis en Pendizack, eh? Aquel lugar, Pendizack Manor, es una reliquia. Mi nieto, Barny Thomas, vive allí arriba, en la aldea-iglesia de St. Sody. Pero yo ya no subo allí. No desde que mi vieja pierna se me hinchó tanto. Sentaos, queridas mías. ¡Tú, Robin! Busca sillas para las muchachas.

Todos se sentaron. Robin estaba sorprendido con los buenos modales de las Cove, que no volvieron a mencionar el barco pese a que sus ojos se desviaban hacia él, hacia la repisa de la chimenea en la que estaba, mientras le preguntaban educadamente a la señora Pearce sobre su pierna. Al cabo de un rato explicó el motivo real de su visita y esta vez la anciana lo entendió absolutamente todo.

—¿Mi barco? Oh, mi querido, sí. Las muchachas pueden verlo. Ve a buscarlo enseguida. ¿Sabes dónde está? ¿Encima del mármol?

Él se lo puso en las manos y ella lo sostuvo para que pudieran admirarlo.

—Este pequeño y viejo barco —les dijo— ha estado en esa misma repisa desde la fecha que veis escrita en la botella. Si os acercáis y observáis con detenimiento, veréis un nombre escrito: Phineas Pearce. Que es el nombre, mis queridas, de mi anciano abuelo. Y después del nombre veréis unos números: uno, siete, nueve, cinco, mil setecientos noventa y cinco, que es el año en el que hicieron el barco...

Robin había oído muchas veces ese recital, por lo que se

fue hasta la cómoda para observar de nuevo la pieza de ámbar negro. La última vez que la había visto estaba en la segunda balda, justo al lado de un tintero. Pero ya no estaba allí.

—En aquellos días no existía Marine Parade —estaba diciendo la señora Pearce— y tampoco en mis días mozos. Era tan solo un lugar de amarre para los botes de sardinas...

—Señora Pearce —la interrumpió—, ¿dónde está la pequeña figura negra? ¿La que tenía en la cómoda?

—Dentro de la sopera —dijo la señora Pearce—. La puse ahí por seguridad cuando estaba limpiando el polvo.

Miró en la sopera y la encontró. Su corazón dejó de irle a mil por hora.

—Pues bien —continuó ella—, vi llegar la vía férrea. Vi el primer tren que llegó a nuestro pueblo y las banderas y los vítores y la banda tocando muy suavemente. Aquel día fue una fiesta en nuestra aldea-iglesia. Fue una fiesta para todos.

La emoción embargó a las Cove. Maud preguntó si fue todo el pueblo y quién había celebrado la fiesta.

—Todos la dimos y asistió todo el mundo —dijo la señora Pearce—. Todos los hombres, las mujeres y los niños del pueblo estaban allí, y los granjeros de por allí vinieron también, de kilómetros a la redonda. Algunos dijeron que fueron cinco mil, otros diez mil. Allí había una enorme multitud, eso sí lo sé; una multitud como nunca había visto. Y la estación estaba tan verde como un bosque, con ramas y guirnaldas. Y alguien gritó: ¡Ahí viene! ¡Ahí viene! ¡Oigo el silbido! Y empezaron a empujarse, oh, Dios mío, como una manada de bueyes. Y después otro: eso no es un tren. Era yo, silbándole a mi perro. Y todo el mundo se rio tan alto que resonó como un trueno.

Nunca en mi vida había oído, ni antes ni después, carcajadas como aquellas. Pero el tren llegó finalmente, decorado con guirnaldas, y con el alcalde al frente del mismo. Y las bandas comenzaron a sonar y todos cantamos *Old Hundred*.

—¡Qué maravilloso! —exclamó Maud.

Se despidieron a regañadientes, lanzando miradas anhelantes al pequeño barco mientras era devuelto a su sitio. Y Robin, mientras le daba las gracias, se atrevió a avisar a la señora Pearce de que tuviera cuidado con el ámbar, dejándole caer que podría ser valioso.

La anciana estuvo de acuerdo:

—Creo que vale más de una libra.

—Más de cinco libras, señora Pearce, así que póngalo a buen recaudo.

—Está seguro en la sopera. Adiós, querido mío. Adiós, jovencitas. Cuando estéis por aquí, si os apetece visitarme, seréis más que bienvenidas.

Robin tenía que rodear la carretera para llevar un mensaje, por lo que las tres chicas caminaron solas hasta casa por los acantilados. Iban despacio, porque Blanche estaba cansada y tenían que arrastrarla colina arriba. Sus mentes estaban tan llenas de fiestas, trenes y barcos que apenas hablaron. Pero cuando abandonaron el campo y llegaron al pasto y al tojo de la cima del acantilado, Maud empezó a canturrear desafinando. Las otras la siguieron, y sus leves notas se esparcieron por la brisa salada.

¡Todas las personas que moran en la tierra,
cantadle al Señor con voz alegre!

Cuando estaban solas normalmente eran muy felices, pese a que su palidez, gravedad y su desolado aspecto andrajoso les imprimía un patetismo engañoso. Tenían tan poco, sabían tan poco, habían estado en tan pocos sitios y conocido a tan poca gente, sus vidas estaban tan absolutamente vacías, que nunca habían aprendido a desear muchas cosas. Durante la guerra su colegio había sido evacuado al campo. Pero ellas no habían ido, y su madre les había estado enseñando. Alardeaba, con cierto tino, que sabían más historia, geografía, matemáticas y religión de lo que hubiesen aprendido en cualquier colegio. Pero en ese vecindario no quedaban niños, así que habían aprendido a depender de sí mismas para divertirse. Nunca discutían ni peleaban, y muy pocas veces se mostraban en desacuerdo. Blanche era la más inteligente, pero sobrellevar el dolor consumía gran parte de su energía, por lo que iba detrás de Beatrix en sus lecciones. Maud, la más joven, era la más inteligente para las cosas mundanas y la menos feliz. Maud a veces era traviesa.

Este viaje a Pendizack era la aventura suprema de sus vidas. Estaban todas un poco estupefactas al respecto. Era como si, de repente, un libro de cuentos se hubiese hecho realidad. Hacía una semana les habría resultado imposible tener amigos como los Gifford. Ahora parecía que la barrera que separaba lo posible de lo imposible había desaparecido.

—Mañana Hebe nos dirá cuál es nuestra prueba especial —dijo Beatrix, cuando terminaron de cantar—. Me pregunto qué se le ocurrirá.

—No hemos hecho ni la mitad de las pruebas aún —dijo Maud—. No hemos olido nada ni hemos dormido en el suelo.

—Dice que esas pueden esperar —dijo Beatrix—. Le expliqué que no podíamos dormir en el suelo porque mamá está en la habitación.

—Espero que no sea un tren —dijo Blanche, nerviosa—. Tumbarse entre los raíles y dejar que el tren nos pase por encima. Me moriría de miedo. No creo que pudiese hacerlo.

—¿Eso es lo que hizo Hebe? —gritó Maud.

—No. No pudieron, en Londres. Allí no puedes saltar a las vías. Pero pensó que nosotras sí podríamos.

—¿Y qué es lo que hizo entonces? —preguntó Beatrix con avidez.

—Se quedó en la catedral de St. Paul toda la noche. Cuando cerraron, se escondió. Dice que vio al fantasma de Enrique VIII.

—¡Menudo cuento! —gritó Maud—. No construyeron St. Paul hasta después del incendio de Londres.

—Los edificios nuevos no detienen a los fantasmas —dijo Blanche—. Hay una casa en Londres que anteriormente había sido una carretera y un hombre montado en un caballo galopa por ella. Pero si tenemos que tumbarnos en las vías del tren, de verdad que no puedo hacerlo. ¡Solo de pensar que lo oigo acercándose y rugiendo!

—No creo que tenga nada que ver con un tren —dijo Beatrix—. Caroline dice que cree que se tratará de nadar.

—Pero ¡no sabemos nadar! —protestaron las demás.

—Lo sé. Se lo dije. Pero Hebe dice que se aprende al modo Espartano: saltando a las profundidades del agua.

—Pero ¿y si no aprendemos a nadar? —preguntó Maud.

—Eso es lo que dijo Caroline. Me dijo que si Hebe nos hacía nadar, ella la detendría.

—¿Cómo podría hacerlo?

—No lo sé. Pero estaba bastante enfadada. Dice que los Espartanos es solo un juego, y que no tendríamos que tomárnoslo tan en serio. Dice que ella no hizo nada tan valiente. Solo fingió.

—¡Qué desleal! —dijo Blanche.

Cuando alcanzaron a ver la cala, Blanche de repente se dejó caer en la hierba diciendo que debía descansar un minuto. Todas se tumbaron en el pasto, y se pusieron a frotar el tomillo salvaje entre los dedos. Beatrix dijo con ojos soñadores:

—Si tuviéramos algo con lo que hacer grandes las cosas pequeñas, una especie de lupa, y sacar ese barco de la botella y agrandarlo, tendríamos una goleta.

—¿Cómo lo sacarías de la botella? —preguntó Maud.

—Averiguaría cómo hacerlo. Phineas Pearce lo puso dentro.

—¿Por qué no agrandar la botella también? —dijo Blanche—. Y meternos por el cuello de la botella y vivir en el barco. Si estuviésemos dentro de la botella podríamos sentarnos en la cubierta incluso cuando lloviese.

—¿Dónde lo pondrías? —preguntó Maud.

—En el promontorio —decidió Beatrix— podrían vernos desde kilómetros de distancia. Una botella enorme con un barco en su interior. Se congregarían alrededor de la botella hordas de gente, cantando *Old Hundred*.

—Pero no dejaríamos que nadie entrase salvo los Espartanos leales —dijo Maud.

—Y Robin —dijo Blanche—. Y Nancibel. Ojalá pudiésemos hacerlo. Hebe se sorprendería mucho.

—Creo que les sorprendería a todos —dijo Maud—. Pero supongo que no es posible. No existe tal lupa.

—Hubo una vez un telescopio —afirmó Beatrix—, y si mirabas a través de él, veías el pasado.

—¡Beatrix! ¿Existía? ¿Quién te lo ha contado?

—Lo leí en la *Strand Magazine*. Un hombre miró a través de él en dirección a su casa y no estaba allí. Así que lo enfocó en un tiempo más cercano y vio cómo la construían.

—Eso han tenido que inventárselo —dijo Blanche.

—No. Es ciencia.

Blanche no parecía muy convencida e intentó levantarse, porque le pareció que era el momento de reanudar el camino. Pero le dolía tanto la espalda que volvió a caerse, respirando con dificultad.

—¿Te duele mucho? —preguntó Beatrix, ansiosa.

Blanche asintió. Empezaron a caerle lágrimas por las mejillas, algo que no ocurría muy a menudo.

—¿Quieres que te demos un masaje?

—Podéis intentarlo.

Se puso bocabajo, con esfuerzo. Beatrix le levantó el vestido de algodón y le bajó las bragas descoloridas y empezó a presionar con fuerza su columna. Pero el dolor no cedía. Para entonces, las tres estaban llorando.

De repente, una voz preguntó:

—¿Se ha hecho daño?

Levantaron la vista y vieron a la vieja señora Paley de pie junto a ellas en el camino.

—Solo es su espalda —le explicó Beatrix—. Le duele siempre. Cuando le duele mucho se la masajeamos.

—Dejad que lo intente. Soy bastante buena con los masajes.

Se arrodilló junto a Blanche y empezó a masajearla con suavidad. Mientras lo hacía, les hizo algunas preguntas. ¿Cuánto tiempo llevaba con la espalda mal? Siempre, dijeron; pero lo arreglaron con un «desde que Blanche tuvo difteria». ¿Lo sabía su madre? Sí, lo sabía. Maud alegó que su madre pensaba que eran dolores de crecimiento.

—¿Os dijo el médico que era bueno masajearla? —preguntó la señora Paley—. No hay que masajear algunas espaldas enfermas.

—Oh, el médico no la ha visto —dijo Beatrix—. No es una enfermedad, solo dolor. Cuando no puede dormir por la noche, solemos masajeársela.

Al cabo de un rato Blanche declaró que el dolor estaba remitiendo y, entre todas, la pusieron en pie. Explicó que bajar la colina le resultaba especialmente difícil, pero que si la ayudaban, podía arreglárselas, y estaba segura de que era tarde.

Marcharon las tres, Beatrix y Maud sosteniendo a Blanche, cada una con un brazo alrededor de su cintura. Ahora parecían estar de bastante buen humor de nuevo, y mientras se tambaleaban descendiendo el camino del acantilado, empezaron a canturrear otra vez su desentonado himno:

¡Entrad después por sus puertas con alabanzas!
¡Acercaos con alegría a su corte!

La señora Paley las vigiló, ansiosa, hasta que llegaron a la altura de la arena.

3. No es una dama

Nancibel, al bajar al jardín para coger un poco de menta, pensó que había visto a un extraño escondido entre las moreras.

—¿Quién anda ahí? —gritó.

Se enderezó y se acercó a ella con una gran sonrisa.

—Pero ¡Bruce! ¿Qué estás haciendo aquí?

—Estoy buscando los establos. ¿Qué estás haciendo tú aquí?

—Trabajo aquí. Y este no es el camino de los establos. ¿Quién te ha dicho que puedes comerte nuestras moras?

—¿Qué quieres decir con que trabajas aquí? —preguntó Bruce un poco agitado.

—Soy sirvienta.

—Pero pensé que vivías arriba, en los acantilados.

—Vengo todos los días.

—¿Eh? Entiendo.

Parecía aliviado y cogió la maleta de cartón que estaba en el camino y añadió:

—No estaba comiéndome vuestras moras porque no había ninguna. ¿Sabes dónde están los establos?

—Atravesando aquella puerta. ¿Por qué?

—Voy a dormir allí.

—¡Oh! ¿Así que vas a parar por aquí? ¿Tu gente para por aquí?

—Así es —dijo Bruce.

—¡Qué curioso! La señora Siddal no ha dicho nada, en el desayuno, de que venían personas nuevas.

—No creo que lo sepa. Cuando llegamos ella estaba fuera. El señor mayor es el que nos ha alquilado las habitaciones.

¡El señor Siddal! ¡Quién lo hubiese dicho!

—Es un viejo amigo de mi... jefa. Así que en la puerta preguntamos por él.

—¿Quién abrió la puerta entonces?

—Un joven con adenoides.

—¡Oh! ¡Él!

—¡Sí, él! Me alegra que sientas eso por él.

—¿Por qué?

—Porque no tengo por qué estar celoso.

—No seas niño. ¿Qué ha pasado?

—Bueno, esperamos en la entrada durante un siglo mientras el jovencito iba a despertar al señor Siddal. Llegó por fin y le alquiló a mi jefa la habitación del jardín. Pero en la pensión no había habitación para mí, así que...

—No seas irreverente. Te hospedarás en la buhardilla pequeña, supongo. Los chicos Siddal y Fred tienen las otras dos.

—Llévame, entonces. ¡Por el camino del jardín!

—¡Ve tú mismo! —dijo Nancibel—. Solo hay que atravesar esa puerta. No tiene pérdida.

—¿No te alegras de que haya venido? —gritó tras ella, mientras Nancibel se daba la vuelta.

Ella salió corriendo, esperando no haber dejado traslucir el placer que le había provocado verlo de nuevo. Porque había pensado mucho en él desde el sábado por la noche y había decidido que tenía que ser realmente agradable, a pesar de sus estúpidos modales. No hay muchos chicos que se tomarían con tanto humor como él una reprimenda como aquella. Y sería divertido tener por allí a alguien joven, vivaracho, que fuese diferente a Fred y a su respiración fuerte. «¡Nancibel! ¡Estás despedida!» Se volvería loca si oyese ese chascarrillo con más frecuencia. Y le gusto un poco, pensó, lo cual es bueno para mi moral. Me he pasado todo el invierno sin que me importe si les gustaba a los hombres o no, pero estoy mejorando.

Entró dando saltitos en la casa con el paso ligero y el entusiasmo de una chica exitosa. «Te veré de nuevo —cantó en el fregadero—, cada vez que la primavera irrumpe de nuevo.»

—¿Es necesario todo ese escándalo? —preguntó Fred—. ¿Qué estás cantando?

—Es una canción muy antigua —dijo Nancibel—. Mi madre solía cantarla.

La señorita Ellis entró en la antecocina, dándoselas de importante.

—Tenemos una huésped nueva —anunció—. Y a su chófer. Él dormirá en los establos. Será mejor que cojas las sábanas y le hagas la cama, Nancibel.

—Sí, señorita Ellis.

Bruce había encontrado la pequeña buhardilla y cuando ella llegó con las sábanas él estaba inspeccionándola sin aspavientos. Tenía paredes y techo de madera, sin alfombras y sin muebles, salvo por una silla rota y una cama plegable.

—La austeridad es nuestra consigna —dijo él—. ¿Se me permite tener sábanas en la cama?

—Sí. Te las he traído. ¡Y ahora escucha! Nunca te sientes en esa cama. Si lo haces, se cierra contigo dentro, y cuesta bastante trabajo salir. El primero en tenerla fue Fred y se quedó atrapado dentro, y si nadie hubiese oído sus gritos, aún estaría ahí.

—¿Cuánto tiempo estuvo ahí en realidad?

—Oh... Dos o tres días —dijo Nancibel con solemnidad, mientras extendía las sábanas en su cama.

—Pero ¿cómo me meto en ella cuando vaya a dormir? —preguntó Bruce, después de que los dos se riesen un buen rato.

—Te metes por los pies y vas reptando. Tienes que salir del mismo modo.

—Me entrenaré. Háblame de los muchachos Siddal. Hay tres, al parecer, tras ver su habitación.

—Bueno, está Gerry. Es el mayor. Es muy amable.

—Oh, ¿de veras? Y supongo que es guapo, ¿no?

—No. No es nada del otro mundo. Duff... Ese es el segundo. Es un sueño.

—¿Es más guapo que yo?

—No. Pero al menos no miente sobre Limehouse.

—¡Oh, Nancibel! ¿Tienes que sacarlo a colación? ¿Te parece justo?

—A lo mejor no —aceptó—. No volveré a hacerlo, a menos que me hagas enfadar.

—Oh, nunca más te haré enfadar. Me has cambiado la vida.

—No me parece que hayas cambiado ni un ápice.

—Oh, pero sí que lo he hecho. Ni te lo imaginas.

Abrió su maleta y empezó a sacar sus posesiones.

—No he dejado de pensar en ti desde el sábado —le dijo—. Preguntándome si te volvería a ver.

—Qué bata tan encantadora —exclamó Nancibel.

—Adorable, ¿verdad?

—¿Qué son todos esos papeles mecanografiados?

—Es parte del nuevo libro de mi jefa.

—¿Y quién es tu jefa?

Vayamos a ello, pensó Bruce mientras colgaba la bata de un clavo. Podría haber llegado en un momento peor.

—La señora Lechene —dijo alegremente.

—¿La señora Lechene?

—Sí. Te lo dije. Es escritora.

¿Se lo había dicho? Nancibel no lo recordaba. ¿Sería posible que no recordara que él le había dicho que trabajaba para una dama?

—¿Cómo conseguiste el trabajo? —preguntó.

Bruce dudó y recordó su promesa de no volver a marcarse un farol.

—Era el botones en un hotel en el que ella... —empezó.

—Ah —gritó Nancibel—. Como en tu libro, ¿eso quieres decir? Ese chico también era botones en un hotel, ¿no?

—Para no haberte gustado recuerdas muchas cosas de mi libro —dijo Bruce enfadado.

—Bueno, es curioso que él fuese botones y que tú lo fueses también.

—No veo por qué. Cada uno tiene que utilizar sus experiencias.

—Y esa dama.

—Ella no tiene nada que ver con la mujer del libro. No es autobiográfico.

—¿Disculpa?

—No es la historia de mi vida —dijo Bruce encendido—. Eso es a lo que me refiero.

—Bueno. Espero que no.

—Eso ya lo habíamos dicho. Y, de todas formas, el libro no es bueno. Voy a quemarlo y a escribir otro.

—Va muy bien para la escasez de combustible.

—Voy a escribir un libro sobre un chico que se quedó encerrado dentro de una cama. Y nadie sabía dónde estaba porque era demasiado orgulloso para gritar.

Hizo una pausa.

—Continúa —dijo Nancibel.

—No puedo. Es muy triste. Y no te gustan los libros tristes.

Se oyeron unos pasos pesados en la escalera de la buhardilla y una voz aguda gritando. Le cambió la expresión.

—Bruce —dijo la voz de nuevo.

Una mujer apareció en el quicio de la puerta de la buhardilla y se quedó allí inspeccionándolos. Nancibel se dio cuenta de que debía de ser la dama escritora. ¡Una vieja amiga del señor Siddal! No era sorprendente; en algún momento, años ha, fueron jóvenes. Escritora, si quieres, pero no una dama, metiendo las narices en la habitación del chófer y observándoles de ese modo tan insolente. ¿Qué pasa si lo hubiese pillado riéndose con la sirvienta? Las damas suelen tener mucho cuidado para no percibir ese tipo de cosas. La señora Siddal nunca haría algo así.

Pasaron los segundos y la inspección se convirtió en un insulto. Nancibel levantó la vista y miró a Anna de arriba abajo, vagamente consciente de que con eso no conseguiría que murmurase un «disculpadme» y se marchase. Debía mantenerse firme y reivindicar su derecho a estar allí. Como una gran, vieja y blanca babosa, pensó. Solo que las babosas tienen el sentido común de no llevar pantalones de vestir. No debo decir nada. Haré que sienta que ella es la intrusa. Puede hablar la primera. Esperemos que Bruce tenga la decencia de quedarse callado.

Pero Bruce no la tuvo. No soportó la mirada de Anna mientras se deslizaba, deliberada y meditativamente, por las curvas de Nancibel. Dijo, nervioso:

—Solo estábamos...

Los ojos se posaron en él. La boca pálida sonrió con astucia.

—Ya veo —dijo Anna.

Dos personas pueden jugar a un juego, pensó Nancibel, y comenzar un escrutinio equitativamente deliberado del enemigo. Ni sujetador, ni faja, y si yo tuviese dedos de los pies como esos, no me pondría sandalias. Podemos jugar a las estatuas hasta que las vacas vuelvan a casa, querida, si esa es tu idea de diversión y juegos.

—La señorita Thomas ha traído amablemente... —chapurreó Bruce— mis sábanas.

Anna dirigió sin prisas su mirada hacia la cama.

—Yo... Será mejor que aparte el coche, ¿no?

—No hay prisa —dijo Anna—, si tienes cosas mejores que hacer.

—¡Nada! No tengo nada mejor que hacer —declaró.

Abriéndose paso junto a Anna, corrió escaleras abajo.

Nancibel ya había terminado de hacer la cama, pero pensó que lo mejor sería hacer una o dos tareas insignificantes en la habitación antes de irse, como para enfatizar el hecho de que su trabajo era estar allí. Así que cogió las hojas mecanografiadas que Bruce había tirado al suelo y las puso en la repisa de la ventana.

—Me temo que os he interrumpido —señaló Anna—. ¿Te estaba contando Bruce la historia de su vida?

—Oh, no —dijo Nancibel sonriendo—. Me la contó el sábado.

—¿Sábado? —dijo Anna—. ¿El sábado?

Atravesó el salón para sentarse en la cama, con la intención de enterarse de todo. Pero Nancibel notó que había llegado el momento de hacer una retirada estratégica.

—Discúlpeme —murmuró, y salió corriendo de la habitación.

Mientras bajaba las escaleras como alma que lleva el diablo, oyó un estruendo y una palabrota. Anna se había sentado en la trampa cazabobos de Pendizack y ahora mismo compartía el destino de Fred. Pero puede salir sola de ahí, pensó Nancibel, apresurándose a través del patio del establo. No es como el pequeñajo y delgaducho de Fred. ¡Señor! ¡Qué lenguaje! Sea lo que sea, no es una dama.

4. Malvaviscos

Lady Gifford no se podía creer que en el primer día de un nuevo periodo de racionamiento, un lugar tan grande como Porthmerryn estuviese realmente falto de malvaviscos. Estaba segura de que con una búsqueda más exhaustiva los habría encontrado.

—¿Les explicaste que era para una inválida? —preguntó.

—No habría cambiado nada —dijo sir Henry—. No había. Lo intenté por todas partes.

—Supongo que había muchos debajo del mostrador. Lo que quieres decir es que no los viste.

—Vi algunos en el Saundry's, pero la señora Cove compró los últimos antes de que pudiera llegar al mostrador.

—¡La señora Cove! No me sorprende. ¿Por qué le permitiste que se pusiera delante de ti?

—Lo siento mucho, Eirene.

—No, querido. No lo creo. Si realmente lo sintieras, intentarías hacer las cosas más fáciles en vez de más difíciles.

—Hago todo lo que puedo —murmuró.

Se puso roja, se sentó en la cama y habló con una energía inusual.

—¿Cómo puedes decir eso cuando me obligas a vivir de esta forma tan horrible cuando podríamos vivir con toda comodidad? Esta mañana he tenido noticias de Veronica. Dice que si tienes el dinero para pagarlo, hay mucho de todo en las islas del Canal.

—Eirene, ya hemos hablado de todo esto antes...

—Me obligas a vivir en estas condiciones culi...

—No son culi. No sabes nada en absoluto de lo que es eso.

—No grites, Harry. Por favor no grites. Ya sabes cómo me descompone cualquier tipo de escena. ¿No podemos discutirlo tranquilamente?

Sir Henry bajó la voz y afirmó que los culis o sirvientes solo comen arroz.

—Que no podemos conseguir —dijo Eirene Gifford triunfante—. Así que somos peor que los culis. Sé que me alegraría mucho comer arroz... Me encanta el *risotto*, pero el señor Strachey no me lo permitiría porque los trabajadores ni se molestan. Todos mis amigos en América me dicen que no saben cómo nos las arreglamos con nuestras raciones. Todos los que pueden escapar de esto, lo hacen, menos nosotros.

—Te lo he dicho siempre, Eirene, que nada te impide irte a Guernsey si es lo que quieres.

—Pero no está bien a menos que tú también vengas. Tendría que pagar impuestos. No podemos librarnos de ellos a menos que vayamos los dos.

—Ya te he dicho que yo no voy a ir y te he explicado por qué.

—Crees que no es patriótico. Crees que el patriotismo es más importante que tu mujer y tu familia.

—Bueno, sí. Supongo que sí.

—Entonces no finjas que lo sientes por mí. Si quieres

verme morir de hambre por el bien de un gobierno al que nunca has votado... Un gobierno que dice que no vales un carajo...

—No es así.

—Sí, sí lo es. No eres un laborista organizado. Y el señor Shinwell dice que todos los laboristas que no estéis organizados no valéis un carajo.

—Shinwell no es todo el gobierno.

—Yo no estaría tan segura. El señor Attlee no se atreve a despedirlo, pese a que no puede conseguirnos carbón.

—Bueno, Eirene, si Shinwell me considerase su ojito derecho, ¿te alegraría dejar que me quedara en el banquillo y hacer mi trabajo?

—No seas estúpido, Harry. Sabes que nunca lo haría.

—Debo admitir que es poco probable.

—Y por el bien de esa gente, que solo quieren liquidarte, los niños tienen que estar malnutridos...

—No creo que lo estén, en realidad.

—Por supuesto que lo están. Solo están consumiendo quinientas calorías cuando deberían ingerir tres mil.

—¿Al día o a la semana?

Se quedó callada unos instantes y él estaba seguro de que ella no lo sabía.

—No parecen malnutridos —dijo— si los comparamos con las Cove...

—Las Cove —dijo Eirene— al parecer van a conseguir todos los malvaviscos de Porthmerryn.

—Qué lástima. ¿Lo ha organizado Shinwell o Strachey?

—Ambos —dijo lady Gifford—. Si hubiesen ganado los conservadores, no tendríamos esta escasez. Escucha, Harry:

164

a lo mejor la señora Cove está dispuesta a intercambiar. A lo mejor quiere un poco de nuestro guirlache.

—Si hubiese querido guirlache, lo habría comprado. Había de sobra.

—Podrías explicarle lo enferma que estoy. Pero no te preocupes. Sigue diciendo lo mucho que lo lamentas y no hagas el más mínimo esfuerzo por mí.

Volvió a recostarse sobre sus almohadas y se le llenaron los ojos de lágrimas.

Sir Henry dudó y después salió de la habitación. Al cabo de quince minutos estaba de vuelta con una bolsa de malvaviscos que puso en la mesa junto a su cama.

—¡Harry! ¿Dónde los has conseguido?

Cogió uno y lo probó, arrugando la nariz.

—La señora Cove.

—¿Te los ha cambiado por lo mío?

—Eh... No. Me los ha vendido.

—¡Santo cielo! —Comió otro y añadió—: —No están muy buenos. ¿Se ofreció ella o le preguntaste?

—Le ofrecí un intercambio y se negó. Entonces mencionó que a sus hijas los dulces les dan bastante igual. Prefieren los libros. Dice que a menudo venden sus dulces para comprar libros. Así que le ofrecí comprarle los malvaviscos.

—¿Cuánto le diste?

—Ocho con seis.

—Pero ¡Harry! Eso es fantástico. Tres veces más de lo que ella pagó.

—Creo que es bastante exorbitante, pero me dijo que no podía comprar un libro decente por menos. Y sabía que tú los querías.

Llamaron a la puerta y apareció Hebe, también con una bolsa de papel.

—¡Anda, cariño! —exclamó lady Gifford—. ¡Buenos días! ¿Os lo habéis pasado bien? ¿Qué habéis hecho? Dame un beso.

Hebe tendió su mejilla y, mientras recibía la carantoña, sus labios se movieron por la maldición silenciosa de los Espartanos.

—Fuimos a Porthmerryn a por los dulces —dijo, dejando su bolsa sobre la colcha—. Estos son malvaviscos. Los he comprado porque sé que son los que más te gustan.

—Pero ¡bueno! ¡Eso es muy dulce por tu parte! Pero no puedo aceptarlos, ya lo sabes. No puedo aceptar vuestra ración de dulces.

—Siempre lo haces —dijo Hebe con frialdad—. Los dulces me dan igual.

Dedicó una mirada severa a la bolsa que lady Gifford tenía ya en las manos, y se marchó.

—La austeridad de Hebe —dijo lady Gifford— es realmente formidable.

—Ajá —dijo sir Henry.

Le había sorprendido la contención manifiesta en los modales de Hebe.

—¿Siempre es así? —preguntó.

—¿Así cómo?

—Tan... tan arrogante.

—Es muy reservada. Los niños sensibles suelen serlo.

—No es hija nuestra, al fin y al cabo. Uno se pregunta...

—¿Qué?

—Si estará bien con nosotros.

—¡Mi querido Harry! ¿Dónde podría haber encontrado

una casa mejor? Tiene todo lo que quiere un niño o todo lo que tendría si no nos viésemos obligados a vivir en este país olvidado de Dios.

Percibiendo que iba a mencionar Guernsey de nuevo, huyó. La expresión de Hebe aún lo inquietaba. No estaba bien que un hijo mirase o hablase así a su madre. Alguien tenía que reprobárselo y era obvio que ese alguien era él. No había querido adoptarla, ni a ella ni a los gemelos. Lo había hecho única y exclusivamente para complacer a Eirene. Pero había firmado papeles y había aceptado actuar como un padre para ellos, y era consciente de que no había hecho mucho para cumplir esa promesa.

Supuso que todos tenían derecho, mientras crecían, a criticar a Eirene hasta cierto punto. Él mismo lo hacía, y no podían ocultar de sus avispadas miradas jóvenes los defectos que eran evidentes para él. Pero ellos también debían aprender, como él mismo había hecho, a tolerarla y disculparla, o la vida se tornaría insoportable.

Bajó las escaleras y vagó por la playa un rato, estupefacto ante el descubrimiento de que la vida podía realmente volverse más insoportable de lo que ya era. Se había resignado, durante nueve años, al hecho de que su matrimonio era un desastre, y había hecho de tripas corazón. Pero pensaba en ello como en una calamidad que solo podía afectarles a Eirene y a él. Nunca había considerado que debiera involucrar a los críos. Como tampoco les había afectado cuando eran bebés y eran atendidos por las enfermeras en los pisos altos de Queen's Walk.

Y cuando los vio marcharse a Estados Unidos en 1940 aún eran pequeños. Caroline tenía cinco años, Hebe tres y los gemelos tenían poco más de un año. Se había sentido un poco inquieto por la adopción de Luke y Michael, en la primavera de 1939, al anticipar el estallido de la guerra en un futuro no muy lejano, y por temer un periodo de revueltas nacionales. Pero Eirene estaba decidida. El optimismo obstinado era una de sus características más fuertes. Nunca creería que fuese a ocurrir algo desagradable y condenaba a todo aquel que lo creyese. Su tranquilidad permaneció imperturbable hasta que la caída de Francia en 1940 la sumió en el pánico correspondiente y se escabulló atravesando el Atlántico.

Vivió cinco años una vida solitaria en el sótano de Queen's Walk, trabajando todo lo bien que podía, comiendo cuando y donde podía, durante los ataques aéreos del 40 y el 41, y bajo las bombas aéreas y los misiles. Había disfrutado de aquello, hasta cierto punto. El haberse liberado de no sentirse constantemente irritado por tener que escuchar a Eirene compensaba gran parte de la incomodidad material. Se mantuvo activo en la protección civil y disfrutó del compañerismo serio y bueno del puesto de guardia. Sintió que su vida era mucho más satisfactoria de lo que lo había sido en años anteriores.

En los primeros meses de 1941 tuvo una amante, algo que nunca se hubiese permitido de haber estado Eirene en casa. Estaba un poco sorprendido de sí mismo, en aquel momento, pero estaba descubriendo muchas otras cosas que le sorprendían. Era una chica pelirroja, una de las guardias mujeres, y ni en el mundo de antes de la guerra, ni en el mundo de la posguerra le hubiese parecido atractiva. Se llamaba Billie. Tenía un ligero acento *cockney*. Solía patrullar las calles con ella en las noches ruidosas. Su suministro de quintillas era inagotable y cuando caía una bomba ella siempre le recitaba otra. La recordaba con su casco M1, agarrando el extremo de la manguera; una mujerzuela valiente que no exigía nada y que daba lo que tenía, con una hospitalidad descuidada. Después de unos meses se unió a los Wren y desapareció de su vida. Pero le enseñó muchas cosas que desconocía en muy poco tiempo.

Se dio cuenta de que Eirene nunca, jamás, podría haberlo amado. Esto, según Billie, era culpa suya casi con toda probabilidad. No había «educado a la pobre chica para que así fuera», le dijo. También le dijo que si las cosas van mal en la alcoba, también van mal en el resto de la casa. Era una criatura chabacana, pero se tomó en serio algunas de sus máximas. Pues sintió que, en su caso, aquello podía ser verdad: en Queen's Walk toda la casa iba mal y su alcoba, por tanto, nunca iría bien. Un marido sumiso no puede ser un amante exitoso.

Su amargura hacia Eirene se diluyó poco a poco. Hizo propósitos para el futuro, prometiendo empezar de cero cuando ella y los críos volviesen a casa. Gobernaría a su mujer y ella lo amaría. En la emoción del reencuentro quizás se forjase algún tierno vínculo. Porque él esperaba que todos volviesen muy poco cambiados.

Regresaron en el verano de 1945, tan diferentes que costaba reconocerlos. Los bebés eran personitas que hacían preguntas y tenían opiniones. Y Eirene estaba inválida, débil, esquelética y no parecía estar en condiciones de llevar una vida normal. Más que un marido, necesitaba una enfermera, y se vio obligado a posponer sus planes de llevar una vida mejor. Hablaron de su principal recuperación, pero nadie parecía capaz de decirle qué era lo que la afligía.

De vuelta de la playa para la comida, se encontró a Hebe de nuevo. Estaba sentada en el pretil de la terraza, con su gato al hombro. Si debía regañarla, ese era el momento.

—Hebe —dijo con seriedad—. Tengo que hablar contigo.

Ella levantó su preciosa mirada y esperó.

Tenía que reprenderla por sus modales para con su madre. Eirene, le recordó, estaba muy enferma y sufría mucho.

—¿Qué le ocurre? —preguntó Hebe.

—Ella... No estamos totalmente seguros. Por desgracia no consiguen averiguarlo.

Hebe le dedicó una mirada escrutadora y su expresión cambió. Podría haber jurado que había, por fin, un ápice de compasión en ella, pero tenía la extraña impresión de que esa pena no era por Eirene.

—Te ha querido —dijo él— desde que eras bebé. Lo ha hecho todo por ti.

—¿Quién era mi madre de verdad? —lo interrumpió Hebe con cierta urgencia.

—Eh... Eh... No sé su nombre, querida.

—¿No sabes nada de ella?

—Yo... Conocemos algunas de sus circunstancias. Las sabrás algún día, cuando seas mayor.

—¿Y por qué no ahora?

—Creemos que aún eres demasiado joven.

—Las preguntas de un niño deben contestarse siempre con honestidad y sinceridad, o se vuelven compresas.

—Complejas. Estoy siendo honesto.

—¿Soy una bastarda?

Sir Henry estaba azorado, pero después de pensarlo unos instantes contestó:

—Sí. Pero no deberías usar esa palabra. ¿Dónde la has aprendido?

—Shakespeare. ¿Luke y Michael son...?

—Eso no es asunto tuyo.

—Solo dime una cosa. ¿Pertenecía a gente pobre? ¿A la clase trabajadora?

—No.

Estaba decepcionada.

—Ojalá fuese así —dijo.

—¿Por qué?

—Creo que son más amables.

Él estuvo de acuerdo:

—Sí, normalmente lo son.

—Pero si pertenecía a gente rica, ¿cómo es que me adoptasteis?

—Ellos no te querían. Nosotros sí.

—¿Por qué no me querían?

Volvió a dudar, pero decidió que era mejor que lo supiera.

—Te hubieses interpuesto en su camino.

—¡Oh!

Miró hacia abajo, a las baldosas, y golpeó con sus talones descalzos la pared. Sintió pena por ella. Y recordó que cuando la adoptaron de bebé, había comentado lo siguiente con Eirene: ¿cómo se sentirá cuando sepa, porque lo sabrá algún día, que su propia madre no la quería? ¿Que lo que la había lanzado a los brazos amables de unos extraños no había sido la necesidad o la adversidad? Enterarse de eso, tuviese la edad que tuviese, podía suponer una conmoción. Pero Eirene le había asegurado que nunca lo preguntaría.

Y ahora había tenido que enfrentarse a ello; y lo había hecho de un modo descuidado, sin una delicada preparación. Ella había preguntado, pero solo tenía diez años, y él debería haberla disuadido. No la había buscado para eso, sino para actuar como un buen padre.

—¿Era virgen mi madre? —preguntó Hebe de repente.

—No. Por supuesto que no.

—¿Estás seguro? ¿Cómo puedes estarlo?

—No digas tonterías. Una virgen no puede tener niños.

—Hubo una que sí —dijo Hebe con pesimismo, bajándose del pretil.

No se le ocurrió ninguna respuesta a aquello y dejó que se fuera. Sintió que ella podía sobresaltarlos siempre que quisiera, y dejó de reprochárselo a sí mismo con tanta vehemencia.

5. El amor es un hombre de guerra

Evangeline Wraxton se iba sintiendo mejor. Su mejora no era evidente en las comidas; acurrucada en su silla frente a su padre, se movía con nerviosismo y balbuceaba como siempre. Pero ya no se quedaba sentada en su habitación todo el día. Se bañaba con los Gifford y jugaba al béisbol con ellos en la arena. Corría bien y su risa, que se oía por primera vez en Pendizack, era bonita.

Después del té se fue con la señora Paley a la oficina de correos para comprar sellos. Apenas habían salido de la casa cuando de repente ella empezó a confiarle todos los secretos que habían quedado sin verbalizar la noche anterior. Habló sin parar sobre la historia de su vida con exclamaciones y repeticiones. Cuando, por décima vez, afirmó que nadie nunca sabría lo horrible que era todo, la señora Paley la interrumpió:

—Deja de decir lo mismo una y otra vez, Angie. Es una mala costumbre. Y mucha gente puede adivinar lo horrible que es todo. No eres la única persona con un padre odioso. Gerry Siddal, por lo que veo, tiene también un bonito panorama.

—Sí, supongo. Eh... ¿ha podido hablar ya con él?

—No. Hoy no lo he visto. Pero lo haré. Ahora dime: ¿cómo demonios consiguió tu padre ser canónigo? ¿Qué crees que indujo a alguien a ordenarlo?

A este respecto, Evangeline no tenía la menor idea. Pero de sus vagas reminiscencias emergió que el canónigo no siempre había sido tan insufrible. Se había vuelto malhumorado. Había sido un predicador notable y exitoso en todo tipo de controversia. La parte de la Iglesia baja había esperado hacer uso de él y el antiguo obispo, el obispo que le dio el trabajo en Great Mossbury, lo admiraba.

—Pero se peleó con todo el mundo —dijo—. Y al final nadie venía a la iglesia. Nadie en absoluto. Durante todo un año leyó la misa solo a nuestra familia. Ni se imagina lo horroroso... ¡Perdón!

—¿Cuántos erais en vuestra familia?

—Oh, éramos seis. Tengo tres hermanos y dos hermanas. Pero él ha roto la relación con todos, por eso nunca los veo. Así que los feligreses le pidieron al obispo, al nuevo, que les consiguiese otro párroco. Pero mi padre no iba a dimitir, pese a que le rompieron las ventanas y le hicieron todo tipo de perrerías. No se imagina... Me quedé en casa, cuando todos se habían ido, por mi madre. No podía soportar dejarla sola. Pues bien, el obispo ordenó llevar a mi padre un día al palacio y mi padre descubrió que había dimitido. Se había enfadado tanto que ya no sabía ni lo que estaba diciendo hasta que oyó que el obispo aceptaba su dimisión. Dijo que era una trampa y que no se marcharía, y se atrincheró en la rectoría. Y ninguno de los comerciantes nos vendía nada. Salió publicado en todos los periódicos, los periodistas se hospedaban en la posada. Lo llamaron el Asedio de Mossbury. Yo tenía doce años. No se imagina... Bueno, al final cedió, no sé por qué. Y nunca más volvió a ganarse la vida. Pero por suerte tenía algo de dinero ahorrado y a veces trabaja como sustituto en una parroquia. Pero desde Mossbury nunca hemos vuelto a tener una casa. Y le prohibieron predicar después de un sermón que dio... Salió en todos los periódicos. Ha sido horrible en todas partes. No puede... Mi madre murió hace tres años. Estuvo un tiempo enferma. Siempre con dolores. No se imagina... Señora Paley, fue horrible y debo decirlo. Y cuando ella se moría, me hizo prometerle que nunca abandonaría a mi padre. No pude negarme. Fue lo último que dijo. Le preocupaba lo que pudiese ocurrirle. ¡Ya ve!

—¿Cómo pudo condenarte a semejante vida?

—Bueno, tenía una visión de la vida bastante pesimista. Ella pensaba que todos habíamos nacido para sufrir, y cuanto más sufriésemos ahora, menos sufriríamos en el más allá. Pensaba que ser feliz estaba mal. Supongo que pensaba todo eso porque estaba casada con mi padre.

—¿Y sientes que tienes que mantener la promesa?

—Oh, sí. Por supuesto.

—¿Incluso si acabas volviéndote loca o matándolo?

—Mi madre me dijo que Dios me daría la gracia para soportarlo.

—¿Y lo hace?

—No.

—Eso pensaba. Aquí está la oficina de correos. Entra y pide tus sellos, solo una vez, no muchas. Pero intenta que te oigan. La administradora no se come a nadie. Di: «Cuatro sellos de dos peniques y medio, por favor».

Evangeline obedeció y regresó triunfante. De camino a casa volvió a contarle toda la historia de nuevo, con más detalles, mientras la señora Paley la dejaba hablar y hacía planes para liberar a la chica de esa imprudente promesa. La más obvia sería la de aquel astuto obispo. Al canónigo Wraxton, cuando estaba lo suficientemente enfurecido, se lo podía manipular para relevar a su hija por sí mismo. Era posible que él la repudiase con un chelín y la expulsase a la nieve. Pero no debía hacerlo hasta que hubiese encontrado un refugio para la chica. Alguna amiga, que se llevaría a Evangeline antes de que el canónigo cambiase de idea, debería estar esperándola en la nieve. Pero ella no tenía amigas, reflexionó la señora Paley; solo me tiene a mí. Ha de tener otras amigas. Tengo que asegurarme y tengo que hacer algo respecto a la espalda de Blanche Cove.

Llevaba preocupándose por la espalda de Blanche Cove desde aquel mediodía. Ayer habría suspirado y hecho oídos sordos al tema porque no era asunto suyo. Pero hoy estaba convencida de que si alguien podía hacer algo para aliviarlo, un dolor como ese no era de recibo. Hoy era una mujer nueva, que había cambiado de la noche a la mañana, entre el romper de dos olas. En lo que a sus problemas se refería, aún era un ser desamparado y desesperado: su situación con Paul seguía en punto muerto. Pero, en el caso de Evangeline y Blanche, que estaban igualmente oprimidas, su energía innata, que se había visto frustrada durante años, le salía a borbotones.

Bajó la colina renqueando rápidamente, porque dormir en el brezo le había provocado un poco de reumatismo, y se fue a buscar a la madre de Blanche.

La señora Cove estaba sentada en la terraza, como siempre, tejiendo como si le fuera la vida en ello. Pero parecía un poco menos ceñuda de lo habitual, y cuando la señora Paley se acercó para sentarse a su lado casi sonrió. No era exactamente una sonrisa, pero la pequeña línea recta de su boca se relajó un poco y dijo que había sido un día hermoso. Algo placentero debía de haberle ocurrido.

Sin embargo, despachó rápidamente las preguntas sobre Blanche y amenazó directamente diciendo que pensaba que eran impertinentes. Los dolores, dijo, eran dolores de crecimiento, como tenían todos los niños. Blanche era alta para su edad. No estaba afectada en absoluto y pensó que era un error alentar quejas.

La señora Paley aceptó el desplante y le habló de Dorsetshire. Su padre conocía a un Cove, sir Adrian Cove, de Swan Court. ¿Tenía alguna conexión con él, por casualidad?

—Era el tío de mi marido —dijo la señora Cove.

—¿De veras? Murió, ¿no? ¿Quién ocupa el lugar ahora?

—Otro sobrino. Gerald Cove.

—¿Y puede vivir allí? Mucha gente hoy en día...

—Eso creo —dijo la señora Cove—. Pero lo desconozco, en realidad.

La señora Paley lamentó el destino de los propietarios con tierras unos instantes antes de irse renqueando para buscar a sir Gerald Cove en el *Landed Gentry* de Burke, que había visto en la balda inferior de la estantería de la sala. Descubrió que había sucedido a sir Adrian hacía cinco años, y que su mujer había sido la señorita Evelyn Chadwick, la hija mayor de Guy Chadwick, señor de Grainsbridge. Esta información resultaba de poca ayuda, porque no sabía nada de los Chadwick. Pero podía, al menos, enterarse por las pequeñas Cove del nombre de pila de su padre y después, cuando volviera a Londres, podía ir a Somerset House y buscar algún testamento que pudiera resultar relevante: su testamento y el de sir

Adrian. Ardía en deseos de saber cuánto dinero tenía la señora Cove, y de quién lo había conseguido. Si no lo tenía, y tenía toda la pinta de que era así, debería inferirse una paga de los familiares de su marido. A lo mejor no le daban lo suficiente para curar la espalda de Blanche. Pero si les dieran el dinero podrían decidir qué hacer con él, y no les haría ningún mal enterarse del estado de la espalda de Blanche. El mundo está lleno de metomentodos, de señoras mayores cotillas. No era imposible que la historia de Blanche, gimiendo en los acantilados de Pendizack, encontrase algún día su camino hasta Swan Court.

Si, por el contrario, resultase que la señora Cove poseía unos ingresos independientes, el problema sería mayor. Nadie puede obligar a una madre a querer a su prole. A menos que resultase, pensó la señora Paley, recobrando el ánimo, que las niñas fuesen las beneficiarias. Si diese la casualidad de que su madre estuviese malversando una paga destinada a su manutención, entonces tendría que hacer frente a la presión. Habría tutores o guardianes. Lo descubriría. Metería las narices en los asuntos de otras personas y sería un incordio, y seguiría haciéndolo hasta que un médico echase un vistazo a la espalda de Blanche.

Su siguiente tarea sería enfrentarse a Gerry Siddal mientras tuviese ese estado de ánimo tan azaroso. Había prometido que lo haría, y casi siempre se lo encontraba sacando agua, entre el té y la cena, porque Pendizack dependía de un pozo.

El surtidor estaba cerca del camino, escondido en una mata de rododendros. Se fue hasta la puerta principal y prestó atención. Podía oírlo chirriar, pero no de un modo tan constante como siempre. Había pausas, como si la mente de Gerry no estuviese enteramente concentrada en la tarea. Y mientras seguía el estrecho camino entre los arbustos oyó una carcajada. Parecía que había dos personas sacando agua; dos voces jóvenes, un tenor y una soprano se lanzaron a cantar una canción mientras el chirrido volvió a comenzar:

Había carne... carne... que nunca estaba en buenas
[condiciones para comer,
¡En las tiendas! ¡En las tiendas!
Había huevos... huevos... a los que casi les crecían piernas,
¡En las tiendas del intendente!

Observando desde las ramas vio a Nancibel, que acababa de terminar su turno, con un jovencito desconocido, un jovencito muy guapo. Estaban disfrutando muchísimo, y la señora Paley se habría retirado si Nancibel no se hubiese girado y la hubiese visto. Le explicó su cometido y Nancibel le dijo:

—Creo que el señor Gerry está cortando leña, señora Paley. En el patio del establo. Nos hemos ofrecido para sacar el agua esta noche.

La señora Paley volvió sobre sus pasos, contenta al pensar que Nancibel había conseguido a un chico tan bien parecido. Pobre Gerry, cortando leña en el patio del establo, no tenía a ninguna chica encantadora con la que cantar. Sonrió cuando vio a la señora Paley, pero no esperaba que hablase porque no sabía que podía. Eran pocos los que la habían oído hablar en Pendizack. Quizás estuviera cambiada, pero no lo parecía, y a los ojos de Gerry era igual de gris, esquelética y poco sonriente que siempre. Se sorprendió bastante cuando se le acercó y le preguntó si podía hacerle un favor. ¿Podían la señorita Wraxton y ella tomar prestadas dos colchonetas inflables del cobertizo del jardín? Planeaban, le explicó, dormir en el refugio del acantilado.

—Por supuesto —dijo Gerry—. Las subiré para ustedes. ¿Le parece bien después de la cena?

—Oh, no. No se moleste —le dijo la señora Paley, cuya intención era que lo hiciera—. Las llevaremos nosotras.

—Pesan bastante. Se las llevo yo. ¿Necesitan algo más? ¿Mantas? ¿Cojines?

—Ya hemos subido mantas y cojines. Señor Siddal, creo que la señorita Wraxton está muy preocupada respecto al hecho de quedarse aquí. Quiere irse, naturalmente, pero no puede hacerlo si su padre no se marcha. Le dije que estaba segura de que lo entendería.

Gerry parecía malhumorado, porque tenía a Evangeline en mente.

—No lo entiendo —dijo—. Si fuera ella, me iría, hiciese lo que hiciese mi padre.

—No tiene dinero. Solo tiene media corona.

—¡Oh!

—Siente que no tendría que haberse puesto histérica, pero no se puede controlar, ¿verdad? La conmoción por el comportamiento de su padre hizo que muchas personas actuaran como no lo habrían hecho en otro momento. Creo, personalmente, que debemos estarle agradecidos, porque sacó a su padre de la iglesia, aunque fuera de forma escandalosa. Ninguna otra cosa lo habría sacado de allí, y odio pensar en lo que habría ocurrido de quedarse él allí.

—¿Quiere decir —dijo Gerry— que no se estaba riendo a propósito?

La señora Paley abrió los ojos de par en par.

—Por supuestísimo que no. Usted es médico. Tendría que ser capaz de reconocer la histeria cuando la ve.

—No me di cuenta —balbuceó.

—Estaba a cierta distancia. Yo estaba bastante cerca.

—Me temo que ayer por la tarde fui muy grosero con ella.

—No importa, siempre y cuando pueda decirle que ahora piensa de otra forma.

—Oh, sí —dijo Gerry—. Lo hago.

La señora Paley le dedicó una sonrisa enjuta y se marchó.

Él siguió cortando leña pero de un modo más despreocupado. No volvería a atormentarlo el recuerdo del rostro afligido de Evangeline mientras subía las escaleras. La señora Paley lo había solucionado. Puede que pareciese un limón amargo, pero cuando hablas con ella descubres que no es una arpía. Llevaría los colchones al refugio para ellas y le diría algo amistoso a la pobre desgraciada. ¡Media corona! ¡Alguien tendría que hacer algo al respecto!

6. La rama sangrante

Cuando la señora Siddal volvió de la compra y descubrió que la habitación del jardín se la habían alquilado a Anna Lechene, se cuidó de no explotar. Lo habían hecho, lo sabía muy bien, para enfadarla; pero mantuvo la calma y pregunto suavemente dónde iba a comer el chófer. ¿Con Fred o en el comedor?

—En el comedor —dijo Siddal—. En una cómoda mesita con Anna. Es su chófer-secretario. De alta alcurnia.

—Es de lo más refinado, salvo cuando se le olvida —dijo Duff, al que Bruce le caía mal—. Y tiene aspecto de actor secundario.

—Ha sacado el agua para nosotros —dijo Gerry.

—Bueno, eso es muy amable por su parte —concedió la señora Siddal.

—Fue por amor a Nancibel —dijo Robin—. Se ha enamorado de ella a lo grande. Por la tarde le ha pelado las patatas. Y ahora ella lo ha invitado a su casa a cenar.

—¿En serio? —exclamó el señor Siddal—. ¡Qué intriga! ¿Dónde estaba Anna?

—Estaba en su habitación escribiendo su libro.

—¡Qué divertido! Creo que me uniré a ella esta noche para saber cómo les va.

Siddal siempre tardaba mucho en afeitarse, y cuando se fue a buscar a Anna, ella ya estaba instalada en la terraza, con Duff, Robin y Bruce sentados encima de cojines junto a sus pies. Ninguno de ellos tenía muchas ganas de estar allí, pero ella así lo deseaba, y su deseo era más fuerte que el de ellos.

—He venido a acompañar a los chicos —dijo Siddal, levantando una tumbona—, y para preguntar cómo se titula tu nuevo libro, Anna.

—*La rama sangrante* —dijo Anna con su voz lenta y profunda.

—Gracias. Era el único detalle del que no estaba seguro, pero incluso eso tendría que haberlo adivinado: «¡Ahí! ¡Deja que tu rama sangrante expíe, por cada lágrima torturada! ¿Serán mis jóvenes pecados...?».[5] Ahora sé exactamente de qué versará tu libro, ¡tan bien como si lo hubiese escrito yo mismo!

—¿De verdad? ¿Entonces cómo comienza?

—Comienza con las inocentes, o casi inocentes (porque no podrías describir la inocencia de verdad, Anna), pequeñas Brontë tallando sus nombres en los árboles. No sé por qué eligieron las ramas en vez de los troncos, pero lo hicieron. Es posible que después trepasen a los árboles y se sentasen en ellos, jugando a Gondals.

—¡Dick! ¡Eres un demonio!

—Y termina con una moribunda y arrepentida Emily cortando a machetazos una rama. Y entre medias tenemos «un laberinto salvaje de aquellos años locos que quedaron atrás» en los que Bramwell escribe *Cumbres borrascosas* y ella se lo roba y lo reescribe. El libro de Bramwell era infinitamente mejor, pero ella lo asesina porque no soporta la Verdad. No

---

[5] Verso de un poema que se atribuye a Emily Brontë. (*N. de la T.*)

permitirá que Cathy sea la amante de Heathcliff. No permitirá que la joven Catherine sea su hija, unida a Linton. La joven Catherine, por supuesto, era la heroína en el libro de Bramwell y su hermanastro, el joven Linton, el héroe. Pero Emily lo cambió todo. Ella lo sacó de la escena porque era, por supuesto, un autorretrato.

—Hay sobradas pruebas de ello.

—Oh, muchas. El desarrollo de la joven Catherine en el primer capítulo, por ejemplo. Pero ya ves, mi querida Anna, lo sé todo. Sé exactamente cuáles van a ser los pecados de la joven Emily, y no tienes ni que contármelos.

—No la culpo de nada —dijo Anna sentenciosamente— salvo de asesinar ese libro. Si hay un Juicio Final, tendrá que responder al respecto.

—Espero que lo haya —dijo Siddal—. Disfrutaría escuchándote responder por tus libros, Anna.

—Sé que los odias. En el fondo sabes, Dick, que eres un poco puritano.

—¿Qué quieres decir con puritano? —preguntó Siddal.

—Odias el sexo.

—No, no lo odio. Creo que el sexo es muy divertido.

—Eso es símbolo de frustración.

—Quizás. Pero la comida no me parece divertida y hoy en día no como demasiado.

—Todos hablamos mucho de comida —dijo Robin.

—Oh, sí —dijo su padre—, nos preocupamos mucho por ella. Y la gente que no tiene sexo está inmensamente preocupada por él. Montan un escándalo. Siempre sospecho de la gente que alardea de unas vivencias sexuales enriquecedoras y variadas. Dudo que tengan algo valioso de lo que hablar. La gente que está satisfecha no dice ni mu. Saben que es un tema desafortunado del que debatir.

—¿Qué quieres decir? ¡Desafortunado! —preguntó Anna.

—Terriblemente desafortunado. Cuando Psique encendió la luz, Eros salió por la ventana. Es un dios muy susceptible y no soporta la publicidad. Y ese —les dijo a los tres jovencitos— es el motivo por el que vosotros nunca podréis recabar mucha información de segunda mano. Los que saben, no hablan. Los que hablan, no tienen ni idea.

—Yo hablo —bramó Anna— y sé. Nunca he rechazado una experiencia.

—Y yo nunca he rechazado una declaración —dijo Siddal poniéndose en pie.

Se fue hacia el pretil de la terraza para observar el atardecer en el agua. La marea estaba baja y el mar era una balsa de agua, moteado aquí y allá con gaviotas que parecían dormidas mientras flotaban. El cielo rosado se reflejaba en las grandes extensiones de arena húmeda. Más cerca de los acantilados, donde estaba seco, tres siluetas cruzaban la bahía. Gerry se tambaleaba bajo dos colchonetas, Evangeline llevaba una cesta de pícnic y la señora Paley, algunas almohadas. Cogieron el camino hacia el promontorio.

Un cormorán se aproximó volando muy cerca del agua, con su largo cuello extendido. Volaba tierra adentro y Robin se giró para observarlo.

—¡Mirad! —dijo—. ¡Se ha posado en el tejado! ¡Hay toda una fila de ellos! ¡Seis o siete!

Pero a Anna no le interesaban los pájaros.

—Ya sabéis —dijo—, creo que vuestro padre sería muy diferente si esa aventura con Phoebe Mason no hubiese terminado de un modo tan triste. Cuando era joven era un hombre alucinantemente brillante. Todo el mundo pensaba que iba a comerse el mundo. Y después, cuando no lo hizo, oímos todo tipo de explicaciones. La gente decía que no debería haberse metido en el mundo del Derecho, que no era la profesión adecuada, que tendría que haberse quedado en Oxford. Pero todo el mundo sabía que había sido por aquello por lo que no se molestaba en hacer nada. Pero ¿por qué?

—¿Quién es Phoebe Mason? —preguntó Robin, sorprendido.

—¿No lo sabíais?

—Nunca hemos oído hablar de ella —declaró Robin.

—¡Qué extraño! Eso lo único que hace es demostrar que sois una familia extraña y frustrada. Todos se callaron, supongo. Pero eso es probablemente cosa de Barbara..., de vuestra madre.

Duff se revolvió, incómodo, en el cojín. Por fin sabía qué pensar de Anna.

—Ojalá ella hubiese sido más generosa, más honesta. Si hubiese dejado que la aventura siguiese su curso en vez de separarlos...

En ese momento Siddal volvió de su paseo y al pasar junto a ellos, aseguró:

—Sea lo que sea que estás diciendo, Anna, es mentira. No. No he oído nada, pero insisto en que no estaba y que no lo hice. Y si escribes libros sobre mí antes de que me muera, te demandaré por difamación.

7. Extracto del diario del señor Paley

Lunes, 18 de agosto, 21.30 h

Esta mañana no he escrito nada y no he podido escribir nada en todo el día. Es culpa de Christina. Anoche, cuando estábamos sentados en la sala, se levantó de repente y se marchó. No he vuelto a verla hasta esta mañana a las ocho. Fui a nuestra habitación, a la hora habitual, pero no estaba ahí. Me quedé toda la noche sentado, esperándola. No volvió. Ha llegado justo antes de que Nancibel nos trajera el té. No me ha dicho dónde ha estado y yo no he preguntado. No me gusta tener que hacer preguntas, algo de lo que ella es plenamente consciente.

Nos hemos ido, con la comida, a nuestro lugar habitual en Rosegraille Bay. Ha seguido actuando de un modo extraño. Me abandonó un rato para ir a hablar con las niñas Cove, que estaban cruzando el acantilado. Y después de comer se ha tumbado en los helechos y ha dormido toda la tarde. Nunca lo había hecho. Tuve que despertarla a las cuatro de la tarde, cuando solemos volver. Tenía en el pelo algunos trozos de helecho que le daban un aspecto ridículo; pero cuando se lo he dicho le ha dado igual, al parecer. Después, sin darle importancia, me ha dicho que no había dormido mucho anoche porque había estado en el acantilado con la señorita Wraxton. No lo ha dicho a modo de disculpa. Más bien al contrario: ha dado a entender que esta noche iba a repetir la operación.

Le he dicho, bastante explícitamente, que consideraba que no debería hacerlo. Es una afrenta hacia mí. Tiene que estar conmigo, no con la señorita Wraxton. Su respuesta fue curiosa. Intentaré reproducir nuestra conversación palabra por palabra, siempre y cuando pueda recordarla. Pero es difícil citar a Christina. Sus ideas suelen ser confusas y sus poderes de expresión son limitados. A lo mejor le atribuyo mejores argumentos de los que realmente me dio. Me resulta difícil que su razonamiento absurdo tenga algo de sentido.

Christina: No puedo quedarme a tu lado, Paul, porque ahora me creo lo que has estado diciendo durante los últimos veinte años.

Yo: ¿Y qué es?

Christina: Creo que estás en el Infierno. Me lo has dicho a menudo, que estabas ahí, pero no me lo creía.

Yo: Esté donde esté, tú eres mi esposa. Tienes que estar conmigo.

Christina: Yo no pertenezco al Infierno. Mi deber no es estar ahí contigo. Pensaba que estabas loco y sentía mucha pena por ti. Pero ahora sé que está en tu poder recuperarte y que no lo vas a hacer.

Yo: ¿Debo inferir de todo esto que deseas abandonarme?

Christina: Haré todo lo que esté en mi mano para hacerte la vida cómoda. Y estaré cerca si me necesitas en algún momento. Pero nunca más voy a compartir tu prisión, porque es una mala prisión que has construido para ti mismo.

Yo: Nunca lo has entendido. Mi integridad es para mí más importante que la felicidad.

Christina: No la tienes. No existe tal cosa. No eres una persona completa. Nadie lo es. Somos parte los unos de los otros. Un brazo, si está amputado, no tiene integridad. No es nada a menos que forme parte de un cuerpo, con un corazón que bombee sangre a través de él y un cerebro que lo guíe. Tú no tienes más integridad de la que podría tener un brazo cercenado.

Esta respuesta me sorprendió. No suele expresarse con tanta claridad. Le dije que, por integridad, me refería al respeto por uno mismo.

No sé cómo me afectará esto. Ha cambiado. Debería haber deseado que lo hiciera, porque he rechazado constantemente sus intentos de reconciliación.

Llegamos tarde a tomar el té.

8. Camas extrañas

La trampa cazabobos del Pendizack se cerró con un estruendo, y las palabrotas de Bruce atravesaron el patio del establo. Se le había olvidado la advertencia de Nancibel.

El ruido despertó a los ocupantes de la buhardilla grande. Robin se sentó de un sobresalto y oyó risitas en la cama de Duff.

—Es el chófer de alta alcurnia —dijo Duff—. No lo sabía o se le ha olvidado.

—Pero ¿qué hora es? —preguntó Robin, mirando la esfera luminosa de su reloj—. ¡Son las cuatro y media!

—Lo sé.

—¿Dónde demonios habrá estado?

—Me lo puedo imaginar.

Robin reflexionó.

—No —dijo finalmente—, ¿con...?

—Por supuesto. Es obvio.

—¡Vaya! Me parece bastante estúpido.

En la puerta de al lado se oyeron golpes violentos mientras Bruce se liberaba de la cama, volvía a abrirla y se metía en ella del modo correcto. Después, silencio.

—La simple idea me da asco —dijo Robin finalmente.

Duff gruñó sin comprometerse y volvió a su colchón duro. Anna no le gustaba, pero podía entender su poder de atracción y, en parte, respondía a él. Su encanto era el de Circe. En su compañía un hombre podía ser tan bruto como quisiera. Ella no imponía sanciones, no exigía lealtad, ni exquisitez, ni tiernas consideraciones. Ofrecía una especie de libertad. El animal que había en Duff bostezó hambriento.

—Y yo me pregunto —dijo Robin— ¿dónde está Gerry?

—¿No está aquí?

Robin encendió la linterna un segundo e iluminó la cama de Gerry. Estaba vacía.

—Esta adivinanza—dijo— es mucho más difícil.

—No me sorprendería si se ha ido —dijo Duff—. Antes de la cena estaba muy enfadado. Doy por hecho que estaba tan furioso que se habrá ido, sin más.

—¿Qué ha pasado?

—Discutió con madre.

—¿Gerry?

—Madre se cansa de los consejos de Gerry. Siempre está diciéndole lo que debería hacer.

—Lo hace con todos.

—Estaba intentando ordenar qué hacer con la biblioteca de derecho de padre. Madre recibió una carta de unas personas de su antiguo despacho. Al parecer aún está allí y han estado escribiendo una y otra vez para saber qué hacer con ella. Pero ya lo conoces. Nunca abre sus cartas. Así que al final le escribieron a ella. No era asunto de Gerry. Madre estaba furibunda.

—¿Quieren deshacerse de ella?

—Sí. No tienen sitio. La dejó allí cuando dejó de ejercer. Madre está dando órdenes para que la guarden. Si lo hubiese sabido, lo habría hecho antes. Pero Gerry quiere venderla. Una buena biblioteca de derecho es muy valiosa actualmente y vale unas quinientas libras. Alguien se ofreció a comprarla, al parecer, pero la oferta ha caducado, porque padre nunca contestó las cartas.

—Quinientas libras nos vendrían de perlas —dijo Robin.

—Me gustaría tenerla si formo parte del Colegio de Abogados. No es asunto de Gerry. Tiene mucha cara dura por decir lo que debería hacerse con los libros de padre. Madre le dijo que los conservaba para mí, y él perdió los papeles de inmediato. Se cree que tiene el derecho de mandar a toda la familia solo porque da cuatro peniques y medio de su sueldo. Dijo que debería irse a Sudáfrica y no volver jamás.

Robin reflexionó y después dijo:

—Si lo hiciera, estaríamos en un buen aprieto.

Pero a Duff le estaba entrando el sueño de nuevo y no contestó.

—No sé por qué tendrías que tener tú las quinientas libras —dijo Robin elevando la voz.

—¿Quéee? —dijo Duff, levantándose.

—Si todo lo que le queda a la familia son libros que valen quinientas libras, no sé por qué tendrías que quedártelo todo tú.

—Si voy a estar en el Colegio de Abogados tendré que tener una biblioteca.

—¿Y qué pasa conmigo?

—Tú no vas al Colegio de Abogados.

—¿Cómo van a pagar mi educación?

—Consigue a un neurólogo que te opere, se me ocurre. Cállate. Quiero dormir.

—Creo que Gerry tiene toda la razón.

—No vayas por ahí...

Se oyeron golpes en la pared por parte de Bruce, que estaba intentando dormir.

—Devuélvele el golpe —dijo Duff indignado—. ¡Menudo caradura! Nos despierta a todos quedándose atrapado en su maldita cama.

Robin golpeó la pared y gritó «¡Cállate!» a través del tabique de madera.

Y Bruce contestó gritando vagamente «Cállate tú».

Robin y Duff siguieron hablando a viva voz hasta que Bruce se levantó con agresividad de su cama, perdiendo la paciencia. Al cerrarse, se oyó otra sacudida. A través del tabique se colaron las risas. Gerry, que estaba subiendo la escalera con cuidado, pensó que todos los que estaban en la buhardilla habían perdido el juicio.

Pero el ruido cesó cuando se reunió con sus hermanos. Duff y Robin dejaron de reírse y se quedaron mirándolo.

—¿Qué es todo esto? —preguntó.

—La fiesta del pijama —dijo Duff, señalando los golpes nuevos en la puerta de al lado, mientras Bruce luchaba por liberarse—. Es un durmiente inquieto, pobre tipo. Pero ¿qué pasa contigo? ¿Dónde has estado? ¿En África?

Gerry, que había encendido la luz, se sentó en su cama y empezó a descalzarse.

—He estado en el acantilado, con la señora Paley y Angie.

—¿Con quién?

—Angie Wraxton. Querían dormir fuera, así que les he llevado unas colchonetas, y ellas hicieron el té, y nos hemos quedado hablando un buen rato. Y después, cuando ellas se han ido a dormir, se estaba tan bien que me he quedado un poco más y me he quedado dormido.

—¿Angie Wraxton? ¿Hablas de la loca? —preguntó Robin.

—No está loca. Es una chica muy inteligente.

—¿De qué demonios hablasteis? —preguntó Duff.

—De África. Les dije lo de la inauguración de Kenia y ambas me dijeron que sonaba maravilloso. Ninguna entendía por qué no me había decidido a ir.

Gerry se quitó la camiseta con una expresión de gran satisfacción. Nunca en toda su vida le habían permitido hablar tanto de sí mismo; y había sido agradable tener a dos mujeres preocupándose por él.

—Les dije que finalmente no lo había rechazado —añadió.

Robin y Duff se quedaron pensativos. Ambos sabían que en el puesto en África, el de ser médico en un gran distrito, no ganaría lo suficiente para pagar las tarifas del colegio, aunque las posibilidades de ascender eran altas. Y por eso toda la familia había dado por hecho que Gerry lo rechazaría, con total seguridad.

Ninguno de ellos volvió a decir nada. Gerry terminó de desvestirse, se puso el pijama, apagó la luz y se metió en la cama. Se hizo el silencio en los establos.

MARTES

1. Colillas

La habitación del jardín estaba en el piso inferior y tenía una puerta ventana que se abría hacia un pequeño jardín de rosas. La señorita Ellis dijo que no le gustaba. Podía colarse cualquiera.

Lo siguiente que dirá, pensó Nancibel deshaciendo la cama, será que alguien se ha colado.

La señorita Ellis lo hizo y Nancibel se rio.

—Crees que es motivo de risa, ¿verdad? —preguntó la señorita Ellis—. Yo no. Creo que es repugnante. Si conocieses el mundo como lo conozco yo... Las mujeres de esa edad pueden ser horribles.

—Sacándole provecho al crepúsculo. Así lo llama mi madre.

—Esa es su máquina de escribir —dijo la señorita Ellis, echándole un vistazo—. Supongo que escribe libros o algo, ¿no?

—Sí que escribe libros. Es una escritora famosa. ¿No lo sabía?

—¿Quién te lo ha dicho?

—Todo el mundo lo sabe. Mi hermana Myra leyó uno de sus libros. *La pléyade perdida* se titula. Cuando anoche conté en casa que teníamos hospedada a la señora Lechene se emocionó mucho.

—¿*La pléyade perdida*? Qué título tan curioso.

—Todos los títulos son curiosos.

—¿Es escocesa entonces?

—No sabría decirle. La que lo leyó fue Myra. Pero es un superventas. Dijo que era un poco… Ya sabe… Triste. Pero una historia fascinante.

—¿Triste? —preguntó la señorita Ellis—. No me sorprende. Un superventas siempre es así o de lo contrario se mete con alguien.

—Bueno —dijo Nancibel—, una vez leí un superventas, *Las buenas compañías*, y ni era triste, ni tampoco se metía con nadie. Fue maravilloso.

—Lo único que demuestra eso es lo ignorante que eres, Nancibel. Todo el mundo sabe que es un ataque a J. B. Priestley. Se escribió con el único propósito de ponerlo en evidencia. Estás poniendo esa colcha torcida.

—No resulta fácil ponerla recta sola.

La señorita Ellis ignoró la pulla y se quedó observando con envidia la máquina de escribir.

—Hay gente que nace con mucha suerte —dijo—. Es increíble que gane miles y miles de libras solo por escribir tonterías. ¿Qué puede querer con todo ese dinero? Yo también podría escribir un libro.

—¿Y por qué no lo hace entonces?

—¿De dónde saco el tiempo?

Se giró y cogió el cenicero de la mesita de noche. Después de echarle un vistazo, su expresión cambió de disgusto a algo parecido al placer. Lo llevó hasta la ventana, lo escudriñó y exclamó:

—¡Vaya, vaya! ¡Mira esto!

Se lo enseñó a Nancibel, que solo vio un montón de colillas.

—¿Acaso no tienes ojos, Nancibel?

—Fuma muchísimo.

—¡Sí, pero mira! ¿No ves nada curioso en esas colillas?

—Algunas son amarillas y otras, blancas.

—Las amarillas son las de Egyptian, la marca especial. Como los que hay en esa cajetilla en la repisa de la chimenea. Los consigue en algún sitio de Londres. No fuma otra cosa. Lo dijo anoche en el comedor. Los blancos son Player's Weights. ¡Mira! Puedes ver... ¡Este está a medio fumar!

Hubo una pausa. Nancibel se puso muy pálida. La señorita Ellis continuó:

—Anoche, cuando recogí las vasijas de agua caliente, vacié el cenicero. Eran más de las diez. Alguien estuvo aquí durante horas. ¿Sabes de alguien que fume Player's Weights?

—Mucha gente.

—Aquí no. Pero no me sorprende. Lo supe cuando los vi juntos durante la cena. ¡El chófer!, pensé. Eso es más que probable. Vamos, tenemos que hacer todas las camas de arriba.

—No —dijo Nancibel—. No voy a hacer más camas con usted, señorita Ellis. Ya he tenido suficiente. Se lo advertí ayer. No soporto su forma de hablar. Voy a hablar con la señora Siddal.

—Si alguien tiene que ir a hablar con la señora Siddal soy yo. Hay límites...

—Desde luego que los hay. Estoy harta de escucharla criticar a todo el mundo a sus espaldas. Es una señora mayor maleducada y maliciosa que tiene inquina a todo el mundo, y con eso quiero decir a todas las personas de la casa, porque usted es la persona más ordinaria que hay aquí. Nunca en toda su vida ha hecho un trabajo decente, creo. No podría ni aunque lo intentase; es tan tonta que no podría poner un hervidor al fuego sin tirar la mitad y sin hacerse daño. Me enfurece que...

—Voy directa a hablar con la señora Siddal. Directamente a hablar con la señora Siddal. O te vas tú de esta casa o lo hago yo.

—Muy bien. Vaya corriendo y veremos de cuál de las dos puede prescindir.

La señorita Ellis salió volando de la habitación.

En cuanto se hubo ido, Nancibel empezó a llorar desconsoladamente. Sabía quién fumaba Player's Weights. Y ahora sabía lo que Anna había intentado decirle con aquella larga mirada de ayer. Había notado muchos pequeños detalles que le habían parecido curiosos: ahora los entendía. Bruce era un ser corrompido y desagradable. Vivía de esta horrible mujer a la que no amaba, a la que no deseaba ni siquiera del modo más superficial. Se había vendido por una bata de seda y esa cartera llena de billetes de la que alardeaba en el Harbour Café.

Aún quedaban por hacer todas las habitaciones del piso de arriba, pero por el momento no podía enfrentarse a ellas. Salió corriendo por la puerta ventana, hasta el jardín, y se escondió entre los rododendros hasta que pudo controlar sus lágrimas, un poco sorprendida por la inmensidad de su amargura. No lo había tomado muy en serio; se conocían solo de hacía tres días, y al principio no le había gustado nada. Pero el día anterior había sido muy amable con ella, la había ayudado a pelar patatas y a bombear agua. La había hecho sentir joven y feliz de nuevo. Cuando terminó su turno, la había acompañado a casa y su madre le había invitado a tomar el té. Le encantó a todo el mundo. Sus modales con sus padres habían sido deliciosos: se había comportado de forma amigable y alegre, mostrando el grado de respeto perfecto. Los había hecho reír con la historia de cómo había contestado su madre a la chica de la oficina de alimentación. No hubo estupideces sobre suburbios. Ningún otro joven podría haber creado una impresión mejor y el único problema que tenía Nancibel era que el entusiasmo de su madre fuese demasiado evidente. En cuanto se marchó, fue muy cortante con la pobre señora Thomas por haberle prestado tanta atención, y se encogió de hombros burlonamente ante la sugerencia de que él la llevase el sábado por la noche a bailar. Pero su corazón ya había decidido que él debería hacerlo y el jueves, día que trabajaba solo media jornada, iba a hacerse una permanente para celebrarlo.

No se había permitido pensar desde el sábado. Habría tiempo de sobra más adelante para ponerse seria, si es que el muchacho le gustaba cada vez más. Era suficiente querer volver a ir a bailar, ansiar que llegase el sábado, y pensar en una nueva permanente. Pero en ese momento estaba llorando como nunca antes en su vida, ni siquiera por Brian. Porque siempre había sabido que se recuperaría del dolor que Brian le había causado. Pero esta herida la había envenenado. Acostumbrarse a la idea de que Bruce era un tipo corrompido y desagradable debía convertirla en una persona más dura y fría. Así que se fue y lloró entre los rododendros, no por él sino por la Nancibel del día anterior.

2. Ámbar negro

Sir Henry mantuvo su promesa y fue a Porthmerryn con Robin inmediatamente después del desayuno para echarle un vistazo a la figura tallada de la señora Pearce. Pero les aguardaba una decepción. La bagatela había sido vendida. Una mujer había llamado y la había comprado el lunes por la tarde; una forastera, una tal señora Smith, que dijo que estaba de paso por el pueblo y que otra mujer le había hablado del curioso objeto de la señora Pearce. Al principio solo le había ofrecido tres guineas, pero la señora Pearce había sido lo suficientemente aguda y le pidió cinco libras y diez chelines.

—Eso fue gracias a Robin, que me dijo que valía cinco libras. —Se rio entre dientes—. Y he conseguido diez chelines más. Creo que fui muy aguda con ella.

Fue incapaz de describir a la mujer porque ya no veía tan bien como antes.

—Pero hablaba con frases cortas. Ella no me gustó nada, esa es la verdad. Pero cinco libras y diez chelines es mucho dinero. Lo lamento mucho, sir, que no haya llegado a tiempo para verlo.

—Y yo —dijo sir Henry—. ¿Qué le hizo pensar que era extranjera?

—La señora Pearce quiere decir que no era de Cornualles —le explicó Robin con pena.

—Era de Londres —dijo la señora Pearce—. Dijo que venía de allí. Y que se volvía hoy mismo. Porque yo tenía en mente preguntarle primero a mi nieto, Barny Thomas, que vive en Pendizack, si le parecía bien, porque él va a quedarse con todas mis cosas cuando ya no esté. Pero no, ella no podía esperar a que lo hiciera. Lo cogía o lo dejaba, dijo ella, porque regreso a Londres mañana, dijo. Y cinco libras y diez chelines es mucho dinero.

Robin comenzó a lamentarse en cuanto salieron de la casa. Tenía el corazón roto. Su cara rubicunda estaba bastante pálida. No iba a consolarse con la esperanza, como sugirió sir Henry, de que, después de todo, la pieza no fuera ámbar negro. Estaba bastante seguro de que lo era y de que la señora Pearce había perdido mil libras.

—¿Crees que sería una buena idea poner un anuncio? Si esta señora Smith sabía lo que valía... Probablemente no tenga ni la menor idea...

—Yo no estaría tan seguro de eso —dijo sir Henry.

—¡Oh, pero cómo podría! Nadie puede ser tan mezquino. Una pobre anciana, ¡que está muerta de miedo por tener que irse al asilo!

—No creo que la señora Smith lo supiera.

—No se me ocurre cómo podía saber nada de esto. ¿Quién le pudo decir que la señora Pearce tenía esa pieza?

—Mucha gente te oyó hablar ayer en la tienda.

—En ningún momento dije dónde vivía.

Sir Henry intentó recordar quién estaba en la tienda de dulces y una sospecha repentina le cruzó la mente. Pero le sorprendió tanto que la rechazó rápidamente y se concentró en otras posibilidades. Recordó que Robin había llevado a las tres pequeñas Cove a ver a la señora Pearce. Era posible que ellas hubiesen hablado de la figura tallada. Se lo sugirió a Robin, que reconoció que la habían visto, y dijo que les preguntaría en cuanto llegase a casa.

Volvieron por los acantilados a Pendizack, inmersos cada uno en sus pensamientos. Robin consideró la posibilidad de llamar a todos los hoteles de Porthmerryn preguntando por una tal señora Smith que volvía ese mismo día a Londres. Estaba decidido a recuperar la talla, porque su mente le hacía creer que su propia indiscreción era inexcusable. Perseguiría a esa mujer. Si era honesta, él le compraría la pieza: tenía siete libras ahorradas en su cuenta corriente. Si era deshonesta, escribiría una carta a *John Bull* al respecto. Anunciaría su infamia por todos los confines del mundo.

Sir Henry intentaba no pensar que era probable que la tuviera la señora Cove. Había oído a Robin en la tienda de dulces. Hablaba con frases cortas. Era mezquina y avariciosa; el episodio de los malvaviscos así se lo había demostrado. No le gustaba en absoluto. Pero sentía que no tenía derecho a sospechar de algo tan atroz: utilizar un nombre falso, mentir sobre su regreso a Londres, excluiría toda esperanza de que hubiese actuado de buena fe.

—Allí están las Cove —dijo Robin de repente.

Señaló la playa de Pendizack, que tenían ya a la vista. Blanche, Maud y Beatrix estaban arrodilladas en grupo, con las cabezas pegadas, jugando.

Sir Henry, observándolas, estuvo de acuerdo.

—Se parecen, sí.

—Son ellas. Nadie más lleva ropa de deporte en la playa.

Abandonaron los acantilados y bajaron en dirección a la

playa. Mientras se acercaban, vieron que las chicas estaban ocupadas con un castillo de arena. No era un simple montículo, sino un castillo de cuento de hadas, con una forma triangular peculiar y torres altas y finas, exquisitamente terminado. Estaban haciendo una carretera elevada sobre un foso con un cuchillo, trabajando con gran rapidez y en completo silencio. Parecía que sus pequeñas y huesudas manos estaban impulsadas por una inspiración comunitaria, porque no había ni discusiones ni preguntas, y ninguna de las niñas parecía ser la arquitecta; pese a todo, su creación era perfecta tanto en detalle como en proporción y diseño.

—¡Qué maravilla! —dijo sir Henry.

Las Cove, sorprendidas, se sentaron sobre sus piernas y lo miraron. Su castillo era mucho más real para ellas que él.

—Francés, ¿verdad?

—Poitiers —dijo Blanche, asintiendo.

—¿Habéis estado?

—No. Sale en un libro.

—El *Las muy ricas horas del duque de Berry* —dijo Maud.

—¡Ah, sí, por supuesto! Sabía que me sonaba. Hay un libro muy bueno de reproducciones de Vernet. ¿Lo tenéis, entonces?

—Queríamos preguntaros... —dijo Robin.

Pero sir Henry lo miró y buscó otro acercamiento más indirecto, porque había algo que quería descubrir por su cuenta.

—Os gustan mucho los libros, ¿verdad?

Las tres cabezas asintieron.

—¿Tenéis muchos?

Dudaron.

—Tenemos diecisiete libros —dijo Beatrix finalmente.

—¿Compráis libros a menudo?

No tuvieron dificultades para responder a eso. Nunca habían comprado uno. Se lo aseguraron.

—Pero si tuviéramos dinero, lo haríamos —dijo Maud.

—¿Os los compra vuestra madre?

No. Estaban bastante seguras de que no.

—¿Cuándo fue la última vez que tuvisteis un libro nuevo?

—Cuando tuvimos sarampión —dijo Blanche, después de pensarlo un poco—. El médico nos dio *La cabaña del tío Tom*.

—¿Cuándo fue eso? ¿Hace cuánto?

—Fue cuando llegó la paz —dijo Maud—. No pudimos ir a la celebración porque teníamos sarampión.

¡Dos años! Mucho, pensó, para esa historieta de la mujer a propósito de vender dulces para comprar libros. ¡Esa miserable mentirosa!

—Tenemos *Las muy ricas horas* por una bomba voladora —dijo Blanche—. Nos lo dio un señor mayor. Tenía una librería.

—Sí —dijo Maud—. Nos mandaron ir al Common y la oímos acercándose, así que entramos corriendo en su tienda y nos metimos debajo del mostrador. La oímos detenerse y cayó justo enfrente. Lo siguiente fue vernos sepultadas por libros. Así que nos quedamos toda la tarde ayudando a recolocarlos. Y nos dio *Las muy ricas horas* porque la contraportada estaba arrancada.

—Y nos dio jerez —dijo Blanche—. Oh, fue muy amable. Pero el lechero le dijo a nuestra madre que estábamos muertas. Estaba un poco más abajo en la calle y nos vio justo antes de que ocurriera; pero él se tiró al suelo en cuanto la oyó y no nos vio entrar corriendo en la tienda. Así que después, cuando miró y no nos vio allí, pensó que habíamos saltado por los aires.

—Fue hasta nuestra casa y le dijo a nuestra madre que habíamos saltado por los aires —dijo Beatrix—. Y no volvimos a casa, por supuesto, porque nos quedamos hasta tarde ayudándole con los libros; no nos dimos cuenta de lo tarde que era. Así que se pensó que era verdad y se fue en taxi hasta el ayuntamiento. Y tiró por la borda tres chelines.

Robin y sir Henry estaban tan alucinados con la narración que prácticamente se les había olvidado para qué estaban allí.

—Fueron más de tres chelines —dijo Maud con solemnidad—. Hay que contar la tarifa de vuelta, después de habérselo notificado al ayuntamiento.

—Pero eso fueron solo dos peniques —dijo Beatrix—. Volvió en bus.

—En el ayuntamiento, claro, no pudieron decirle nada sobre nosotras—explicó Maud—. No estábamos en la morgue.

—Pero ¿vuestra madre no estaba terriblemente triste? —preguntó Robin.

—¡Oh, mucho! —dijo Maud—. Cuando volvimos aún estaba fuera, por lo que no pudimos entrar en casa. Y los vecinos de al lado nos vieron en el umbral de la puerta. Y el lechero también les había dicho que estábamos muertas. Así que vinieron corriendo y se congregó una buena multitud. Y cuando ella volvió empezaron a gritarle: «¡Están bien! ¡Están a salvo!». Y no le gustan los vecinos de al lado, porque son muy cotillas. Así que no podía abrir la puerta, porque la llave se quedó atascada. Y un hombre le sacó una foto y la mandó a un periódico.

—Y les pidió a ver si eran tan amables de marcharse y dejar de colarse en su jardín —continuó Beatrix—. Así que los vecinos de al lado empezaron a ser muy desagradables. Pero se acercaba otra bomba y todo el mundo desapareció tan rápido como pudo.

—Pero fue uno de los días más felices de nuestra vida —dijo Blanche—, porque recibimos *Las muy ricas horas*.

Cuanto más sé de esa mujer, pensó sir Henry, menos me gusta.

—Acabamos de estar en casa de la vieja señora Pearce.

Todas le sonrieron y Blanche le preguntó si había visto el barquito.

—Sí. Es precioso, ¿verdad? Pero tenía muchas ganas de ver el otro tesoro que tenía.

—¿Vosotras...? —Robin le interrumpió.

Sir Henry le pidió que se callara con un gesto y continuó:

—Una pequeña talla negra. ¿La visteis cuando estuvisteis allí?

—¿La que guardaba en la sopera? —preguntó Maud.

—Sí. Quería verla, pero no he podido porque la vendió ayer por la tarde.

—No era tan bonita como el barco —dijo Blanche para consolarlo.

—No. Pero lamento que la vendiese porque podría ser muy valiosa y la persona que la compró le dio muy poco por ella.

—Estoy segura de que nunca venderá el barco —dijo Blanche.

—Espero que no. Robin y yo pensamos que lo mejor sería no hablar mucho de él. No es bueno que se sepa que una señora mayor, que vive sola, tiene cosas valiosas.

Asintieron, con sensatez, y Maud susurró:

—¡Ladrones!

—Así que no le contéis a nadie las cosas que tiene la señora Pearce, ¿de acuerdo?

Prometieron que nunca lo harían.

—¿Mencionasteis el barco o la pequeña talla a alguien ayer?

—A mucha gente... —dijo Blanche, preocupada.

—Pero solo el barco —añadió Maud—. Se nos olvidó la talla.

—Sí —dijo Blanche—, solo la he recordado cuando la ha mencionado. Pero le hablamos a todo el mundo sobre el barco... A los Gifford, a la señora Paley y a la señorita Wraxton y a nuestra madre, y escribimos una descripción del barco en nuestro diario. No habíamos pensado en los ladrones. ¿Deberíamos decirles a todos que no hablen de él?

—No —dijo sir Henry—. No os preocupéis. Pero no se lo contéis a nadie más.

Se marchó, seguido por Robin.

—Creo que están diciendo la verdad —dijo tan pronto como estuvieron fuera del alcance de sus oídos.

—Estoy seguro de que sí —dijo Robin—. Pero tengo una idea... Cuando han dicho... No crees que pueda tratarse de la señora Cove, ¿verdad?

—Creo que es más que probable —dijo sir Henry—. Pero no sé cómo demonios enfrentarnos a ella.

3. Viviendo

Había transcurrido ya media mañana y Nancibel no se pasó por los establos para hacer la cama de Bruce. Él había estado esperando en el patio, después de lavar el coche, con la esperanza de tener un agradable interludio. Pero ella no había ido y al final fue a buscarla. Miró por la ventana de la cocina y la vio de pie junto a la mesa, pelando patatas de un modo extrañamente desanimado. No respondió a su alegre saludo.

—¿Cuándo vas a venir a hacer mi habitación?

—La hará Fred —respondió finalmente con la cara aún apartada—. El trabajo ha sido reorganizado. ¿Qué ocurre?

No respondió. Así que dio un rodeo y se fue por la puerta trasera, la antecocina, y se plantó delante de ella.

—¿Qué ha ocurrido?

Entonces ella lo miró. Le dedicó un vistazo rápido antes de volver a las patatas.

—Oh, ya veo —dijo.

Se produjo un largo silencio que ninguno de ellos tenía ganas de romper. Nancibel no se atrevía a hablar porque tenía miedo de ponerse a llorar de nuevo. Y Bruce, inesperadamente, tenía muy poco que decir. Creía firmemente que estaba preparado para esa crisis y ya había ensayado su propia defensa. Porque sabía que era inevitable, más tarde o más temprano. Estaba destinada a descubrirlo y cuando lo hiciese, se enfadaría. Pero esperaba una diatriba de reproches e insultos, y ese triste silencio le resultaba desconcertante. Y finalmente lo único que se le ocurrió decir fue lo peor que podría haber dicho:

—¿Celosa?

Hubiese hecho cualquier cosa por retirar esa palabra en cuanto salió de su boca. Solo un absoluto sinvergüenza sugeriría algo así. Y toda su intención era convencerla de que no era un canalla sino un artista viviendo la vida para poder contarla. Eso estimuló a Nancibel. Secó sus lágrimas y soltó la lengua.

—Por favor, sal de la cocina —ordenó—. No tienes que estar aquí y a la señora Siddal no le gustaría verte por aquí.

—Soy un sirviente, ¿no es así? La cocina es mi lugar, ¿no?

—No. Comes en el comedor, así que tu sitio es la sala.

—Ayer dejaste que me sentara aquí.

—No sabía que eras ese tipo de chico.

—¿Qué tipo?

—Ve a la sala y explícales cómo saliste de los suburbios. Las mujeres puede que lo toleren. Yo no tengo por qué hacerlo. Creo que eres repugnante.

—Tienes unas ideas muy anticuadas, Nancibel.

—No, no las tengo. Hay cosas que no pasan de moda. Todo el mundo desprecia a un chico que se aprovecha de una mujer mayor, y siempre lo harán.

—No es mayor.

—Tiene veinte años más que tú, por lo menos. Si no te pagase, ni la mirarías.

—Conduzco su coche.

—Un trabajo muy duro, estoy segura. Bueno, si condujeses un autobús podrías sentarte en esta cocina. Faltan conductores de autobús. No me sorprende que te diese vergüenza decir que venías de una casa decente.

—No lo entiendes —protestó Bruce—. Un escritor ha de tener vivencias.

—Seguro que sí. Estás teniendo una ahora. Estás viviendo que a una chica como yo no le interesa en absoluto un chico como tú. Si no lo sabías de antemano, has aprendido algo valioso y puedes utilizarlo en un libro.

—Vaya que si lo utilizaré.

—Sí. Cuando lo hayas modificado un poco para que suene mejor. Nunca te atreverías a contar algo en un libro que fuese verdad. ¡Mira lo que has puesto en tu libro sobre ella y sobre ti! ¡Que era preciosa y aristocrática! Ella, ¡preciosa y aristocrática! ¡Hasta un gato se moriría de risa!

—Eres simple, extremadamente celosa, y no hay más.

—Dices que quieres ser alguien. Nunca serás nada más que un miserable creído al que todo el mundo desprecia y del que todo el mundo se ríe a sus espaldas.

El señor Siddal apareció en la puerta de la cocina, exigiendo su tentempié. Percibió que había algún drama en marcha, y se sentó a la mesa. Su mirada inocente pasó de un joven furioso al otro, y concluyó que el chico se había llevado la peor parte de la discusión.

Nancibel se fue hasta la tetera que estaba en el fuego y le llevó una taza. Él le dijo que le sirviera una también a Bruce, lo cual hizo antes de volverse a la antecocina con las patatas.

—He oído que estás escribiendo un libro —dijo Siddal cordialmente, mientras le pasaba el azucarero a Bruce—. Una novela. Supongo que principalmente autobiográfica, ¿no?

—No —dijo Bruce en voz alta.

—¿No? Eso no es habitual. Qué interesante. Los jóvenes protegidos de Anna normalmente escriben tres libros. El primero trata de la pobre víctima. Promete. Está bien escrito. Recibe sorprendentemente buenas críticas. Es muy honesto y cuenta lo retorcidas que han sido sus infancias, ya sea en la escuela primaria privada o en la pública, o en ambas, o en Wapping o en Cold Comfort Farm. En la escuela secundaria o en el instituto parece que no pervierten a los niños tan ampliamente. No sé por qué. Al héroe de tu novela ¿lo pervirtieron en Eton o en Stepney?

—Stepney.

—Ajá. Sí. Ya veo. Bueno, el próximo libro en la lista no tiene que ser tan trágico. Es una comedia, una comedia amarga, y muy mundana. Con un contexto continental. Trata de las vidas viciosas y corruptas que llevan nuestros expatriotas en Capri o en Mallorca o en los Alpes Marítimos. El héroe es el más vago de todos, pero lo que le salva es que se desprecia a sí mismo casi tanto como desprecia a los demás. La heroína es la única mujer del libro con la que el héroe no se acuesta. Ella muere a veces de un modo bastante patético.

Siddal se detuvo para remover su té y Bruce no pudo aguantarse las ganas de preguntar de qué iba el tercer libro.

—¿El tercero? —Siddal parecía estar dando comienzo a una ensoñación—. Nadie lo sabe. Nadie lo ha leído jamás. Oyes que se ha escrito. Creo que lo publican. Pero nunca he sido capaz de conseguir uno de ellos. Así que no podría decírtelo. Es una de esas cosas que espero poder hacer antes de morir: leer el tercer libro de uno de los jóvenes amiguitos de Anna. No se me ocurre de qué pueden tratar: religión, probablemente. Si alguna vez llegas al tercero, espero que me lo envíes. ¿Más té?

—No, gracias —dijo Bruce.

4. Los otros acantilados

Las siluetas de los niños Gifford aparecieron por un momento en el horizonte. Estaban corriendo por los acantilados que emergían justo detrás de la casa, y verlos de pasada le recordó a sir Henry una pregunta que llevaba queriendo hacerles desde el domingo por la tarde, cuando él mismo había estado allí arriba.

Esa parte de la costa, conocida localmente como «los otros acantilados» y en el mapa del servicio estatal de cartografía como Tregoylan Rocks, era mucho menos frecuentada que las cuestas más accesibles que llevaban a Pendizack Point, Rosigraille Cove y Porthmerryn. Para llegar a ella era necesario ir muy tierra adentro, casi hasta el pueblo, para bordear el profundo desfiladero que quedaba al lado del camino de Pendizack. El desfiladero terminaba en un riachuelo estrecho, justo debajo de la parte trasera de la casa, y «los otros acantilados» se elevaban a gran altura en el extremo más lejano del arroyo, por lo que las ventanas traseras daban a una pared saliente de rocas. Toda la península sobre la que estaba construida la casa debía de haberse caído de esa pared de rocas a la bahía en algún tiempo prehistórico.

Los acantilados, en la cima, estaban cubiertos por una masa de endrinos, zarzas y tojos que habían deshecho considerablemente los antiguos caminos de los guardacostas, por lo que andar por allí no resultaba nada agradable. Pero sir Henry había ido hasta allí con el objetivo de escapar de la atmósfera catastrófica que envolvía Pendizack la tarde del domingo; y, mientras se abría camino por entre los tojos, se encontró con unas curiosas grietas y fisuras en el suelo. Estaban bastante tierra adentro, pero le habían creado la duda respecto a la seguridad de la zona, y acababa de preguntarle a Robin sobre ello.

Robin le dijo que llevaban allí desde que había explotado la mina, la mina que había sido arrastrada a la cueva al final del arroyo justo antes de Navidad. No supo decirle si las grietas habían aparecido inmediatamente, porque no las había visto hasta las vacaciones de Pascua, cuando él y Duff las descubrieron. Creía que alguien había estado allí inspeccionándolas; su madre lo había mencionado en una carta, durante el periodo estival, que alguien había venido y había preguntado por las grietas. No sabía cuál había sido el veredicto, y cuando llegaron a la terraza le preguntó a Gerry, que estaba arreglando una sombrilla a rayas.

—¿Qué grietas? —preguntó Gerry alzando su rostro carmesí de la sombrilla.

El motivo de su vergüenza era obvio, porque un rugido furioso, proveniente de una de las ventanas abiertas del primer piso, hacía que mantener una conversación en la terraza fuese bastante difícil.

—¿Te das cuenta de que he estado esperándote toda la mañana? Quiero dictar unas cartas. ¿Dónde has estado? ¡Oh! ¡Por el amor de Dios, habla más alto! ¿Dónde has estado?

—¡Ya sabes! —gritó Robin—. Las grietas de la mina. En «los otros acantilados».

—¡Ni siquiera puedes contestar una simple pregunta! Te digo sencillamente que a veces pienso que tendría que declararte demente...

—Nunca he oído hablar de ellos —gritó Gerry.

—¿No escribió madre al respecto? Las encontramos en Pascua. Están entre las zarzas. Unas grietas largas, de unos quince centímetros de ancho.

—¿Quince centímetros? —interrumpió sir Henry—. Porque las que yo vi eran de casi un metro de anchas o más. Y parecían muy profundas.

—Deben de haber crecido —dijo Robin—. No he estado allí arriba desde Pascua.

—¡Bueno, da igual! ¡Da igual! Ya estás de vuelta. Y vas a responderme rápido a esta pregunta: ¿dónde dormiste anoche?

Gerry empezó a parecer agónico y no volvió a intentar entender lo de las grietas.

—Pregúntale a madre —dijo—, yo no sé nada de eso.

—¿Y quién me lo ha dicho? Esa zorra de sirvienta. Cómo se llama. Ellis. Esperaba que estuviera mintiendo.

—Un tal Bevin vino, o algo así. Seguro que madre te lo contó. —Robin seguía en sus trece.

—Has estado dándole otra vez, ¿verdad? Pensaba que habías dejado de hacer esas cosas. Mientras vivas bajo mi techo te comportarás con decencia. Sí, ¡aunque tenga que encerrarte! Escaparte de ese modo por la noche...

—Madre nunca me cuenta nada —gritó Gerry furioso—. Pregúntale a Duff. A lo mejor él lo sabe. Le escribe a él.

—¿De quién se trata esta vez? Voy a descubrirlo, lo sabes. No te equivoques ni por un segundo. Así que quizás quieras ahorrarme tiempo diciéndomelo tú. ¿Quién es él? ¿La señora Paley? Eres una imbécil, Evangeline, esto lo sé bien. Pero no puedes ser tan imbécil como para creer que me lo voy a tragar...

—Le preguntaré a tu madre en algún momento, cuando no esté ocupada —dijo sir Henry, volviendo a la casa.

Gerry dejó la sombrilla y empezó a recoger sus herramientas. Sintió que la terraza era insoportable. Le puso mala cara a Robin, que estaba escuchando con inusitada atención.

—¿Preguntarle? Por supuesto que se lo preguntaré. Y le diré que debería haberse dado cuenta por sí misma... Pensé que era evidente para todo el mundo, después del espectáculo que montaste en la iglesia...

—¡Escucha, Gerry! Es un viejo...

—Cállate y aléjate.

Mientras abandonaban la terraza la voz los persiguió:

—Solo hay una alternativa... Controlarte de algún modo...

Robin fue a la cocina, donde se encontró con su madre y con Duff. Empezó a contarles inmediatamente la triste historia del ámbar negro y estaba a la mitad cuando Gerry, que se había ido a guardar sus herramientas, se les unió con un ataque de ansiedad tardío por las grietas en «los otros acantilados».

—¿De qué grietas hablan? —Gerry exigió saberlo—. ¿Dónde están? ¿Por qué no me lo habíais dicho?

Tuvo que repetir estas preguntas varias veces antes de que alguien lo escuchase. Pero la señora Siddal dijo por fin:

—Están bien. Sir Humphrey Bevin oyó hablar de ellas y vino a echarles un vistazo.

—¿Cuándo?

—En mayo, creo.

—¿Por qué no me lo dijisteis?

—¿Por qué te lo tendrían que haber dicho? —preguntó Robin, molesto porque hubiera interrumpido su relato.

—¿Dijo que el acantilado era seguro?

—Si no lo fuera, seguro que lo hubiese dicho —respondió la señora Siddal.

Pero Gerry no estaba satisfecho.

—Puede que no nos lo haya dicho a nosotros. Esos acantilados no son nuestros. ¿Cómo sabemos que es seguro andar sobre ellos? A lo mejor tendríamos que avisar a la gente para que no suban allí. Creo que tenemos que descubrirlo.

—El viejo alboroto de siempre —balbuceó Robin.

Y la señora Siddal exclamó:

—Me encantaría que no montases un escándalo por absolutamente todo, Gerry. Ya tengo suficiente con lo mío. La señorita Ellis ha decidido hacer huelga porque no pienso despedir a Nancibel.

Gerry se encogió de hombros y salió fuera a engrasar el motor del bote. Lo tenían en las primeras gradas que había en las rocas, encima del riachuelo, en la parte trasera de la casa, y podía levar anclas cuando la marea estaba alta, en un día tranquilo.

Nadie iba nunca al arroyo a menos que quisiesen el bote, porque no resultaba agradable. La imponente masa del acantilado lo mantenía en la sombra gran parte del día, incluso en verano. Las rocas, que nunca se secaban bajo el sol, eran resbaladizas y viscosas, y estaban cubiertas con un musgo verde brillante por donde descendía el pequeño riachuelo. Los pocos espacios de arena gruesa estaban siempre llenos de hoyuelos, cuando había marea baja, a causa de las grandes gotas de humedad que caían en intervalos regulares del acantilado superior. Y olía a hierba podrida.

Gerry tembló mientras sacaba el barco de debajo de una pequeña lona impermeable. Nunca le habían gustado «los otros acantilados» y ese día le parecía que tenían un aspecto inusualmente negro y lúgubre. Supuso, al principio, que era solo una impresión, pero cuando volvió a mirarlos, se dio cuenta de que era un hecho. Estaban más oscuros de lo que lo habían estado nunca porque no había gaviotas en ellos. Otros años toda esa cara del acantilado había sido un lugar famoso de nidos; cada grieta y cada saliente estaban salpicados de blanco por sus excrementos. Generaciones de polluelos se habían dado el primer baño en el riachuelo, empujados despiadadamente a las rocas inferiores por sus padres. Y ahora no se veía ninguna gaviota. Había manchas descoloridas que mostraban dónde habían estado los nidos anteriores, pero ninguna era reciente.

No recordaba que algo así hubiese ocurrido jamás. Y un pensamiento un tanto inquietante había empezado a formarse en su mente cuando la puerta de la casa se abrió de golpe y Evangeline Wraxton empezó a bajar rápidamente los escalones hacia el riachuelo.

Si no hubiese sabido por qué se encontraba en ese estado de aflicción la hubiese tomado por loca, porque estaba haciendo muecas y murmurando como una lunática. No lo vio hasta que estaba a medio camino; cuando lo hizo, se giró y empezó a correr escaleras arriba de nuevo. Pero él le gritó que parara. No quería que fuese corriendo por la casa de ese modo, dando más pruebas de inestabilidad mental a cualquiera que pudiera verla.

—Quédate aquí —le ordenó—. Siéntate en el umbral de la puerta, donde hay sol. Solo estoy engrasando el bote. No tardaré más de un minuto. Y después tendrás todo el lugar para ti.

Le obedeció. Él le dio la espalda y siguió trabajando con la lata de aceite, pero podía sentir que la agitación estaba disminuyendo. De repente ella suspiró y dijo:

—No sabía que el bote tenía motor.

Lo pronunció como *motó*, como una niña pequeña, y Gerry sonrió. Ya se había dado cuenta de la conmovedora cualidad infantil que poseía; la había percibido anoche, durante la merienda en el refugio del acantilado. Alentada por la señora Paley, se había sentido feliz y a gusto; sus modales de solterona, los movimientos erráticos, habían desaparecido. Habló y se rio libremente, y no le importaba que se metieran con ella. Pero era como una chiquilla muy encantadora, una niña a la que nunca le hubiesen permitido crecer. Esa dulce criatura había permanecido oculta y protegida bajo una fachada maltrecha que presentaba ante un mundo desapacible. Y él había sentido, débilmente, que había cierto valor en su rechazo, en todo caso, a crecer torcida. Era como si ella aún estuviese esperando a que el temporal amainase y fuese más propicio.

—Pensé que estabas en la terraza —dijo de repente.

—Estaba —dijo—. Estaba arreglando una sombrilla.

Se detuvo, reflexionó y después añadió:

—No he podido evitar oír parte de las cosas que te ha dicho tu padre. Lo lamento mucho.

Hizo una serie de muecas antes de poder responder. Pero finalmente soltó:

—¡No es verdad! Solía dormir mal y me siento mejor si me levanto y voy a dar un paseo. Lo descubrió y pensó que era porque quedaba con un hombre. Pero no es verdad. No lo hice. No conozco a ningún hombre.

—¿Te ha prohibido salir de nuevo con la señora Paley?

—Oh, sí. Y dice que me encerrará en un psiquiátrico si lo hago.

—Eso es mezquino, lo sabes. No puede a menos que tenga un certificado médico.

—Conseguirá uno. Si me trajese a un médico, me asustaría mucho y seguro que haría alguna estupidez. Y hay mucha gente que piensa que estoy loca.

—Ningún médico cualificado haría tal cosa —le aseguró Gerry.

—Tú lo eres y estoy segura de que el domingo...

Eso fue desconcertante. Los peligros a los que se enfrentaba comenzaron a ser claramente evidentes para él.

—Deberías marcharte. ¿Por qué sigues con él?

Evangeline le explicó su imprudente promesa. Discutió con ella hasta que el gong de la comida retumbó dentro de la casa. Evangeline se puso muy blanca.

—No puedo entrar —susurró—. No puedo entrar en el comedor. Todos lo oyeron. Estoy segura.

Gerry se puso en pie y se limpió las grasientas manos con un trapo.

—Espera un momento —dijo—, y te sacaré algo de comer.

Entró rápidamente en la casa. Volvió en unos minutos con una bandeja. Había cogido un par de platos de lengua fría y ensalada, dos panecillos y cuatro ciruelas grandes de la escotilla de la habitación del servicio.

—Podemos comer aquí —dijo, sentándose a su lado en el escalón soleado—. Y después iremos a pescar. ¿Te gustaría ir a pescar?

El corazón de Evangeline dio un vuelco de placer y después se hundió en unas profundidades extremas, porque se convenció a sí misma de que solo se lo había preguntado porque sentía pena por ella. Dijo, aunque no sin tristeza, que le gustaría mucho ir a pescar. También a Gerry se le cayó el corazón a los pies, porque se arrepintió de la invitación en cuanto la hizo. Quería pasarse la tarde en el bote, solo, lejos de su exasperante familia; y ahora se había endilgado a sí mismo a aquella chica deprimente. Sentía mucha pena por ella, pero después de todo tenía bastantes problemas propios. A veces sentía que su padre iba a volverlo loco, y él no quería irse corriendo haciendo muecas.

A medida que comían se puso cada vez más malhumorado. Los pequeños intentos alegres de Evangeline no funcionaron. Cuando terminaron las ciruelas, ella dijo:

—Creo, quizás, que no voy a ir después de todo. Muchas gracias por invitarme. Me parece que el reflejo del sol en el agua podría provocarme dolor de cabeza.

Gerry sabía que era mentira y que quería ir. Pero para entonces estaba tan mustio que ni siquiera intentó disuadirla.

—Entraré la bandeja —dijo, poniéndose en pie.

Sonó tan dócil y humilde que Gerry se puso furioso. Dijo que de ninguna de las maneras, se la quitó, y entró corriendo en la casa. Evangeline le siguió, protestando miserablemente.

—Podría perfectamente... Es absurdo... No veo por qué no debería...

En el pasillo de la cocina se encontraron con la señora Siddal, que los miró como si aquella fuera la gota que colmaba el vaso. Cuando Gerry le explicó lo que habían estado haciendo, ella exclamó:

—¡Así que ahí es donde estaban las raciones! ¡Y he estado regañando al pobre Fred! De verdad, Gerry... No sé cómo se te ha podido ocurrir hacer tal cosa. Coger la comida de los del comedor...

—Una de las raciones era de Angie de todas formas —protestó Gerry.

—¿De quién?

—¡De la señorita Wraxton! Le hubieses servido una a ella de todas formas, ¿no?

¿Angie?, pensó la señora Siddal. ¿La llama Angie? Oh, ¡esa criatura ladina! Y fulminó a Evangeline con la mirada.

—No puedo permitir que la gente se lleve sus comidas de ese modo —les dijo—. Si me lo piden, siempre estoy dispuesta a preparar unos sándwiches.

—Lo lamento mucho, señora Siddal.

—Lo lamento mucho, madre. Ha sido culpa mía. Le sugerí que comiéramos fuera. No sabía que había una regla que lo prohibiese.

—Pero tú no ibas a comer lengua en la comida, Gerry. Era solo para el comedor. Te has comido la lengua del canónigo Wraxton. ¿Qué voy a darle para comer?

—¿No puedes darle lo que ibas a darme a mí?

—No. Solo iba a darte pan y queso.

El señor Siddal, que había estado escuchando todo desde detrás de la puerta de su agujero, intervino y clamó:

—A Duff le toca comer lengua, Gerry. Dadle al canónigo la ración de Duff.

—No había suficiente para todos —explicó la señora Siddal—. Y he sido muy dura con el pobre Fred. Lo he culpado a él.

—A Fred le toca comer lengua —gritó la voz desde el cuchitril—. Y a Nancibel también.

—Bueno, lo lamento mucho —volvió a decir Gerry—. Nos vamos de pesca y...

—¿Os vais de pesca? ¿En el bote?

—Claro que vamos a pescar en el bote, madre. Y Angie...

—Pero esta tarde no, querido. Yo... Te necesito de verdad. La señorita Ellis ha presentado su renuncia. Quizás... otro día, si la señorita Wraxton quiere de verdad que la lleves en el bote...

—No quiero —balbuceó Evangeline.

—Tú misma me pediste que intentase conseguir caballa para la cena —protestó Gerry.

—Lo sé. Pero me las puedo arreglar. Prefiero que te quedes aquí.

—Pero ¿para qué me necesitas?

Hubo una pausa. A la señora Siddal no se le ocurrió nada en ese momento, aunque estaba decidida a acabar con los planes de pesca. Escucharon a la voz desde el cuchitril sugiriendo que necesitaba que Gerry atrapase un ratón, y ella estaba demasiado agitada para percibir el sarcasmo.

—Sí —dijo, animándose—. Hay un ratón. En la despensa.

Gerry perdió los estribos.

—Pídele prestado el gato a Hebe —dijo—. Vamos, Angie. La marea estará ya perfecta.

Caminó hasta la salida y bajó los escalones, seguido de Evangeline, que ahora sí creyó que él quería que fuera.

—Me estoy hartando de esto —murmuró mientras empujaban el bote hacia las gradas—. No sabes... —exclamó mientras avanzaban por el riachuelo—, nadie se imagina las cosas que tengo que aguantar. Todo este escándalo porque quiero llevarte a pescar.

—No querías —dijo Evangeline—, hasta que se ha montado una buena.

La miró, un poco sorprendido.

—Bueno —dijo finalmente—, ahora sí.

—Así que tienes que agradecerles de verdad el escándalo —señaló—. Pero será mejor que consigamos pescado, ¿no? Quiero decir, si no conseguimos suficientes caballas para la cena, no sé con qué cara nos atreveríamos a volver.

Pescaron, paseándose por el exterior de las cuevas de Pendizack y de Rosigraille. En menos de dos horas se habían hecho con veintisiete caballas.

5. La roca del hombre muerto

Los Paley fueron testigos de su progreso, sentados en su lugar de siempre, en un hueco en el promontorio con vistas a Rosigraille Point. Nada le hubiese gustado más a la señora Paley, porque resultaba obvio, incluso a esa distancia, que estaban disfrutando. Ya se había preguntado si acaso no podría convencerlos para que dieran un pequeño paseo juntos, y ahora lo estaban haciendo sin que nadie, al parecer, los hubiera persuadido. Porque no se le había pasado por la cabeza que la madre de Gerry hubiese podido ser la impulsora.

Y en África, suponía (porque según ella ya prácticamente estaban casados y se habían mudado al extranjero), pescarían mucho, por lo que cuanto antes aprendiese a manejar un bote a motor, mejor. Pero ¿lo harían? ¿Por qué das por hecho que África está llena de ríos enormes? El Zambesi... A lo mejor su parte estaba llena de ciénagas y cocodrilos; demasiado peligroso. Y después está el altiplano. Eso es seco. Tenemos que pasar tiempo con él para que nos cuente más sobre Kenia. Pero sea como sea, lo disfrutarán. Ninguno de los dos se lo ha pasado bien nunca. Nunca superarán el placer de ser el primero con alguien, de ser queridos y considerados...

Perdió el bote de vista por Rosigraille Point. Pero sabía que no se había ido lejos porque de vez en cuando se oía el sonido del motor.

Le pidió a su marido información sobre Kenia. Él levantó la vista de *The Times Literary Supplement* y la miró. Como tenía buena memoria y le gustaba acumular datos, era algo que podía hacer. Le dio un buen y conciso informe sobre Kenia, su historia, geografía, fauna, flora, productos y habitantes.

—Suena bien —dijo la señora Paley cuando hubo terminado.

Esperó un momento por si acaso ella deseaba saber algo más, y después volvió a su periódico.

—Gerry Siddal está pensando en irse allí —explicó—. Le han ofrecido un trabajo.

El señor Paley levantó la vista pero no dijo nada, aunque su expresión mostraba un ligero desconcierto, como si estuviese preguntándose qué esperaba que dijera.

—¿No crees que lo mejor sería que se fuera? —preguntó la señora Paley.

—No sé muy bien cuál de todos es. ¿No es el que acaba de recibir la beca Balliol?

—No. Ese es Duff, el guapo. Gerry es el de los granos, el que hace todas las tareas. Es médico.

—¿Y cómo voy a saber si es mejor que vaya o no? —reivindicó el señor Paley—. Espero que lo haga. Inglaterra hoy en día no es un buen sitio para un jovencito que quiere ganarse la vida por sí mismo. Si tuviera su edad, emigraría.

—¿Adónde? —preguntó la señora Paley, contenta por haber establecido algo parecido a una conversación.

Pero no lo sabía. Le resultaba más fácil hablar de marcharse de Inglaterra que hablar de emigrar a otro país.

—Creo que China estaría muy bien —reflexionó la señora Paley—. Ahora justamente no, claro. Pero China siempre me ha atraído.

Y se sentó un rato al sol, sonriendo ante la idea de China, porque sabía que era algo fantástico y ridículo, una idea formada a partir del recuerdo de un biombo que admiraba cuando era una niña pequeña. Debajo de China había un lago y gente pescando desde delicados barquitos entre unas rocas curiosamente curvadas. Después, entre una capa de nubes, comenzaba otro paisaje. Una procesión subía el camino de una montaña hacia una especie de altar. Tras más nubes, la cima de la montaña emergía y volaban varios pájaros.

El sol de la tarde brillaba en una miríada de diamantes sobre el mar en Rosigraille Cove, por lo que el resplandor le hizo cerrar los ojos. Todo estaba muy tranquilo. Las olas no rompían en la playa y alrededor de las rocas no había más que un ligerísimo susurro y borboteo del agua. Durante veinte minutos o más, esta tranquilidad susurrante permaneció intacta, salvo por los graznidos ocasionales de una gaviota, y después escuchó voces gritando en la playa. Abrió los ojos y vio a varios niños trepando por los peñascos hacia Rosigraille Point. Eran las tres Cove y Hebe, y todas llevaban toallas de baño.

Habían elegido un mal momento para bañarse, pensó, porque la marea estaba subiendo y no harían pie en la arena dura del fondo. Tendrían que chapotear por entre los peñascos en la marca más alta del nivel del agua, porque las pequeñas Cove no sabían nadar.

Las observó mientras trepaban sin descanso hacia el extremo más lejano de Rosigraille y después, echando un vistazo al acantilado, vio que había alguien más observándolas.

Una persona bajita, activa y vestida de negro estaba de pie en el camino que llevaba a Porthmerryn. La señora Paley tenía buena vista, pero cogió los binoculares de su marido para asegurarse.

Sí, era la señora Cove. Los binoculares revelaban su cara sin duda alguna; revelaban, incluso, su expresión, que ya era, en sí misma, una revelación. Su amargura incontrolable, mientras observaba cómo las niñas bajaban a la playa, sorprendió bastante a la señora Paley. La cara que mostraba al mundo, aunque desagradable, era atenta y cautelosa. Ahora que estaba sola, ahora que pensaba que nadie la observaba, había bajado la guardia. Miraba a Blanche, Maud y Beatrix no con una habitual indiferencia calmada sino con inconfundible desagrado.

Después de unos segundos, la señora Paley giró los binoculares hacia las niñas. No se habían detenido en la playa, sino que estaban trepando por las rocas a los pies del promontorio y se dirigían hacia un arrecife llamado «la roca del hombre muerto», que se adentraba en el mar en su último extremo. A Blanche le estaba resultando difícil ponerse en pie, pero las otras tiraban de ella.

A la señora Paley, al principio, la invadió una ligera aprensión de desasosiego. Pero se dijo a sí misma que era imposible que tuviesen intención de bañarse allí. El agua de aquel arrecife estaría totalmente fuera de su alcance. Y en la entrada de Pendizack había un cartel que avisaba a los visitantes de que nunca se bañasen en la zona de las rocas porque las corrientes eran peligrosas.

Volvió a mirar rápidamente a la señora Cove, que no se había movido. Y pensó que sí que oirían un grito desde el camino, si es que se les ocurría hacer algo estúpido. Era una suerte que la señora Cove estuviese tan cerca; nunca podrían haber oído a los Paley, porque estaban allí arriba, en el promontorio.

Ahora las niñas estaban juntas, formando un pequeño grupo, en «la roca del hombre muerto». Su desasosiego se convirtió poco a poco en terror real cuando vio que se estaban desvistiendo. Las cuatro llevaban puestos los bañadores.

—Pero no pueden... No deberían... —exclamó en voz alta.

—¿De qué hablas? —preguntó el señor Paley poniéndose en pie.

—Esas niñas. Parece que van a bañarse en el arrecife del hombre muerto.

Se sentó para mirar y cogió los binoculares.

Las tres Cove estaban de pie en fila al borde de la roca. Parecía que estaban recibiendo algún tipo de sermón de Hebe.

—Se ahogarán si lo hacen —dijo.

—Pero ¡su madre! ¿Por qué no las detiene?

—¿Su madre?

—La señora Cove. Está allí arriba, en el acantilado.

Le quitó los binoculares. Pero no pudo encontrar a la señora Cove de inmediato; parecía haber abandonado el camino.

—Ah, ahí está —exclamó unos segundos después—. Está bajando, gracias a Dios. Pero ojalá les gritase.

—¡Santo Dios! —gritó el señor Paley.

Bajó los binoculares y miró hacia la roca. Hebe, bailando arriba y abajo emocionada, era la única niña a la que se veía. Las Cove habían desaparecido.

—Pero ¿dónde están? ¿Dónde están?

—Han saltado todas juntas. Desde la parte más alejada de la roca. Las corrientes las estará llevando probablemente alrededor del promontorio.

Hebe había dejado de bailar. Estaba gritando tan alto que el eco de sus gritos atravesó la bahía. Después también ella desapareció.

—Ha ido en su busca —comentó el señor Paley—. Eso hará mucho bien.

—Pero su madre... Su madre...

La señora Cove había dejado de descender. Se había detenido en seco y estaba observando, como lo habían estado haciendo ellos, en dirección a la roca vacía.

—Lo ha visto. Ha tenido que verlo.

—¿Dónde está?

—Un poco más abajo del camino. Al lado de esa gran mancha de helechos. Pero ¿por qué no continúa?

—No tiene mucho sentido que lo haga —dijo el señor Paley—. A estas alturas ya habrán rodeado el promontorio.

La señora Paley volvió a coger los binoculares y dirigió la mirada hacia la señora Cove. La pálida cara cuadrada apareció. Parecía vacía e insegura.

—Lo mejor será que vayamos con ella —dijo el señor Paley poniéndose en pie.

—Se... se está yendo.

La señora Cove se había dado la vuelta y estaba subiendo el sendero de nuevo. No parecía tener mucha prisa. Cuando alcanzó el camino, se detuvo un momento, como si no tuviera claro si ir hacia Pendizack o volver a Porthmerryn. Después se decidió, aparentemente, y lo abandonó del todo.

Subió un poco más arriba la cuesta del acantilado y desapareció detrás de una pared de piedra.

—No hay absolutamente nada que ella o nosotros podamos hacer —declaró Paley—. Para cuando llegásemos a la roca estarían a aproximadamente un kilómetro de distancia. Lo mejor será que volvamos al hotel y demos la voz de alarma. Si pueden nadar, quizás se las arreglen para subirse a una de esas rocas lejanas...

—Pero no saben. Las Cove no saben nadar.

—Entonces es inútil.

Ambos caminaban rápido por el promontorio, y en poco tiempo vieron Pendizack Cove que, inesperadamente, estaba lleno de gente. Casi todos los huéspedes del hotel parecían estar corriendo y gritando. Robin y Duff, seguidos de cerca por los niños Gifford, habían llegado prácticamente a lo más alto del camino. A medio camino estaban sir Henry y Caroline. Colocados en fila en la estrecha franja de arena que la marea había dejado estaban la señora Siddal, Bruce, Nancibel y Fred, mientras la señorita Ellis y la señora Lechene se tambaleaban por el camino de rocas que bajaba desde la casa. El señor Siddal estaba en la terraza.

—¡Un bote! —gritó el señor Paley—. ¡Que alguien coja un bote!

Duff se giró y gritó a los que estaban en la arena:

—¡Un bote! ¡Un bote! ¡Coged un bote!

Pero nadie, salvo Nancibel, que se giró y empezó a correr de vuelta, parecía entenderle. Bruce, de la misma manera, se giró también y la siguió.

Robin había llegado al promontorio y jadeaba mientras lanzaba preguntas a los Paley. ¿Habían visto a las Cove?

Cuando escuchó lo que tenían que contar, gruñó, y Duff, uniéndose a ellos, exclamó:

—¿Desde la roca del hombre muerto? Entonces es inútil. La corriente es retorcida. Esa maldita Hebe...

Pero empezó a correr alrededor de Rosigraille, seguido de los otros chicos.

El siguiente en llegar fue sir Henry, al que le faltaba el aire una barbaridad porque había intentado subir la colina corriendo, por lo que tuvo que sentarse un rato en una roca. Caroline, que estaba con él, les explicó a los Paley el motivo de esa búsqueda dominada por el pánico. En cuanto descubrió que Hebe y las Cove habían desaparecido, ella misma dio la voz de alarma. Había advertido a Hebe de que lo haría, a menos que abandonase la dura prueba de nadar.

—Y pensaba que se le había quitado de la cabeza —lamentó Caroline—. ¡Si realmente creyese que lo iba a hacer, hubiese avisado antes!

La interrumpieron gritos de «¡detenedlos! ¡Por favor, detenedlos!». Venían de la señora Siddal, que acababa de llegar a la cima de la colina y estaba corriendo y gritando con un único propósito: Robin y Duff no podían ir a la roca del hombre muerto. No conseguirían salvar a nadie y se ahogarían.

—¡Silencio! —dijo la señora Paley de repente—. ¡Escuchad!

Todos se callaron.

—¿No lo oís?

Ciertamente, se oía el leve traqueteo de un bote, aunque no se veía ninguno.

—Son Gerry y Angie —dijo la señora Paley—. Están detrás

del promontorio. Los vi rodeándolo. Deben de estar bastante cerca.

—Entonces quizás... —comenzó sir Henry.

—Llama a Duff. Llama a Robin. ¡Detenlos! Duff...

—¡Mirad! ¡Oh, mirad! —señaló Caroline—. Ya vienen.

La proa del bote apareció por detrás de las rocas. Cuando estuvo totalmente a la vista, la señora Paley lo examinó con sus binoculares.

—Creo que tienen a las niñas —dijo—. Sí, sí, las tienen. A las cuatro.

—Gritad a los chicos. ¡Robin! ¡Duff! ¡Duff! —repitió la señora Siddal.

La señora Paley pasó los binoculares a sir Henry. Gerry llevaba el bote. Hebe y Evangeline estaban golpeando a dos de las Cove, que estaban tumbadas inertes en el medio del bote. Una tercera estaba vomitando por uno de los lados.

—Creo que están bien —dijo sir Henry, después de un largo vistazo—. Una de ellas está, desde luego... Sí... Y otra se está moviendo...

Caroline le quitó los binoculares e identificó a la Cove que se movía como Beatrix y a la que estaba vomitando como Maud. Blanche, dijo, no se movía. Pero, mientras miraba, Evangeline, que había estado ocupada con Beatrix, empujó a Hebe a un lado y empezó a masajear a Blanche.

Los gritos continuos de la señora Siddal habían detenido a los chicos, que en ese momento se giraron y vieron el bote. También consiguió atraer la atención de Hebe. Miró hacia arriba, vio al grupo en el promontorio, y empezó a mover los brazos para comunicar un mensaje que Caroline interpretó:

—Dice: ¡todas a salvo!

—Oh, ¿de verdad? —dijo la señora Siddal—. Qué amable por su parte.

Habló con tanta amargura que sir Henry comenzó a disculparse, prometiendo que le cantaría las cuarenta a Hebe. Pero no era fácil aplacar a la señora Siddal. Había corrido muy rápido colina arriba para ver cómo se ahogaban dos de sus hijos. Y la aparición del bote, aunque apaciguó su miedo, no había aliviado su ansiedad. Le desagradaba mucho el tono amigable con el que la señora Paley hablaba de Gerry y Angie, como si sus nombres estuvieran unidos de un modo natural.

—Espero —dijo fríamente— que se le prohíba a Hebe volver a bañarse mientras esté aquí. Lo que necesita es una buena lección.

Caroline, ansiosamente consciente de todos los problemas causados por Hebe, intervino para señalar que las Cove habían saltado al mar porque habían querido. Pero nadie la escuchaba, porque las Cove eran populares y Hebe no. Una sensación universal de irritación se había apoderado de Pendizack, y necesitaban un cabeza de turco. Por elección unánime e instintiva todos culpaban a Hebe. Nadie entendía, nadie quería entender, por qué había atraído a las pequeñas Cove hasta el arrecife en cuestión y las había convencido para hacer el harakiri. Parecía que la había provocado el mismísimo diablo y, puesto que el diablo había vagado a sus anchas entre ellos desde el domingo por la mañana, era un alivio localizarlo en una única persona. Le dieron la espalda con la furia que sigue al pánico.

—Mi esposa estará tremendamente angustiada —declaró sir Henry—. Hablará con Hebe.

—Eso espero, sir Henry. Y creo que la señora Cove también tendrá algo que decirle a Hebe. No sé realmente qué hará la señora Cove cuando se entere de esto.

—Cogerá un taxi al ayuntamiento —dijo Robin, que ya había vuelto y estaba escuchando—. Eso es lo que hizo cuando sus hijas casi mueren por culpa de una bomba, ¿no es así, sir? Sir Henry asintió con reprobación.

—Pero es verdad —protestó Robin—. Ellas... Las niñas nos lo contaron esta mañana. Las mandó a dar un paseo mientras caían bombas a su alrededor, y cuando el lechero le dijo que las había visto volando en pedazos, se subió a un taxi y se fue hasta el ayuntamiento, no al lugar del incidente. Así que las castigó por haberle hecho malgastar tres chelines.

Todo el mundo le pidió que se callara, pero todos empezaron a blandir una especie de sonrisa, y la tensión disminuyó. Les pareció que la señora Cove podría soportar las noticias de esta cuasi fatalidad mucho mejor que cualquier otra madre.

Iniciaron el camino de regreso al hotel, y los Paley, una vez más, se dirigieron hacia su promontorio. Buscaron su hondonada de nuevo y la señora Paley dijo, mientras comenzaba a tejer otra vez, que le gustaría saber cómo recibe las noticias la señora Cove.

—No ha podido ver el bote —dijo el señor Siddal—. Así que debe de pensar que se han ahogado. ¿Qué estará haciendo?

—Creo que tiene intención de entrar, más tarde, y que se lo cuenten.

—Pero ¿por qué?

La rareza de la señora Cove era demasiado, incluso para el señor Paley, y habló con interés inusual.

—No estoy muy segura —dijo la señora Paley lentamente—, creo... creo que solo es un impulso. Pero esta tarde..., bueno, cuando vio el peligro sintió un impulso que le hizo correr hacia ellas. Pero después, cuando fue inútil, o eso pensaba ella, no supo qué hacer. Pareció dudar un buen rato.

—Pero seguro que su impulso natural hubiese sido correr y avisar a alguien.

—No creo que pudiese confiar en ella para avisar a nadie. Siente que es mejor que otra persona se lo cuente. Tiene miedo a escucharse a sí misma diciéndolo.

—Pero ¿por qué?

—Porque —dijo la señora Paley con seriedad— creo que preferiría que estuvieran muertas.

—¡Oh, qué tontería, Christina!

—Tú no le viste la cara. Yo sí.

6. Panes y peces

—¿Qué pasa? ¿Por qué vuelves? —gritó Anna, mientras Bruce y Nancibel pasaban junto a ella en la arena.

—El bote. —Bruce jadeaba.

—Le preguntó a la señorita Ellis, que estaba caminando como un pato por detrás de ella, a qué bote se refería. La señorita Ellis se lo explicó, añadiendo alegremente:

—Pero no lo encontrarán, porque está en el mar. Lo han cogido Gerry Siddal y la señorita Wraxton. Los vi desde mi ventana.

—Pero ¿para qué lo quieren? ¿De qué va todo esto?

Anna había visto a todo el mundo corriendo y gritando junto a su ventana, por lo que ella también había salido. Pero aún no había conseguido averiguar qué había ocurrido.

—Algunos de los niños han ido a nadar a una zona peligrosa —dijo la señorita Ellis—. Habrán hecho una montaña de un grano de arena, seguro. Pero esos dos se llevarán una sorpresa cuando descubran que el bote no está. Los veremos volver abatidos.

—¿Por qué demonios no se lo dijo? —preguntó Anna con brusquedad.

—No me molesto en hablar con Nancibel —explicó la señorita Ellis—. Es una chica muy impertinente. Esta mañana se negó a vaciar su cenicero, señora Lechene. Dijo que estaba demasiado lleno.

Anna reflexionó sobre esa información, entendió el porqué y sonrió.

—A lo mejor estaba más lleno de lo que debería —dijo—. Pero ¿quién ha dicho que cogió el bote?

—Gerry Siddal y esa tal señorita Wraxton. Se escaparon a la hora de la comida, cuando pensaron que nadie les veía. Y ahora se montará una buena, no me cabe duda; qué mala suerte tienen al ser pillados de este modo. Nadie ha cogido ese bote en muchísimo tiempo, pero justo el día que se escapan a hurtadillas, resulta que alguien lo necesita.

Anna parecía interesada.

—No lo sabía —dijo—. ¿Están...?

—Bueno... ¿No oyó esta mañana al canónigo Wraxton echándole un rapapolvo, señora Lechene? Se le oía a un kilómetro de distancia.

—No. ¿Qué ha ocurrido?

Su relato era tan absorbente que Anna no podía marcharse, aunque era consciente de que Bruce y Nancibel no habían vuelto, como pensaban, de su búsqueda del bote y no le gustaba dejarles mucho tiempo juntos.

Se habían quedado en la cocina, después de descubrir que el bote no estaba, porque parecía absurdo volver corriendo otra vez a la cima del acantilado. Todo habría acabado ya, de un modo u otro, mucho antes de que llegasen.

—No sabemos a ciencia cierta si realmente saltaron al mar o no —dijo Nancibel—. Esperemos que alguien haya llegado a tiempo. Pondré el hervidor para cuando vuelvan, porque seguro que todos querrán tomar una taza de té.

Parecía que prácticamente se le había olvidado que se había peleado con Bruce y él estaba deseando que ese pánico durase un poco más, siempre y cuando no tuviese, finalmente, fundamento.

—¿Hay algo que pueda hacer? —preguntó Bruce.

—Sí. Saca las tazas. Y después ve a ver si ya ha vuelto alguien. Si hay alguien que parezca herido, puedes llamar al médico. Es el doctor Peters, Porthmerryn, 215. Pero antes de hacerlo tenemos que asegurarnos de que se lo necesita.

Se sentó y apoyó sus codos en la mesa de la cocina. Sus amables ojos estaban llenos de angustia.

—Oh, por Dios —dijo—, espero que no les haya pasado nada a las Cove. Son unas niñas realmente divertidas, las Cove. Muy anticuadas, de algún modo. Ya sabes..., son bebés para su edad. Bueno..., no las han dejado avanzar. No saben nada de absolutamente nada. Querían pescar una langosta y servírsela a todo el hotel.

—¿Para qué? —preguntó Bruce, disfrutando de su afable interludio.

—Te lo acabo de decir. Para lo que fuese, he dicho. Oh, querían dar una fiesta. ¡Una fiesta! E invitar a todo el mundo. Y como no tenían dinero para comprar nada, planeaban pescar una langosta y me preguntaron si sabía cómo hacerlo. Bueno, les dije que no creía que pudieran. Y que si podían, no podrían cocinarla. Y que si lo conseguían, una langosta no les llegaría para mucho. Así que la pequeña, Maud, dijo: «¿Y qué pasa con los panes y los peces?». Y yo le dije: «Eso lo hizo Jesús». Entonces Blanche dijo: «Quizás Él lo haga por nosotras», igual que un niño de cinco años. Así que les dije que esperasen hasta Navidad y quizás entonces su madre les dejase celebrar una fiesta. Pero no, al parecer nunca han celebrado una en toda su vida. Y se mueren de ganas por celebrar una aquí.

—¡Pobres criaturas! Qué pena.

—Pienso lo mismo. Hay algo patético en ellas, ya me entiendes. Esa Hebe..., deberían darle una bofetada. ¡Oh, señor! Espero de verdad que estén bien.

—Seguro que sí. —Bruce la consoló—. Duff Siddal ha ido. Es un buen nadador. Estarán bien.

—Podría conseguirles langostas fácilmente. Y podría cocinarlas. Y he pensado que quizás la señora Siddal me dejaría hacer un poco de mermelada. También podría conseguir nata y aún tengo puntos para dulces. Es una pena que no puedan celebrar su fiesta, las pobres niñas.

—Yo tengo todos mis puntos de dulces —dijo Bruce—. Se los pueden quedar. Y en Porthmerryn hay melocotones. Me gustaría ayudar.

—Podrían pedírselo a los pequeños Gifford y celebrar una buena fiesta, si... si vuelven a casa sanas y salvas. ¡Oh, señor!

—No te preocupes. Fuma un cigarrillo. Todo saldrá bien.

El pobre Bruce sacó un paquete de Player's Weights de su bolsillo y la tregua terminó. No sabía lo que había hecho mal, pero vio cómo a ella le cambiaba el gesto.

—¡Nancibel!

Se puso en pie e intentó rodear la mesa para llegar a ella, pero ella lo apartó y dijo sombría:

—No tiene sentido. Nunca podré sentirme de otro modo a como me siento ahora, Bruce. Pero este no es el momento adecuado para que peleemos y estemos enfadados. Hay cosas más importantes que nuestros asuntos. A lo mejor deberíamos echar un vistazo fuera y ver si alguien se acerca.

Bruce sintió cierto consuelo, en la medida de lo posible, por la alusión a «nuestros asuntos». Parecía admitir que había algún vínculo entre ellos, y aún le quedaba cierta esperanza de poder convencerla.

La siguió hasta el jardín, momento en el cual vieron que el bote se acercaba al riachuelo, lo cual puso fin a su nerviosismo. Corrieron hasta las gradas para ayudarles a llegar a la orilla mientras proferían gritos de alivio.

Blanche y Beatrix, las que casi se ahogan, estaban lo suficientemente recuperadas para estar recibiendo una dura reprimenda de Hebe respecto a los recursos utilizados.

—Caísteis como piedras —les estaba diciendo—. Si no sabíais nadar, podríais haber flotado. Si no hubiese saltado...

Gerry le dijo que cerrase el pico. Todas se habrían ahogado si él no hubiese llevado el barco cerca de la roca, cuando vio lo que estaban a punto de hacer.

—Oh, me las habría arreglado bastante bien sin el bote —alardeó Hebe con ligereza—, si no hubiese tenido que salvar a tres cabezas huecas a la vez.

Se había llevado un susto de muerte, pero intentaba quitarle hierro al asunto.

—No salvaste a nadie —dijo Gerry con severidad—. También tuvimos que salvarte a ti.

—Y has dado más problemas que cualquier otra persona —dijo Evangeline—. Luchaste. Las Cove tuvieron el sentido común de no hacerlo.

Gerry la miró con inquietud, porque su voz tenía un matiz de agotamiento. Aún estaba cautivado y alucinado por el coraje y juicio que había mostrado en esos críticos cinco minutos. Había saltado al agua en el preciso instante en que habían saltado las Cove y mientras lo hacía le dijo que llevase el bote hacia atrás. Vio a lo que se refería. Tenía miedo de que la corriente las llevase lejos de él y que nunca las alcanzase. Así que él dio un gran rodeo y cogió a Maud, que estaba flotando. Después se acercó a Evangeline. Tenía a Blanche cogida del pelo y a Beatrix de un pie, pero no podía hacer más que sostenerlas mientras él llegaba. Hebe estaba siendo arrastrada justo al lado del bote y tuvieron que perseguirla. Pudo nadar un poco pero metió la cabeza y se hundió mientras llegaba el bote, por lo que Evangeline tuvo que volver a saltar para agarrarla. No le quedó más remedio que permitirlo, porque nadie más podía manejar el bote, pero le disgustaba enormemente tener que tomar el rol más seguro, y cuando ella se vio obligada a lanzarse una segunda vez, se había sentido furioso. Si no hubiese sido por su persistencia, su intrepidez y su precisión a la hora de estimar la dirección de la corriente, habría resultado inútil. No habían cruzado palabra, desde que se había lanzado, pero se las había arreglado para reunirse con ella donde ella había pretendido ir, y sentía que su sensatez había sido tan valiosa como su valentía.

—Estáis todas dentro —dijo Gerry—. Cuando volvamos os tomaréis de inmediato una bebida caliente, y os iréis a la cama con una bolsa de agua caliente.

Levantó la vista y se encontró, por primera vez en su vida, con una mirada de admiración incondicional. Era algo tan nuevo y tan agradable que ella sonrió ampliamente, como si él estuviera dándole un premio.

—El peligro es bueno para las personas —dijo Hebe.

Esto fue demasiado para Gerry, en realidad.

—No tienes ni idea de nada, ¿verdad? —dijo Gerry—.

No lo has vivido como nosotros. Estabas en América, entre algodones, mientras las Cove vivieron el Blitz en Londres, ¿no es así?

Hebe empalideció de humillación.

El bote se sacudió al llegar a las gradas donde les esperaban Bruce y Nancibel. Maud, cuando la cogieron, podía andar, pero tuvieron que llevar a Blanche y a Beatrix. Bruce cogió a una y Nancibel a la otra, mientras Gerry ayudaba a Evangeline a pisar tierra firme.

—No he dicho..., ni siquiera he empezado a decir..., lo maravillosa que has estado —le dijo—. Vete, Hebe. Entra en la casa.

—¿Por qué debería? —protestó Hebe—. No necesito una bebida ni una bolsa de agua caliente. No tengo miedo a un poco de agua de mar.

—Necesitas una azotaina —declaró Evangeline vehemente.

Porque ya era suficientemente malo que esta horrible niña lo estropeara todo y que interrumpiese a Gerry justo cuando estaba diciéndole cosas tan deliciosas.

—Eso es muy anticuado —dijo Hebe—. Los padres de hoy en día no azotan a sus hijos.

—A lo mejor no. Pero los niños de hoy en día por lo general no están tan consentidos y malcriados como tú.

—¿Consentida? —gritó Hebe—. No lo estoy. No soy una consentida. No soy una consentida. No soy una consentida. No puedo evitar que me adoptasen para que Caroline no fuese hija única. Soy una niña abandonada. Soy una bastarda.

Gerry y Evangeline se vieron obligados a reír, pero entraron en la casa sin haberse dicho esas cosas maravillosas y con poca comprensión hacia Hebe en sus corazones.

7. Las madres

—No lo pensarías al verla, ¿no?

—Sí, claro que lo pensaría —dijo Anna—. Es exactamente lo que pensaría. La primera vez que la vi, cuando montó aquella escena en la iglesia, me dije a mí misma que esa chica era ninfómana. Conozco todas las señales. Pero ¿cómo sabes que se está viendo con Gerry Siddal?

—Por Fred —dijo la señorita Ellis—. Le pregunté si había oído algo en los establos anoche, a alguien volviendo tarde, me refiero.

—Sí, por supuesto —dijo Anna suavemente—. Estarás ansiosa por saberlo.

La señorita Ellis le dirigió una mirada intensa y continuó:

—El pobre Fred se quejó de que no pudo pegar ojo. ¡Menudo jaleo! Primero tu chófer, que entró y se quedó atascado en esa horrible cama. Y después Gerry. También había estado de juerga. Así que sumé dos más dos. Sabía que ella no había dormido en la cama, y sabía, no sé por qué, que no se trataba del chófer.

—Fascinante —dijo Anna—. ¡Anda! Ya vuelven todos. Debe haber sido una falsa alarma.

La asustada patrulla del acantilado volvían playa a través. Bien por delante venía Fred, no porque tuviera prisa por volver al trabajo sino porque quería ser el primero en contar las noticias y sorprender a las pocas personas que se habían quedado en Pendizack. Tuvo bastante éxito con Anna y la señorita Ellis, porque habían estado hablando con tanto entusiasmo que no habían visto pasar al bote por el riachuelo y no sabían absolutamente nada del rescate. Fred, al que le gustaban las malas noticias, habló del rescate lo mínimo posible.

—Acaban de traer los cuerpos —dijo solemne—. ¿Visteis el barco? Ha rodeado el riachuelo.

—¿Cuerpos? —gritaron Anna y la señora Ellis.

No habían entendido que no había ningún peligro real, y estaban sorprendidas.

—Las niñas Cove —explicó Fred—, y Hebe. ¡Qué horrible!

—Pero ¿se han ahogado? ¿Están muertas? —gritó Anna.

Fred respiró profundamente y dijo:

—Están intentándolo con la respiración artificial.

Hubo una pausa lúgubre, rota por Anna.

—Oh, Dios mío —dijo—. ¡Qué vacaciones tan jodidamente buenas!

Girándose de golpe, se fue por el jardín y subió el camino, lejos de la casa afligida. Cogió un bus en el cruce de caminos hasta Porthmerryn, donde buscó un bar en el Marine Parade.

La señorita Ellis buscó a Fred en la casa para pedirle detalles. Pero este no pudo contarle más cosas.

—Pero ¿dónde están sus madres? —preguntó la señorita Ellis—. ¿Lo saben? ¿Dónde estaban? ¿Alguien se lo ha contado?

Fred negó con la cabeza. Ni lady Gifford ni la señora Cove habían estado en el acantilado, eso sí lo sabía.

—Lady Gifford está durmiendo en su habitación —dijo

la señorita Ellis con entusiasmo—. Probablemente no tenga ni idea. Alguien debería realmente...

—¡Qué horrible!

—Será mejor que vaya yo misma —decidió la señorita Ellis, con cierta satisfacción—. Porque parece que nadie más ha pensado en la pobre.

Subió solemnemente y Fred se fue a la cocina, donde todas las Cove y Evangeline estaban bebiendo té caliente. Él también cogió una taza y no sintió escrúpulos por haberlas descrito como cuerpos. Cuando las había visto en el bote, parecían cuerpos.

Nancibel llevó a las Cove arriba, a la cama, tan pronto como terminaron sus bebidas calientes. Pero Evangeline se quedó en la cocina con Gerry y Bruce para servir té a todo el que se acercara. Aparecieron la señora Siddal, sir Henry, Caroline y todos los chicos, y se alargaron un rato, bebiendo y hablando en ese modo improductivo que sigue a la tensión. A Caroline la interrogaron más cuidadosamente sobre la Noble Alianza de los Espartanos y su vergonzosa reticencia intensificó la impresión general de que Hebe había estado acosando a los demás niños de un modo de lo más reprobable.

—Pero es una sociedad secreta —protestó—. Prometimos que nunca revelaríamos sus secretos. Si no hubiese creído que era demasiado peligroso, hoy no habría dicho nada.

—Hebe nos lo hizo prometer —dijo Luke—. Todos odiábamos tener que ser Espartanos, pero Hebe nos obligó.

Y Michael complació a la compañía con los detalles más horrorosos.

—Creo que los dos habéis sido de lo más desleales —dijo Caroline enfadada—. Os lo habéis pasado muy bien con eso.

Ambos le rogasteis a Hebe que os dejara ser Espartanos cuando la creó.

—Pero ¿por qué dejáis que os mande de esa forma? —preguntó Robin—. Sois tres contra una.

Sir Henry dijo sin ánimo que Hebe iba a ser reprendida. Su esposa... Pero la señora Siddal le interrumpió, diciendo bruscamente que lady Gifford y la señora Cove eran aparentemente las únicas personas en la casa que, hasta ese momento, no habían sufrido el estado de alarma. ¿Dónde estaban y por qué no estaban cuidando de su prole?

—Mi esposa está arriba —dijo—. Está tomando su descanso vespertino. Será mejor que suba y se lo cuente.

Se dio prisa subiendo y llamó a la puerta de Eirene. Una voz áspera e inesperada le dijo que entrara. Lo hizo y se encontró con la señora Cove, quien le comunicó que, por desgracia, su mujer se había desmayado.

—¿Lo sabe entonces? —dijo, mirando a Eirene, tumbada inconsciente en la cama.

—Sí, supongo que sí —dijo la señora Cove—. He hecho sonar la campana varias veces pero no ha venido nadie. Le he tirado agua a la cara.

Sir Henry fue a coger brandy de la petaca de Eirene de la caja del tocador. La señora Cove, desde luego, le había lanzado agua. Debía de haberle tirado toda una jarra, porque cuando intentó administrarle el brandy se dio cuenta de que la cama estaba empapada.

—¿Cuánto tiempo lleva así? —preguntó.

—No lo sé, la verdad. Cuando llegué ya estaba así. Acababa de llegar de mi paseo cuando esa estúpida ama de llaves me gritó por la barandilla, pidiendo ayuda, por lo que subí.

248

Me contó lo que había ocurrido, pero más allá de eso no fue de mucha ayuda, por lo que la envié a buscar a alguien. Y llevo aquí desde entonces. No quería dejar sola a su mujer, pero creo que alguien debería haber venido.

—Lo lamento mucho. Ha debido de ser una gran conmoción. ¿Podría incorporarla un poco?

La señora Cove tiró bruscamente de Eirene mientras él le daba el brandy, y después dejó que cayera de nuevo. Un ligero rubor reavivó sus paliduchas mejillas.

—Menos mal que yo no soy dada a desmayarme —murmuró la señora Cove.

—Sí, desde luego —reconoció él—. Para usted también ha debido de suponer una gran conmoción.

—¿Una gran conmoción? —repitió, observándolo.

En su mirada había una extraña mezcla de alarma, sospecha y desafío que lo dejó atónito. Ella pensó, simplemente, que su intención había sido insultarla. Él recordó el viaje en taxi y se dio cuenta de que ella podría ser vulnerable a una acusación de frialdad.

—Una conmoción horrible. —Sir Henry intentó arreglarlo—. Pero están bastante bien, ya sabe. Blanche y Beatrix siguen un poco temblorosas, pero Hebe y Maud están como si tal cosa.

—¿Qué?

Su expresión cambió. Se disolvió en un asombro vacío.

—Entonces no están... No están... —susurró.

—¿No se lo dijo la señorita Ellis? ¿Qué le dijo?

No contestó. Bajó la mirada y un lento rubor se extendió por su cuadrada y pálida cara, hasta la raíz del pelo.

—¿Qué le dijo? —repitió.

—Me dijo que se habían ahogado —balbuceó la señora Cove con una voz fuerte—. Las cuatro.

—¿Ahogadas? Señor bendito. ¡Ahora entiendo por qué se desmayó Eirene!

Cogió las manos de su mujer y empezó a llamarla con impaciencia:

—¡Eirene! ¡Eirene! ¡Está todo bien, cariño! ¡Está todo bien! Hebe está bastante bien. Están todas a salvo...

Las largas pestañas aletearon y Eirene gimió levemente.

—Ha sido todo un error. Hebe está a salvo. Está a salvo, cariño. Le diré que venga...

Fue corriendo a la puerta y le pidió a Fred, que estaba escuchando fuera, que buscara a Hebe y que la hiciese subir. Después volvió a la cama.

—Oh, Harry...

—Lo sé, cariño. Pero todo está bastante bien. Está a salvo. El Siddal joven las salvó. Tenía un bote en el mar...

—Dijeron que estaba... Oh...

—¡Oh, mi pobre amorcito! ¡Mi pobre, pobre amorcito!

—¿Y qué pasa conmigo?

La voz de la señora Cove no sonó fuerte, pero cayó sobre ellos como un grito.

—Hebe es solo una niña más, y tampoco es vuestra única hija. Me dijeron que había perdido todo lo que yo tenía. ¿Dónde están?

—Están en sus camas. Nancibel las está cuidando. Sí, cariño, Hebe vendrá enseguida...

La señora Cove fue hacia la puerta. Pero su ira era demasiado para ella. Se giró, se acercó a los pies de la cama y se dirigió a lady Gifford.

—Deje ya ese lloriqueo, estúpida criatura. No tiene nada por lo que llorar.

El asombro silenció a Eirene. Miró fijamente a la señora Cove, que continuó:

—No hay nada en el mundo que usted tenga que hacer salvo comer demasiado y no moverse. Si la hubiesen dejado como a mí, una viuda sin un penique, con tres niñas con las que arreglármelas sola, sería fuerte como un caballo. Tendría que serlo. No podría permitirse esos desmayos.

—Usted no sabe nada —gritó Eirene, encontrando su voz—. Resulta que quiero a Hebe. Usted no quiere a sus hijas, claro, porque para usted no supuso una gran conmoción.

—¿Por qué sugiere que no quiero a mis hijas?

—Cualquiera puede verlo. Las descuida. Vende sus dulces.

—Los que a usted no le avergüenza comerse.

Llamaron a la puerta y Hebe se asomó, medio asustada, medio traviesa.

—Fred me ha dicho que subiera —dijo—. ¿Qué ocurre? ¿Se me necesita?

—No —dijo sir Henry, cruzando la habitación—, no se te necesita. Vete a la cama.

La empujó hacia fuera y le cerró la puerta en la cara. Ninguna de las dos señoras se habían percatado de su breve aparición. Estaban demasiado profundamente absortas en su batalla, cada una intentando condenar a la otra. Pero ninguna de las dos escuchaba lo que la otra decía.

8. Soledad

Beatrix y Maud dormían. Blanche estaba despierta, observando las tonalidades del atardecer en el techo. Su madre había bajado a cenar. Estaba muy enfadada pero no las azotó porque aún no se habían recuperado. Pero las iba a castigar. No volverían a jugar con ninguno de los Gifford nunca más.

Pero no era esa aflicción la que mantenía a Blanche despierta después de que sus hermanas se hubiesen quedado dormidas llorando. Era algo mucho más horrible, un descubrimiento tan terrorífico que, por primera vez en su vida, no tenía ganas de compartirlo con las otras.

La pequeña talla de la señora Pearce estaba guardada en la maleta debajo de la cama.

En el armario o en la cómoda no dejaba muchas de sus posesiones por miedo a que Nancibel o Fred o la señorita Ellis fuesen ladrones. Guardaba todo lo que podía en las maletas, cuyas llaves estaban en el bolso de la señora Cove. Justo antes de la cena, ella había sacado una maleta en concreto y la había abierto para coger un par de calcetines. Maud estaba mareada de nuevo, por lo que la había dejado abierta en el suelo con todas las cosas a plena vista, mientras la señora Cove saltaba para coger una palangana. Blanche, observando desde el borde de su cama, había visto la pequeña talla, cubierta por pañuelos y guantes.

No dijo nada, pero estaba profundamente conmocionada. No quería a su madre. Ninguna la quería, ni se les había pasado por la cabeza que tuvieran que hacerlo. Nunca les había pedido su afecto. Pero ni la criticaban ni se rebelaban contra ella. Ella lo impregnaba todo y controlaba sus vidas como un clima desfavorable, y aceptaban su control como algo inevitable, eludiendo su dureza a través del instinto más que de la razón. Porque ella solo dominaba su existencia exterior y material; no tenía influencia sobre sus mentes. Nunca invadía su imaginación o intentaba meterles ciertas ideas. La fuerte aridez de su personalidad había sido una salvación. Su madre nunca les había dicho nada importante y muchos de los personajes de sus libros favoritos eran más reales para las niñas de lo que era ella. Pensaban muy poco en ella.

Pero ahora Blanche no podía dejar de pensar. Después de haber visto ese pequeño bulto negro entre pañuelos, la invadió una repentina iluminación. Porque ya había decidido que la persona que había comprado la talla de la señora Pearce debía de ser muy cruel y malvada.

Sus pensamientos estaban oprimidos por un aterrador sentido de la soledad. Sintió como si hubiese sido transportada a un extraño desierto donde estaba completamente perdida. En el pasado, siempre había compartido cualquier idea con sus hermanas. Apenas sabía tomar una decisión por sí misma. Y aun así estaba muerta de miedo al pensar en contárselo o verbalizar su descubrimiento.

Se oyeron unos pasos ligeros en el pasillo y Nancibel se asomó. Esa noche se había quedado más tiempo del que debería, hasta que sirvieron la cena, para hacerle un favor a la señora Siddal, porque la casa aún era un caos.

Al ver el brillo vigilante de los ojos de Blanche, entró de puntillas y se arrodilló junto a su cama.

—¿Estáis bien, pollitos? —susurró.

—Sí —resopló Blanche.

—He pensado en echaros un vistazo antes de volver a casa. No pareces estar muy bien, he de decir. ¿Qué te pasa, cariño?

Se reclinó hacia delante y vio rastros de lágrimas en las mejillas de Blanche.

—Tengo miedo.

—No me sorprende. Todos estábamos asustados. Ahora será mejor que te olvides de ello. Pero para otra vez, no seáis tan tontas.

—Lo intentaremos. Pero somos unas niñas bastante extrañas, ¿verdad?

A Nancibel esto la pilló desprevenida.

—No lo sé. ¿Por qué lo piensas?

—Nuestra familia es extraña, ¿no te parece? —susurró Blanche—. No tenemos amigos. No conocemos a gente. No vivimos como otras personas, ¿verdad?

Le dedicó a Nancibel una mirada directa, inquisitiva, y Nancibel se ruborizó.

—¡Escucha, Blanche! He estado pensando. Creo que podríais dar esa fiesta. Podría conseguiros unas langostas y nata y dulces si queréis.

—¡Oh, Nancibel! ¡Qué buena eres! Pero no tiene sentido. Ya no podemos jugar más con los Gifford, así que no podríamos invitarlos.

—Bueno, entonces invitad a otras personas. Invitadme a mí. Yo iría.

—Y a Angie y a Gerry Siddal, a todos los Siddal. Podríamos

invitarlos. Son muy agradables. Y el chófer y a la señora Paley, y a Fred...

—Eso es —dijo Nancibel riendo—. Invitad a todo el hotel, yo lo haría.

A Blanche se le iluminó la cara de placer.

—Los Gifford tendrían que venir si invitamos a todo el hotel, ¿no?

—Pero necesitarás muchas langostas, cielo.

—¿Cuánto cuestan?

—No son baratas. Pero te prometo que daréis vuestra fiesta. Una pequeña y bonita fiesta. Ahora dame un beso y ve a dormir, y mañana te sentirás mucho mejor.

Blanche puso sus delgados brazos alrededor de Nancibel y la abrazó.

—¡Ojalá fueras nuestra hermana, Nancibel!

—¿De verdad?

—Espero que en casa os vaya muy bien.

—Tenemos buenos y malos momentos —dijo Nancibel, sonriendo—. Igual que todo el mundo. Vuestros buenos momentos están llegando.

—¿Sí? ¿Cómo lo sabes?

—Me lo ha dicho el gato.

—¿Qué gato? —gritó Nancibel, sorprendida—. ¿El gato de Hebe?

—No. El gato de mi bisabuela. ¿Qué pasa ahora?

Porque en cuanto mencionó a la vieja señora Pearce, Blanche se mostró desconsolada.

—¿El gato de la señora Pearce?

—No, no. Solo es una forma de hablar. Es lo que dice la gente. No significa nada. Es una especie de suposición.

Se quedó allí un rato más, preguntándose qué era lo que había vuelto a entristecer a la niña, pero Blanche no dijo nada más; y finalmente se fue, subiendo la colina, para contarle las aventuras del día a su familia en la cena.

Si supiera, pensó Blanche, ¡si supiera lo que hay en nuestra maleta! Madre lo venderá para conseguir mucho dinero. Necesita el dinero porque es muy pobre. Pero Nancibel también lo es y nos va a regalar la celebración de una fiesta. Y la señora Pearce es pobre, más pobre que nadie.

La luz disminuyó y el sonido del mar fue cada vez más leve porque la marea estaba bajando. En la última marea baja había estado con sus hermanas haciendo un pequeño castillo. Y recordó que de repente había aparecido sir Henry para avisarles sobre la señora Pearce. Comenzó, como era habitual en ella, a narrarse el incidente, como si formase parte de un libro.

Y, mientras ellas permanecían ajenas, unos pasos se acercaban por la arena, querido lector, los pasos de alguien que estaba a punto de ponernos sobre aviso. Ponerlas sobre aviso. Porque las tres hermanas estaban tan inmersas en su castillo que no habían oído cómo se acercaba el baronet, hasta que su voz las sorprendió diciendo lentamente: «Precioso. Francés, ¿verdad?». Porque era un hombre muy culto y tenía buen gusto, y *Très Riches Heures* era una expresión familiar en su boca. Pero después de dedicarles algunos floridos halagos, les reveló el verdadero propósito de su... su... su paseo hasta aquel solitario lugar. Era para avisarlas. «No —susurró— contéis nada sobre los tesoros de la señora Pearce. Hay gente muy malvada en el mundo.» Todas pensamos que se refería a ladrones. Pensaron que hablaban de ladrones.

Pero ¿qué era lo que quería decir? Esto no es un libro. ¿Lo ha adivinado? ¿Lo sabe? ¿Por qué nos preguntó? ¿Lo sabe todo el mundo?

A las diez la señora Cove vino a la cama. Blanche fingió estar dormida. Escuchó los movimientos de su madre, rápidos y decididos, el abrir y cerrar de cajones, el crujido de la puerta del armario. Y después la señora Cove fue a darse un baño, dejando su bolso de mano en el tocador.

Blanche se incorporó. Se levantó de la cama, cogió las llaves del bolso y abrió la maleta. Cogió la talla y la lanzó por la ventana tan lejos como pudo, a la hierba de la terraza. Después cerró la maleta, devolvió las llaves y volvió a meterse en la cama.

Era la primera vez que tomaba una decisión sin consultarlo con sus hermanas. La idea de devolver la talla a la señora Pearce no se le había pasado por la cabeza en ningún momento, aunque sí que se le hubiese ocurrido a Maud probablemente. Lo único que quería era que su madre no la tuviera.

9. Voces en la noche

—¿Qué demonios ocurre, Bruce?

—No me pasa nada en absoluto.

—¿Qué quieres decir con eso?

—Mi querida señora Bassington Gore...

—Sucio pequeño bobalicón. ¡Sal de aquí!

—Muy bien. Me voy.

—Si Nancibel tiene este efecto en ti...

—Cierra el pico respecto a Nancibel.

—Diviértete con ella todo lo que quieras. Pero...

—¿Has oído lo que he dicho? Una palabra más sobre ella y yo mismo haré que te calles.

—Nancibel...

—¡Muy bien!

—¡Oh, bruto asqueroso!

—Te lo he advertido.

—Me sangra el labio. Hay sangre por toda la almohada. Míralo. ¿Qué dirá la señorita Ellis? Eres bastante excitante cuando pierdes los estribos. Ojalá lo hicieras más a menudo. No sabía que te habías enamoriscado de Nancibel de esa forma. ¿Qué demonios estás haciendo?

—Estoy buscando mis zapatos.

—No estás enfadado de verdad, ¿no?

—Sí.

—Pero ¿por qué? Creo que he sido muy agradable con

Nancibel. ¿Acaso no puedo ni mencionarla sin que me des una bofetada?

—No.

—Bueno, pues será mejor que tengas cuidado, Bruce. Hay un punto más allá del cual no puedes depender de mí para ser agradable. Yo me olvidaré del tortazo y te recomiendo que tú te olvides de Nancibel.

—¿O le contarás a la policía que robé ese coche?

—Yo no he dicho eso. Solo te estoy recordando que es mejor que no nos peleemos. Ven aquí... ¡Bruce! ¡Ven aquí! Oh, muy bien. Vete si quieres. Pero luego no digas que no te avisé.

La noche era vasta y fría. Todo Pendizack Cove estaba sumido en la sombra, pero los acantilados permanecían desnudos bajo la luz de las estrellas. Bruce no volvió a los establos ni a su cama inestable. Bajó a la arena oscura y caminó, tratando de decidir qué hacer. Estaba harto de Anna, pero tenía miedo de romper con ella. Porque ella había sido la que le había presentado a la gente del ambiente literario, esos amigos de los que él había alardeado con Alice y Nancibel. No le gustaban mucho, pero era un peldaño más en la escalera que él deseaba subir. En cuanto su libro se publicase y su genialidad se reconociese, él podría ser independiente de ella y de ellos. Si la dejaba ahora quizás no se publicase nunca, porque se había excedido en la verdad cuando describía esta vivencia como una certeza. Anna estaba presionando a un editor amigo suyo para que la aceptase.

Y después estaba el pequeño asunto del coche que él había robado cuando era botones en el hotel South Coast el verano pasado. Lo había tomado prestado para llevar a una chica a un baile, lo había estrellado en una cuneta y había matado a un ciclista. Anna lo sabía. Le había facilitado una coartada cuando le preguntaron. Lo había rescatado de la policía y de sus porras, y se lo había llevado con ella a Londres. Lo había animado a escribir y se lo había llevado a fiestas. Le debía mucho, desde luego, aunque él sentía que ya se lo había pagado.

Le disgustaba su situación, y se despreciaba a sí mismo por momentos. Pero le habría parecido bien quedarse junto a Anna hasta que se publicase su libro si no hubiese sido por Nancibel, y por el hecho de que semejante elección lo alejaba para siempre de su cariño. Tenía la idea de que ella, quizás, con el tiempo, olvidase su pasado, pero estaba seguro de que, en el futuro, no soportaría la falta de compromiso.

Era ridículo. Era Nancibel contra toda su carrera; ni siquiera se trataba de su amor, solo del respeto. ¿Quién era ella, y qué era ella, se preguntaba enfadado, para darle la vuelta a su vida de ese modo? Una sirvienta, una chica de campo, que ni siquiera era increíblemente bonita. Tampoco es que tuviera mucho cerebro y no había estudiado mucho. Con su inteligencia y su apariencia, podía conseguir algo muchísimo mejor. Debía superar el deseo. El lunes se marcharía de Pendizack. Nunca más volvería a verla y, en un año, cuando su libro se hubiese publicado, le daría las gracias a las estrellas que evitaron su caída. Ella no se preocupaba por él. La ruptura no significaría nada para ella.

Debía estar ya dormida, en aquella casita de campo entre los pedregales donde le habían invitado la noche anterior a tomar el té. Lo había pasado bien. Había sido feliz. Pero ese tipo de felicidad, sintió, era demasiado fácil. Podría también haberse quedado en casa, haber continuado con el trabajo de su padre en la planta depuradora de agua, si eso hubiera sido todo lo que quería. No era un crimen, desde luego, desear una distinción, querer ser Alguien.

Ahora ella dormía, con su madre y su padre, y todos sus hermanos y hermanas, juntitos en esa pequeña casa, descansando profundamente después de un día duro de trabajo. Mientras él, en la cama de Anna, había estado trabajando en cómo alcanzar la distinción. Pero su próximo libro... «Una comedia, muy corrupta y mundana, con un contexto continental... Nunca nadie lee el tercer libro...»

Había dado la vuelta para volver a su cama en los establos, pero el recuerdo de las especulaciones del señor Siddal respecto a ese tercer libro lo habían atemorizado tanto que se desvió a un lado y empezó a subir el camino hasta el promontorio. ¿Y si nunca existía tal distinción? ¿Y si nunca llegaba a ser Alguien?

La primera vez que fue a Londres con Anna no sabía nada de sus predecesores. Anna se había referido a ellos libremente y había hablado de ellos como si todos fuesen personas importantes, pero él nunca había llegado a conocer a ninguno y raramente había oído hablar de ellos. Había supuesto que era por error. Pero empezaba a preguntarse si en la insinuación de Siddal no había algo de verdad y que ese olvido fuese con el tiempo el destino de todo aquel con el que Anna hubiese terminado.

Deseaba consultarle a alguien, con honestidad y sin vergüenza, y confiarle su dilema. Pero debía ser alguien cuyo juicio pudiese respetar y ni siquiera a esa persona podía contarle toda la verdad. Además, ¿cómo podría otra persona decirle lo que valía, potencialmente? ¿Se especializaba Anna en personas mediocres o en jóvenes promesas a las que terminaba arruinando? Solo el señor Siddal podía saberlo y el señor Siddal era un viejo desagradable y mujeriego.

Había estado caminando muy rápido, sin saber adónde iba, cuando oyó voces en la noche. No estaba solo en aquel promontorio. Había gente hablando, en voz baja, bastante cerca. Se aproximó silenciosamente.

Parecían unos amantes escondidos entre los peñascos. No podía verlos pero oía la voz de un hombre contando una larga historia. Las voces se hicieron más audibles a medida que se acercaba. La historia parecía algún tipo de lección de biología.

—Tarsos —dijo la voz— y metatarsos. ¿Está eso claro?

No hubo respuesta, y la voz dijo:

—¡Angie! ¿Estás dormida?

—No —contestó otra vocecita suave—. No, no estoy dormida. ¿Quién dices que ha metido un tarso?

La risa de Gerry Siddal resonó en la noche y Bruce se alejó. Había visto a una tercera persona, a cierta distancia, sentada alineada con las estrellas en la parte superior del promontorio. Aquel lugar, pensó, estaba tan concurrido como Piccadilly. ¿Quiénes eran? ¿Qué estaba ocurriendo?

La señora Paley se giró al oír el sonido de sus pies en las rocas.

—Oh —dijo cordialmente—, ¿has venido para unirte a nosotros?

MIÉRCOLES

1. Esteatita

La señorita Ellis estaba sentada en la oficina. No estaba haciendo nada, porque no había nada que hacer. Pero estaba harta de estar sentada en su habitación. Oficialmente estaba en huelga, y despedida, pero no tenía ninguna intención de abandonar Pendizack hasta que hubiese encontrado otro trabajo.

Al rato, la señora Cove se asomó y preguntó por la señora Siddal.

—Está fuera —dijo la señorita Ellis.

—¿Estás tú al mando?

—No —dijo la señorita Ellis con una risita nerviosa—. Creo que me han despedido.

—Qué lugar —balbuceó la señora Cove, retirándose—. Primero me roban y después...

—¿Le han robado? —gritó la señorita Ellis, totalmente intrigada—. ¿Ha echado en falta algo?

—Sí. Me han robado algo de la habitación.

—¡Chist, chist! Será mejor que me dé todos los detalles, señora Cove.

—Si no está al mando no veo por qué...

—Oh, será mejor que lo investigue, supongo. Creo que es lo que la señora Siddal esperaría de mí. ¿Qué es lo que ha perdido?

La señora Cove le dio los detalles del modo más escueto posible.

—Anoche la vi en mi maleta —dijo—. Esa fue la última vez que la tuve abierta hasta cinco minutos después, cuando la abrí para coger un pañuelo. Eché en falta la talla de inmediato. Siempre llevo encima mis llaves. Pero es una maleta barata. Hay muchas llaves que la abrirían, me temo.

—¿Habían hecho su habitación? —preguntó la señorita Ellis.

—Sí, igual que hacen el resto de las habitaciones. Las camas estaban hechas.

—Ajá. ¿Y la habitación nunca ha estado vacía desde que vio la talla por última vez anoche hasta que ha bajado esta mañana a desayunar?

—Así es. Han debido de robarla esta mañana, a última hora. Me gustaría que interrogaran a Nancibel.

—Desde luego, señora Cove. La llamaré.

La señorita Ellis, con una satisfacción altiva, tocó la campana que se suponía que llamaba a Fred. Pero nadie lo había llamado nunca de tal modo y, aunque la había oído, no se dio cuenta de que era para él. Así que nadie contestó a la campana.

—Será mejor que vaya y busque a alguien —sugirió la señora Cove despectivamente.

La señorita Ellis se dirigió a la puerta y hasta el pasillo de la cocina y gritó órdenes de que enviasen a Nancibel a la oficina de inmediato.

—Esto es a lo que no me he acostumbrado nunca —le dijo a la señora Cove cuando volvió—. Sirvientas que no sean internas. No verá esas cosas en un buen hotel. Les da muchísimas más oportunidades para...

—¿Falta alguna cosa más? —preguntó la señora Cove.

—No que yo sepa. Pero la gente no suele descubrirlo de inmediato —dijo la señorita Ellis.

—¿Es una buena sirvienta?

—Muy mala. No tiene mucha experiencia. Y es muy vaga e impertinente. No creo que tenga referencias. Vino aquí directamente después de haber estado en el Servicio Auxiliar Territorial. Debo decir que creo que hubo cosas que desaparecieron de un modo misterioso. Jabón, por ejemplo. Y faltaba una toalla. Y nunca supe qué pasó con toda la mermelada. Hoy en día, por supuesto, cuando todo es tan valioso... Ah, aquí está.

Nancibel apareció y se quedó de pie en la puerta de la oficina. Le había sorprendido que la llamaran y lo demostró.

—Bien, Nancibel —comenzó la señorita Ellis—. Contesta con sinceridad, por favor.

La chica se ruborizó, pero se mordió la lengua y esperó.

—¿Cogiste algo esta mañana de la habitación de la señora Cove?

—Cogí los orinales, señorita Ellis.

—No nos referimos a eso. Un valioso enser ha sido robado de la habitación de la señora Cove durante la última hora. Eres la única persona que conocemos que ha entrado en esa habitación. ¿Puedes decirnos algo al respecto?

—No.

—¿Estás segura?

—Muy segura.

La señorita Ellis miró a Nancibel y sonrió.

—Porque si sucumbiste a una repentina tentación, sería mucho mejor que confesaras ahora mismo. En ese caso, siempre y cuando devuelvas lo que cogiste, me atrevo a decir que la señora Cove pasará por alto el robo —dijo la señorita Ellis.

Nancibel no contestó. Se giró y se marchó a la cocina, donde Duff y Robin estaban terminando su desayuno tardío.

—¿Le dirán a la señora Siddal que me he ido a casa? —les preguntó—. Y me temo que no podré volver hasta que la señorita Ellis se haya ido. Ella misma les explicará por qué.

Se dirigió al gancho de la parte trasera de la puerta, donde colgaba su bolsa y sus zapatos. Robin y Duff, horrorizados ante la perspectiva de perderla, salieron también, suplicándole que se lo pensara mejor y que esperase hasta que volviese su madre.

—No puedo —dijo, cambiándose los zapatos—. La señorita Ellis acaba de llamarme ladrona. Eso no se lo tolero a nadie.

Se oyeron voces al final del pasillo. La señorita Ellis estaba tranquilizando zalameramente a la señora Cove.

—Pero, por supuesto, no hace falta ni que lo diga. No se marchará de la casa... Vaya, Nancibel, ¿qué estás haciendo?

—Me voy a casa, señorita Ellis.

—¿Qué hay en esa bolsa? —añadió la señora Cove rápidamente.

—Ahí es donde meto mi bata.

—Una bolsa muy grande para tal menester, ¿no le parece, señorita Ellis?

—Lo es, desde luego, señora Cove. Siempre lo he pensado, pero nunca me pidieron mi opinión, por supuesto. ¿Cómo se puede controlar lo que se saca de esta casa?

—Le animo a que la registre —dijo Nancibel con desprecio.

Se la ofreció y la señora Cove la cogió. Duff, incapaz de contener su indignación, dio un paso al frente.

—Esto es absolutamente atroz —dijo—. Conocemos a Nancibel de toda la vida...

—¡Ah! —exclamó la señora Cove—. Aquí está.

Levantó un objeto pequeño y oscuro.

—Esta es la pieza que había perdido.

—¡Esa! —exclamó Nancibel sorprendida—. Pero... es de mi bisabuela. Le pertenece a ella.

—Yo... —interrumpió Robin.

—Es mía —dijo la señora Cove—. La compré en Porthmerryn. Anoche estaba en mi maleta. Esta mañana había desaparecido. ¿Cómo es posible que esté en tu bolsa?

—La encontré en el césped, frente a la casa, cuando vine a trabajar esta mañana —dijo Nancibel—. Y la cogí y la metí en la bolsa. Se me había olvidado hasta ahora. Pensé que había dicho que lo que había perdido era un objeto valioso.

—Es muy valioso. Es ámbar negro.

—¡Anda ya!

—¿Tiene el hábito de guardarse todas las pequeñas cosas que encuentra tiradas? —preguntó la señora Cove—. ¿Por qué no lo llevó a la oficina?

—¡Se la encontró en el césped! ¡No te creo! ¡Menuda historia...! —gritó la señorita Ellis.

—Iba a preguntarle a la señora Siddal, pero se me olvidó. Pensé que era de mi bisabuela. Y lo es. Es suya. La reconocería en cualquier sitio.

—¿Y por qué estaría esa basura de tu bisabuela tirada en el jardín de Pendizack, si puede saberse?

—Es suya. Tiene las iniciales de mi tío Ned talladas en la

parte de abajo. Lo miré y ustedes pueden mirar también si quieren.

Aquí Robin estalló en una sorpresa exclamatoria.

—¡Entonces fue usted! —le dijo con fiereza a la señora Cove—. Usted fue la que le compró la talla a esa pobre mujer. Sabía que era valiosa y solo le dio cinco libras y diez chelines.

Pero la señora Cove lo ignoró.

—Desapareció de mi maleta y ahora la encuentro en tu bolsa —le dijo a Nancibel—. Eso es todo lo que sé. Me siento muy tentada a llamar a la policía.

—Voy a buscar a sir Henry —declaró Robin—. Él conoce toda la historia. Sabe cómo engañó a la pobre anciana señora Pearce.

Se fue corriendo justo cuando Nancibel empezaba a llorar.

—Estaba en el césped —sollozó—. No sé cómo llegó allí, pero allí estaba.

—Nadie se lo va a creer —proclamó la señorita Ellis—. Esta vez te han pillado, señorita.

Duff dio un paso al frente y agarró a Nancibel del brazo.

—No llores —le suplicó—. Todo el mundo te creerá. Todos te conocen. Si dices que estaba en el césped, es que estaba allí.

—Voy a acusarla de robo —dijo la señora Cove.

La señorita Ellis estuvo de acuerdo:

—Creo que realmente debería hacerlo, aunque solo fuera por el bien de los otros huéspedes. Si supieran que la señora Siddal da cobijo deliberadamente a una sirvienta deshonesta, bueno, la gente sabrá tener cuidado con sus cosas.

—Será mejor que tengan cuidado con lo que dicen —les avisó Duff—. Nancibel puede acusarlas por calumnias.

Aparecieron sir Henry y Robin, y sir Henry le preguntó de inmediato a la señora Cove si era verdad que le había comprado la pieza en cuestión a la señora Pearce el lunes por la tarde.

—No creo que sea asunto suyo dónde la compré —dijo la señora Cove—. Me pertenece, desde luego.

—Solo se lo pregunto porque he estado buscando esa pieza con cierta inquietud. Me decepcionó mucho saber que había sido vendida. Esperaba que me permitiese echarle un vistazo.

—¿Por qué? —preguntó la señora Cove con recelo.

—Colecciono ámbar. Si realmente es ámbar negro es todo un descubrimiento. Supongo que... supongo que no la vendería.

Hubo una pausa y la señora Cove se veía pensativa. Pudo oírse a Duff, que se había llevado a la sollozante Nancibel a la cocina, diciendo:

—Déjala que llame a la policía. Todo el mundo te creerá. Y saldrá en todos los periódicos cómo engañó a tu bisabuela.

—Vayamos a un lugar más tranquilo —sugirió sir Henry.

La señora Cove aceptó, aunque un poco recelosa. Fue con él y con Robin a la sala. La señorita Ellis, con los ojos como platos, intentó seguirlos, pero la señora Cove dijo con frialdad:

—Gracias, señorita Ellis. Con eso basta. Esta vez no tomaré medidas contra Nancibel, puesto que he recuperado mi talla.

Y con el fin de enfatizar su permiso para retirarse, echó a la señorita Ellis de la sala. Entre ansiosa y reticente, le entregó la pieza a sir Henry, que la examinó cuidadosamente.

—Sabe, señora Cove —dijo por fin—, creo de verdad que

esa anciana debería recuperarla. Me gustaría comprarla y devolvérsela. ¿Cuánto pide?

—Mil guineas —dijo la señora Cove.

—¿Cree que eso es lo que vale?

—Eso es lo que vale para mí.

—Y aun así usted la compró por cinco libras y diez chelines. Esa pobre mujer está al borde del desahucio. La han amenazado con el asilo. Es muy ignorante. No tiene ni idea de lo que vale algo como esto. ¿Realmente cree que...?

La señora Cove lo interrumpió con ojos encolerizados.

—¿Y quién va a pagarle el asilo? ¿Quién paga su pensión de vejez? ¿Quién paga por todos esos desgraciados poco previsores que no se han molestado en ahorrar para cuando sean viejos? ¿Sus hijos? ¿Las personas que se suponen que deberían cuidarlos? Oh, no. Tengo que hacerlo yo. Tres cuartas partes de mis ingresos van para gente como ella. No tengo la menor simpatía por los supuestos pobres, sir Henry. Se lo dan todo hecho, educan a sus hijos, les dan médicos, hospitales, de todo. Y todo porque son demasiado vagos para trabajar y ganar lo suficiente para mantenerse decentemente. Creo que hoy en día está justificado que la gente de nuestro estrato social se busque la vida por sí misma. Sabemos muy bien que nos quitarían hasta el último penique si pudieran.

—Mi esposa estaría de acuerdo con usted —dijo sir Henry—. Pero ¿de verdad paga un setenta y cinco por ciento de impuestos? Hoy en día, por supuesto, el sobreimpuesto es bastante elevado pero... Oh, bueno, esa no es la cuestión. Respecto a este objeto, ¿aceptaría diez libras por él?

Sostuvo la talla.

—¡Diez libras! —exclamó la señora Cove—. Debe de pensar que soy estúpida. Devuélvamelo, por favor.

A pesar del gesto de Robin, sir Henry se lo devolvió diciendo:

—¿De verdad que no va a aceptar diez libras?

—Desde luego que no.

—Bueno, imaginaba que no lo haría. Me sorprendería mucho que lo hiciera. Esto no es ámbar. Solo es esteatita y dudo que valga una guinea siquiera.

2. La resistencia

—El señor Siddal le envía saludos —le informó Fred—, pero aún no está vestido.

—Eso no importa —dijo Anna con impaciencia—. Tengo que ver a alguien y no hay nadie en la oficina. O me llevas con él, o le dices que se ponga una bata y le pides que venga a verme.

Fred se marchó. Después de un considerable intervalo de tiempo, el señor Siddal, con su bata, se dirigió a su habitación.

—No tiene sentido que mandes a buscarme, Anna —protestó—. En este hotel no soy nada.

—Fuiste tú el que me alquiló las habitaciones el lunes.

—Sí. Y se montó un gran jaleo por ello.

—No lo dudo. Solo lo hiciste para molestar a Barbara. Bueno, lo único que quiero es dar con alguien capaz de entregarle un mensaje. Parece que está fuera y Ellis se ha recluido y Fred no me sirve.

—Se lo podrías haber dado a Nancibel.

—No, no podía. Es la última persona a la que podría habérselo dado, de hecho. Solo estás tú. ¿Puedes decirle a Barbara que me voy a ausentar una o dos noches, pero que volveré antes de que acabe la semana?

—Si me acuerdo. Pero será mejor que le escribas una nota. ¿Se va también Antínoo?

274

—¿Bruce? Por supuesto que se va también. Si no, ¿quién va a conducir el coche?

—Claro. ¿Sabe que se va?

—Aún no.

—Muy inteligente. ¿Puedo preguntar adónde te lo llevas?

—Por la costa hasta St. Merricks. Polly tiene allí una casa durante el verano y le prometí pasar allí un par de noches antes de volver a Londres. Lo mejor será que me vaya ya.

—¿Polly? ¿Te refieres a Polly Palmer? Pensaba que estaba muerta.

—¿Por qué iba a estarlo?

—Estoy seguro de que ya era su hora.

—¡Mi querido Dick! No es ninguna anciana.

—No. Pero la mayor parte de su círculo está muerto, ¿no? No tiene sentido que los sobreviva de este modo. Pensé que todos habían muerto en los barcos de carbón que volvieron a casa en 1940.

—Algunos sí. Pero los demás aún están vivos.

—Entonces, ¿dónde están? No se oye hablar de ellos. ¿Cómo viven? No pueden volver porque sus familiares no pueden enviarles dinero. ¿Dónde viven ahora?

—Con Polly principalmente —dijo Anna—. Tiene dinero.

—¿Aún?

—Para empezar, tenía muchísimo dinero, ¿te acuerdas? Y aún le queda algo, creo. No oyes hablar de ellos porque solo pueden sobrevivir en este inculto país si mantienen la boquita cerrada.

—Pobre Poll. Supongo que ahora apoya a toda la maldita tropa. Debo decir que siempre ha sido generosa. Y una chica encantadora… Hace tiempo. ¿Cómo está ahora? Bastante *délabrée*, supongo.[6]

—Lo que cabría esperar.

—Pero ¿por qué St. Merricks?

—En algún sitio tiene que vivir.

—Allí hay muy poca bebida, hubiese pensado, y ningún muñeco negrito.

—Los hombres ya no le interesan, y no bebe mucho. No sé lo que toma, pero ha puesto un límite a sus intereses.

—Pobre Polly. Incluso en su mejor momento era un pequeño y triste desastre. Pensé que la habías dejado de lado hacía tiempo.

—Me da mucha pena.

—¿Que te da qué? ¿Tienes intención de ofrecerle al futuro Antínoo?

—Te lo he dicho. Ya no le interesan los hombres. Cuando habla, habla de san Juan de la Cruz.

—¿Y para qué te lo llevas?

—Necesito un chófer.

—Pero no para ir a casa de Polly, no, a menos que quieras perderlo de vista. Seguro que alguien se le insinúa.

Anna se rio.

—Eso es lo que me hace creer. Es muy clase media, ese jovencito. Nunca ha ido a una escuela pública. Será mejor que tengas cuidado o se unirá a la resistencia.

—¿A la qué? ¿A qué te refieres?

—En este hotel ha nacido un movimiento clandestino —le explicó el señor Siddal, sentándose en la cama de Anna—.

[6] *Délabrée*: deteriorada. *(N. de la T.)*

Creo que la señora Paley y la señorita Wraxton lo empezaron, y después pescaron a mi hijo Gerry. Van de la mano de Nancibel, y puede que ella le eche el lazo a tu novio. La resistencia está creciendo.

—Pero ¿qué resistencia? ¿Resistencia a qué?

—Eso no lo sé. Pero sé que están pasando muchas cosas. Se está juntando todo tipo de gente. Se reúnen en el acantilado por la noche. El canónigo Wraxton le prohibió a su hija asistir a esos agapemones, pero ella lo desafía. Gerry habla de ir a Kenia y dejar que nos busquemos nuestro propio sustento. Y creo que hay una rama júnior que escribe mensajes en código. Nancibel tiene intención de celebrar una fiesta para las pequeñas Cove, y mi mujer ha prometido hacer mermelada. La señora Paley se ríe en la sala. Son todo señales.

—Pero ¿con qué finalidad? ¿De qué va todo eso?

—Cuando lo sepa seré un hombre más inteligente...

En ese momento Fred entró corriendo con los ojos abiertos como platos. Les dijo que un policía estaba acercándose por la arena.

3. La ley

Venía por la arena porque su bicicleta había sufrido un pinchazo justo cuando salía de Porthmerryn y, al verse obligado a caminar, cogió el camino más rápido, por los acantilados, en vez de recorrer todo el camino. Pero tenía la sensación de que la ley debería haber llegado por la carretera y no trepando por las rocas como un excursionista. Así que hizo lo mejor que pudo atravesando la cala de un modo oficial y amenazador. Y su avance, que los huéspedes de Pendizack estaban observando, produjo una alarma generalizada, incluso antes de que llegara a la puerta principal. Bruce pensó que venían por ese coche robado y huyó para esconderse en la ensenada. La señorita Ellis pensó que los Siddal lo habían llamado para echarla, porque esa misma mañana había montado una escena con la señora Siddal cuando le explicó que tenía la intención de permanecer todo el mes en Pendizack pese a que se negaba a trabajar. El canónigo Wraxton pensó que iba a tener que impedir su propio desahucio y estaba preparado para pelear. Fred pensó que iba a arrestar a Nancibel por robar la talla y corrió a avisarla. Pero lo único que dijo Nancibel fue:

—¡Ratas! Pero no se atreverá. Es mi primo.

La habían convencido para que no cumpliera la amenaza de irse a casa. Era una chica razonable y de buen corazón, y se dio cuenta muy rápido de que la única persona que sufriría sería la pobre señora Siddal, que no tenía culpa de nada. Además, la historia de la señora Cove y la esteatita, que Robin relató en la cocina, la había puesto de buen humor. Ahora estaba dispuesta a considerar todo el asunto como una broma, y cuando el policía llamó al timbre, se acercó alegremente a la puerta principal.

—Buenos días, Sam —dijo.

Sam Peters era un policía muy joven y nunca antes había atendido a una citación. Ignoró su saludo afable y le preguntó con seriedad:

—¿Esto es el hotel Pendizack?

—No, es la catedral de St. Paul —dijo Nancibel—. ¿Has perdido la memoria o qué?

—Tenemos que empezar preguntando eso —le explicó Sam—. Es un simple formalismo.

—Eso espero, teniendo en cuenta que naciste en el pueblo de Pendizack, lamentaría mucho que no lo hubieses descubierto ya por ti mismo. ¿Qué tal está la tía?

—Te diré de manera extraoficial —dijo Sam— que mamá vuelve a tener problemas con el riñón. ¿Se hospedan aquí unos tal Gifford?

—Exacto. Sir Henry Gifford.

—No lo busco a él. Es una mujer. Lady Gifford.

—Bueno, es su esposa. ¿Para qué demonios...?

—Tengo que verla.

—¿Para qué?

—No seas tan cotilla, jovencita.

—Bueno, no puedes verla. Aún está en la cama.

—¿Cuándo se levanta?

—Nunca.

—Tengo que verla o me quedaré esperando aquí eternamente.

—¿No te vale el marido?

—No. Tengo que entregarle esto en mano personalmente.

Le mostró el sobre que llevaba con él.

—Entra —dijo Nancibel—. Buscaré a la señora Siddal. Creo que ha vuelto.

Sam entró y se sentó en una silla en el recibidor. Nancibel se fue en busca de la señora Siddal, que estaba dando cuenta de la colada con Gerry. Le explicó a qué había venido Sam.

—Una citación —dijo Gerry.

—Pero no conduce ningún coche —dijo la señora Siddal, a la que solo se le ocurría un motivo para una citación—. ¿Estás segura de que no se trata de sir Henry?

Salió al recibidor para hablar con Sam y después subió a la habitación de lady Gifford.

—Me es imposible recibirle —declaró lady Gifford.

—No se irá hasta que lo haga —dijo la señora Siddal—. ¿Lo subo aquí o baja usted?

—Señora Siddal, no puedo. Estoy muy enferma.

—Se quedará sentado en la entrada hasta que se levante.

—Hoy no voy a hacerlo.

—No puedo tener a un policía sentado en mi recibidor indefinidamente —afirmó la señora Siddal.

—Entonces dígale que se vaya. Me niego en rotundo a recibirle.

—No puede tratar a la policía de ese modo.

—No veo por qué no. ¿Quién paga su sueldo? Nosotros.

La señora Siddal bajó e informó de todo esto a Sam. Pero él era testarudo. Tenía instrucciones de poner en manos de esta señora el documento, y no abandonaría la casa hasta que lo hubiera hecho. Se quedó en la silla de la entrada y Nancibel le llevó una taza de té.

Las noticias de que había ido a ver a lady Gifford corrieron como un reguero de pólvora por Pendizack. Bruce volvió de la ensenada y la señorita Ellis abrió el pestillo de su habitación. Pero nadie avisó al canónigo, que se cansó de esperar el asalto y bajó para enfrentarse al enemigo.

—Creo —le dijo a Sam en el recibidor —, que soy la persona a la que espera. Muy bien. Aquí estoy.

Sam resopló y le preguntó si era sir Henry Gifford.

—Desde luego que no. Soy el canónigo Wraxton. Y le aviso de que si intenta importunarme de algún modo, le crearé muchos problemas. ¿Qué es eso que tiene ahí? ¿Es una citación?

—No es para usted —dijo Sam—. Es para una dama.

—¿Una dama? Mi hija, supongo. Ese es el juego, ¿verdad? ¿Se lo van a cargar todo a ella? Déjeme verla.

—He de entregársela a ella —dijo Sam, reteniéndolo.

—No antes de que la haya visto. Actúo en su nombre.

—Entonces será mejor que la traiga aquí, señor. Esperaré aquí hasta que la vea.

—Está fuera. Se ha ido a Porthmerryn.

—Me han dicho que está en la cama.

—Oh, se lo han dicho, ¿dice? Entonces le han mentido. Le pido una vez más que me deje ver el documento.

—No hasta que vea a lady Gifford —afirmó Sam.

—¿Lady Gifford? ¿Qué demonios tiene ella que ver?

—La citación es para ella.

—Eso es imposible. Lady Gifford no es mi hija. ¿Qué quiere decir con todo este sinsentido?

—Nunca he dicho que lo fuese —dijo Sam elevando la voz, molesto—. Ha sido usted quien lo ha dicho.

—No he dicho nada parecido.

Sir Henry, que acababa de llegar de su paseo, y a quien la señora Siddal había avisado de la presencia de Sam en el recibidor, los interrumpió:

—Tengo entendido —le dijo a Sam— que le han dado instrucciones de ver a mi mujer. Soy sir Henry Gifford.

—Así es —dijo Sam.

—Este hombre es tonto —interrumpió el canónigo—. Esto no tiene nada que ver con su esposa, sir Henry. Ha venido a ver a mi hija. Es parte del truco para echarnos de aquí.

Un alivio momentáneo recorrió el rostro estresado de sir Henry. Cuando oyó que había un policía en el recibidor, estaba seguro de que iba a caerle todo el peso de la ley. Lo había estado esperando, inconscientemente, desde que llegaron. Pero Sam frustró todas sus esperanzas. El documento era para lady Gifford y nadie más.

—Está arriba, en la cama —dijo sir Henry—. Será mejor que lo acompañe arriba. Puede dárselo aunque esté en la cama, ¿verdad?

—Eso será suficiente, sir —dijo Sam, agradecido.

—Entonces todo este asunto —exclamó el canónigo—, ¿no tiene nada que ver conmigo? ¿Por qué me han hecho bajar?

Nadie supo a ciencia cierta por qué le habían dicho que bajase, y lo dejaron solo, reflexionando, mientras sir Henry llevaba a Sam a la habitación.

—No puedo —gritó lady Gifford mientras entraban.

Sam caminó ruidosamente hasta la cama y le preguntó si era lady Gifford.

—Me niego —dijo—. Me niego rotundamente... Mi médico me ordenó...

—Esta —dijo sir Henry— es lady Gifford.

Sam le ofreció el sobre pero ella no quiso cogerlo. Así que lo dejó encima de la colcha y se retiró.

—Nunca te perdonaré esto —le dijo lady Gifford a su marido—. ¡Subir a esa bestia aquí! ¡Tú, que has prometido quererme y protegerme!

—Déjame ver la citación.

—¿Cómo sabes que es una citación?

—Por supuesto que lo es. ¿Qué más podría ser?

Ella cogió el papel y lo rompió antes de que él pudiera detenerla.

—¡Eirene! ¡Idiota! Si te comportas así te meterán en la cárcel.

—No, no, no lo harán. Sir Giles me dará un certificado. Sabe lo enferma que estoy, aunque tú no te lo creas.

—Esa citación significa que tienes que presentarte ante un juzgado en concreto en una fecha en concreto. Tendrás que ir.

—No si estoy enferma.

—¿De qué va? ¿Por qué te citan?

—¿Cómo voy a saberlo? Es absurdo.

—Si no vas a contestarme, tomaré medidas para enterarme por otras vías. Iré a la comisaría. Me encargaré personalmente de que te presentes.

—¿Esa es tu forma de quererme? ¿Así es como me proteges?

—No puedo protegerte a menos que me digas de qué te acusan.

—Ya te lo he dicho, no sé de qué va todo esto.

—Después de marcharnos, llamó un policía para verte en Londres. Nos lo dijeron por teléfono. ¿Te acuerdas?

—No. No recuerdo nada.

—Deben de tener tu dirección y han pedido que te entreguen aquí la citación.

—En vez de custodiar nuestra casa para que no entren a robar. Si así es como malgastan su tiempo, ahora entiendo por qué hay esta ola de crímenes.

—¿Has recibido alguna vez una carta de Hacienda?

—No, creo que no. ¿Por qué debería haberla recibido?

Se giró, exasperado.

—Hablar contigo es una pérdida de tiempo —declaró—. Iré a la comisaría.

—¡No, no, Harry! No lo hagas. Acabo de acordarme... Sí que recibí una carta. Quizás era de Hacienda.

—¿Y qué decía?

—Lo he olvidado... No... No... No te vayas. Era para que les explicase algo.

—¿Explicarles qué?

—No lo entendí.

—¿Y qué hiciste?

—La rompí.

—¿No la contestaste?

—Ah, no.

—¿Por qué no me la enseñaste?

—Porque no pensé que fuese importante.

—Pero, *grosso modo*, ¿de qué trataba?

—Sobre el señor Perkins.

—¿Quién es?

—No lo sé. Un hombre que conocí en el hotel.

—¿En qué hotel?

—En el hotel de Cannes.

—Pero no te hospedabas en un hotel. Estabas con los Varen.

—S-sí. La mayor parte del tiempo.

—¿Entregaste, por casualidad, un cheque a este tal Perkins?

—Sí.

—¿Y qué te dio? ¿Francos?

—Sí.

—¿De cuánto era el cheque?

—Lo he olvidado. Creo que... de cuatrocientas libras.

—Pero ¿no sabes que eso es una violación de las regulaciones de la moneda? Me prometiste que no...

—Y no lo hice. Te prometí que no sacaría más de setenta y cinco libras y no lo hice. Pero no puedes quedarte en Cannes indefinidamente con setenta y cinco libras. Necesitaba más dinero, claro.

—Me dijiste, cuando volviste, que te las habías arreglado con setenta y cinco libras.

—Supongo que se me olvidó. El señor Perkins era inglés.

—Te dije..., te expliqué...

—Todo el mundo lo hacía. Todo el mundo le daba cheques.

—Si leyeras el periódico sabrías que han multado con altas sumas a las personas que han hecho operaciones de esta clase.

—Bueno, si me han multado, me lo puedo permitir. No entiendo por qué estás armando tanto revuelo.

—Ya te lo he dicho. Si sigues así será más que una multa. Irás a la cárcel.

—No, Harry. La gente de nuestra clase social no va a la cárcel. Tengo muchos amigos a los que han multado. Y nadie los ha enviado a prisión.

—Y otra cosa. Este es el fin de mi carrera. Si esto sale a la luz y hay un escándalo público, tendré que dimitir. Respeto demasiado la ley para seguir siendo juez cuando mi mujer ha violado la ley de una manera tan flagrante.

—¿Eh? ¿Así que todo ese revuelo es por tu carrera?

—Sé que siempre has querido que dimita para que podamos vivir en Guernsey.

—Sí, así es. Y ahora podemos. Debo decir, Harry, que no veo que todo esto sea tan grave. Si podemos librarnos de pagar impuestos viviendo en Guernsey, la multa será una minucia.

Él tardó unos minutos en contestar. Dijo, por fin:

—Nunca más viviré contigo. No hay nada en este mundo a lo que le tengas más aprecio que a tu platillo de nata.

—¿Y por qué no iba a hacerlo? Puedo permitirme la nata. ¿Por qué no podría irme a vivir donde está la nata?

—Nunca más viviré contigo. No eres humana.

Lady Gifford cerró los ojos y se reclinó en sus almohadas. Las palabras duras no rompen huesos, como ambos sabían muy bien. La dejó allí y bajó las escaleras.

4. La cabeza de turco

Las pequeñas Cove, aunque se encontraban mucho mejor, aún estaban destrozadas por las vivencias del día anterior. Estaban sentadas en hamacas en la terraza, con un halo de invalidez; en general, todos le daban mucha importancia a lo ocurrido. La opinión pública le echaba toda la culpa del incidente a Hebe, que se encontraba con malas miradas allá donde fuera y con desaires cada vez que abría la boca.

Las únicas sonrisas que recibía eran las de las Cove, que la habían saludado melancólicamente cuando su madre les daba la espalda. Sabía que ellas le eran leales y amables, pero ella no se mostraba agradecida y estaba molesta por el escándalo que había montado todo el mundo. Y tampoco iba a aceptar las tímidas disculpas de Caroline por haber traicionado los secretos de los Espartanos.

Desaparecer del mapa hasta que la tormenta de desaprobación se hubiese evaporado era una precaución que a Hebe nunca se le había ocurrido. Con cada desaire se volvía más agresiva y más decidida a enfrentarse a todo el hotel. Tocaba una selección de *Sunny Hours* en el piano de la sala hasta que la señora Siddal venía y lo cortaba en seco. Se llevaba al gato al comedor para comer. Hizo un dibujo del señor Chad en la pared de la terraza en el que ponía: «¿Cómo? ¿No es ámbar negro?». Y, finalmente, tras descubrir las puerta ventanas de la señora Lechene abiertas y la habitación vacía, entró. En la mesa había una máquina de escribir sin tapar, con un folio puesto. Empezó a experimentar:

3l HorRibl3 HOTel

Había una vez un hotel habitado por demonios disfrazados para parecer damas y Caballeros

Anna entró y la pilló. Pero, por una vez, no hubo ninguna reprimenda. Lo único que hizo Anna fue sonreír de un modo extraño y decirle:

—¡Vaya! Eres única, ¿verdad?

Hebe asintió.

—¿Eres consciente de que has puesto este lugar patas arriba?

Hebe volvió a asentir, con cierto orgullo.

—¿Te apetece sentarte y contármelo?

Anna cogió un paquete de tabaco de la repisa de la chimenea y se lo ofreció.

—¿Fumas?

—Oh, ¡gracias! —dijo una Hebe extasiada.

Encendieron sendos cigarrillos y Anna se dejó caer en una silla.

—Llegarás lejos —profetizó—. A tu edad me dedicaba sumisamente a coser el dobladillo de los pañuelos.

Hebe se comió cuidadosamente el final de su cigarrillo e intentó imaginarse a Anna haciendo el dobladillo de los pañuelos. Supuso, en su ignorancia, que Anna debía de haber llevado un miriñaque.

—Te meterás siempre en problemas, ya lo sabes. ¡Siempre!

—continuó Anna—. Pero no te preocupes. Merece la pena. Vive tu propia vida y nunca te arrepentirás. —Miró a Hebe de arriba abajo y murmuró—: Concebida en el momento de más éxtasis de la naturaleza. Es evidente. ¿Quiénes eran tus verdaderos padres? ¿Lo sabes?

Hebe le proporcionó todos los detalles que pudo, y Anna escuchó con un interés halagador. A Hebe le gustó mucho. Aun así, pese a que había mejorado su humor, tenía una extraña sensación de insinceridad e insatisfacción. Estaba lejos de creer que Anna le gustaba y se cuestionó a sí misma por confiarse a ella.

—Así que te adoptaron —concluyó Anna—, y ahora quieren convertirte en una señorita normal y corriente. ¿Por qué no huyes de todo esto?

—He pensado en hacerlo a menudo —dijo Hebe, y era verdad.

—Se enfurecerían, seguro. Pero es posible que también piensen que de perdidos al río. Esta tarde voy a ir hasta St. Merricks para quedarme con unos amigos. Creo que lo pasarían bien contigo y tú con ellos. ¿Quieres venirte?

—¡Oh, señora Lechene!

—Llámame Anna.

—¡Oh, Anna! Es muy amable por tu parte...

—En absoluto. Resulta que me encantan las chicas traviesas. Yo también lo fui una vez. Pero, como he dicho, a tu lado era una mojigata de la escuela dominical.

—Pero ¿no me echarán de menos?

—Déjales. Dales una lección. Ahora ve a buscar a Bruce y dile que lo necesito. Tráelo contigo. Pero no le digas ni una palabra de nuestro plan.

Hebe se fue corriendo y encontró a Bruce vagando sombrío por el patio. Él le dedicó la misma mirada reprobatoria que recibía de todo el mundo y le dijo que se largase. Pero cuando Hebe le comunicó el mensaje con arrogancia, tuvo que ir con ella.

—Oh, Bruce —dijo Anna cuando llegaron a su habitación—, ¿acercarás el coche y te harás la maleta? Nos vamos a St. Merricks, a casa de la señora Palmer, a pasar una o dos noches. He avisado en la oficina.

Bruce miró a Hebe y no supo qué decir. Si ella no hubiese estado allí, se habría negado en rotundo a llevar a Anna hasta St. Merricks, porque llevaba toda la mañana pensando cómo dimitir.

—Tengo la necesidad de salir de aquí —añadió Anna débilmente—. Que esta mañana hubiese un policía en el recibidor me ha quitado las ganas de comer.

Lo mandaron a por el coche.

—Ahora —le dijo a Hebe—, vete hasta la parte de arriba de la carretera y escóndete entre los arbustos. Cuando él se baje para abrir la valla, y esté de espaldas, sal corriendo y métete en el coche. Tendré la puerta abierta.

—Pero ¿no debería preparar algo que llevar?

—No. No te molestes en eso.

—¿O ponerme un vestido?

—No. Vente tal y como estás.

Hebe llevaba puestos unos pantalones cortos y un jersey. Tenía la cara muy sucia. Este cambio en las reglas a la hora de hacer una visita la tenía fascinada, y supo que los amigos de Anna serían realmente divertidos. Se fue a toda velocidad a esconderse entre los arbustos en la parte superior de la carretera.

¡Cómo se asustarían cuando descubriesen que no estaba! Harían una búsqueda. Todo el mundo lo lamentaría. Sus caras se demacrarían más y más a medida que pasara el tiempo y no encontrasen ni rastro de la pobre niña a la que habían acosado. Dejarían de prestar atención a las Cove. Volvería como una heroína, con Anna, y el prestigio de Anna como adulta, para protegerla de las reprimendas. Se reía mientras se acuclillaba entre los arbustos. Y aun así sentía cierto desasosiego, una inquietante insatisfacción. Anna, en realidad, no le gustaba.

Poco después oyó que el coche subía por la serpenteante carretera. Dobló la curva superior y llegó el momento crucial de detenerse frente a la valla. Bruce salió. Al mismo tiempo, la puerta de la parte trasera se abrió y vio a Anna haciéndole señas para que se acercase. En tres segundos estaba metida entre un montón de alfombrillas a los pies de Anna.

—Quédate agachada —susurró Anna.

Bruce regresó y arrancó y luego volvió a bajarse para cerrar la valla. Después siguieron su camino, acelerando conforme se acercaban a la carretera principal.

Hebe empezó a aburrirse rápido, encogida allí entre alfombrillas y sin poder mirar por la ventanilla. Hacía mucho calor y el olor de la gasolina la mareaba. Empezó a entender por qué muchos perros odiaban viajar en coche, y por qué están siempre tan ansiosos por subirse a un asiento. Pero se durmió al cabo de un rato.

Se despertó al oír que Anna hablaba.

—Nadie te obliga a quedarte allí si no te gusta. Puedes alquilar una habitación en la posada.

—Vaya si lo haré. —La voz de Bruce le llegó desde la parte delantera—. No quiero volver a ver jamás a nadie de ese grupo. Cómo puedes…

Anna vio que Hebe estaba despierta y dijo rápidamente:

—Ya basta. Ya te he dicho que hagas lo que quieras.

Hebe le dirigió una mirada interrogante, pero Anna negó con la cabeza y le hizo un gesto para que permaneciese escondida. Parecía que iban muy despacio colina abajo. Y después llegaron al pueblo y atravesaron calles estrechas. Subieron una colina y finalmente se detuvieron.

—Ya hemos llegado —dijo Anna, saliendo—. Deja el coche aquí y mételo en el garaje después. Ve y consigue una habitación para ti. Ven conmigo, Hebe.

Hebe saltó del coche y se rio cuando vio la cara de sorpresa de Bruce. Anna también se rio y le explicó:

—La he secuestrado. Es mi alma gemela, lo siento, y en Pendizack no la aprecian lo suficiente.

—¡Anna! Cómo se te ocurre… Una niña como ella…

—No montes un escándalo. La cuidaré. La llevaremos de vuelta el viernes.

—Pero la señora Palmer… Una niña de esa edad… Sabes perfectamente que están…

—No es asunto tuyo, ¿verdad? ¡Vamos, Hebe!

Anna abrió de par en par una puerta verde en una pared muy alta, la atravesó con Hebe y se la cerró en la cara a Bruce.

El jardín se extendía colina arriba en una empinada sucesión de terrazas de hierba y un tramo de escaleras de piedra en el medio. En lo más alto estaba la casa. Y a los pies de la terraza, había dos personas tumbadas en la hierba, tomando el sol. Estaban bocabajo y llevaban pantalones de vestir. Tenían el pelo tan rizado y el culo tan redondo que Hebe supuso que eran chicas, hasta que, cuando Anna y ella pasaron a su lado, se sentaron y dejaron al descubierto sus torsos masculinos.

—Oh, Anna —dijo uno de ellos—. ¿Tienes cigarrillos? Se nos han acabado.

—Los suficientes para mí —dijo Anna—. ¿Está Polly arriba, en la casa?

—Supongo que sí. ¿Dónde está Bruce?

Anna se rio y subió las escaleras hasta la casa con Hebe. Desde arriba del todo había unas estupendas vistas del puerto y de los tejados de las casas inferiores. Y después atravesaron una puerta ventana hasta llegar a una habitación llena de personas que a Hebe le parecieron todas iguales, hasta que empezó a organizarlas. No eran jóvenes y no eran viejos. La mayoría llevaban pantalones de vestir, ya fueran hombres o mujeres. No parecían especialmente contentos de ver a Anna, pero se quedaron observando a Hebe.

Polly, que tenía el pelo rojo e indiscutiblemente era una mujer, le preguntó quién era de inmediato.

—Esta es Hebe —dijo Anna empujándola hacia delante—. Se hospeda en el mismo hotel que yo y la he traído porque está castigada por un intento de homicidio.

Se emocionaron al escucharlo y un viejo caballero, que desde luego no era una vieja dama, se acercó y le dio un apretón de manos a Hebe. Esta hizo la pequeña reverencia que había aprendido en América, pero no pudo soltar la mano hasta que Anna intervino y le dijo que Hebe solo estaba allí para ser observada.

—Uf, santo cielo —dijo Polly airadamente—. Mi límite está en las asesinas de niños.

—¿A quién mató? —preguntaron varias voces.

Y alguien le dio una bebida a Hebe.

—No supondrá un problema —declaró Anna—. Puede jugar con Nicolette.

—Nicolette no está aquí. La tiene su padre. Escucha, Anna, he recibido una carta del arrendador...

Hebe nunca había probado nada parecido a esa bebida. La cabeza le daba vueltas después de unos tragos. Sus voces se volvieron histriónicas y confusas, por lo que no estaba del todo segura de lo que escuchaba. Pero le parecía que Polly había utilizado una de LAS PALABRAS. Había tres o cuatro y las había visto escritas en las paredes, pero nunca había conseguido saber qué significaban; lo único que sabía era que nadie las usaba nunca, y que las personas que las escribían no conseguían ponerse de acuerdo en cómo se escribían.

Polly volvió a usarla un rato después, no cabía duda, y después utilizó otra. Para cuando hubo terminado de describir la carta de su arrendador las había utilizado todas y además varias que Hebe nunca había visto escritas. Pero no parecía sorprenderle a nadie y alguien volvió a preguntar por el asesinato.

—A tres mocosas gangosas que se hospedan en el hotel —explicó Anna—. Se las llevó a la cima de un acantilado tremendamente alto y las lanzó al mar. Pero, por desgracia, algún metomentodo llegó y las rescató.

—¡Anna, te lo estás inventando!

—No —dijo Hebe con intensidad—. Es verdad. Se llaman Blanche, Maud y Beatrix.

Su intervención fue recibida con aplausos, y la gente empezó a preguntar quién era Hebe.

—Nadie lo sabe —dijo Anna—. Nació en el lado equivocado de la cama. Pero su madre...

—No se va a quedar aquí. No hay sitio. Debes de pensar que tengo un maldito hotel.

—Ignora a Polly, Hebe. Coge otra bebida y cuéntanos por qué lo hiciste.

Alguien la hizo sentar en una silla diciendo:

—Háblanos de Blanche y Maud y Beatrix. ¿Por qué lo hiciste?

—Llevaban combinaciones —se rio Hebe, dando un sorbo a su segunda bebida.

Aquella frase fue todo un éxito.

—Y tenían los dientes salidos.

Más risas.

—Y creían en las hadas.

Esa broma fue la mejor de todas. Hubo un gritito conjunto. Hebe sintió náuseas, pero no sabía si era por la bebida o porque se odiaba a sí misma por burlarse de las dulces y leales Cove. Sintió el impulso de cantar, y lo hizo, moviendo su vaso:

Hay hadas en lo más profundo de nuestro jardín.
No están tan tan lejos...

Un estallido de carcajadas ahogó su voz. Incluso la malhumorada Polly se estaba riendo cuando preguntó:

—¿Qué edad has dicho que tiene?

Hebe paró de cantar y la miró con solemnidad.

—No me gustas —dijo—. Eres horrible. Eres una... una... bruja. Mis amigas las Cove son muy agradables.

Poco después de aquello debió de quedarse dormida en

la silla, porque perdió el hilo de lo que decían, pese a que podía oír sus estridentes y chirriantes voces. Pero había alguien que no dejaba de darle golpecitos y palmaditas y de acariciarla, algo que no le gustó, por lo que al final gritó violentamente:

—¡Oh, lárguese!

Se hizo el silencio y Anna dijo enfadada:

—Bennett, viejo verde. Deja a la cría en paz. Te avisé...

—Por qué demonios la has traído —la interrumpió Polly—. Está borracha.

—Se dormirá si la dejan en paz.

—Será mejor que la saquemos de aquí un rato —dijo otra voz—. Llevémosla con Bint y Eggie. Con ellos estará completamente segura.

Alguien la cogió y la sacó al aire fresco y hasta el jardín inferior donde las voces de los que estaban tomando el sol subieron de tono a modo de protesta.

—Polly dice que tenéis que cuidarla —dijo el acompañante de Hebe—. De vez en cuando tenéis que hacer algo a modo de compensación por quedaros.

—¿Cómo puede Polly ser tan desagradable? No somos ocupas.

—Voy a vomitar —dijo Hebe.

Y así lo hizo, entre los chillidos enfadados de Bint y Eggie, que se habían apartado y habían retirado los colchones a una terraza más alta, y la dejaron tumbada, cansada y miserable, en la hierba.

No supo cuánto tiempo estuvo tumbada. Pero, finalmente, alguien la levantó exclamando:

—¡Oh, Hebe!

Giró la cabeza con dificultad y abrió los ojos, que le escocían. Bruce estaba inclinado sobre ella.

—Pensé que debía averiguar... Estaba preocupado... ¿Estás bien?

—Oh, Bruce, llévame a casa. Estoy muy mareada y no me quieren, y había un hombre horrible que...

—Está bien. No llores. Te llevaré ahora mismo. ¿Puedes caminar?

—No. Me caería.

La cogió en brazos y se la llevó a través de la entrada del muro del jardín hasta el coche.

5. La hora de Siddal

—¿Se unirá a nosotros el chófer esta noche? —preguntó Evangeline, sentada en la terraza con la señora Paley después de cenar.

Estaban esperando a que Gerry sacase la cesta del té antes de retirarse a su espacio nocturno en el acantilado.

—No —dijo la señora Paley—. Me parece que se ha ido a St. Merricks con la señora Lechene. Pero Duff y Robin vienen, creo.

Evangeline torció el gesto. No quería que Duff y Robin estuvieran allí.

—¿De qué hablabais tú y el chófer tan tarde? —preguntó.

—De muchas cosas. Me contó el plan que tenía Nancibel para hacer una fiesta para las Cove. He prometido que les ayudaría.

—¿Qué tipo de fiesta?

—Una especie de fiesta universal, por lo que sé. Eso es lo que quieren, pero no tienen dinero, las pobres criaturas. Sin embargo, eso se puede remediar. Están recolectando comida…

—A lo mejor puedo ayudar —dijo Angie—. Tengo puntos para dulces. ¿Cuándo es?

—En cuanto estén recuperadas. Creo que el viernes sería un buen día. Y tiene que ser por la tarde, porque quieren invitar al servicio.

—Espero que sea en el exterior —dijo Evangeline—. Odio

este hotel. Es muy claustrofóbico, con los acantilados cerniéndose sobre él. ¡Señora Paley! Quiero... quiero hablar con usted. Soy incapaz de decidirme... sobre... si... Gerry Siddal es tan agradable..., pero claro hay...

—Crea frases conexas o no digas nada —le ordenó la señora Paley.

—Bueno..., mi padre dice que voy detrás de los hombres.

—Me temo que no lo haces. Ojalá lo hicieras.

—¡Oh, señora Paley!

—Una muchacha que huye de los hombres es una idiota, Angie.

—Pero él dice..., ha dicho a menudo que me aferraría a cualquier cosa que llevara pantalones con tal de huir de casa.

—Si lo hicieras sería de lo más normal. Yo lo haría.

—Sí, pero no quisiera aferrarme a Gerry. Él es muy agradable. Querría estar segura de que yo realmente... Es decir, creo que podría darle tanta pena que... Pero no sería justo. Debería conseguir a alguien que realmente... que realmente... Nunca estaría del todo segura de que no lo hubiese conseguido solo...

—¿Te preocupa lo que sientes por Gerry o lo que siente él por ti?

—Lo que siento yo, supongo. ¿Realmente..., o es solo un puerto seguro?

—Tendrás que luchar como una jabata para conseguirlo, Angie. Solo una chica muy decidida podría enfrentarse a ello. Creo que para cuando hayas terminado, te sentirás mucho más segura de ti misma. Tienes que rescatarlo de esa familia.

—Sí —dijo Evangeline ruborizándose—. Es abominable...

—No eres buena peleando por tus propios derechos. Es

más probable que te vuelvas más obstinada con respecto a los de él. ¿Y por qué iba a hacerlo, a menos que te preocupes por él? Aquí está el señor Siddal. Pero no vayas a levantarte y a huir. Quédate y habla con él. Puede que uno de estos días termine siendo tu suegro y no tiene ni idea de cómo eres.

Evangeline se dejó caer, temblando, en el columpio al lado de la señora Paley, y observó cómo se acercaba el señor Siddal, que se había aseado, vestido y abandonado su cuchitril para mezclarse con los huéspedes. Había mirado en la sala pero no había visto a nadie más que a sir Henry, que estaba escuchando la radio de modo taciturno. Así que se fue caminando hasta la terraza, donde la señora Paley y la señorita Evangeline Wraxton lo saludaron cordialmente.

Tomó asiento en una de las tumbonas que había junto a ellas y se preparó para hablar, para enseñar, de hecho, sobre cualquier tema que quisieran. Una vez se lanzaba, raramente permitía que alguien lo interrumpiera, pero siempre dejaba que sus víctimas eligieran el tema.

—¿De qué quieren que debatamos hoy? —les dijo.

La señora Paley tenía un tema preparado.

—Hay algo que quería preguntarle —dijo.

—Estoy siempre a su servicio, señora Paley.

—¿Cuál es la diferencia entre el orgullo y el amor propio?

Hubo una breve pausa mientras el señor Siddal organizaba sus ideas.

—El orgullo... —comenzó.

—¿Qué es eso? —gritó Evangeline.

Algo había caído en la hierba, muy cerca de ellos. Se levantó de un salto y lo buscó en el creciente atardecer. Lo encontró unos segundos después y se lo llevó.

—Es una pequeña... ¿De dónde viene?

El señor Siddal se rio y se lo quitó.

—Es esteatita, creo.

—¿Qué? —gritaron las damas, pues ambas habían escuchado la historia—. ¿Otra vez?

—Al parecer tenemos un *poltergeist*.

—Normalmente es cosa de niñas pequeñas —dijo la señora Paley.

—Desde luego. Y este hotel está lleno. Se lo daré a mi mujer. Sabrá lo que hacer con él. La señora Cove me asusta muchísimo, ¿a vosotras no?

—¿Dices que crees que se trata de las pequeñas Cove? Pero parecen tan humildes y tímidas.

—No todas. Personalmente, creo que la visionaria es la que tiene la espalda mal. Bueno..., el orgullo...

—Sí —dijo el señor Siddal—. Orgullo y amor propio.

—Y amor propio. Como usted dice, señora Paley, se confunden a menudo. Eso es porque provocan, hasta cierto punto, el mismo tipo de conducta. La gente orgullosa y los que tienen amor propio prefieren navegar sin ayuda, remar solos sus canoas y cocinarse su propio pescado. No necesitan de otros, no exigen empatía. Pero el motivo —enfatizó la palabra dándose una palmada en la rodilla— es diferente. El amor propio considera la independencia como una obligación social y moral. No debemos abrumar a los demás con nuestras responsabilidades. No debemos imponerles el relato de nuestras aflicciones. Pero el amor propio no obstaculiza la empatía y la ayuda de otros. Quizás te sientas obligado a rechazarlos, pero puedes emocionarte por la oferta y respetar la generosidad de la misma.

—Sí —dijo la señora Paley—, y el hombre orgulloso se enfada con todo aquel que le ofrezca ayuda.

—El hombre orgulloso se siente humillado por el hecho de que alguien piense que necesita ayuda. La oferta es un insulto. Su motivo no tiene una obligación social, sino que es un deseo de superioridad. La ayuda, se imagina, llega del superior al inferior, y ofrecérsela es degradarlo. Si se ve obligado a aceptar la generosidad, odia al que se la da. Su independencia es una gratificación de su propio ego.

Las campanas del Big Ben se oyeron por toda la terraza, porque sir Henry estaba escuchando las noticias de las nueve en el salón, con las ventanas abiertas.

—Y quiero aprender también sobre la paciencia —dijo Evangeline tímidamente—. ¿Cree que una persona puede ser demasiado paciente?

El señor Siddal sonrió. No solía tener un público tan respetuoso.

—No, no hay que confundir la paciencia con la sumisión. Cuando decimos que una persona es demasiado paciente, por lo general estamos diciendo que no tiene paciencia en absoluto, sino que es sumisa...

—Entonces, ¿qué es la paciencia exactamente? —insistió.

—La paciencia es la capacidad para soportar todo lo que sea menester para conseguir lo que se desea. El hombre paciente es el rey de su destino. El hombre sumiso ha dejado su destino en manos de otra persona. La paciencia conlleva libertad y superioridad. La impaciencia casi siempre conlleva una pérdida de la libertad. Provoca que la gente se comprometa, que queme las naves, que utilice todo lo que está en su poder para alterar o modificar el curso de las cosas. La paciencia nunca abandona su objetivo final porque el camino es duro. No puede haber paciencia sin un objetivo.

Evangeline, por la parte que le tocaba, le dio las gracias. Sin saberlo, les había dado a ambas damas consejos respecto a sus propios problemas.

—Creo que está refrescando —dijo la señora Paley poniéndose en pie—. Voy a caminar de aquí para allá.

Todos caminaron de un lado a otro de la terraza mientras el señor Siddal ilustraba su tesis sobre la paciencia con citas de *El rey Lear*. Pero se detuvo cuando pasaron junto a las ventanas de la sala para escuchar una voz intensa que se lanzaba hacia el atardecer. Decía:

«Muchos de vosotros estaréis de vacaciones o las habréis terminado ya en este precioso verano lleno de sol. Que Dios os bendiga a todos, a vosotros y a vuestras familias. Aprovechad al máximo la felicidad y la salud y la fuerza del sol y del mar y del aire fresco...».

—Suena como un obispo —dijo el señor Siddal mientras se alejaban—. Han debido de quedarse rápido sin noticias.

—Me atrevo a decir que es el gobierno —dijo la señora Paley—. Bueno, muchas gracias. Es maravilloso cómo explica las cosas. Siempre ha pensado muy bien las cosas. Creo que es una pena que no entrase en la iglesia, señor Siddal.

—Yo también lo creo —le dijo—. A estas alturas ya sería decano. Me hubiese gustado serlo. Los decanatos suelen ser casas muy bonitas y con muy buena huerta. Y buenos árboles frutales.

—Nunca olvidaré lo que dijo el domingo sobre la inocencia.

—¿Inocencia?

—Que son los inocentes los que salvan el mundo.

El señor Siddal sonrió, pero no se comprometió a una secuela sobre el tema del domingo, lo cual estaba bien porque era bastante capaz de cambiar de postura y demostrar que los inocentes son la raíz del mal. Podía defender cualquier postura sobre cualquier cuestión.

Después de otra vuelta todos entraron en la sala donde la voz estaba alcanzando la perorata.

«... así que les digo, como se dijo hace mucho tiempo: sed solo muy fuertes y muy valerosos.»

Sir Henry estaba solo en la sala. Estaba sentado junto a la radio y tenía la cara amarillenta.

—¿Quién era ese? —preguntó el señor Siddal.

—El rector de Exchequer. Ha dirigido un mensaje a la nación después de las noticias de las nueve.

—¿Era él? ¿Y qué quería comunicarnos a estas horas?

—El préstamo americano. Nos hemos quedado sin él. No habrá más dólares.

—Bueno, ¡menuda tapadera! Preferiría escuchar a Shinwell. Al menos él no cita la Biblia cuando nos dice que no podremos conseguir carbón.

—Estoy segura de que era el gobierno —dijo la señora Paley plácidamente.

6. Un apretón de manos eterno

Comentaron la ausencia de Hebe, pero dieron por hecho que estaría enfurruñada en algún sitio y nadie se molestó en ir a buscarla. Antes de que Bruce la llevase de vuelta al hotel, todos habían terminado y se habían dispersado. La dejó en el patio, en el coche, y fue a la puerta de la antecocina donde Nancibel, que había vuelto a quedarse hasta tarde, aún estaba fregando.

Le sorprendió verle de vuelta de St. Merricks tan pronto, pero no tenía intención de mostrarle su sorpresa y continuó fregando las cacerolas con cierta altivez.

—Nancibel, tengo que hablar contigo.

—Cuántas veces tengo que decirte que no quiero tener nada más que ver contigo.

—Esto no es sobre nosotros —le explicó—. Es sobre Hebe.

—¿Hebe? ¿Qué ha hecho ahora?

—La tengo en el coche. Quiero meterla en la casa sin que nadie se entere y acostarla en la cama.

—No pienso hacer nada por Hebe. Si tiene problemas, deja que se las arregle sola.

—¡Oh, Nancibel, por favor! No te precipites. No es su culpa. Cuando lo entiendas, te enfadarás tanto como yo. Ven y mírala.

—¿Qué ha hecho?

—Bueno... Está borracha, en primer lugar. Dormida.

—¿Hebe? ¡No! ¡Qué repugnante!

—Ya te lo he dicho, no es su culpa. Esa niña ya se ha metido en suficientes problemas por un día. Ya sabes cómo son en este agujero... La señorita Ellis... La señora Cove...

—Lo sé —dijo Nancibel, ablandándose un poco—. Oh, bueno, está bien. Iré. La meteremos dentro por las escaleras traseras. ¿Dónde está el coche?

—En los establos.

Mientras iban al patio, Bruce le contó brevemente lo que había ocurrido. Ella lo escuchó hablar en un tono seco. Sacaron entre los dos a la inerte Hebe del coche, la subieron por las escaleras traseras y la tumbaron en la cama. Después Nancibel dijo:

—La desvestiré y la meteré en la cama. Y tú puedes irte. Mañana iré a ver a sir Henry y le contaré lo que habéis hecho, tú y la señora Lechene. Me aseguraré de que no culpen a Hebe. Pero si no te vas ahora, de inmediato, o si dices algo más, iré a buscar ahora mismo a sir Henry.

—No...

—Te estoy dando la oportunidad de marcharte, ¿no lo ves? Si no quieres que sir Henry vaya a por ti, será mejor que desaparezcas ahora mismo.

—No veo qué culpa tengo yo. No sabía que estaba en el coche.

—Hay teléfonos, ¿no? Cuando lo descubriste podrías haber llamado desde allí. O si la hubieses amenazado con llamar, habría enviado de vuelta a Hebe de inmediato, y esto no habría ocurrido. Ahora vete y espero que no tenga que volver a verte.

Bruce se fue. Hizo su maleta en la buhardilla del establo. Antes de marcharse de Pendizack escribió dos cartas. La primera era para Anna. Decía:

Tu coche está bien. Está en el garaje. Que te llevases a Hebe a esa casa supuso el final para mí. Espero no volver a verte nunca.

BRUCE

La carta para Nancibel le costó mucho más. La reescribió varias veces y era tarde cuando la terminó.

QUERIDA NANCIBEL:

Voy a hacer lo que me dijiste y conseguir trabajo como conductor de autobús. Pero no por estos lares, así que no te asustes por tener que verme en las carreteras. No por mucho tiempo al menos. Cuando piense un poco más en mí mismo, te pediré que pienses más en mí, pero hasta entonces nada.

Estoy casi seguro de que la habría abandonado después de lo ocurrido hoy y el modo en que se llevó a Hebe, aunque no te lo creas. Me pone enfermo.

Nancibel, te quiero y no puedes enfadarte por decírtelo. Tengo derecho a hacerlo, y para cualquier hombre que te conozca es natural quererte, sea merecedor o no, tan bueno y malo como una maravillosa pieza de música si la escuchan. Eres la chica dulce y maravillosa del mundo y soy muy afortunado por haberte conocido, porque has cambiado mi vida, aun cuando nunca vuelvas a mirarme. Espero que

307

seas muy feliz. Te casarás probablemente con un buen tipo, tienes demasiado instinto para casarte con un canalla. Y le harás muy feliz. Pero no harás más por él de lo que has hecho por mí.

Hay una cosa que ella sabe de mí que a lo mejor sale a la luz. Robé un coche por pura diversión, tenía intención de devolverlo, pero tuve un accidente y murió un ciclista. Ella lo sabe, me sacó de aquel atolladero. Pero a veces, si está enfadada, habla como si fuera a delatarme. No creo que lo haga, pero si lo hace y todo sale a la luz, me gustaría que tú lo supieras primero.

Bueno, basta de hablar de mí. Que Dios te bendiga, mi querida Nancibel, y que te dé una vida muy feliz. He comprobado, al conocerte, que en este mundo puede haber mucha felicidad.

Tu enamorado,

Bruce

P. D.: Adjunto una corona y mis puntos para dulces para la fiesta. Es el viernes, ¿no? Pensaré en todos vosotros. Pero no pienses en mí si no puedes hacerlo con cariño.

7. ¿Unión o libertad?

Gerry no sabía que Duff y Robin tenían intención de dormir en el acantilado. Se indignó cuando lo descubrió al coger la cesta del té. No es que no estuviera seguro de querer quedarse una tercera noche seguida; la prudencia le había sugerido que quizás era mejor volver a los establos en cuanto las chicas se dispusieran a dormir. El asunto con Evangeline estaba yendo demasiado lejos para ser seguro. No podía permitirse encariñarse demasiado con nadie y debería haberlo recordado antes.

En cuanto se cruzaba con una chica atractiva, ese solía ser su primer pensamiento. No podía sentarse detrás de una en el autobús sin sentir una punzada de sacrificio; durante unos instantes se la imaginaba con un delantal floreado, ocupada en los fogones, y después, con un suspiro, renunciaba a ella. Porque así era como se había imaginado siempre a una esposa, no como una compañera de cama o como una compañera de juegos, sino como una cocinera, preparándole su cena favorita, sirviéndosela con una sonrisa, viéndolo comérsela y escuchándole mientras hablaba de sí mismo.

Cuando le presentaban a una jovencita bonita, siempre era excesivamente precavido, por miedo a crear falsas esperanzas. Como no podía casarse con ninguna mujer, podía, de un modo desenfrenado, darse el gusto de imaginarse que, de pedírselo, todas estarían dispuestas a cocinar para él. Flirtear un poco le hubiese enseñado algo, pero nunca se había atrevido a embarcarse en algo semejante por temor a encariñarse.

Si Evangeline hubiese sido bonita, si hubiese poseído alguno de los atractivos que le hacían suspirar por las mujeres en los autobuses, se habría asustado antes. Pero al principio ella no le gustaba y le había ido cogiendo cariño en un intento desinteresado por hacerle justicia a la pobre. En ningún momento la había visualizado como una posible esposa-cocinera. Se había abierto camino hasta su corazón de un modo tan imperceptible que él no sabía que ella estaba allí hasta que se enfrentó a la posibilidad de perderla. Su madre, en la cena, sin darle importancia, le había dado gracias al cielo por que los Wraxton se fuesen el sábado, y la punzada que experimentó en ese momento fue su primer indicio de peligro. No pudo soportar el hecho de pensar que no volvería a ver a Evangeline. Había una nota en su voz que hacía tiempo que no había escuchado. Se había dado cuenta de que le gustaba de improviso, mientras se decía a sí mismo que en realidad era bastante inteligente.

Así que ascendió la colina con esfuerzo, en un estado melancólico, meditando una separación. No quería herir sus sentimientos. Pero mientras bebían el té, él dejaría caer un par de cosas sobre su situación. Y la evitaría el resto de la semana.

Antes de llegar al refugio, sin embargo, le sorprendió escuchar una canción; la voz de barítono de Duff y la voz vigorosa de tenor de Robin se elevaban en un canon. Y toda su melancolía se evaporó en una ráfaga de ira. ¿Cómo podría dejar caer nada con esas dos bestias rugiendo como hienas? ¿Es que nunca se le iba a permitir tener intimidad?

Maldijo a su familia en silencio, de pie en aquel camino al acantilado. Tampoco estaba contento con la señora Paley y con Angie por haber admitido a esos intrusos. Si lo hubiesen valorado como deberían, habrían respetado que aquella hora del atardecer era suya, exclusivamente suya. Angie no tenía por qué estar cantando cánones con sus hermanos; no tenía por qué estar cantando en absoluto. Era intolerable que Robin y Duff hubiesen descubierto esta faceta de ella antes que él. Tenía una voz aguda y dulce, que armonizaba bien con la de ellos, y mientras Gerry se acercaba rodeando los peñascos, ella entonó el primer verso de un canon nuevo, cantando sola en el tranquilo atardecer de verano:

¡Viento, suave árbol de hoja perenne! Para formar una sombra alrededor de la tumba donde yace Sófocles...

Robin y Duff acaparaban todo el espacio. Estaban sentados sobre una roca, ridículamente satisfechos consigo mismos, mientras la señora Paley ocupaba su asiento habitual, a cierta distancia, al final del promontorio. Los cantantes no pararon hasta que vieron a Gerry; sonrieron, simplemente, y le dijeron que se uniese a ellos. Dejó caer la cesta al suelo y, ofendido, se unió a la señora Paley, quien le contó que sus insufribles hermanos pretendían quedarse toda la noche.

—Entonces yo no me quedaré —dijo Gerry enfurruñado—. Volveré a los establos.

Pero se quedó. Se sentó junto a la señora Paley y echó chispas un buen rato. Después dijo:

—Estoy en una situación desesperada.

La señora Paley asintió. Bruce se había sentado la noche anterior en el mismo sitio y había utilizado las mismas palabras. Le había contado una larga historia. Y Gerry también iba a contarle una larga historia. No iban a explicarle nada que no hubiese adivinado ya. Y creía que por Bruce no había sido capaz de hacer nada, puesto que le habían dicho que se había ido a la costa con Anna. Por lo tanto, era poco probable que pudiese hacer algo por Gerry. Estas personas que están en una situación desesperada, parecen estar abocados a su propia ruina. Quería sentarse sola y ver cómo salían las estrellas.

—Supongo que comenzó cuando nací —dijo Gerry, con tristeza, pero poniéndose cómodo con cierto placer—. Yo...

—Oh, por todos los dioses —dijo la señora Paley—. Comenzó mucho antes que eso. Comenzó cuando nació tu padre.

Gerry estuvo de acuerdo:

—Quizás sí. Sabe, él...

—Estoy segura. Pero no quiero quedarme aquí sentada toda la noche. Vayamos al grano. ¿Estás totalmente seguro de que quieres casarte con Angie?

—¿Cómo ha sabido que...?

—Está más claro que el agua. Pero ¿estás seguro de que quieres casarte con ella?

—No. Mi problema es que si quisiera, no podría.

—Pero eso es aplicable a muchas chicas. A todas ellas en realidad.

Gerry volvió a estar de acuerdo:

—Sí, supongo que así es.

—Y no puedes casarte con todas. Así que si no quieres casarte con una en concreto, no estarás en ninguna situación, ni desesperada ni nada.

—Me gustaría casarme.

—No lo dudo. Pero ¿qué tiene Angie que ver con eso?

—Me... me gusta mucho.

—¿Y?

—Pero el flirteo no es bueno.

—No estoy de acuerdo. Creo que flirtear un poco os alegraría la vida bastante a los dos.

—¡Oh, señora Paley!

—No te escandalices tanto. No te llevará a ninguna parte, estoy de acuerdo. Pero pasarás un rato agradable y eso es algo que todos los que están en una situación desesperada esperan vivir.

—Pero puede que no lo entienda.

—Oh, creo que lo entenderá. Ella también está en una situación razonablemente desesperada, ¿no te parece?

Los que estaban en las rocas estaban cantando *Shenandoah*, una canción que siempre es triste y que desde luego no alegraría a nadie que estuviese en una situación desesperada. Angie cantó los versos en solitario mientras los chicos se le unían en el estribillo:

Han pasado siete años desde la última vez que te vi,
lejos de tu río agitado...

—Y si sigo flirteando mucho más tiempo —explicó Gerry—, quizás la bese.

¡Lejos! ¡Estamos destinados!
A través del ancho Misuri...

—Y si la beso, me casaré con ella.

—Creía que habías dicho que no podías.

—Bueno... Podría, si me voy a Kenia.

Oh, Shenandoah, amo a tu hija...

—Entonces, por el amor de Dios, ¿a qué viene tanto aspaviento? —gritó la señora Paley, exasperada.

—Estoy en una situación desesperada.

¡Lejos! ¡Estamos destinados!

—No puedo soportarlo más —protestó la señora Paley—. De verdad que no puedo. Nunca he escuchado una canción tan deprimente. Nadie está obligado a hacer nada. No somos esclavos negros. Lleva a Angie a dar un paseo hasta Rosigraille y no vuelvas hasta que te hayas decidido. Cuidado con las madrigueras de conejo.

Gerry la obedeció. En cuanto cantaron la última estrofa de *Shenandoah*, se levantó y se unió a los cantantes. Pero su emoción era tan urgente que no pudo invitarla de un modo tan informal como deseaba; le ladró a Evangeline una orden un tanto abrupta:

—Ven a dar un paseo.

Ella se levantó de inmediato.

—¡Un paseo! ¿A estas horas de la noche? ¿Adónde? —preguntó Duff.

—A los acantilados de Rosigraille —dijo Gerry, agarrando a Evangeline del codo y llevándosela con él.

—Vamos con vosotros —dijo Robin—. No tienes por qué correr.

Pero la señora Paley se unió a ellos en ese momento con una contraoferta, anunciándoles que tenía noticias un tanto extrañas sobre la esteatita de la señora Cove. Gerry y Angie se escaparon mientras los chicos se quedaban a escuchar la historia.

A Robin le encantó la historia del *poltergeist* y se dispuso a elogiar a las pequeñas Cove. Prestó amable atención a los planes de la señora Paley a propósito de la fiesta y prometió ayudar. Pero volvió rápidamente al drama de la esteatita, y mientras la señora Paley preparaba el té, planeó futuras aventuras para hacerse con ella.

—Se la cogeré a mi padre, si es quien la tiene ahora —dijo—. Oh, sí, y se la devolveré a la señora Cove, sin duda. Sé que es suya. No se preocupe, señora Paley. La encontrará de nuevo.

—¡Chist! ¡Escuchad! ¿Qué es eso? —preguntó Duff.

Un bramido distante había quebrado por un momento el tranquilo atardecer. Se quedaron callados, escuchando, y oyeron el borboteo del mar contra las rocas de abajo.

—Un toro, en algún sitio —dijo Robin.

Volvieron a escucharlo, más cerca esta vez.

—No —dijo la señora Paley—. Es el canónigo Wraxton, llamando a su hija.

El canónigo apareció de inmediato, inmenso frente al horizonte, y la señora Paley le informó de que Evangeline se había ido a dar un paseo con Gerry Siddal.

—Entonces me encontrará esperándola cuando vuelva —dijo el canónigo, sentándose en una roca—. Ya estoy harto de Gerry Siddal.

—¿Le gustaría tomar una taza de té? —le preguntó la señora Paley.

—No. No quiero una taza de té.

Se produjo un breve silencio, y después el canónigo se dispuso a atacar.

—Me gustaría mucho saber —le dijo a la señora Paley— por qué está usted animando a Evangeline a que se comporte de este modo. Si cree que está haciéndole un favor, jamás ha cometido un error más grande. Antes de que haya acabado con ella, lo lamentará muchísimo.

—Espero que no —dijo la señora Paley—. Espero que se case con Gerry y que huya de usted. Espero que lo estén decidiendo ahora mismo.

—¿Qué? —gritó Robin.

—Ajá. Me lo imaginaba —dijo Duff.

—Pero no puede —protestó Robin.

—No lo hará —dijo el canónigo—. No lo voy a permitir.

—Si eso es lo que quieren, no podrá evitarlo —dijo la señora Paley—. Angie es mayor de edad.

—No está bien de la cabeza, y lo sabe. No quiero encerrarla, pero quizás deba hacerlo.

—No puede, canónigo Wraxton. No hay absolutamente nada más que pueda hacerle a Angie. Es libre.

—No se casará con él.

La señora Paley sonrió y empezó a recoger la cesta del té.

—Creo —dijo ella— que me iré ya a acostar.

El canónigo se levantó y le dio una patada a la roca en la que había estado sentado.

—Muy bien —dijo—. Muy bien, muy bien, muy bien...

Y volvió a patear la roca. El impacto debió de dolerle considerablemente. Pero continuó masacrando sus dedos de los pies contra el granito sin dejar de repetir «muy bien» durante unos minutos después de que la señora Paley y los chicos se hubiesen retirado al refugio. Cuando se fue por fin hacia Pendizack, cojeaba.

—Quiere hacer daño a alguien —explicó la señora Paley a los chicos, que estaban conmocionados—. Tanto y hasta tal punto que disfruta haciéndose daño a sí mismo. Y ahora, ¿seréis tan amables de explicarme por qué Gerry no puede casarse con Angie?

Robin empezó a explicárselo, pero los hechos le hacían un flaco favor a los Siddal, por lo que titubeó muy pronto. Y Duff dijo, con bastante mal humor, que él podía arreglárselas muy bien sin la ayuda de Gerry.

—Puedo trabajar en vacaciones. Tengo una beca. Y está la biblioteca de derecho de padre. Vale quinientas libras. Gerry parece creer que nos hundiríamos a menos que él dirija todo el asunto. Creo que lo mejor sería que se casase y que mandase a su esposa.

—Entonces suponed —dijo la señora Paley— que sois un poquito amables con él y con Angie a ese respecto. No os costaría nada y para ellos significaría mucho.

—¿Amables? —dijo Duff.

—¿Que la besemos, quiere decir? —preguntó Robin.

—¿Y que le demos una palmadita en la espalda a Gerry? —preguntó Duff.

—Eso lo dejo en vuestras manos —dijo la señora Paley, bostezando.

Algo perturbó a las gaviotas de los acantilados de Rosigraille. Hubo un graznido y un batir de alas y un coro de gritos, haciendo eco sobre el agua, antes de que se aposentasen de nuevo en los salientes. Angie, medio dormida en los brazos de Gerry, se incorporó y vio la luna pendiendo en el cielo sobre la colina en dirección a la tierra.

—Tenemos que volver —dijo—. Es muy tarde.

—No quiero volver —murmuró Gerry—. Soy feliz. Nunca antes había sido feliz. Y nunca más volveré a serlo. Quedémonos aquí.

—Pero volveremos a ser felices —dijo Angie—. Seremos felices el resto de nuestras vidas. Y si nos quedamos aquí tendremos reumatismo.

—No me importa el reumatismo. No lo tendré hasta mañana. Y sabemos que mañana será imposible. Se pondrán en nuestra contra.

Pero se levantaron de su guarida entre los helechos y comenzaron el camino de vuelta por los acantilados y hasta el refugio, agarrados y deteniéndose a menudo para besarse y gritar. La luna se elevó aún más y mientras llegaban al refugio lanzó una sábana de plata sobre los tojos. Una voz susurró:

—¡Ahí están!

Dos sombras, tumbados junto a una roca, los saludaron.

—Perdón —dijo Gerry—. No queríamos despertaros.

—No dormíamos —dijo Duff—. Estábamos esperándoos despiertos para felicitaros.

—¿Qué?

—Es lo que siempre hemos querido en nuestra familia, una buena soprano. Te debemos mucho, Gerry.

—Pero... —tartamudeó Gerry—. Pero... ¿cómo os habéis enterado?

—Os hemos visto mientras volvíais.

Robin, mientras tanto, había concedido a Evangeline un abrazo cordial, que la dejó tan sorprendida que soltó un chillido y despertó a la señora Paley, que estaba dentro del refugio.

—¿Son ellos? —gritó la señora Paley, soñolienta.

Gerry entró y se arrodilló delante de su colchoneta para contarle las noticias.

—Angie —le aseguró— es maravillosa. Es increíble. No es nada de lo que creerías que es. Ella es... —Bajó la voz y le confió en un solemne susurro—: Es muy apasionada en realidad.

La señora Paley soltó una carcajada y le deseó felicidad. Él volvió corriendo a abrazar a su amor en su colchoneta. Todos, salvo Angie, se durmieron enseguida; ella se quedó tumbada, observando la luna trepando por el cielo. Era demasiado feliz para entregarse al olvido. Volver al mundo y que, después de todo, no te reciban de un modo hostil, y que le mostrara por primera vez una cara amable, había sido como un despertar, la huida de una pesadilla. Se había desprendido de todos sus miedos y temores. Estaba tumbada, serena, abrazada por su leal guardián.

.

JUEVES

1. Demasiado ocupada para llorar

Nancibel encontró la carta de Bruce en la mesa de la cocina y la leyó mientras preparaba el té de la mañana. La puso tan triste que se olvidó de las hojas de té y llevó teteras redondas de agua caliente a todos los huéspedes de Pendizack. Cuando se dispuso a trabajar en la sala, le caían lágrimas por las mejillas. Incluso la noche anterior, su ira hacia él se había diluido hasta convertirse en pena absoluta, y en ese momento estaba segura de que nunca sería capaz de olvidarlo. A pesar de que solo lo conocía hacía apenas cuatro días, y pese a que tenía tantas cosas en contra de él, había hecho que sintiera de un modo mucho más intenso y profundo que lo que Brian, su primer amor, pudo jamás. Sus emociones, respecto a Brian, eran esperadas y comprensibles. Era un buen tipo, equilibrado y sensato, y era refinado, sabía cómo besar a una persona. Mientras que Bruce había abierto de repente una ventana con vistas a una región de su corazón que le resultaba un tanto extraña y de la que no había sido consciente hasta ese momento; un territorio salvaje y turbulento a través del cual era posible que la Nancibel del futuro viajase hacia unos horizontes nuevos y anónimos. Había sentido que la vida y los seres humanos eran muy importantes y que todo el mundo está solo, y que nadie conoce realmente a nadie.

La primera punzada se había sosegado, pero había tocado una fibra sensible que persistió en su relación con Bruce, por lo que en su atracción mutua, su alegría y sus peleas existía una tristeza aguda y extraña, un percibir a Bruce como alguien real, alguien tridimensional y capaz de existir por sí mismo, y que no se limitaba a un detalle más del paisaje. Ahora se había ido y nunca más volvería a verlo; pero sentía que siempre sería consciente de que su vida estaba ocurriendo en algún otro sitio y esa realidad estaba firmemente enfocada en él, así como en ella.

Empezaron a sonar muchas campanas a la vez. Los Paley, los Gifford, el canónigo Wraxton y la señorita Ellis acababan de descubrir que en sus teteras no había té. Tuvo que ir de arriba abajo durante veinte minutos, corrigiendo su error y repitiendo lo mucho que lo lamentaba. Para la hora del desayuno llevaba tanto retraso con el trabajo que estaba demasiado ocupada para llorar. Tuvo que dejar la sala a medio hacer y correr a la habitación del servicio para ayudar a Fred. A través de la puerta de la cocina podían oír el escándalo que estaban montando los Siddal hablando todos a la vez. La señora Siddal decía que la chica era una histérica, Gerry decía que pretendía vivir su vida, Duff decía que cantaba como un pajarito, Robin se preguntaba por qué no podía abandonar la escuela de inmediato y el señor Siddal decía que hasta donde él sabía su biblioteca de derecho había saltado por los aires.

—No —dijo Gerry—. El señor Graffham nos escribió al respecto. Dijo que te había hecho una oferta. Alguien quiere comprarla.

—¿Qué está pasando? —le susurró Nancibel a Fred.

Fred le susurró a su vez que los Siddal habían perdido una biblioteca. Ni él ni Nancibel podían entender cómo era aquello posible, porque se imaginaron o bien un gran edificio público, o una bonita habitación en la casa de un caballero, decorada con escritorios, sillas de piel y estanterías.

—¿No podríamos buscar la carta? —sugirió Gerry—. Quizás la oferta siga en pie.

—¿No podrían mandarla aquí? —preguntó Robin—. Entonces sabríamos cómo de grande es.

Fred abrió los ojos como platos y le preguntó a Nancibel si pensaba que el gobierno se la habría robado para una oficina de alimentación. Ese era, en su experiencia, el destino habitual de las bibliotecas.

—Ve al comedor —le aconsejó Nancibel, lanzando una mirada a través de la escotilla—. Las Cove han bajado.

Ella se fue a la cocina para llevarles a las Cove la comida y el café a través de la escotilla, donde Fred lo cogería para ellas. Se chocó con el señor Siddal en la puerta de la cocina, que salía de su cuchitril con una rabia evidente. Su rostro pálido se ruborizó y balbuceó:

—Ya he tenido suficiente... Ya he tenido suficiente...

Y Gerry, en la cocina, estaba extremadamente enfadado.

—No tenía ni que leer la maldita carta. Si nos la diese, nos encargaríamos nosotros.

—No creo que pueda encontrarla —dijo la señora Siddal—. En ese cuartucho hay miles de cartas. Millones. Ni siquiera las abre...

—Bueno, entonces deberíamos hacerlo nosotros. Esto no puede seguir así...

La bandeja de las Cove aguardaba en la mesita. Siempre eran las primeras en bajar. Nancibel la llevó a la escotilla y le hizo un gesto a Fred, que estaba de pie en mitad del comedor en una especie de coma. Probablemente aún estaba pensando en el misterio de la biblioteca desaparecida. Se acercó, volviendo a la vida, y cogió la bandeja justo cuando aparecían los Paley. Así que Nancibel fue a buscar más comida y volvió a chocarse con el señor Siddal. Esta vez salía del cuchitril con un cajón lleno de papeles. Le dejó pasar, pero la cocina no era su destino. Siguió por el pasillo, hacia la sala de la caldera.

—Lo siento si he sido grosero —estaba diciendo Gerry—. Pero tenemos que hacer algo. Puede que haya cartas importantes, cartas de negocios, sabe Dios. Las ordenaré. Pero ya es hora de que insistamos...

—El señor y la señora Paley —dijo Nancibel—. Y la señorita Ellis.

—¡La señorita *Ellis*! —exclamó la señora Siddal, sirviendo el beicon de los Paley—. ¿Qué quieres decir con... la señorita Ellis?

—Que está sentada a su mesa —declaró Nancibel.

—Debería estar en la habitación del servicio. No es su hora del desayuno. No voy a servirle nada. Nada en absoluto. Parece que nos falta una tetera.

—Lo lamento mucho, señora Siddal. El canónigo Wraxton la rompió esta mañana. Bueno..., de hecho, me la lanzó, por lo que tuve que coger otra. Ese es el motivo. Fue mi culpa. Se me había olvidado poner las hojas del té.

—No sé qué le pasa a todo el mundo esta mañana —exclamó la señora Siddal—. ¿Cómo has podido ser tan estúpida, Nancibel? La señora Gifford se ha quejado.

—Lo lamento muchísimo, señora Siddal. Me temo que la tetera dio en un cuadro en la pared y rompió el cristal. Ya sabe, esa pintura religiosa de la virgen María con los cupidos.

Nancibel cogió la bandeja de los Paley y fue a la habitación del servicio pensando que si se quedaba en aquella casa más tiempo perdería la cabeza. El señor Siddal salía de la sala de la caldera con el cajón vacío. Si había tirado todos esos papeles al fuego, pensó, lo apagaría. Y estaba sucediendo algo horrible en el comedor. La señora Cove estaba gritando y zarandeando su cafetera y pidiendo que trajesen a la señora Siddal, y a todos los Gifford, que acababan de entrar y se estaban riendo.

—Es por la talla de tu bisabuela —le susurró Fred a través de la escotilla—. Acaba de encontrársela en la cafetera.

¡Qué locura!, pensó Nancibel, mientras huía del consiguiente griterío. El Blitz de Plymouth era un pícnic de la escuela dominical al lado de esto; todos sabíamos adónde íbamos y qué estábamos haciendo. Pero en este lugar las únicas con un poco de sensatez eran las pequeñas Cove, y tampoco tenían mucha. Todos los demás están chiflados, incluida yo, queriendo como quiero aullar por un tipo tan loco como Bruce...

Se fue a hacer las habitaciones y llegó por fin al ático de los Gifford, donde se encontró a una Hebe muy enfurruñada.

—¿No quieres desayunar? —gritó—. Los niños que no quieren el desayuno quieren Eno.

—Lo que quiero es morirme —dijo Hebe—. Y entonces todo el mundo lo lamentaría.

—No lo lamentarían tanto como tú te crees. Lo superarían rápido y tú seguirías muerta.

—¿Sabe alguien lo de ayer?

—Ni un alma, cielo, solo yo y... Bruce. Y mantendremos la boca cerrada.

—¿Estaba borracha?

—Sí. Y no es nada de lo que alardear. Fue repugnante. Así que será mejor que nos demos prisa y lo olvidemos. El viernes va a pasar algo maravilloso.

Mientras hacía las camas Nancibel le describió los planes para la fiesta. Pero a Hebe no le entusiasmaron las noticias.

—No iré —dijo lánguidamente.

—¿Y por qué no? Será maravilloso.

—Todo el mundo es horrible conmigo.

—Las Cove no. Y si no vas estarán tremendamente decepcionadas. Si hay alguien a quien quieren invitar es a ti. Piensan mucho en ti.

—No disfrutaría. ¿Por qué tendría que ir a un pícnic que odiaré solo por complacer a las Cove?

—Porque si no lo haces serás un sapo desagradable. No hay mucho que podamos hacer por ellas, pobrecitas; pero tú eres la que más puede hacer, porque sois de la misma edad, ¿lo entiendes? Creo que hasta que te conocieron nunca se lo habían pasado bien.

—Se supone que intenté asesinarlas.

—Oh, estupideces. Nadie lo piensa. Intentar enseñarles a nadar no fue una mala idea. Pero fuiste tonta al elegir un lugar tan peligroso. Creo, honestamente, que has sido maravillosa con ellas, pero lo estropearás todo si no vas a su fiesta. Ahora, Hebe, tómate una buena dosis de Eno, lávate la cara y te sentirás mejor.

—No tengo Eno.

—Te traeré un poco.

Nancibel se fue corriendo y tomó prestado un poco de sal de frutas Eno de la señora Paley. Cuando volvió, Hebe parecía estar mejor.

—Creo —dijo mientras Nancibel medía las sales en un vaso— que debe dar comienzo una sociedad secreta con el fin de ayudar a las Cove. Tienen muchos aliados en Pendizack.

—La mejor ayuda que puedes darles —dijo Nancibel— es ir a su fiesta y hacer que sea un éxito. Aquí tienes. ¡Bébetelo todo!

—¿No crees que debería ser de etiqueta?

—Depende de lo que ellas quieran. Es su fiesta.

—Nunca han dado una fiesta. No saben cómo hacerlo. Querrán muchos consejos. He pensado en una fiesta de etiqueta. ¿Dónde está Bruce?

—Se ha ido.

—¿Se ha ido? ¿Quieres decir inmediatamente? ¿Para siempre?

—Sí. Se fue anoche.

—¡Oh, Nancibel! ¡Qué pena! Era tan agradable. Es una gran pérdida. Para la sociedad, quiero decir.

Nancibel se giró y fue a hacer las camas de los gemelos. Cuando terminó de hacer todas las habitaciones, encontró un momento para escaparse a los establos. Había dejado su buhardilla muy limpia. Sus sábanas y funda de almohada estaban cuidadosamente dobladas y puestas en la esquina de la cama cazabobos, preparadas para la colada. Quizás había imaginado que ella iría a por ellas y quería ahorrarle la molestia.

Se sentó en el suelo al lado de la cama y hundió la cara en las sábanas.

Duff había puesto su gramola en la buhardilla de al lado, y los zumbidos de la música atravesaban la delgada separación entre ambas habitaciones. Era una música muy triste, rápida y suave, como el alarido del corazón desorientado de Nancibel. Dejó salir su desaliento por este mundo inexplorado de sentimientos en el que había caído; la pena, la incertidumbre, el arrepentimiento, y todas las experiencias que han de vivirse antes de ser vieja y estar en paz. Se dio prisa, igual que se da prisa el tiempo, dejándola demasiado ocupada para llorar.

Solo pudo quedarse unos instantes. Después cogió toda la ropa de cama y volvió a la casa. La lanzó a la cesta de la lavandería, sin compasión, sabiendo que, cuando estas sábanas volviesen a casa, sería incapaz de distinguirlas entre cuarenta sábanas más.

2. Actividad en la sala de la caldera

El señor Siddal llevaba sin esforzarse de un modo tan continuado durante muchos años. En media hora había sacado de su habitación todos los papeles que tenía y los había acumulado en la parte superior de la caldera. Lo hizo mientras su familia desayunaba, antes de que pudieran descubrir qué estaba haciendo y tratasen de evitarlo. Fue de un lado para otro del pasillo, cargado con papeles cada vez, y en el octavo viaje descubrió que el fuego se había apagado. La cantidad de papel había ahogado la corriente de aire y sofocado las llamas.

Era un infortunio inesperado. Sacar los papeles y volver a encender el fuego supondría una tarea apabullante. Pero no sería nada comparado con los esfuerzos con los que Gerry amenazaba: ordenarlo, tener que responder, las decisiones... Después de avivarlo y maldecir un poco, volvió a su habitación para coger algunos ahorros que tenía en una caja debajo de su cama.

Olió el tufo del humo de un cigarro caro y descubrió que Anna lo estaba esperando, una Anna muy agitada, con mejillas pálidas y mirada ansiosa. Al verla, recuperó un poco su humor. Porque su pequeña ventana era un agujero para espías perfecto. A la gente se le olvidaba que tras ella había una habitación habitable. A Bruce y a Nancibel se les olvidó anoche cuando metieron a Hebe en la casa.

—¡Anna! Pensé que estabas en casa de Polly.

—Y así era. Acabo de volver. He cogido un taxi. ¡Por Dios, Dick! Tu habitación apesta. ¿Nunca abres la ventana?

—Está atascada. Pero no me importa el olor. Mantiene lejos a los intrusos. ¿Qué quieres, mi querida Anna?

—Tengo un pequeño disgusto —confesó Anna, dándole una calada al cigarro.

Él sonrió.

—Todos tenemos un pequeño disgusto —dijo—. Ahí dentro hay montado un buen escándalo. Hemos extraviado a un niño.

—¿A cuál? —preguntó Anna.

—Lo he olvidado. Creo que no me han dicho a cuál.

—¿Hebe?

—¿Esa es la niña del gato? Creo que es ella.

—¿Qué ha ocurrido?

—No lo sé, la verdad. Nunca me cuentan nada. Pero he oído algo de que sir Henry va a ir a la policía.

—¡Oh, señor!

Él la observó.

—Es muy amable por tu parte que sientas tanta preocupación cuando tienes tus propios problemas —le dijo.

Anna cogió otro cigarro de su bolso y lo encendió con la colilla del anterior.

—¿Dónde está Antínoo? ¿Por qué no te ha traído él? ¿Por qué has tenido que venir en taxi?

—Esto es terrible. —Tiró la colilla al suelo y la pisó con su tacón—. Me temo que creerán que soy la culpable. Verás..., me llevé a Hebe conmigo ayer...

—¿Qué? ¿A casa de Polly?

—Sí. Yo... siento pena por la criatura, aquí todo el mundo la odia.

—Ahórrame tu compasión, Anna. Tendrás un momento incómodo con sir Henry. Pero si la has traído de vuelta...

—Pero no lo he hecho —lamentó Anna—. No lo he hecho.

Mientras ella le contaba la historia, el señor Siddal no fue del todo gentil. Se mostró provocadoramente obtuso, para que ella tuviera que ofrecerle todos los detalles. Cuando ella hubiese agradecido una pregunta, él simplemente la miraba y no decía nada. Cuando hubiese preferido que se quedara callado, hacía preguntas extrañas. Pero necesitaba su ayuda tan desesperadamente que se vio obligada a contárselo todo.

Hebe, Bruce y el coche habían desaparecido a las siete del miércoles por la tarde, cuando Anna se había acordado de su *protégée* y fue a buscarla a donde estaban Bint y Eggie. No se había alarmado demasiado porque imaginaba que Bruce se la había llevado de vuelta a Pendizack, pero no disfrutaba de la indignación que la aguardaría a su vuelta, cuando el estado de la niña hubiese sido notificado. Así que se bajó del taxi discretamente en la parte superior de la carretera y había descendido para averiguar, si podía, cómo estaba todo, yendo primero al garaje para ver si estaba su coche. Allí estaba, y en su tocador, cuando llegó a su habitación, había encontrado una nota de Bruce.

—Era muy breve, Dick. No te la puedo enseñar porque la rompí. Bueno..., me enfadé mucho. Pero decía que se había ido y que no iba a regresar y que no quería volver a verme. Sé que me da igual. Estoy harta de él. Pero no decía nada de Hebe. Nada en absoluto de Hebe. De dónde está ahora, me refiero...

—¿Crees que alguno de los invitados de Polly podría arrojar algo de luz sobre el asunto?

—¿Cómo voy a saberlo? Todos fingieron no tener ni idea. Y, por supuesto, yo pensé que se había ido con Bruce. Pero no puedo estar segura... Bueno... Ya sabes cómo son los amigos de Polly. No puedes fiarte de ninguno.

—Desde luego que no. Y aún no me has contado qué te incitó a llevártela.

—Solo fue un impulso. Tenía intención de vigilarla.

—Tus impulsos me fascinan. Voy a intentar adivinarlo. Querías impresionar a Bruce, ¿no?

Anna se rio con nerviosismo.

—Bueno..., quizás hubo algo de eso.

—Te gustan las tácticas que escandalizan, ¿no es así? Utilizas una porra y golpeas a tus víctimas con ella en la cabeza.

—No tengo tiempo para eso. He hecho lo que tenía que hacer. Te lo he contado. Ahora puedes proceder como consideres.

—¿Yo? —El señor Siddal estaba sorprendido—. Mi querida muchacha, no tiene nada que ver conmigo.

—Quiero decir que puedes contárselo a los Gifford. Lo que tú quieras. Me largo. Despídete de Barbara de mi parte.

—¿Quieres decir que te vas?

—Antes de que me encuentre con sir Henry. ¿Tú no lo harías?

—Yo no soy tan diligente. Eres única, si me permites decírtelo.

El señor Siddal se rio y ella dijo con amargura:

—Me alegro de que te divierta tanto.

—Sería más acertado decir que me divierte muchísimo.

—Te devora el rencor y la maldad, ¿eh?

—Muy cierto, como dicen en las antípodas. ¿Adónde irás?

—No creo que te lo diga. No tengo prisa por volver a aparecer hasta que me asegure de que no se va a montar un escándalo por la niña.

—Muy inteligente. Pero si la han asesinado pueden pasar años hasta que excaven el jardín de Polly. Aun así, el alboroto y el griterío se calmarán. Vete, y en cuanto te hayas ido le diré a sir Henry lo que has hecho.

—Pero Dick, yo no hice nada. La niña viajó de polizón en mi maletero. No sabía que estaba allí hasta que llegamos a casa de Polly.

—Eso no lo has mencionado.

—¿No? Acabo de recordarlo. La envié de inmediato de vuelta en el coche con Bruce. Si él no la ha traído..., sería mejor que sir Henry lo buscase a él.

—Todo es muy confuso. ¿Lo he entendido mal entonces? A lo mejor después de todo es mejor que no diga absolutamente nada. Si huyes rápido... Nadie te ha visto volver, ¿no?

—No creo. Lo que digas o lo que dejes de decir es tu responsabilidad. Estoy limpia, ya te lo he dicho.

—¿Has pagado y todo eso?

—No. Dejaré un cheque ahora mismo. Pondré fecha de ayer y podrás decir que te lo di antes de irme a St. Merricks. —Buscó en su bolso la chequera y la pluma, al tiempo que preguntaba—: ¿Cuánto es?

—¿Cómo voy a saberlo? No dirijo este hotel.

—Tú me alquilaste las habitaciones. Creo que son seis guineas. Las alquilé por una semana, así que la pagaré entera. ¿Cuatro guineas por la de Bruce? Ha tenido que dormir en un pesebre. Eso hace un total de diez guineas. Sin extras. No hemos bebido nada porque en este prostíbulo rural que tenéis montado no tenéis licencia.

—¿Y el té de la mañana? —murmuró Siddal con una repentina agudeza empresarial.

—¿Eso es un extra? ¿Cuánto? Lo he tomado en dos ocasiones: el martes y el miércoles. Digamos que son dos chelines.

—¿Bruce no tomó ninguno? ¿No se lo llevó Nancibel?

—No lo sé. Pero mi apellido no es Cove, por lo que pondré cuatro chelines por ello. Diez libras, cuatro chelines. Creo que lo has hecho bastante bien, porque vinimos el lunes.

—¿Propinas? —murmuró Dick Siddal.

Anna dudó y se ruborizó un poco. Después volvió a buscar en su bolso y sacó diez chelines, que le entregó.

—Esto es para Fred. Sé que no te acordarás de dárselos, lo cual es injusto para el pobre Fred. Dejaré en mi tocador la propina para Nancibel.

—¿Porque quieres asegurarte de que la recibe?

—Exactamente. Aquí tienes el cheque. Intenta acordarte de dárselo a Barbara. Adiós. Ha estado bien volver a verte, Dick. La gente me pregunta a menudo qué ha sido de ti, y ahora podré contárselo.

Echó una mirada maliciosa al cuartucho y se marchó, con la intención de salir por la puerta trasera y colarse hasta su habitación.

Pero la puerta trasera ya no era accesible. Fred estaba delante de ella, escuchando el sermón de la señorita Ellis en la sala de la caldera. Estaba de espaldas, por suerte, o hubiese visto a Anna.

—Hay que sacar todo esto y llevarlo a la papelera. ¡Todo! Menuda idea poner todo esto encima del fuego. Ahora entiendo que se haya apagado... —decía la señorita Ellis.

Anna, cuidadosamente, pasó de puntillas por el pasillo, y atravesó la puerta que separa a los sirvientes de los demás, hasta llegar a la entrada. La suerte estaba de su lado y llegó a su habitación sin encontrarse con nadie.

Le llevó muy poco tiempo hacer la maleta. Puso en el tocador una propina insultantemente elevada para Nancibel y salió al garaje con su máquina de escribir y las maletas. Abrió la puerta del garaje, se subió al coche y pulsó el botón de arranque. No ocurrió nada, ni siquiera cuando se bajó del coche y arrancó el motor.

—¿Puedo ayudarla? —preguntó Duff.

Iba a subir a su buhardilla para escuchar música de la gramola cuando oyó a Anna blasfemando dentro del garaje.

—No lo sé —dijo—. Algo va mal con este maldito coche. ¿Entiendes de coches?

Él lo inspeccionó brevemente y le informó de que no había gasolina en el depósito. Los comentarios de Anna respecto a este percance lo sorprendieron casi tanto como Polly había sorprendido a Hebe, por más o menos los mismos motivos.

—¿Y bien? —sentenció, al borde de la risa pese a su exasperación por su expresión estupefacta—. No te quedes ahí mirándome así. Dime lo que tengo que hacer. Bruce me ha abandonado. Y tengo que volver a Londres de inmediato y quiero irme de aquí rápido.

Duff intentó dar con una respuesta ingeniosa y sofisticada. Era la primera vez que estaba a solas con Anna y pensaba que ella esperaba que él hiciera algo. Pero no se le ocurría nada que decir salvo que debía de haber algún bidón de gasolina en el cobertizo del jardín, y que podría darle la suficiente para llegar al pueblo. Se la llevó hacia el huerto.

—Tengo una prestación bastante grande para gasolina —le explicó mientras le seguía—. Escribí y les expliqué que necesitaba conducir por todo el país para conseguir copias para mis libros y ganar un montón de dólares, y se lo creyeron de inmediato. Es maravilloso lo que se puede conseguir a veces siendo una cara dura.

Duff se paró en seco y se quedó observando una cabeza rubia oscura, visible solo a través de las ramas de manzano, que había en el huerto.

—Disculpa —dijo. Y después gritó—: ¡Hebe!

—¿Sí?

—¿Qué estás haciendo aquí? No tienes permiso para estar en el huerto.

—Estoy cogiendo lavanda —le gritó Hebe desde la distancia—. Tu madre me ha dado permiso.

—Entonces ha vuelto —dijo Anna con la voz entrecortada.

—¿Que ha vuelto? Nunca se ha ido.

—Tu padre me dijo que se había perdido o algo así.

—Oh, no. —Ni siquiera se molestó en escuchar—. Por la noche estuvo enferma, pero eso es todo. Despertó a todo el mundo por la noche.

—Oh, ya veo. —Anna reflexionó unos segundos y después

dijo—: ¡Viejo cabrón! Bueno, no nos preocupemos por la gasolina. En realidad no tengo por qué irme hoy.

Levantó el brazo, cogió un higo maduro de un árbol cercano y le hincó el diente. Duff sabía que su madre pretendía venderlos todos, pero pensó que decírselo sonaría infantil. Adoptó un gesto de ligera arrogancia, cogió un higo y le preguntó por qué se había ido Bruce.

—Recibió una llamada —dijo Anna vagamente—. Campos y pastos nuevos.

Bosques, pensó Duff, que había heredado la precisión de su padre. Pero le impresionaba la aparente facilidad con la que Bruce se había largado, que no hubiera sido engullido por ella en absoluto, que fuese libre para buscar otras vivencias en otra parte. Se volvió más audaz. Ella no era el tipo de mujer que él quería; le parecía repelente, en cierta manera, pero le ofrecía algo que nunca había tenido y había algo que le resultaba extremadamente interesante. Si podía alejarse de ella en cuanto se hubiese terminado... Cuando volvieron al patio de los establos, él le preguntó si quería que le llevase las maletas a su habitación.

—¿Adónde ibas cuando te interrumpí y te llevé por el mal camino? —preguntó Anna.

—Iba a poner mi gramola.

—¿Dónde?

Observó fascinada todo el patio.

—Encima de los establos. Yo... Nosotros dormimos ahí arriba —le explicó Duff. Dudó, pero después añadió alegremente—: Suba.

Anna parecía sorprendida, hasta que él le indicó las escaleras a la buhardilla.

—Gerry lo desaprobaría —rebatió Anna.

—Al carajo con Gerry —dijo Duff—. Hay que subir la escalera; es la puerta de la derecha.

—Tú primero —dijo Anna—. ¡Menudo lobo eres!

—¿Usted cree? —preguntó, nada disgustado por el comentario.

—Estoy segura de que Gerry nunca le diría a una mujer que subiese la escalera primero.

Duff nunca había pensado de ese modo en las escaleras, pero se las arregló para devolverle el golpe comentando que algunas mujeres se sentirían insultadas si no se les daba la oportunidad.

Anna estuvo de acuerdo:

—Cualquier mujer se sentiría así —rio—. Pero Gerry eso no lo sabe. Ni tú deberías a tu edad.

Subieron la escalera y entraron en la gran y desordenada buhardilla que Gerry, Robin y él ocupaban. Ella miró a su alrededor con una leve sonrisa.

—Es casi monacal —dijo ella.

—Tremendamente austero —dijo Duff, y después frunció el ceño porque estaba intentando dejar de utilizar ese adverbio después de que su padre se riese de él por hacerlo.

Gerry, recordó, se había ido con Angie y Robin tenía el bote. Este *tête-à-tête* podía durar horas antes de que llegase alguien.

—¿Qué libro es? —preguntó, cogiendo uno de un recipiente para embalaje junto a la cama—. ¡*Pasos hacia el altar*! Es de Gerry, supongo.

—Sí —dijo Duff.

—¿Puedo sentarme en una de estas camas o también se doblan?

—No. Eso solo pasa con la de Bruce.

Guardó silencio, algo confundido. Anna se sentó en la cama y abrió el libro. Una dedicatoria en la página del título le informó de que su madre le había regalado el libro a Duff el 5 de marzo de 1944.

—Qué mentiroso eres —dijo—. ¿Por qué me has dicho que era de Gerry? Supongo que hiciste tu primera comunión en 1944.

—Me confirmé ese año —dijo Duff, poniéndose rojo.

—Oh, ¿confirmado? ¿Qué ocurre cuando te confirmas? Recuérdamelo. Pensé que eso solo se lo hacían a las mujeres después de dar a luz.

—Oh, no, eso es la purificación. Te confirma un obispo. Pone su mano en tu cabeza y...

—Ah, sí, ya me acuerdo. Y si te pone la mano derecha es suerte y si te pone la izquierda no. A mí me puso la mano izquierda y me aterroricé.

—¿Qué? —gritó Duff—. ¿Tú te has confirmado?

—Por supuesto que sí. ¿Por qué no? Y estoy vacunada, y he estado en el juzgado. Mis padres no escatimaron en mi educación. Llevaba un velo blanco. De eso me acuerdo. ¿Por qué creías que no me había confirmado?

Duff fue incapaz de contestar y sintió que parecía lamentable. Debía de estar perdiendo su reputación como lobo. La miró sin convicción y se preguntó qué haría un lobo de verdad. Una vocecita seca en su cabeza le susurró que ningún lobo de verdad malgastaría ni cinco minutos con Anna. Lobo no come lobo. Y mientras él dudaba, reacio a verse como un corderito, se oyeron pasos en la escalera. Alguien estaba subiendo.

—Pon un disco —le susurró Anna.

Duff corrió a la gramola y puso el primer disco que tenía a mano. Pero había que darle darle a la manivela y cambiar la aguja. Los pasos chirriaban en la escalera. Después se giraron. Entraron en la buhardilla de Bruce.

Puso el disco. La sinfonía en sol menor de Mozart brotó con urgencia hacia la vida y lanzó sus apagados lamentos. Cruzó la habitación y miró a través de un pequeño agujero en la separación de madera entre las buhardillas.

—¿Quién es? —murmuró Anna bajo la protección de la música.

—Nancibel.

—¿Qué está haciendo ahí?

Duff no respondió. Nancibel estaba arrodillada junto a la cama y pensó que estaba llorando. Recordó las bromas en la cocina de Pendizack sobre Bruce y Nancibel. Y se le ocurrió que a lo mejor Bruce no había escapado tan fácilmente después de todo; quizás hubiese tenido que dejar atrás, a la fuerza, algo valioso. De repente oyeron que Nancibel se iba. Pero la música seguía, hilando su ligera red de pena, tan fina como una telaraña, tan fuerte como el acero. A Duff le resultaba imposible resistirse. Flotó sobre la gramola y se dejó llevar por la corriente de sonido.

En las pequeñas ventanas, en los rayos del sol, danzaban pequeñas motas de polvo. La sonrisa enigmática de Anna se convirtió en una insignificancia inamovible. Ella bostezó. Dio golpecitos con el pie en el suelo. Duff, junto a la gramola, le dedicó una mirada reprobatoria, porque el ruido le molestaba.

Anna se levantó de pronto y se marchó. Él ni siquiera tra-
tó de detenerla. Ella podía esperar. Estaba seguro de que no
iba a disfrutar de ella tanto como estaba disfrutando del sol
menor.

3. Leones en el camino

Gerry y Evangeline estaban profundamente enamorados. La necesidad de afecto, toda la frustración de dos vidas, se habían mezclado en un torrente mutuo de regocijo y liberación. Cada uno era, y esa era la verdad absoluta, el mundo entero para el otro. La felicidad los había transformado. Los granos de Gerry estaban desapareciendo con rapidez y en Evangeline había florecido un encanto que era prácticamente belleza. Sus mejillas estaban rosadas, le brillaban los ojos y tenía el pelo reluciente. Gerry incluso declaró que había engordado un poco.

Los obstáculos, que habían parecido inmensos cuando se prometieron en los acantilados de Rosigraille, al observarlos de cerca, estaban menguado y desapareciendo. Duff y Robin los apoyaban, y el rechazo de la señora Siddal, aunque amargo, había sido expresado de un modo tan silencioso que parecía insignificante. Y en cuanto al canónigo, la mayor pesadilla de todas, parecía haberse retirado de la batalla. Habían reunido todo el valor y habían ido a buscarle, justo después del desayuno, pero estaba encerrado en su habitación y no les respondió. Una nota para Evangeline, que había dejado en la oficina, explicaba su actitud:

Me voy de esta casa el sábado. Si quieres venir conmigo tendrás que mandar a ese muchacho a paseo. Si no quieres, puedes quedarte. Él podrá mantenerte y le deseo felicidad. Cásate con él, si

344

es lo suficientemente imbécil. Cambiaré mi testamento. Tendrás lo que te pertenece porque eres la única de mis hijos que se lo merece. Pero no ahora. Ahora no vas a tener ni un penique.

—Pero ¿cómo piensa marcharse? —exclamó Evangeline tras leer la nota—. ¿Quién conducirá el coche? Él no puede hacerlo. Le quitaron el permiso.

—Eso es problema suyo —dijo Gerry, feliz—. Pero ¡fíjate! Es una tregua. Es su consentimiento, casi, sin fuegos artificiales.

Con los corazones enormemente aliviados, corrieron hacia los acantilados de Rosigraille para revivir la noche anterior otra vez.

Pero doce horas habían cambiado su humor, y hablaron más del futuro que del presente. Evangeline fue enérgica y práctica. Pasarían, dijo, muchos meses antes de que pudieran casarse, y mientras tanto ella no tenía ninguna intención de permitir que Gerry la mantuviese. Conseguiría un trabajo. Había comentado este tema con la señora Paley, quien le habló de una buena agencia en Londres.

—No tiene sentido que me quede más allá del sábado —decidió—. A tu madre le molestaría. La señora Paley puede prestarme el dinero. Iré a Londres y conseguiré trabajo como cocinera. Si sabes cocinar es fácil conseguir trabajo. Venderé mi anillo de diamante. Eso me ayudará hasta que encuentre un trabajo y tendré dinero para devolvérselo a la señora Paley.

—Pero ¿sabes cocinar? —preguntó Gerry sorprendido.

—Oh, sí. Soy una cocinera bastante buena. Mejor que...

—Mejor que su madre, la señora Siddal, iba a decir. Pero se contuvo y dijo en cambio—: Mejor de lo que tú te crees.

—Entonces no entiendo por qué no te fuiste antes. Ah, sí, por la promesa que le hiciste a tu madre. Se me había olvidado. —Gerry reflexionó un rato y después dijo—: Pero ¿qué pasa con la promesa que le hiciste a tu madre?

A Evangeline le pareció una pregunta bastante insensible. Dijo rápidamente:

—Yo no lo abandono. Es él quien no quiere que esté más a su lado.

—Lo sé. Pero te habrías casado conmigo y lo habrías abandonado dijese lo que dijese, ¿no?

—Por supuesto.

—Entonces, ¿no eres un poco incongruente?

—¡No! —dijo Evangeline bruscamente.

Él debería haber notado una señal de peligro, pero sabía muy poco de las mujeres. Insistió:

—Ayer dijiste que no podías casarte. Hoy dices que sí.

—Nunca dije que no pudiera casarme.

—Dijiste que no podías dejar a tu padre. Con eso iba implícito que no podías casarte.

—No veo por qué. Creo que tú también estás siendo incongruente. Anoche me rogaste que me casara contigo. Ahora me estás desalentando.

—¿Yo? ¿Desalentándote? ¡Oh, Angie!

—Me estás diciendo que, si lo hago, seré incongruente. Estás sugiriendo que me equivoco. Y, por supuesto, si crees que hago mal casándome contigo, será mejor que...

—¡No lo pienso! ¡No lo pienso! ¡No lo pienso! Solo creo que antes estabas equivocada. Creo que te equivocaste al hacer esa promesa.

—Ah, ya entiendo. He tenido que equivocarme en algo.

—Angie, cariño, no te enfades tanto.

—Bueno, ¿por qué estás tan ansioso por que reconozca que me equivoqué? Yo no te insisto para que digas que te equivocaste cuando cambiaste de idea respecto a si podías casarte.

—Pero estaba equivocado —dijo Gerry—. No cuando cambié de idea, sino antes. Ahora lo veo. La mitad de mis problemas eran culpa mía. Me gustaba ser un mártir. Duff y Robin han sido muy honestos y, si hubiesen tenido la oportunidad antes, también lo habrían sido en el pasado. Nunca les di la oportunidad. Prefería ser abnegado y sentirme superior.

—Se supone que los cristianos —dijo Evangeline de mal humor— no tienen que ser abnegados.

—Sí. Pero no está bien animar a la gente a comportarse mal, solo para ser una víctima noble. Eso no devuelve el bien por el mal. Solo los estás ayudando a ir al infierno.

—Bueno, no sé qué bien te hace quedarte sentado diciéndote que estabas equivocado. Creo que ya tenemos suficientes dificultades por delante, sin tener que preocuparnos por eso.

—No me preocupo. ¡Oh, cariño! ¡No nos peleemos!

Parecía tan triste que ella se ablandó y le sonrió. Dejaron el tema. Pero una parte de su felicidad había desaparecido, porque se dio cuenta de que había ciertas cosas que ella nunca entendería. Era una mujer, pensó, y las mujeres son curiosamente limitadas.

Así que se sorprendió mucho cuando ella dijo de repente, en el camino de vuelta a Pendizack:

—Por supuesto que antes estaba equivocada.

Él había estado hablando de Kenia y por unos instantes no entendió a lo que se refería.

—La promesa que le hice a mi madre fue un disparate. O bien no tendría que haberla hecho, o bien tendría que haberla cumplido. Me quedé con mi padre por pura... pura cobardía o morbosidad, como una especie de enfermedad. Quería que pasase lo peor, era malvada. Fue horrible.

—Entonces, ¿por qué te has enfadado tanto cuando...?

—No veía el motivo para hablar de esas cosas.

—Quería saber cómo te sentías —explicó—. ¿No crees que es maravilloso saberlo todo el uno del otro?

—En absoluto. Si lo supieras todo sobre mí, no querrías casarte conmigo.

Gerry protestó con vehemencia. Esta confesión había ensombrecido su ánimo.

—Cada cosa que conozco sobre ti —le aseguró— te hace más dulce y más querida.

Evangeline sonrió. Pero decidió callarse respecto al polvo de cristal que tenía en su pastillero, pensando, con razón, que a Gerry no le parecería ni dulce ni querida. Lo que fuera que hubiese sido en el pasado, ahora era una mujer muy amable y la esposa perfecta para él.

—Así que siempre nos lo contaremos todo—decidió Gerry, feliz.

—¡Mi querido Gerry! Te quiero mucho.

—¡Ojalá mi madre se lo tomase mejor!

—Vayamos a buscarla —sugirió Angie—, y descubramos si podemos hacer algo por ella.

Caminaron alegremente de regreso al hotel y entraron en la cocina, donde se encontraron con la señorita Ellis, Nancibel y Fred reunidos alrededor de la señora Siddal, que estaba tumbada en el suelo con ceniza en la cara y los ojos cerrados.

—Se ha desmayado —explicó la señorita Ellis.

—Se desplomó como un saco de carbón —dijo Fred—. Estaba en la antecocina y oí un ruido peculiar, pero no se me ocurrió ir a mirar. Sonaba más bien como un saco de carbón.

—Cuando yo he llegado estaba ahí tumbada —dijo Nancibel, que estaba tirándole agua a la cara a la señora Siddal—. No sé cuánto tiempo lleva aquí. ¿Por qué iban a empezar a caerse sacos de carbón? Deberías haber echado un vistazo, Fred.

—Creo que probablemente es el corazón —dijo la señorita Ellis—. No me sorprende. Siempre he pensado que no tenía buen color.

La señora Siddal abrió los ojos y los miró a todos con desagrado.

—Me he desmayado —les dijo un tanto triunfante.

Mientras le daban un reconstituyente, sopesó este logro con satisfacción. Porque era una prueba de que el compromiso de Gerry había sido realmente la gota que colmaba el vaso. La había roto por completo y había acabado con ella, por lo que de repente, mientras enrollaba la masa, el suelo se elevó y la golpeó.

—Debería irme a la cama —les dijo.

—Desde luego que te vas a la cama —dijo Gerry, que estaba tomándole el pulso—. Para el resto del día.

—No habrá comida, ni té, ni cena —continuó ella—. Nadie tendrá nada para comer. Qué haréis, no lo sé. Lo mejor será que le pidáis a la señorita Wraxton que cocine para vosotros.

Eso lo dijo para crear alarma y consternación. Debían ser conscientes de que en aquella casa dependían totalmente en ella. Pero no parecía que Gerry lo entendiese. Asentía de un modo reconfortante.

—Sí —dijo—. Angie cocinará.

—Y puedo enseñarle dónde está todo —añadió Nancibel.

Gerry rodeó a su madre con el brazo y la ayudó a ponerse en pie, instándola a que no se preocupase por nada.

—No me preocupo —dijo fríamente—. Ya me he preocupado lo suficiente. He decidido dejar de hacerlo. Ahora es cuando empezaréis a preocuparos los demás.

—Espléndido —dijo Gerry enérgico—. Ojalá lo hicieras de verdad.

La llevó escaleras arribas, hasta su habitación. Ella se sentó en la cama y se puso de costado.

—Voy a dejar el hotel. Es demasiado para mí. No puedo continuar. Lo hice por Duff y Robin. Pero no puedo educarlos sin ayuda. Así que, si quieres casarte, no tiene sentido continuar con esto. Ellos hablan alegremente de seguir adelante sin ti. Pero dan por sentado que yo voy a seguir trabajando para ellos. Tendrán que arreglárselas sin mí. Alguien tendrá que mantenernos a mí y a tu padre. Os he mantenido a todos demasiado tiempo ya.

—Cuando hayas descansado un buen rato —le aseguró Gerry—, te sentirás de otro modo. Angie se quedará tanto tiempo como desees y cocinará. Y estoy seguro de que la señora Paley te echará una mano, y los chicos también. Nos las arreglaremos de maravilla.

Ella no dijo nada más, y se metió en la cama, decidida a quedarse allí hasta que hubiesen aprendido la lección.

4. De la señorita Ellis para la señorita Hill

… Bueno, Gertie, han pasado cuatro días y no he terminado esta carta, pero debo darme prisa y terminarla ahora porque me voy de aquí en cuanto pueda. Me iría hoy mismo, pero no tengo adónde ir, solo a casa de mi hermana, y no quiero ir allí si puedo encontrar otro lugar. No deja de escribirme fingiendo que quiere arreglarlo. ¡Me pregunta si me gustaría pasar unas bonitas vacaciones en Frinton! Lo único que me veo haciendo allí es lavar todos los platos, probablemente.

Gertie, he encontrado una carta. La tiraron a la caldera pero no se quemó. Me ha enojado mucho hasta que lo he pensado. Alguien del gobierno o algo así les escribió para decirles que la casa no era un lugar seguro, porque el acantilado podría caerse en cualquier momento, sobre todo si es un verano seco. Bien, este es un verano seco. Estaba tan enfadada que he subido a la planta de arriba y he hecho las maletas. Pero después he pensado que no puedo confiar en nada de lo que diga el gobierno, que siempre está entrometiéndose, porque ni siquiera puedes poner un cobertizo para las bicicletas sin permiso. Y si fuera verdad, habrían hecho algo. Ella no mantendría a sus queridos hijos en una casa que no fuese segura.

Pero me reiría si resultase que es verdad. ¡Imagínate a todas estas personas pagando seis guineas a la semana por tener la oportunidad de que se te caiga encima un buen día la mitad de Cornualles! Si algunos de los huéspedes hubiesen visto la carta, apuesto a que habría unas cuantas habitaciones libres. Se lo diría, solo para ver sus caras, por dos monedas. Pero algunas personas son graciosas porque acabo de darle una pista a una mujer que se hospeda aquí, un gran grupo (son cuatro niños) que tiene las mejores habitaciones. Pensé que era la típica persona a la que le faltaría tiempo para salir de aquí a toda prisa después de decirle lo que le había dicho. Pero ¡no! Lo único que me pidió fue que por favor no le dijera nada a su marido. Bueno, fue algo más que una petición. Me dio un par de medias. Porque pensaba que el marido en cuestión se pondría muy nervioso y se los llevaría a todos, por lo que ella tendría que levantarse de la cama, algo que había decidido no hacer, debido a algún asunto curioso con la policía. ¡Supongo que no puede imaginarse que le pase algo desagradable a ella! Bueno, le dije, es asunto suyo, no mío. Por lo que me voy. Solo se lo he dicho porque pensé que era mi deber.

No dejo de solicitar trabajos pero no consigo nada. Leí en el periódico hará unos seis meses que no conseguían carceleras suficientes para las prisiones. Así que les escribí. El salario no es muy bueno, pero creo que de alguna manera es un trabajo que no me importa hacer. Sea como fuere, seré yo la que presione a otras personas y no al revés. Pero ¿te puedes creer que me enviaron un formulario para que lo rellenase y una de las cosas que tenía que tener era el graduado escolar? ¡Vaya! ¿Por qué querría alguien graduado ese trabajo?

Gertie, este mundo está podrido y esa es la conclusión a la que he llegado. Me da igual lo rápido que se derrumbe esta casa una vez que me haya marchado de aquí, pero espero que solo sea un escándalo más del gobierno. Te mandaré mi dirección cuando sepa cuál es...

5. Simposio

Los planes para la fiesta se desarrollaron con rapidez bajo el tardío pero vehemente apoyo de Hebe. La sugerencia de que fuese de etiqueta, que la señora Paley y Angie habían rechazado en un primer momento, fue recibida con tanto entusiasmo por las Cove que los adultos tuvieron que ceder. También les había dejado su caja de pinturas y su tinta india, ofreciéndoles muchos consejos sobre cómo redactar y decorar las invitaciones. Ideó disfraces para todos y no le gustó nada la idea de que Nancibel y Fred tuviesen la intención de aparecer como Carmen y un torero, porque había planeado que todos los adultos fuesen personajes de Edward Lear. Había redactado un programa, y junto a la invitación cada uno de ellos iba a recibir una copia. Y había creado una nueva sociedad.

Durante la cena le informó a sir Henry de que iba a vestirse como «mi viejo tío Arly».

—Haré un grillo —dijo— y te lo pegaré en la nariz. Y un billete para pegártelo en el sombrero. Tus botas tienen que ser muy estrechas, porque al final de cada verso dice: «Y sus botas eran excesivamente estrechas». Pero no tienen por qué serlo. Sería muy extraño, subiendo el acantilado. Solo tienes que fingir que lo son.

—Pero ¿de qué estás hablando? —se quejó sir Henry—. ¿Quién es el tío Arly?

—Un personaje de Lear. Todos tenéis que ser un personaje de Lear. Todos los adultos. La señora Paley será Quangle Wangle. Angie le ha hecho un sombrero maravilloso, genialmente enorme, con muchos animales bailando en la copa. Nadie sabe qué pinta tenían el resto de los Quangle Wangle, porque el dibujo solo muestra el sombrero. Pero creemos que son verdosos y delgados, así que ella va a ponerse un viejo impermeable de Duff. Gerry y Angie son el señor y la señora Discobolos. Duff es el Pobble, que no tiene dedos de los pies. Robin se ha hecho una nariz maravillosa con una linterna eléctrica en ella. Es el Dong con la Nariz Luminosa.

Sir Henry se enteró de todo esto con creciente desaliento. Había oído a los niños hablando de la fiesta en cada comida, pero había estado tan preocupado con sus propios asuntos que no había prestado mucha atención, y no se había dado cuenta de que se esperaba que él tuviese una apariencia concreta. Su contribución a los fondos había sido generosa y sentía que no se le podía pedir nada más.

Muchos de los que estaban en Pendizack pensaban lo mismo y estaban arrepintiéndose de su impetuosa benevolencia. Cuando se lo pidieron por primera vez, habían ofrecido dinero o puntos para dulces, suponiendo que semejante plan solo podía involucrar a los niños. Quizás Fred y Nancibel también formaban parte del asunto, porque la gente como ellos suele tener una mentalidad más infantil, pero ningún adulto de la fiesta tenía intención de sentarse sobre la hierba húmeda y beber limonada en mitad de la noche.

La primera a la que convencieron fue a la señora Paley. Se había dado cuenta de que tenía que ir a la fiesta, que apoyarla no era suficiente. Debía participar como invitada. Todo había sido planeado para satisfacer a las Cove y preferían tener invitados a tener puntos para dulces. Rechazar su hospitalidad habría sido insensible y descortés. Les dijo eso mismo a Gerry y a Angie, que esperaban poder desistir. Se lo dijo a Duff, que se negaba rotundamente a disfrazarse de aquella guisa. Los convenció a todos de que debían ir, igual que los pequeños Gifford se estaban esforzando por convencer a sir Henry.

—Pero tienes que ir —gritó Hebe—. Todo el mundo tiene que ir.

—No lo entiendes —dijo Caroline.

—¿Por qué no lo entiendo?

Caroline miró al otro lado de la habitación, a la mesa donde estaban las Cove comiendo compota de ciruelas en silencio. Se inclinó hacia su padre y dijo en un susurro:

—Es una fiesta del perdón. Para demostrar que no nos hemos peleado con las Cove, a pesar de lo ocurrido ayer. Hebe está intentando compensar lo que hizo.

Sir Henry no la oyó muy bien y su susurro le hizo cosquillas en la oreja, pero entendió la esencia y asintió.

—De acuerdo —dijo—. No prometo quedarme mucho tiempo, pero pasaré por aquí un rato. ¿Los broches que lleváis puestos tienen algo que ver al respecto?

Todos los Gifford llevaban un broche que consistía en un imperdible, un ramito de lavanda y una etiqueta redonda con las letras C. C. Y recordó que Fred llevaba el mismo prendedor místico en la solapa de su chaqueta blanca de camarero.

Hubo un breve silencio y los gemelos se rieron.

—Es una sociedad —dijo Michael.

—¿Otra más?

Después de la catástrofe en la roca del hombre muerto, los Espartanos se habían visto obligados a disolverse.

—Puedes pertenecer a ella si quieres —dijo Hebe—. Fred, Nancibel y Robin se han unido. El emblema es un ramo de lavanda. Y el objetivo es algo a lo que le darías el visto bueno. Pero ahora no podemos contártelo. —Puso los ojos en blanco hacia la esquina de las Cove—. Puede unirse todo aquel que esté interesado en la liberación de los oprimidos —añadió.

Caroline volvió a susurrar:

—C.C. es *Cave Cove*.

—*Cav-ee* —le reprendió sir Henry—. Es latín. Dos sílabas.

—Pero eso lo estropearía —objetó Hebe—. A menos que les demos a las dos palabras dos sílabas.

Balbuceó para sí misma *cavee covee*, no le gustó y dijo, decidida:

—Diremos *cave*.

Sir Henry sonrió ante la actitud dictatorial de Hebe, y después torció el gesto, con inquietud. El carácter de Hebe iba a ser una gran preocupación para él. Creía que iba a dar muchos problemas, tanto a ella misma como a otra gente. Necesitaba a alguien que supiera manejarla. ¿Y quién podía ser esa persona? ¿Quizás Eirene, a quien era posible que abandonase si su núcleo familiar se rompía de verdad?

¿Por qué tendrían que vivir los niños con Eirene cuando él no podía? Esta pregunta llevaba atosigándole todo el día, y cuando no era eso era la desaparición de los préstamos de dólares, o leer el comunicado por radio de anoche en cuatro periódicos diferentes palabra por palabra. Ninguna de esas otras preocupaciones aliviaba la primera. Ningún tipo de recursos en dólares podía solucionar su problema doméstico.

Y tras leer por cuarta vez el ruego de que permanecieran fuertes y muy valientes, se sintió tentado a retirarse a Guernsey con Eirene.

No tuvo oportunidad de debatir con nadie más las noticias del país, pero cuando fue a la sala después de la cena, se encontró con que habían comenzado una animada conversación, en la que participaban el señor Paley y la señora Cove. Su esposa, harta de estar en la cama, había bajado y se había puesto una bonita bata para lamentarse del destino de su país. La señorita Ellis ocupaba su sofá habitual. El señor Siddal había salido de su agujero. Solo faltaban la señora Paley y la señorita Wraxton, que estaban ocupadas en la cocina.

Se lamentaban, indignados. Parecía que todos estaban enfadados. Decían muchas de las cosas que sir Henry había pensado durante el día, pero con las que ahora empezaba a no estar de acuerdo. Porque él era un liberal, el tipo de liberal que convierte el rojo en azul en los alrededor y lila al más mínimo murmullo de Moscú.

En la sala de Pendizack preferían el rojo.

Se sentó al lado de la señorita Ellis, que parecía más feliz de lo habitual, como si ella, por su cuenta, hubiese encontrado algo en las noticias que la satisfacía. Dijo, con una especie de alegría contenida:

—¡Ahora no tendrán suficiente dinero!

—¿Quién? —preguntó.

—Todo el mundo —dijo la señorita Ellis.

—Incluida usted —le espetó la señora Cove, que la había oído.

—Oh, yo siempre he andado mal de dinero —dijo la señorita Ellis.

—Ahora tendrá aún menos —predijo la señora Cove.

—Aquello de —estaba diciendo el señor Siddal— disfrutar bajo la luz del sol fue solo cosa de ricos.

—Quizás ahora..., quizás ahora... —suspiró lady Gifford.

—No hay esperanza —se quejó el señor Paley—. Nunca han perdido una elección extraordinaria.

—¿Por qué deberían hacerlo? —preguntó la señora Cove—. La mayoría de los votantes pertenecen a la llamada clase trabajadora, que es a los que están dando nuestro dinero. Se quedarán ahí hasta que se lo hayan gastado todo en medias y permanentes y melocotones y piñas. Y cuando no tengamos un penique, dará igual qué partido llegue al poder.

—Este país va a morirse de hambre. —La voz del canónigo Wraxton sonó como un estruendo—. Y se lo tiene merecido.

Toda la sala suspiró, porque estuvieron de acuerdo con él. Sir Henry sintió que se deslizaba hacia la izquierda.

—¿Por qué? —preguntó—. ¿Qué ha hecho este país que resulte tan censurable?

Durante unos segundos todos se quedaron boquiabiertos ante el renegado.

—Este gobierno... —comenzó Eirene.

—Oh, ya lo sé. A la mayoría no nos gusta el gobierno. Pero ¿por qué este país es tan malvado? Los que se merecen morir de hambre son, sin duda, muy perversos. Señora Lechene, he oído por ahí que usted es socialista. ¿Cree que este país merece morirse de hambre?

—El gobierno no tiene la culpa —dijo Anna, un poco insegura—. Cualquier otro gobierno hubiese hecho exactamente lo mismo. Es culpa de la lucha de clases. Todo el país está siendo perjudicado por la rabia y el rencor y la intolerancia y la agresividad... Una nueva especie de puritanismo...

—¿No haces un uso bastante indiscriminado de esa palabra? —la interrumpió el señor Siddal—. ¿Acaso no nos libramos de los puritanos en 1660?

—Oh, no me refiero a esos hombres con sombreros graciosos con nombres como Soy-como-un-tiesto-Hawkins —dijo Anna, cada vez más seria—. Me refiero a los pendencieros sagrados. Me refiero a esa gente que ni vive ni deja vivir, a los que disfrutan avasallándonos y fingen que es por nuestro bien. Creen que su Causa Sagrada les proporciona una justificación divina para saltar sobre el estómago de los demás. Y parece que ahora controlan el mundo. Todos los políticos han empezado a hablar como si fueran los prefectos jefes de Dios. ¡Mirad cómo nos citan la Biblia! ¡Mirad cómo insultan a todos aquellos que no estén de acuerdo con ellos! Son clérigos que insultan a le gente desde el púlpito, donde nadie osa contestarles. Estos pendencieros sagrados no quieren que la gente esté de acuerdo y establezca las diferencias. Quieren insultar y enfurecer a la gente y violentarlos. Personalmente, creo que es una auténtica pena que dejásemos de ser monos. Ellos no tienen estas ideologías sagradas. Solo se pelean por frutos secos o cuando están en celo.

—¿Está sugiriendo de verdad, señora, que usted ha dejado de ser un mono? —vociferó el canónigo—. Permítame que lo dude.

—¿Usted pregunta qué es lo que va mal en este país? —exclamó el señor Paley—. Permítame que le diga que este país, y no solo este país sino todo el mundo civilizado, está podrido y destruido por el despiadado grito por la igualdad. ¡La igualdad! No existe tal cosa. No es más que un arranque de ira de los inferiores hacia los superiores...

—Los monos no insisten en que sus ideas son las ideas de Dios...

—Dios —proclamó el canónigo— solo tiene una idea.

—¿Y cuál es? —preguntó el señor Siddal.

—Qué limitado por su parte, cuando existen tantas —gritó Anna.

—... Hemos mimado y adulado y consentido a las masas inferiores —dijo el señor Paley monótonamente— hasta que se han creído de verdad que eran iguales a sus superiores. Les hemos dicho que han nacido con los mismos derechos...

La señorita Ellis, totalmente enfurecida, le interrumpió:

—¿A qué superiores se refiere, señor Paley? ¿A la gente rica? ¿Por qué tienen que afirmar que son mejores que el resto? ¿Qué tienen para demostrarlo? ¿En qué son diferentes? ¿Tener un gran coche o un abrigo de visón hace que seas mejor?

—... Si la gente de este país ignora el propósito que Dios tenía cuando creó a la humanidad, entonces Dios no les servirá para nada...

—... Hemos permitido que cualquier señoritingo vulgar crea que solo por nacer ha hecho algo meritorio. No importa lo incompetente, perezoso, vago o zoquete que sea, se cree que tiene derecho a una porción igualitaria de la riqueza del país, exigen el mismo respeto y la misma voz para elegir su destino. ¡Es un sinsentido de lo más pernicioso! En una sociedad justa, tendría derecho solo a lo que se merece. A nada más.

—... Este país se dirige directo al basurero. ¡No os equivoquéis! Nos hundimos rápidamente hacia el nivel del mono...

—Pero ¿alguien quiere una sociedad justa? —protestó el señor Siddal—. Estoy seguro de que nadie la quiere. Sería espantosa. ¡Imagínate simplemente teniendo que admitir que todos los mandamases se merecen estar tan arriba como están! ¡Lo engreídos que serían! Y lo vergonzoso que sería para nosotros...

—... La señora Cove culpa a la gente pobre de querer medias y piñas. Si los ricos no tuvieran los lujos que tienen no...

—... Hay demasiada gente que está de acuerdo con usted, me temo, señora Lechene. Por eso este país se va a ir a la mierda.

—Todos nos iremos a la mierda, canónigo Wraxton. En la Guerra Sagrada entre la democracia y el comunismo.

—¡No, no, Paley! ¡Permítanos al menos que podamos criticar a nuestros superiores! Solo he conocido a un duque, pero sentí bastante satisfacción cuando descubrí que era un tipo muy estúpido y me di cuenta de que yo sería un duque mucho mejor...

—¿Y qué hay de malo en las medias y las piñas, señorita Ellis?

—Si los ricos no las tuvieran, lady Gifford, los pobres no las querrían. Son los ricos los que dan ejemplo...

—... Una retribución justa en un mundo sin Dios. Personalmente, trataré a la gente que admira a los monos como si ellos mismos lo fuesen.

—... No es desde luego un regalo para la pobre vanidad humana. En una sociedad justa, al desamparado no se le permitiría sentir respeto por sí mismo. Tendría que admitir que estaba en el lodo porque no era bueno.

—Lo admitió, Siddal, durante cientos de años. Antes de que todo este sinsentido diese comienzo...

—Me daría igual, canónigo Wraxton. Tratamos muy bien a los monos. Les damos frutos secos y nunca les sermoneamos. Ojalá fuésemos la mitad de amables los unos con los otros...

—Exterminamos a cualquier animal que se haya convertido en una peste.

—¡Exterminar! ¡Esa es una gran palabra para los pendencieros sagrados! No era tan malo cuando os confiaban a vosotros, los clérigos, ese tipo de cosas. Siempre os lo habéis pasado de maravilla quemándoos los unos a los otros en la estaca. Pero el resto sabíamos que no es civilizado perder los estribos y exterminar a todo aquel que no esté de acuerdo...

—Los molinos de Dios muelen despacio...

—... Cree que nadie puede darle órdenes, o vivir mejor de lo que vive él, o entender algo que él no entienda, o trabajar más duro...

—... Muelen excesivamente pequeño. Se han rebajado todos los principios. Hay una degeneración moral universal. Los niños ya no obedecen a los padres. El sabbat ha sido profanado. Se ridiculiza la castidad. Las iglesias están vacías...

—... Hasta que arrastren este país al nivel más bajo. Y ningún país puede sobrevivir en ese nivel.

—Si las iglesias están vacías, es porque los religiosos se han exterminado entre sí...

El ruido era tremendo. Le recordó a sir Henry la cortina de fuego de Londres. El canónigo era el que más artillería tenía, pero la explosión de Anna Lechene era bastante impresionante, y las protestas de la señorita Ellis liberaban un alarido creciente, como una serie de disparos. El interminable monólogo del señor Paley, una auténtica perorata por el ataque, continuaba, imposible de desviar. El señor Siddal ladraba de forma intermitente. La voz de lady Gifford solo se oía en los momentos de calma ocasionales, pero había estado hablando con vehemencia unos minutos y ahora la escuchaban porque se había levantado de su silla, lo cual obligó a todos los hombres a callarse y a ponerse también en pie.

—El dinero —decía— es la raíz de todos los males. Siempre. Me temo que debo irme ya a la cama. Es muy tedioso, pero tengo órdenes estrictas respecto a las horas de acostarme. Y la verdad, ya saben, las cosas serían más fáciles si todo el mundo pensase menos en el dinero. Creen que serían más felices si tuvieran más. Pero eso no es así. Las personas más felices son normalmente bastante pobres. ¿Nunca habéis oído esa historia tan sensata sobre el rey que...?

—¡Sí! —gritaron todos—. ¡Sí!

Porque había un pánico generalizado a que se viesen obligados a volver a escuchar esa trillada fábula del hombre feliz que no tenía camisa.

—¡Intentad ser felices sin cenar! —chilló la señorita Ellis.

Eirene levantó las cejas y contestó con tranquila dignidad:

—Es obvio que nadie puede ser feliz si tienen hambre. Pero en un país feliz, son pocos los pobres que no consiguen lo suficiente para comer, mientras que en un país miserable, como este, ni siquiera los ricos consiguen bastante. Solo queremos dinero para comprar cosas. No podemos comer dinero. Y aun así la gente cree que quiere dinero y piden que les suban el sueldo más y más. Y eso lo encarece todo tanto que en vez de conseguir más cosas, consiguen menos. Cuanto más altos son los sueldos, menos es lo que conseguimos todos. Y todo tiene su origen en el amor por el dinero. ¡Buenas noches! Harry querido..., ¿me ayudas a subir?

Mientras la puerta se cerraba detrás de los Gifford, la señorita Ellis lanzó otro disparo.

—¡Yo nunca! ¡No, yo nunca! Esa mujer debería estar en el paro. ¡Entonces descubriría si el dinero importa o no!

—Aun así, ha dicho algo importante —dijo Anna—. La gente se concentra en tener dinero más que en valorarlo.

La señora Cove, que no había contribuido demasiado a la cortina de fuego, levantó la vista de su calceta y dijo, con cierta repulsión:

—La gente hoy en día no parece querer dinero. Si lo hiciéramos, no estaríamos en este agujero. Lo único que quieren es trabajar menos, menos horas. Solo reaccionarán a la llamada del hambre. En cuanto tengan los estómagos llenos, volverán a holgazanear. No quieren hacer nada que implique esfuerzo. No quieren poner el listón muy alto a menos que sea otro el que pague. Ya ven... ya ven lo que ocurrirá cuando hayan gastado todo nuestro dinero. Lo primero que desaparecerá serán los colegios. Han educado a sus hijos durante años a nuestra costa. Cuando tengan que pagarlo ellos, no los verán aullando con tanta vehemencia por la educación. ¡Observad todo ese desperdicio y extravagancia! En mi opinión, es la vagancia pura y dura lo que está arruinando este país. La gente odia trabajar. Lo consideran una adversidad.

Resopló de nuevo y sostuvo un calcetín gris sobre el otro, midiendo la largura.

Nadie continuó con su afirmación. El señor Paley, un poco avergonzado quizás por su propia locuacidad, se había retirado detrás del periódico. Anna y el canónigo se habían desgañitado. El único comentario llegó de parte de la señorita

Ellis, quien exclamó que nunca se había sentido tan insultada en toda su vida.

—¿Por quién? —le preguntó el señor Siddal.

—Por mucha gente. Yo no pido un salario más alto, eso es retorcido. No voy a pedir trabajar menos horas, es malvado. No pienso que haya nacido con ningún derecho en absoluto, es diabólico. No voy a defenderme a mí misma, es perverso. Si hubiese más gente como yo, habría menos personas como usted, señora Cove.

—Eso —dijo la señora Cove— sería una lástima.

La señorita Ellis se puso en pie, murmurando, y se marchó de la habitación mientras el señor Siddal se colocaba en la alfombrilla y se aclaraba la garganta.

—¡No me digas que vas a empezar ahora!

—No veo por qué no debería —dijo el señor Siddal—. Todos vosotros habéis expresado lo que creéis que va mal en el mundo. ¿Por qué yo no puedo...? —Se detuvo para cruzar la habitación y mirar por la ventana—. Me había parecido que algo se caía —explicó—. Pero ha sido una falsa alarma. Ahí fuera no hay nada. Creía que había vuelto el *poltergeist* de Pendizack.

Y volvió a la alfombrilla.

—¿Qué *poltergeist*? —preguntó Anna.

—¿No te has enterado de que tuvimos uno? Lanza cosas por la noche desde las ventanas del piso superior... Pequeños objetos de valor...

La señora Cove se sentó de forma abrupta y lo miró.

—Esta noche hemos escuchado cómo se ha culpado a varios tipos de personas —continuó— de nuestras lamentables condiciones... Los envidiosos, los lujuriosos, los vagos, los intolerantes y demás. ¡Cómo! ¡Señora Cove! ¿Nos abandona?

La señora Cove estaba haciendo un manojo con su calceta y metiéndolo en un bolso. Con un «buenas noches» un tanto rudo se apresuró a salir de la habitación.

—¡Qué miserable eres, Dick! —le reprochó Anna—. ¿Son esas niñas las que han estado jugando con su esteatita?

—Tengo la firme sospecha de que así es.

—Los despellejará vivos.

—¡Oh, no! Si lo hace, la mujer de Paley, y la hija de Wraxton, por no hablar de Nancibel, Robin y Hebe, la despellejarán viva a ella. Las Cove pueden cuidarse solitas. ¡Las pequeñas Cove son inmensamente poderosas! Se han metido en el bolsillo a toda la casa. Son las mansas que van a heredar la tierra y bailarán sobre nuestras tumbas. Pero yo, siendo como soy un caballero, siento cierta debilidad por la pobre señora Cove, esa gladiadora moribunda. Ahora bien, creo que no hay ninguna clase de persona a la que poder culpar del derrumbe del mundo. Si no hubiese algo mal en todos nosotros, estaríamos lidiando con un grupo pernicioso. Pero no podemos porque ninguno es lo suficientemente agradecido. ¡Ingratitud! Eso es lo que le ocurre a todo el mundo. ¿Y no se debe a que todos los hombres, cualquier hombre, tiene una idea completamente falsa de lo que es en realidad? Se verá como un individuo independiente y autosuficiente; un Estado soberano. Y en el momento de relacionarse con el resto de nosotros, se imagina que está negociando con otros Estados soberanos. Las negociaciones, sin duda, se rompen. Porque él, por sí mismo, no es nada. Nada en absoluto. Todo lo que es, todo lo que posee, nos lo debe a todos los demás. No posee nada que sea realmente suyo.

—Tiene un alma inmortal —afirmó el canónigo.

—Que ni siquiera él mismo creó. No es más que una criatura fingiendo negociar términos igualitarios con su Creador. Si pudiese darse cuenta en algún momento, en su totalidad, de lo que le debe al resto, se sentiría tan inundado, tan superado, con la humildad y la gratitud, que estaría ansioso por pagar sus deudas, no por reclamar sus derechos. Sería el tipo más fácil con el que cooperar en el mundo.

—No creo —observó el señor Paley— que yo le deba nada a nadie. Lo que soy, lo que tengo, es el resultado de mi esfuerzo.

—Usted ni se concibió ni se parió a sí mismo. No inventó el idioma que habla, y en el que se ha transmitido la sabiduría de unas generaciones a otras hasta llegar a usted. Ni siquiera podría hacer una buena acción sin algo de ayuda por nuestra parte: fuimos nosotros los primeros que le dimos una noción de nobleza y, de todas formas, para hacerlo necesitaría a alguien más. No fue usted el que cosió la ropa que lleva puesta o el que horneó el pan que come.

—Pago por lo que tengo.

—¿Paga lo suficiente? ¿Hay alguien que pague lo suficiente? ¿Algún hombre ha devuelto una millonésima parte de todo lo que ha recibido? ¿Dónde estaría sin nosotros? ¿Ha leído alguna vez sobre la vida de Helen Keller? Ciega, sorda, estúpida..., un alma aprisionada..., un intelecto congelado por la soledad..., incapaz de alcanzarnos... ¡Totalmente sola! Y entonces...

El señor Siddal se detuvo, porque el señor Paley había ahogado un grito.

—¿Ha dicho algo?

—No he dicho nada —susurró el señor Paley, que estaba muy pálido.

—¿Está usted bien? —preguntó Anna.

—No. Me siento... me siento enfermo. —Se giró furioso hacia el señor Siddal—. Está usted diciendo tonterías. Está diciendo estupideces...

Le atravesó un espasmo y se marchó apresuradamente de la habitación.

—¿Y ahora qué es lo que he dicho? —preguntó el señor Siddal—. ¿Por qué Paley se ha puesto así por una referencia a Helen Keller? Es una historia maravillosa. Nos encontró a través del único nexo de unión que nos quedaba: el tacto. Solían derramar agua en su mano, una y otra y otra vez, y cada vez que lo hacían deletreaban la palabra en sus dedos. Entendió, por fin. Era un mensaje. Estábamos allí. Se volvió medio loca. Corrió alrededor de la habitación, cogiendo, atrapando, tocando todo lo que estaba a su alcance, sosteniendo sus pobres deditos buscando más nombres, más palabras, más mensajes. El cerebro podía funcionar, después de todo. El alma podía expandirse. Aprendió, a través de las yemas de sus dedos, todo lo que sabemos.

Anna bostezó y el canónigo, reclinándose en la silla, zapateó impaciente. En ese momento eran la única audiencia del señor Siddal y no le animaron a continuar. Pero él perseguía su propósito, balanceándose sobre sus talones frente a la chimenea.

—No creo que ese hombre vaya a sobrevivir. En nuestra construcción hay un defecto letal; una especie de impermeabilidad a la verdad que podemos percibir intelectualmente. La razón nos dice que deberíamos ser agradecidos. La razón nos dice que, si lo fuésemos, seríamos capaces de cooperar en la búsqueda de la felicidad. Pero la razón no dirige la máquina. Solo puede delinear planos. Civilización tras civilización han mordido el polvo porque somos incapaces de ser humildes.

—¿Y por eso te escondes todo el día en ese agujero? —le preguntó Anna.

—Sí. Por eso me escondo en ese agujero. Todo lo que hacemos tiene un efecto. Si todo el mundo lo viese tan claro como lo veo yo, también se esconderían en agujeros. Pero todos estáis muy ocupados y activos en la búsqueda de la felicidad y la seguridad. Una búsqueda inútil. No sois nada y no podéis hacer nada por vosotros mismos. Puede que hagáis algo los unos para los otros, si es que realmente creéis en la existencia de los demás. Pero no lo hacéis. Muy poca gente es verdaderamente capaz de creer que alguien, además de sí mismos, existe. Demasiado pocos. Nunca pueden hacer más que empezar algo que crece un poco y después muere.

—Eres un auténtico rayo de sol —le dijo Anna, poniéndose en pie—. Bueno, sigo creyendo que los monos son lo más. Buenas noches, canónigo Wraxton.

El canónigo no le devolvió el saludo. Esperó hasta que se hubo ido y después dijo:

—Ahora que estamos solos, Siddal, me gustaría hablar con usted.

—Si es sobre mi hijo y su hija...

—No. Sé que usted no tiene ni voz ni voto en esta casa. ¡No! Es sobre un cuento chino que me han contado hoy. Sé lo que hay detrás. Alguien quiere sacarme de aquí. No es el primer intento. Y me quieren hacer creer que esta casa no es segura, ¡que esos acantilados están a punto de hundirse!

—¿Quién lo ha dicho?

—Eso da igual. Si no lo sabe, no se lo diré. Pero no tengo

ninguna duda de que mi informante fue asaltado por otra persona. Aquí hay mucha gente, imagino, que quiere librarse de mí. Si sabe quiénes son, dígales lo siguiente: no nací ayer. Tienen que inventarse una mentira mejor.

—¿Se refiere a los otros acantilados?

—Usted sabe mejor que nadie a qué acantilados me refiero. Me dijeron que recibió una carta del gobierno instándole a abandonar este lugar de inmediato. ¿Es verdad o no?

—No —dijo el señor Siddal—. No que yo sepa.

—Eso es lo que pensaba. Pensé que lo admitiría si lo determinaba de ese modo. Muy bien. Ahora sé qué pensar. Le deseo una buena noche.

El señor Siddal se quedó sentado reflexionando un buen rato en la sala vacía. Antes de volver a su cuchitril, sintió el impulso de mirar en la sala de la caldera. La caldera chisporroteaba felizmente, y la sala estaba muy ordenada. No había forma de saber si habían ardido todas las cartas que había dejado allí.

6. El *poltergeist*

—Diecisiete, dieciocho, diecinueve, veinte —contó Blanche, mientras ponía una invitación encima de la otra.

—Pero a la fiesta vienen veintitrés —dijo Maud.

—Nosotras hacemos tres. Ahora decidamos quién recibe cuál.

Las Cove habían decorado cada una de las invitaciones, porque sabían dibujar y pintar muy bien. Habían estado todo el día ocupadas.

Beatrix las extendió sobre la cama y las tres hermanas se arrodillaron a su alrededor, al tiempo que discutían sobre si sería educado darle al señor Siddal el diseño de caracoles de Maud. Al final le dieron las malvarrosas y los caracoles se los asignaron a Robin. Pusieron aparte su invitación favorita, que era para Nancibel, con un borde de dientes de león, que Blanche había hecho de un modo exquisito con pluma y tinta, mientras la señora Paley iba a recibir su otra favorita, que tenía un patrón de conchas.

—Los conejos para la señora Siddal, la telaraña para Duff, las piñas de abeto para Gerry y los helechos para Angie. ¿Y qué pasa con el padre de Angie?

—Dadle la anémona que manché —sugirió Maud.

—No —decidió Blanche—. Esa es la peor. No queremos darle la peor a alguien que no nos gusta. Démosle los búhos. Me pregunto de qué se disfrazará.

371

—Podría cambiarse la ropa con Fred —dijo Maud—. Así Fred podría ir de clérigo y el canónigo de camarero. Oh, espero que la pobre lady Gifford se encuentre lo bastante bien para venir. No podemos olvidarnos de poner su invitación en la bandeja del desayuno.

No les sorprendió en absoluto su propio éxtasis, pese a que nunca habían experimentado un trance como aquel. Pero siempre habían creído ese estado era el acompañante natural de una fiesta. Así que se lo tomaron con calma y prestaron atención a los detalles. Habían decidido fácilmente sus disfraces. Hebe y Caroline les habían prestado dos kimonos de algodón con los que Blanche y Beatrix se convertirían en geishas. Maud había cogido los pantalones de vestir de Hebe, unos pendientes de tela, un fajín, un pañuelo rojo y un estuche de plástico que parecía una pistola. Ningún pirata podía pedir más.

—Vámonos a la cama —dijo Beatrix—. Vámonos a dormir para que mañana llegue cuanto antes.

Pero Blanche respondió que ese momento era tan bueno como mañana. Y cuando la fiesta hubiese terminado, la podrían recordar siempre.

—A estas horas mañana —dijo— estaremos arriba, en el promontorio, celebrando y disfrutando. Ahora estamos aquí, pensando en ello. Más adelante estaremos en otros sitios, pensando en ello. Así que ocurrirá en muchos lugares diferentes durante bastante tiempo.

Se acercaron a la ventana y pasaron así el rato, mirando la masa sólida de Pendizack Head que sobresalía por encima del mar. La marea estaba alta. Pensaron que mañana, cuando empezase la fiesta, también estaría alta. No podrían cruzar la arena. La procesión musical, el primer evento en el programa de Hebe, tendría que ir carretera arriba hasta donde se bifurcaba el camino del acantilado más alto.

Cuando llegó su madre, todas asomaban la cabeza por la ventana. Había algo siniestro en sus pasos, mientras recorría rápidamente el pasillo, que les avisó del peligro antes de que entrase en la habitación. A las tres las atravesó un escalofrío premonitorio. Cuando oyeron que se abría la puerta, se giraron con lentitud. Estaba tremendamente enfadada, algo que no hubiese resultado evidente para un observador casual, porque su expresión no cambiaba mucho, pero para sus hijas siempre era muy perceptible.

—Venid aquí —dijo, sentándose en su cama.

Se acercaron y se quedaron de pie, en fila delante de ella, temblando.

—Una de vosotras —dijo— es una ladrona. Alguien cogió mis llaves, mientras estaba en el baño, y robó mi talla de ámbar negro y la lanzó por la ventana. ¿Quién de vosotras fue?

Cualquiera hubiese podido ver quién. Era imposible fingir la sorpresa absoluta de Maud y Beatrix. La señora Cove estiró de repente una mano de acero y agarró a Blanche por el hombro.

—¿Por qué lo hiciste?

—No... no lo sé —susurró Blanche.

—¿Quién te obligó a hacerlo?

—Nadie.

—No mientas.

—Nadie más lo sabía. Yo... solo quería que no estuviera con nosotras.

—¿Sabes lo que pasa cuando mientes?

Se quedaron todas sin aliento.

—No... —gritó Blanche—. No. No estoy mintiendo. Nadie lo sabía.

—Alguien tenía que saberlo. Estás mintiendo. Pon una toalla en mitad de la habitación y pon una silla encima. Ponte otra toalla alrededor de los hombros.

La señora Cove se puso en pie y fue al cajón a coger una pequeña cuchilla que utilizaba con regularidad para su labio superior.

Beatrix y Maud empezaron a protestar y a llorar.

—¡Oh, aquí no! ¡Aquí no, donde pueden vernos! ¡Oh, madre! Por favor..., por favor..., la fiesta... No puede ir así a la fiesta... No lo hagas hasta después de la fiesta...

—No habrá fiesta para ninguna de vosotras —dijo la señora Cove, girándose—, a menos que Blanche diga la verdad.

Los gemidos se convirtieron en alaridos.

—¡Estoy diciendo la verdad! ¡Es la verdad! —aulló Blanche.

A la señora Cove le dio igual. Cogió un plato de jabón del lavabo y se fue hasta el baño para coger un poco de agua caliente. Las Cove lloraron desconsoladamente hasta que Maud, con el coraje de los desesperados, dio un salto y cerró la puerta con llave. Se hizo el silencio en la habitación.

—No lo hará —dijo Maud—. La dejaremos fuera.

—Romperá la puerta —susurró Beatrix.

—No puede, no ella sola. Es muy dura. Y no se atreverá a decírselo a nadie. Es malvado. Es cruel. La detendrán.

—Es nuestra madre —dijo Blanche.

—Nos moriremos de hambre —dijo Beatrix.

—No. Lo descubrirán. Cuando no bajemos a la fiesta vendrán a buscarnos. Tendremos mucha hambre, pero en la fiesta habrá comida. Ellos nos salvarán.

Beatrix accedió con un suspiro. Blanche se sentía demasiado débil para decir más. Esperaron, temblando y aun sollozando un poco mientras su madre volvía. Ni siquiera Maud tuvo el valor de responder a sus golpecitos en la puerta y a su llamada. Dejaron que la puerta cerrada fuese la que le comunicase el ultimátum.

Golpeó la puerta y amenazó durante unos instantes, hasta que la interrumpió una voz.

—¿Cuál es el problema, señora Cove? La han dejado fuera, ¿verdad? ¡Vaya!

Era la señorita Ellis. Su madre dejó de golpear la puerta y le preguntó si había algún destornillador en la casa.

—No lo sé, no estoy segura. No es muy probable, diría yo. Pero ¡qué sorpresa que sus hijas la hayan engañado de ese modo! Apuesto a que es cosa de esos Gifford.

—¡No es verdad!

Los gemelos, que se habían levantado por el tumulto, estaban fisgoneando desde su puerta.

—Si yo fuera usted, señora Cove, me iría. Lléveselas antes de que sea tarde. Aunque tuviera que pagar por las habitaciones...

—Gracias, señorita Ellis. Soy bastante capaz de manejar a mis hijas.

—No lo parece. Y si supiera lo que yo sé, señora Cove, ni siquiera pagaría por las habitaciones...

—¿A qué se refiere?

—No puedo decírselo aquí. Las paredes tienen oídos. Venga a mi habitación un momento. Debería realmente saber que...

Los pasos se desvanecieron, una puerta se cerró y se hizo el silencio.

—Se han ido a la habitación de la señorita Ellis —supuso Maud.

Blanche, que había estado tumbada en el suelo, se revolvió y se sentó.

—Da igual —dijo débilmente—. No podemos dejar a madre fuera de la habitación. No nos queda más remedio que sacrificarnos.

—¡Oh, no! —gritaron Maud y Beatrix.

—Entonces que Jesús decida.

—Preferiría que no lo hiciera —dijo Maud—. Sacrificamos al gatito callejero, pero Él no hizo que ella nos permitiera quedárnoslo.

—Fue muy sensato —le recordó Beatrix—. Nos dimos cuenta más adelante. ¿Cómo lo habríamos alimentado? Hizo que los vecinos de la puerta de al lado sintieran pena y ahora tiene una casa mucho más bonita.

—Si Él hubiese sido mucho más sensato, nos habría permitido quedárnoslo y nos habría enviado comida.

—No habríamos podido traerlo aquí. A lo mejor Él sabía que vendríamos aquí. ¿Qué le habría pasado?

—¡Maud! —gritó Blanche—. ¿No confías en Jesús?

—No para darme lo que yo quiero. Solo le importa el Juicio Final, lo cual no ocurrirá hasta dentro de un millón de años. Si deseo algo mucho, no lo sacrifico, simplemente.

—Si lo sacrificamos, no va a ocurrir nada malo. Nada que Él quiera puede ser malo. Lo dijo aquel clérigo, en Viernes Santo.

—Seguro que sí. Pero puede ocurrir algo muy desagradable igualmente —balbuceó Maud.

No dijeron nada más. Maud tenía mucha razón. Sus intentos anteriores de sacrificar algo nunca las había salvado del desastre, pese a que Blanche insistía en que se debía a que nunca habían logrado una indiferencia absoluta para con sus propios deseos. Y ahora no podía hacerlo. No abandonaba la esperanza de que el Juicio Final no la obligase a afeitarse la cabeza.

Pero tras veinte minutos de incertidumbre, incluso Maud empezaba a desinflarse. La travesura desesperada de su conducta se volvió cada vez más evidente para todas.

Oyeron que su madre volvía, por fin. Intentó abrir la puerta, se la encontró aún cerrada, y llamó a Blanche. Su voz había cambiado; estaba preocupada e insegura.

—No seas tan tonta. Abre la puerta. Quiero hablar con vosotras.

Blanche intentó ponerse en pie pero Maud la detuvo.

—Si dejáis todo este asunto, a lo mejor esta vez no os castigo.

—¡No lo hagas! ¡No lo hagas! Es una trampa —gritó Maud, forcejeando con Blanche.

—¡Tonterías! —respondió la voz ansiosa de detrás de la puerta—. Si no os castigo es porque tengo otras cosas en las que pensar. Quizás tenga que irme... a Londres... Es posible que tenga que dejaros aquí... En ese caso...

—¿Por qué tendrías que irte tan de repente?

—Si queréis quedaros aquí tendréis que comportaros de un modo sensato. No puedo pedirle a la señora Siddal que controle a tres niñas locas...

Blanche apartó a Maud y se puso en pie.

—¿Prometes solemnemente dejar que Maud y Bee vayan a la fiesta? —preguntó—. Si lo haces, lo que pase conmigo me da igual.

—¿Qué? ¿La fiesta? Supongo que sí... He dicho que no os castigaré a ninguna, siempre y cuando entréis en razón.

Blanche se giró hacia las otras.

—¡Lo sacrificamos! ¡Lo sacrificamos! —les exhortó—. No podemos hacer otra cosa. Si Jesús quiere que escapemos, lo haremos. Si no, no. Pero tengo que abrir la puerta.

Beatrix y Maud, cerrando los ojos, empezaron a ofrecer su sacrificio.

Blanche abrió la puerta. Las tres niñas se quedaron rígidas, con los ojos bien cerrados, mientras su madre entraba.

7. Atalanta

Cuando Nancibel abrió la puerta, agotada, el reloj de madera de cerezo de la cocina de los Thomas marcaba las nueve y media. Fue recibida por un estallido en la radio y la voz de su madre preguntándole dónde había estado. Los demás miembros de la familia se habían ido a dormir, pero la señora Thomas estaba sentada en un estado anímico entre la indignación y una curiosidad excitada.

La indignación habló primero.

—Pensaba que hoy trabajabas media jornada. Creía que Millie Stephens iba a hacerte una permanente.

—Lo cancelé —dijo Nancibel, dejándose caer en la silla—. Llamé a Millie desde Pendizack. La señora Siddal se desmayó, por lo que cambié mi cita y seguí trabajando. No tengo prisa en volver a mi vieja permanente.

—Justo lo que pensaba, justo lo que pensaba. Estaba segura de que volverías a trabajar más horas otra vez. Se están aprovechando.

—Solo he hecho un cambio, mamá. Me cogeré dos días alguna semana más adelante. ¿Me das una taza de té? Me muero de sed.

—No te hace bien sacrificarte de ese modo —dijo la señora Thomas, cogiendo la tetera del fuego—. No son agradecidos. Solo lo dan por hecho. Y no se puede ser tan generosa. Solo se es joven una vez. Es ahora cuando tienes que disfrutar. Ya tendrás que dejar de hacer cosas más adelante por otros, sin que tengas que desviarte del camino para buscarlo. Cuando te casas, no hay más remedio, eso es todo.

Nancibel sonrió mientras le daba un sorbo a su té, dulce y muy caliente.

—Y sin embargo, siempre me estás diciendo que debería casarme —observó.

—Marido y niños, eso es la vida —declaró la señora Thomas, sirviéndose un té—. No es muy divertido, pero la vida aquí abajo tampoco lo es. Lo que quiero decir es que Pendizack no es tu funeral. La señora Siddal ha mordido más de lo que puede masticar, la pobre; pero eso no significa que tú tengas que perder el sueño por ello. No puedes enderezar el mundo. Haz lo que dijiste que harías, y hazlo bien, y deja que se las apañe con lo que tiene.

—Oh, mamá, no sigas.

Gritaban las dos, porque la radio sonaba a todo volumen, y ninguna se había dado cuenta. Estaban tan acostumbradas a ella que no se les ocurrió apagarla. Desde las seis y media de la mañana había supuesto una compañía *obbligata* para la vida de la familia.

La señora Thomas, habiendo desahogado su descontento, cambió a un tema más agradable.

—¡Ah! —gritó—. Se me había olvidado. Hay una carta para ti.

La cogió de la repisa de la chimenea, donde había estado todo el día, apoyada en la estatua de porcelana de John Wesley predicando en un cenador verde.

Nancibel se levantó, con los ojos brillantes y las mejillas encendidas. ¿Una carta? ¿Bruce?

Pero no era su letra y el matasellos era de Wolverhampton.

La cogió y se sentó encorvada a la mesa, leyéndola muy despacio, mientras su madre intentaba no observarla con demasiada ansiedad y la Geraldo's Band tocaba un foxtrot.

Todos los Thomas habían estado debatiendo sobre esta carta desde que había llegado, porque sabían que Brian vivía en Wolverhampton, y habían decidido que quizás escribía para arreglar las cosas con su viejo amor. Pero aquello era lo único en lo que estaban de acuerdo. El señor Thomas, furioso por toda la tristeza que ese miserable jovencito había provocado en Nancibel, había querido tirar la carta al fuego. Myra aún esperaba que la cosa saliera bien; a ella le había dolido el hecho de tener una hermana a la que habían dejado plantada y deseaba tener la oportunidad de ser dama de honor. La señora Thomas no estaba muy segura; a Brian le esperaba un buen futuro, pero le había gustado mucho más la apariencia de Bruce. El resto de la familia estaba muerta de curiosidad, simplemente; curiosidad que habría visto satisfecha por la tarde, si Nancibel no hubiese alargado su turno. Habían querido esperarla hasta que llegase a casa, pero la señora Thomas lo había prohibido y los mandó a todos a la cama. Pensó que le resultaría más fácil decirle algo sensato a la muchacha si la tenía toda para ella.

—¿Es de... Brian? —preguntó cuando Nancibel terminó de leerla.

—No. De su padre. Léela.

Nancibel, riendo un poco, deslizó la carta en la mesa y volvió a su té. La señora Thomas leyó:

MI QUERIDA SEÑORITA THOMAS:

Le sorprenderá mucho sin duda saber de mí. Pero soy un hombre sencillo y no creo que dos jóvenes deban destrozar sus vidas por no hablar. Así que le escribo para saber si han cambiado sus sentimientos respecto a Brian, mi hijo.

Los suyos no han cambiado. Está triste desde entonces. No puede olvidarla. No le interesa nada, nunca sale ni invita a salir a ninguna chica; solo se queda sentado, deprimido, y ni siquiera le interesa la comida. Dice que desde que está lejos de usted la felicidad se ha esfumado de su vida. Pero dice que no se atreve a escribirle después de lo que pasó. Aunque no entiendo por qué no pueden arreglarlo si los sentimientos son los mismos. Sé que es una jovencita sensata y que tiene una buena disposición; no dejaría que una vieja rencilla interfiriese en un futuro brillante.

Señorita Thomas, debo informarle de que en nuestra casa se han producido recientemente hechos muy tristes. Mi pobre esposa murió en junio. Así que tanto yo como Brian estamos solos en casa, sin nadie que nos cuide. Es reconfortante para Brian no haber ido en contra de los deseos de su pobre madre. Dicen que un buen hijo hace un buen marido. Pero ahora soy libre para admitir que mis deseos no fueron siempre los mismos que los de ella. Me alegraría mucho, personalmente, recibirla como mi hija.

Si ha cambiado, no es bueno. Pero si se siente igual que Brian, eso haría que fuese un hombre nuevo. O si se siente extraña al respecto y me escribe unas líneas, eso me obligaría a lanzarle una señal. Ese es el trato. Y luego está el negocio. Va bien y será de él cuando me jubile. Le espera un buen futuro, siempre y cuando se anime y se interese.

Mis mayores respetos a sus padres y a usted,

Quedo a su disposición.

Suyo,

A. GOLDIE

—¡Pobre Brian! —dijo Nancibel, volviéndose a reír—. Primero su madre le dice que no puede. Y ahora su padre le dice que sí. ¿Alguna vez has leído algo tan tierno?

—¿Qué vas a hacer? —le preguntó la señora Thomas.

—Oh, escribiré al viejo. Lo haré el domingo. Le diré que lamento que su esposa haya fallecido pero que mis sentimientos han cambiado, muchas gracias.

—¿Lo han hecho?

Nancibel cogió la carta y la puso en el aparador, detrás del inmenso tintero.

—Desde luego que sí, mamá. Si nada los hubiese cambiado hasta ahora, lo haría esta carta.

—Es una pena que no fuera el propio Brian el que escribiera —afirmó la señora Thomas, dubitativa.

—No es más que un niño mimado. Primero les permite que lo disuadan y después se queja y lloriquea por sus decisiones. Me lo quité rápido de la cabeza y lo olvidé. Pero no tiene agallas.

—¡Agallas! Ojalá no utilizases expresiones tan vulgares. ¿Por qué lo haces?

—Porque soy vulgar, por eso. Demasiado vulgar para los Goldie.

—Ni tu padre ni yo te hemos enseñado esa forma de hablar.

—Lo sé. Pero en el Servicio Auxiliar Territorial había gente de todo tipo. Teníamos chicas con apodos, y si hablase del modo en que ellas hablaban, me abandonarías en la nieve. Mira, mamá, el hervidor grande está encendido y yo estoy tan sucia como una puerca. Esta noche en la cocina de Pendizack he pasado mucho calor y estoy pegajosa. ¿Puedo lavarme aquí, cómodamente, delante del fuego, antes de irme a la cama?

—Muy bien —dijo la señora Thomas, retirando las cosas del té.

El nombre de Bruce, no pronunciado, flotaba como una losa en el aire que las envolvía. La señora Thomas era sumamente consciente de que aún no había sido mencionado. Los recuerdos de su propia juventud, su experiencia con sus otras hijas, que los chicos de los que oyes hablar no son los importantes. Quería preguntarle si él tenía algo que ver en ese cambio de sentimientos de Nancibel, pero no se atrevió a decir nada por si le daba otro dolor de cabeza.

Se fue a la parte trasera de la cocina a coger una palangana, jabón y una toalla. Nancibel, decidida a cambiar de tema, se lanzó a contarle vívidamente los acontecimientos del día. Le anunció el compromiso de Gerry Siddal, el misterio de la biblioteca desaparecida, las cartas quemadas en la caldera, el desmayo de la señora Siddal, lo competente que era la señorita Wraxton como cocinera y su propio miedo a volverse loca si se quedaba más tiempo en Pendizack.

—Está pudiendo conmigo —declaró mientras se quitaba la ropa—. De verdad. Tengo que arrastrarme todas las mañanas hasta allí y por la noche no veo el momento de salir corriendo. ¡Todo el rencor, las peleas y las incomodidades! Son pocas personas, pero crean para el resto un infierno diario. Ellis es la peor, desde luego. ¿Sabes lo que va diciendo ahora? —Se detuvo para colocarse los rizos en la parte superior de la cabeza—. Va por ahí diciéndoles a los huéspedes que el hotel es insalubre. Dice que el gobierno ha dicho que tienen que cerrarlo.

—¡Desgraciada!

La señora Thomas puso la palangana en la silla delante del fogón y la llenó con el hervidor grande.

—Si la pillase haciéndolo, iría directamente a hablar con la señora Siddal, de verdad que lo haría, aunque odio hacer de correveidile. Pero lo está haciendo por rencor, para quejarse del hotel, y hay que pararla.

—¿Entonces cómo sabes que va diciendo esas cosas?

—Por Fred. Por eso no quiero interferir. Siempre entiende mal las cosas y no tiene sentido acusar a una persona de algo a menos que estés muy seguro de lo que dices. Si lo hubiese escuchado yo misma sería diferente.

Nancibel se arrodilló delante de la palangana y empezó a enjabonarse los brazos, el pecho y los hombros.

—... Estaba recogiendo la bandeja del té de la terraza y la oyó hablar con el señor Paley en la sala. Así que vino a la antecocina y me preguntó si me había enterado de las noticias. Tienen que cerrar este lugar, me dice. El señor Bevin ha escrito al señor Siddal...

—¡El señor Bevin! —gritó la señora Thomas—. ¡Nunca!

—Está en el gobierno, ¿no?

—Es el ministro de Exteriores, tonta. Ya tiene bastante en su cabeza discutiendo con los rusos. No, se trata de Bevan, seguramente.

—No lo sé —dijo Nancibel—. Bevin y Bevan..., siempre los confundo, así que no puedes culpar a Fred.

Se puso en pie para enjabonarse las caderas y los muslos.

—No sé cómo os las arregláis las chicas para ser tan ignorantes —se quejó la señora Thomas—. Se supone que estáis más educadas... No sé qué demonios es lo que aprendéis en el colegio. Pero no leéis el periódico ni escucháis la radio y no sabéis nada del país. Yo dejé el colegio con trece años pero me intereso por las cosas, voy a charlas del Instituto de la Mujer, y conozco la diferencia entre Bevin y Bevan.

—Sé buena, mamá, y enjabóname la espalda.

—No eres más que una niña —la reprendió la señora Thomas, cariñosamente.

—Le enjabonas la espalda a papá.

Nancibel se arrodilló complacientemente delante del fuego mientras su madre le restregaba su preciosa espalda blanca, masajeándole los hombros, la columna, las costillas y las caderas con el antiguo arte ritual que las mujeres han llevado a cabo durante cientos de años, aliviando los músculos cansados de sus hombres.

—Tu padre se queda agarrotado de trabajar en el campo.

—Y yo me agarroto trabajando en Pendizack. Eso me gusta, ¡sigue!

—Pero ¿qué pasa con Pendizack? —preguntó la señora Thomas—. ¿Crees que podría ser el pozo? Dicen que hoy en día los pozos son insalubres.

—Espero que no. Nunca tendrían dinero para traer a la compañía del agua desde Tregoylan. Le dije a Fred que mantuviese la boca cerrada y que ni se molestase en reproducir una historia como esa. Pero eso demuestra el tipo de rencor del que hablo. Y está presente todo el tiempo. No quiero dejar tirada a la señora Siddal, pero no podré soportarlo mucho más.

—¿Quieres que te seque la espalda?

—¡Por favor! No soy la única que siente que no podrá aguantarlo mucho más tiempo. Tuvimos una buena discusión en la cocina, antes de marcharme, sobre el pícnic de mañana. Los niños quieren hacerlo arriba, en el Point, pero Gerry dice que no podemos subir toda la comida y la bebida hasta allí, y pregunta que por qué no hacerlo en las rocas que están justo al salir por la valla del jardín. Entonces después la señorita Wraxton dijo justo lo que estaba pensando. Dijo que no, que tenía que ser lo más lejos posible del hotel. Nadie podía esperar que alguien disfrutara estando mínimamente cerca de este lugar, dijo. Y la señora Paley dijo exactamente lo mismo. Llevaba toda la semana levantándose y queriendo salir. Y es bastante cierto. Nunca podrías olvidar la de cosas desagradables que ocurren allí, o de lo contrario el pobre y anciano señor Paley estaría sacando su deprimente cara por la ventana, como un caballo que asoma la cabeza por encima de la valla, o el canónigo Wraxton saldría corriendo y le tiraría algo a alguien. Sinceramente, mamá, aquel lugar no será insalubre, pero es algo mucho peor. Nadie podría ser feliz ni siquiera a un kilómetro de distancia.

Nancibel se puso en pie, relajada y refrescada después del masaje. Bostezó y estiró los brazos sobre su cabeza, llenando la pequeña cocina con su gloria desnuda.

La señora Thomas expresó sin palabras su conformidad, pero su atención había vuelto a la carta detrás del tintero, y al miedo de que tomase una decisión importante demasiado rápido. Porque, pensó, aunque sea un poco blando, ¿no sería más sencillo de manejar? Y la vida sería más fácil, más fácil que la mía, aunque no tendría a un hombre tan bueno como Barny. Me gustaría que ella tuviera algo mejor de lo que yo he tenido... La pregunta es: ¿cuánto mejor? A lo mejor ese tal Bruce...

Llevó la palangana de vuelta a la cocina mientras Nancibel se ponía una bata vieja y recogía la ropa.

—Ese chófer... —empezó la señora Thomas, ya de vuelta.

—Oh, se ha ido —dijo Nancibel rápidamente.

—¿Se ha ido? Pensaba que se quedaban hasta...

—Ha dejado el trabajo. Se ha marchado para conseguir uno mejor.

—Bueno..., eso es lo que llamo yo un poco repentino. Me suena un poco impulsivo, dejar un buen trabajo de repente de ese modo. Nancibel..., creo que deberías pensar seriamente lo de Brian...

—Oh, no, mamá. No podría. He superado lo de Brian.

—Este Bruce..., ¿crees que volverá?

—Puede que lo haga —admitió Nancibel, ruborizándose.

—Bueno, esperemos que, si lo hace, ¡no hayas empezado a superarlo también!

Nancibel reflexionó.

—Si regresa —dijo lentamente—, no creo que lo hubiera superado.

—Superarás a los chicos uno de estos días —gritó la señora Thomas repentinamente irritada—. Superarás haber sido sirvienta. En veinte años, cuando estés de luto, ¡lamentarás haber superado tan rápido a todo el mundo!

Nancibel se rio y subió la empinada escalera, de puntillas, para irse a la cama que compartía con sus hermanas. La señora Thomas suspiró, apagó la radio y la siguió.

VIERNES

1. El diario del señor Paley

He vuelto a tener ese sueño. Dije que lo escribiría si volvía a tenerlo. Pero mi memoria se llena de tanto horror que apenas puedo escribir.

Es culpa de Siddal. Él lo ha provocado. Si no hubiese dicho lo que dijo, podría haber escapado del sueño.

No he podido quitarme la impresión durante horas después de despertarme. Estaba solo. Christina me deja solo todas las noches últimamente.

Me fui a la cama pronto, después de charlar un poco en la sala. A lo mejor estaba sobreexcitado y por eso he soñado. Christina entró. Estaba cambiándose los zapatos. Me dijo que quería quedarse aquí hasta final de mes; dos semanas más de lo que dijo en su momento. Aquí hay varios problemas. Dicen que la señora Siddal está enferma. La señorita Wraxton será la cocinera y mi esposa quiere ayudarla. A mí me da igual, pero no tengo ninguna objeción a quedarnos. Y tampoco me ha impresionado la historia de esa estúpida ama de llaves. Cuando me la contó no me lo creí. Pero ayer, después del té, subí a los acantilados a examinar las supuestas grietas. Y ahora me inclino a pensar que puede que haya algo de verdad en ello, aunque solo aceptaré la opinión de un experto. No creo que ese tipo insignificante que escribió a Siddal sepa más que yo. Parece que las grietas están agrandándose a pasos agigantados y están lo suficientemente cerca del borde del acantilado para suponer que toda la cara del acantilado está en peligro de derrumbarse en algún momento. No me sorprendería en absoluto si lo hiciese. Y en ese caso, no sé cómo iba este edificio a sobrevivir al desastre. Siddal, sin embargo, debe de pensar lo contrario, o no se habría quedado.

Estoy un poco impertérrito. No suelo escabullirme como un conejo. Mi vida, para mí, no es tan valiosa hoy en día. Solo escribo sobre esto porque soy reacio a dejar mi sueño por escrito.

Era tal que así:

Normalmente no le doy mucha importancia a los sueños. He tenido muy pocos en mi vida, al menos que pueda recordar. Pero los sueños me disgustan enormemente. Solemos actuar como imbéciles en ellos. Son humillantes y grotescos. Pero de este es, sin embargo, el horror, el horror, lo que me perturba.

Es el siguiente:

Siddal dice que nunca abre sus cartas. A lo mejor nunca abrió esta, lo cual explicaría por qué se ha quedado aquí. Nunca he pensado en eso. Pero no es significativo, porque estoy decidido a quedarme aquí.

Este es mi sueño. Siempre es el mismo.

Me he dormido. Me despierto en una soledad absoluta. Estoy suspendido en una vacuidad que ni es oscura ni clara. Ni siquiera puedo ver la oscuridad. Ni siquiera hay oscuridad para que yo la vea. El hecho de que SOY es el único hecho que existe. No hay otro. Pero no al principio. No al comienzo de mi sueño. Después hay algo más. Estoy fumándome un cigarro. Puedo verlo, puedo sentirlo, puedo olerlo. Y puedo ver la chispa de luz al final del mismo. Es infinitamente valioso porque es la última cosa que queda que no soy yo. Cuando desaparezca no habrá nada. Así que fumo muy despacio. No me atrevo a no fumarlo porque puede que desaparezca y no vuelva a ver su luz. Pero da igual lo despacio que lo fume, llega el momento, llega el momento en que se termina. La colilla me quema entre los dedos y lo tiro, aunque había decidido no hacerlo jamás; permitir que me queme, puesto que la quemadura, el dolor, de algo que no soy yo, sería mejor que la soledad absoluta. Pero lo tiro. La chispita cae como una estrella fugaz y desaparece. Y después de eso no hay nada, por los siglos de los siglos.

> Nada.
> SOY.
> Nada.
> SOY.
> Para siempre.
> SOY
> Nada.

Es imposible que esto le ocurra jamás a..., ¿qué debería decir? ¿A una inteligencia? *Cogito ergo sum*. Pero yo no pienso, en mi sueño. Ese que no soy yo siente a través de mis sentidos. Si sobreviviese a mis sentidos..., ¿qué pasaría entonces? ¿Sobre qué pensaría entonces? *Cogito ergo sumus ego et non ego*.

He descrito mi sueño, pero no de un modo adecuado. No he explicado que me despierto en esa vacuidad y que esta es, mi vida actual, mi sueño... No me asusta soñar. Pero me da miedo despertar...

2. Circe

«Las inocnts pstañas d Branwll», mecanografió Anna.

Paró para maldecir, porque la letra e había desaparecido de la máquina de escribir. Llevaba un poco suelta unas semanas y ahora había desaparecido del todo. *La rama sangrante* debía permanecer en punto muerto hasta que pudiese encontrar una máquina de escribir que la sustituyese.

En la oficina había una vieja Remington, que los Siddal nunca habían usado, porque no sabían mecanografiar, pero que dejaban allí por si algún día podían contratar a una gerente que supiera hacerlo. Anna lo recordó y se fue en busca de alguien que pudiese darle permiso para tomarla prestada. No era probable que la señora Siddal se mostrase servicial, pero quizás consiguiera convencer al señor Siddal, por lo que emprendió el camino hacia su cuartucho. No estaba allí. Fred, que estaba peleándose en el pasillo, le informó de que se había ido a los establos para buscar algo en la papelera. Así que Anna se fue con su petición a los establos.

Los contenedores eran una fila de cubos de basura que ponían en los establos los viernes, que era el día de la semana que llegaba el camión a Porthmerryn. Algunos de ellos contenían basura de verdad y algo de papel limpio para reutilizar. Pero el señor Siddal los había vaciado todos en una montaña en mitad del patio, como búsqueda preliminar. Los tronchos de la col, la ceniza, las hojas de té, los posos de café, las cáscaras de huevo y las latas se mezclaban con las cartas y los periódicos. Con su vieja bata aún puesta, se movía por la asquerosa montaña cogiendo una u otra carta, mirándola y tirándola de nuevo. Duff, en la buhardilla superior, estaba escuchando a Stravinski.

—Y bien... —dijo Anna—. ¿Estás intentando encontrar algo para comer?

El señor Siddal dijo que estaba buscando una carta. No sabía con seguridad si existía. Y si en algún momento había existido, era posible que la hubiese quemado el día anterior. Pero quizás estaba en estos cubos, porque Fred había tirado en ellos, siguiendo órdenes de la señorita Ellis, todos los papeles que no se habían quemado.

—Has mirado tres veces lo mismo en dos minutos —exclamó Anna—. ¿Por qué no sigues un método? ¿Qué tipo de carta es?

Fue impreciso. No sabía cómo era y le pidió que examinara un sobre marrón que había cerca de su pie.

—No pienso hacerlo —dijo Anna—. Está cubierto de hojas de té. Cógelo tú mismo.

Él lo cogió, gruñendo.

—Pero ¿de qué trata? —insistió ella.

Se lo dijo. Arrastrándose de un lado a otro y hurgando febrilmente entre tronchos de col, le habló de la mina, de las grietas, de la visita de sir Humphrey Bevin y de la insinuación del canónigo.

—No tengo ni idea —se quejó—. Ni siquiera estoy seguro de que no se lo haya inventado. Pero si es verdad...

Anna estaba impresionada y le sugirió escribir a sir Humphrey. Pero él no se contentaba con hacer eso. Era viernes, dijo muchas veces. No recibiría una respuesta, como mínimo, hasta el martes. Y, entretanto, el acantilado podía derrumbarse. Parecía estar sufriendo un ataque de pánico.

—Aún no se ha caído —dijo Anna—. Podemos esperar que siga en pie hasta el sábado. Y no sabes con certeza si el canónigo se lo inventó.

—Pero, mientras tanto, ¿adónde podemos ir?

—¿Qué dice Barbara?

—No lo sabe. Aún no se lo he dicho. He pensado que lo mejor sería intentar encontrar la carta primero.

—Va a ser divertido contárselo. Tendrías menos problemas si abrieses las cartas, ¿no?

—No me lo refriegues, Anna. Estoy muy asustado. Anoche no pegué ojo. Y no dormiré hasta el martes. ¿No te parece inquietante?

—Mucho, por supuesto. Creo que me iré mañana, después de todo.

—¿Qué harías tú en mi lugar?

—No decirle nada a nadie hasta que sepa algo de sir Humphrey.

Siddal se puso en cuclillas. Como no estaba acostumbrado a esas labores, sudaba.

—Bueno —dijo—, a lo mejor... Pero no sé cómo voy a callarme hasta el martes. He buscado minuciosamente, y la carta de marras no está aquí. Cada vez que miro esos acantilados me da un ataque.

—No has buscado minuciosamente —dijo Anna—. Hay muchas cartas que ni siquiera has mirado.

—Si sigo aquí voy a morir de una insolación —dijo poniéndose en pie mientras se apoyaba en el borde de una papelera.

Y se marchó hacia la casa, con la cuerda de su bata arrastrándose por las rocas.

—¿Y qué pasa con toda esta porquería? —preguntó ella, señalando la montaña de basura.

—Alguien tendrá que meterla de nuevo en los contenedores. Yo ya he hecho mi parte. —Se detuvo, elevó la voz, llamó a gritos a Duff, que sacó de inmediato la cabeza por la ventana de la buhardilla—. Recoge este patio —le ordenó el señor Siddal y siguió su camino.

Los compases de Stravinski se detuvieron y Duff bajó.

—Ese animal asqueroso —dijo cuando vio el estado del patio—. ¿Qué demonios estaba haciendo?

—Buscando algo que ha perdido —dijo Anna.

—No pienso limpiarlo. Tengo que ir a Porthmerryn y comprar una calva en la tienda de disfraces. Para la fiesta.

—¿Sabes conducir un coche? —le preguntó Anna.

Podía, le dijo, conducir cualquier coche.

—Entonces, ¿te gustaría llevarme en el mío a Porthmerryn? Odio conducir y necesito alquilar una máquina de escribir.

Duff intentó esconder su felicidad por tener un coche que conducir. Apenas lo hacía. Estaba tan contento que pospuso todas sus intenciones lupinas hasta que hubo tenido el Hillman de Anna en la carretera y por el buen camino, sin destrozar el cambio de marchas. Después, relajándose un poco, respondió a su sonrisa de refilón.

—Así que vas a la fiesta —dijo ella—. ¡Qué divertido!

No había sitio para un lobo, de eso se dio cuenta de inmediato. Dijo lánguidamente que sería un aburrimiento total, pero que no podía librarse de ella en realidad. Y, de todas formas, ¿acaso Anna no iba? Había oído decir que sí.

—Encontré una invitación en mi plato en el desayuno —dijo—. Muy bonita. Así que acepté. El canónigo, por cierto, la rompió. Pero cuando las niñas ya se habían ido del comedor. Y el viejo Paley dejó la suya en la mesa con todos los sobres vacíos. Creo que son un par de viejos asquerosos. Podrían haber aceptado y después no asistir.

—¿Es eso lo que usted haría? —preguntó Duff.

—¿Cómo de divertido será?

—No será divertido en absoluto. Son juegos de niños y limonada. Enloquecedoramente aburrido.

—Pero quedarte sentado solo en el hotel tampoco sería muy divertido.

—No estaría solo del todo. Estarían los viejos asquerosos. Y lady G., que está demasiado enferma para asistir.

—Oh, bueno…, si no se te ocurre nada mejor que podamos hacer, creo que será mejor que vayamos. ¡Cuidado! Casi nos vamos a la cuneta.

Duff condujo unos cuantos kilómetros en silencio y después detuvo el coche en la hierba, a un lado de la carretera. No podía imitar a un lobo y conducir al mismo tiempo. Apagó el motor. La región de acantilados de campos pequeños y paredes de piedra se quedó completamente en silencio. Podían oír el canto de las alondras. Anna no le preguntó por qué había parado. Quizás creyó que era más seguro.

—A lo mejor se me ocurre algo mejor que hacer —dijo Duff.

—A mí también —dijo Anna.

—No me gusta usted —le dijo, abandonando su técnica lobuna—. Creo que es justo que se lo diga.

—Oh, pero eso ya lo sé.

—¿No le importa?

—Ni lo más mínimo. Últimamente es lo que más me divierte, en realidad.

—¿Le divierte más si no les gusta?

—Sí. No te hagas el sorprendido. A ti también.

Duff se rio emocionado.

—Quizás sí. Me da igual que sepa lo bruto que soy.

—Exacto —dijo Anna—. Así que tenemos que olvidarnos del pícnic. Me quedaré en mi habitación.

—Yo no puedo ausentarme del todo. Si no me presento al principio, habrá una pelea y me darán caza. Tenemos un desfile musical. Pero después podré escaparme... Quizás...

—Será mejor que te decidas, porque me voy mañana.

Duff tomó una decisión.

3. A veces un silencio, otras un alarido

«Hace mucho, en su juventud, despilfarró —se susurró sir Henry a sí mismo—. Hace mucho, en su juventud, despilfarró todos sus bienes y vagó...»

Estaba obligado a referirse al trozo de papel que tenía en la mano. Caroline se lo había dado con instrucciones de que se aprendiese de memoria los versos ahí escritos antes de medianoche. Porque en el gran final de la fiesta, todos los personajes de Edward Lear iban a recitar sus poemas. Le había advertido de que la suya era una pieza triste, pero a él no se lo parecía. El viejo tío Arly no parecía haber malgastado tanto su vida.

> *Como los antiguos medos y los persas,*
> *siempre a través de sus esfuerzos,*
> *subsistió en aquellas colinas:*
> *enseñando a los niños ortografía,*
> *o a veces gritando, simplemente...*
> *o a veces vendiendo,*
> *pastillas de Propter Nicodemus.*

Le hubiese gustado pasar su propia vida la mitad de sensatamente. Pero todo se había desmoronado hacía doce años, en un verano como este, en un pequeño pueblo costero muy parecido a Pendizack.

Habían contratado a una joven niñera cuando Caroline nació; una chica rubia, joven, cuyo nombre no recordaba. No había estado con ellos mucho tiempo. Pero le había venido a la mente en algún momento el día anterior o hacía dos. Porque se la habían llevado a ella y a la bebé con ellos a las vacaciones de verano a un pequeño hotel costero. El tiempo había sido caluroso y bueno. Eirene aún estaba recuperándose de su confinamiento. Se pasaban los días tumbados al sol en las rocas, bajando de vez en cuando al cálido mar para darse un baño lánguido. Había sido maravilloso. Estaba profundamente enamorado de Eirene, después de dieciocho años de matrimonio, a pesar de haber puesto a prueba su temperamento en ciertos momentos. Los sufrimientos de ella durante el embarazo y el nacimiento habían sido suficientes para justificar, a sus ojos, un egoísmo y una autoindulgencia infantil que seguro que desaparecerían, ahora que estaba volviendo a mejorar. Conocía muy poco de las mujeres. No tenía hermanas y durante su laboriosa juventud había conocido a muy pocas chicas. Creía que Eirene era una criatura rara y frágil, como una flor de invernadero, y las crueldades de la naturaleza lo paralizaban tanto como a ella. Eirene había estado a punto de morir después de nueve meses de desgracia ininterrumpida. Los médicos no lo habían reconocido, pero la madre de Eirene le había asegurado que así había sido. Tras el alivio que sintió al saberla a salvo, le sorprendió que hubiese podido sentirse impaciente para con ella en algún momento.

Se tumbaban en las rocas día tras día. Y día tras día la joven niñera, con uniforme almidonado, se quedaba sentada junto al carrito del bebé en la playa. No recordaba cómo había llegado a preguntarse por qué la niñera no se bañaba nunca. A lo mejor había visto a otras niñeras, del mismo hotel, corriendo hacia el mar para darse un chapuzón. Pero había empezado a parecerle extraño que una chica tan vivaz se contentase con sentarse frente al mar todo el día sin siquiera meterse en él, y finalmente le preguntó a Eirene a qué se debía. Eirene le contestó, de un modo un tanto apresurado, que la niñera no estaba interesada en el baño.

Se lo habría creído hasta el final de sus días, si posteriormente no hubiese oído un fragmento de conversación en el balcón contiguo al suyo en el hotel. La señora Gifford, se enteró, era muy dura con la amable niñera; nunca le dejaba tiempo libre para ir a nadar con las otras sirvientas. Ni siquiera podía quedarse sentada junto a su propio cochecito de bebé durante media hora y le resultaba especialmente duro porque la niñera de los Gifford era una nadadora de campeonato y había ganado una medalla de plata. La señora Gifford lo sabía muy bien.

Armándose de valor, se enfrentó a Eirene. Le reprochó haberle mentido y le reprochó su falta de humanidad hacia la niñera. Aquella fue su primera pelea real. Y, de algún modo, fue también la última, porque fue la única ocasión en la que había insistido en salirse con la suya. Durante el resto de las vacaciones se sentó junto a Caroline todos los días durante una hora mientras la niñera se iba a nadar. Era agosto. Poco antes de Navidad dio por hecho que Eirene debía de haberle perdonado, porque recordaba una Nochebuena muy agradable en la que, en armonía, habían rellenado el primer calcetín de Caroline. Pero había habido semanas y meses en los que él se había visto obligado a vivir, comer y dormir con una flor mustia. Ella no se lo reprochaba. Apenas hablaba. Pero no consiguió recuperar su fuerza de nuevo y su madre dijo todo aquello que era necesario.

Después de aquello no había tenido ninguna prisa por reafirmarse de nuevo. Y nunca se había afirmado de nuevo con tanta eficacia, aunque a veces había perdido los estribos y le había gritado. Ella hacía lo que quería. Cuando dejó de amarla, algo que ocurrió muy pronto, le resultó más fácil dejarle hacer lo que quisiera. Dio por perdida su vida privada y doméstica, y dedicó todas sus facultades a su profesión. Aceptó el hecho de que su mujer era una mentirosa.

Lo recordó todo mientras caminaba por los jardines de Pendizack, memorizando su poema. Y se preguntó si podría haberle enseñado a Eirene a amarlo plantándole cara. Luego se había vuelto más frío y duro, en vez de haberla ayudado a corregir sus defectos. Y ahora, cuando estaba manifiestamente muy enferma, se había propuesta dejarla. Nunca entendería por qué...

> *A veces un silencio, otras un alarido:*
> *hasta que llegó a Borley Melling,*
> *cerca de su vieja y ancestral morada:*
> *(pero sus botas eran excesivamente estrechas).*

A veces un silencio, otras un alarido, era una muy buena descripción de su vida con Eirene, pensó.

A la hora del té, fue a llevarle su bandeja y se la encontró en un estado de ánimo lúgubre, suspirando y lamentándose porque su maltrecha salud había destrozado su vida. Lo decía a menudo. Dejó la bandeja sobre sus rodillas y se sentó en la cama junto a ella.

—Tu salud no sería nada, nada más que una desgracia, si nos cuidásemos el uno al otro —dijo.

—Si no estuviese enferma me querrías. Ninguna mujer puede tener la esperanza de mantener a un hombre si está enferma.

—Pero tú no me quieres.

—¡Harry! Sabes perfectamente bien que estoy entregada a ti por completo.

—No lo demuestras. Si pudieses darme un ejemplo de tu entrega hacia mí, yo... Bueno, sentiría todo esto de un modo muy diferente.

Eirene se sirvió una taza de té. Él pensó que dudaba, no porque no supiera qué decir sino por algún otro motivo.

—Bueno... —dijo por fin—, habría podido divorciarme de ti si hubiese querido. Y no lo hice.

—¿Qué?

Le había pillado totalmente por sorpresa.

—No te sobresaltes de ese modo. Vas a tirar la bandeja. Si no estuviese entregada a ti, me habría divorciado en cuanto volví de América. Tenía todas las pruebas. Pero no lo hice. Y aunque casi me rompe el corazón, no te lo reproché.

—¿Estás hablando de Billie Blacker?

—Sé que los hombres tienen estos instintos animales, y que tú estabas solo. Lo perdoné. Muchas mujeres no lo hubiesen hecho.

—¿Cómo lo supiste?

—Lo sabía mucha gente. Algunos de mis amigos lo sabían. ¿Te creías que no me lo dirían? Viviste con ella, prácticamente, durante unos meses en un piso en Bayswater.

—Sí. Sí... Supongo que la gente lo sabía. Era todo tan... Era el Blitz... La vida parecía estar del revés. No tenía amigos, solo tenía mi vida y la guerra.

—Todo el mundo pensaba que debía divorciarme. Pero dije: No; estoy entregada a él. Lo entiendo. Siempre he creído que los celos son viles. Si espero pacientemente, él volverá a mí.

—Pero Eirene..., nuestros problemas empezaron mucho antes de todo aquello, justo después de que naciese Caroline. Cuando tuvimos a aquella niñera, ¿te acuerdas? No dejabas que ella se bañase y yo...

—¡Por Dios bendito, Harry! ¡No entonces! ¡No con esa niñera! Yo nunca...

—¡Oh no, no, no! No quiero decir que tuviese una aventura con esa niñera. Pero discutimos por ella. Fue nuestra primera pelea.

—No lo recuerdo. ¡Qué cosas te guardas! Yo no lo hago. Intento olvidar nuestras pequeñas peleas. Me sorprendiste mucho con esa niñera. Porque estaba segura de que la guardiana era la primera. Se lo dije a todo el mundo. Les dije que sabía que era la primera vez que habías mirado a otra mujer. Y eso es bastante maravilloso, si piensas en mi maltrecha salud...

—¿A quién le dijiste todo esto?

—A Lulu Wilmott, en Massachusetts. A todos mis amigos de allí. Pensaron que era maravilloso por mi parte volver contigo y no decir ni una palabra al respecto. Querían que me divorciara y me quedase allí. Lo habría hecho, si no hubiese estado total y absolutamente entregada a ti. Me gusta América. Me gustaría vivir allí siempre.

—Seguro que sí, a menos que las cosas se pongan incómodas allí, que es cuando te mudarías.

Se contuvo, avergonzado de su propio rencor. Pero Eirene no percibió ninguna indirecta en la burla. Le dio un sorbo a su té y dijo tranquilamente:

—No creo que allí las cosas se pongan muy incómodas, aunque haya otra guerra. Es enorme. Siempre tendrán mucho.

La vieja ira, la necesidad de gritarle, casi lo ahoga.

—Creo realmente que no debería permitirte criar a los niños —exclamó—. No estás cualificada para hacerlo.

Eso la sorprendió un poco. Dijo rápidamente:

—¡No digas tonterías! Soy muy capaz de criar a los niños. Nunca he dejado que mi mala salud influya en eso. Cuido más de ellos de lo que muchas madres que no han estado enfermas ni un solo día en sus vidas han cuidado de sus hijos. Mira a esas pequeñas y desdichadas Cove, ¡lo desatendidas que están!

—No estás bien. No quiero que sean criados sin lealtades. No quiero que se conviertan en parásitos. Esa es la escoria de la que se deshacen los países. Eso lo único que hace es que vayan de un lugar a otro buscando un sitio donde quedarse. Tienen que ser ciudadanos de algún país. Debe de haber alguna comunidad a la que ellos se adhieran en lo bueno y en lo malo. No son ratas. No quiero que se conviertan en ratas.

Había levantado la voz, en contra de su voluntad. Era el viejo griterío. Eirene bajó la voz y habló muy cuidadosamente.

—Ojalá —dijo— se acordasen de no ponerme mermelada de frambuesa. Saben que no puedo comerla. Tendrías que haber mirado, Harry, antes de subir la bandeja. Y tú no puedes evitar que yo críe a mis hijos, ¿verdad?

—Puedo llevármelos.

—No, de verdad. No puedes alejar a unos hijos de su madre

a menos que ella haya hecho algo malo. Yo me los podría haber llevado, si me hubiese divorciado. Pero no te los puedes llevar. Y si realmente pretendes irte y dejarme, no me divorciaré. Esperaré a que te arrepientas y vuelvas algún día. Siempre te estaré esperando. Pero no verás a los niños hasta que lo hagas.

Llamaron a la puerta. Hebe se asomó. Él la ignoró con un:

—Ahora no, Hebe. Vete...

—No..., espera... —gritó Eirene, sosteniendo su plato de mermelada—. Baja esto, cariño, y pídeles gelatina.

Hebe se acercó a la cama y le enseñó a sir Henry un objeto pequeño, como un saltamontes, hecho de lana y alambre, y un pastillero con una etiqueta en la que se leía: PASTILLAS DE PROPTER NICODEMUS.

—Las he hecho esta tarde —dijo—. Y Caro está haciendo tu billete de tren. ¿Te has aprendido tu parte?

—¿Qué parte? —preguntó Eirene.

—Para la fiesta —explicó Hebe—. La fiesta de las Cove. ¿No has recibido una invitación esta mañana con tu bandeja?

—¿Esa tarjeta? Oh, sí. Me preguntaba qué demonios significaba. ¿Cómo podría alguien suponer que estaría lo suficientemente bien para ir a esa cosa?

—Todos están invitados —explicó Hebe—. Supongo que pensaron que sería muy poco amable por su parte no mandarte una invitación, cuando vamos todos.

—¿A qué te refieres? ¿Vais todos? ¿Cuándo te he dado permiso para ir?

Hebe parecía consternada y miró a sir Henry en busca de apoyo.

—En ningún momento pensamos que te importaría que fuésemos —explicó.

—Por supuesto que me importa. Pensé que os había dicho que no jugaseis con las pequeñas Cove. No quiero tener nada que ver con esa familia. Su madre fue intolerablemente desagradable conmigo el martes.

—La señora Cove no tiene nada que ver con esto, madre. Ni siquiera va a venir al pícnic. Tiene que quedarse aquí y hacer la maleta porque mañana se va a Londres...

—Esas niñas te metieron en un aprieto, cuando te acusaron de intentar ahogarlas. Eso me parece suficiente. Odio tener que decir que no a alguno de vuestros pequeños placeres, cariño, pero esta vez he de deciros que no. No me gusta la idea de esta fiesta.

—Pero, madre...

Sir Henry intervino:

—Es mi culpa, Eirene. Yo les di permiso. No tenía ni idea de que te opondrías. Y ahora todo ha llegado demasiado lejos, creo que tienes que dejar que vayan. Sería una catástrofe horrible fallarles a las Cove a estas alturas.

Eirene le dedicó una mirada fría. Se dio cuenta de que ella pretendía devolvérsela por haberla amenazado con llevarse a los niños. Pero habló alegremente:

—¡Cariño! Sé que crees que los malcrío y que eres la única persona realmente cualificada para criarlos. Pero estás bastante equivocado. Eres tú el que no puede negarles nada. Soy considerablemente más estricta que tú, en realidad.

—Pero, madre, ¡tenemos que ir! —gritó Hebe, que se estaba poniendo cada vez más ansiosa.

—No hay un «tenemos que», cielo mío. Lo prohíbo terminantemente.

—Pero ¿por qué? ¿Por qué?

—Ya te lo he dicho. Las Cove no me importan en absoluto.

—Estás muy equivocada respecto a ellas, Eirene. Son unas niñas muy amables y todos sentimos mucha pena por ellas.

—No es solo por las Cove. Es muy tarde para los gemelos. Y ninguno de vosotros tenéis buenas digestiones. Lo único que haréis será poneros enfermos, engullendo un montón de porquerías en mitad de la noche...

—No son porquerías. Son cosas maravillosas: ensalada de langosta y pollo y helados... Todos dimos el visto bueno.

—De lo más indigesto. Puede que las pequeñas Cove necesiten alimentarse en mitad de la noche por prescripción pública. Pero mis hijos...

—Supongo —gritó Hebe, con furia— que preferirías que comiéramos tenias.

El altercado terminó repentina y bruscamente, después de que tanto Hebe como lady Gifford ahogasen un grito al mismo tiempo. Sir Henry, girándose para reprobar a Hebe por tener una idea tan desagradable, se sorprendió al ver la expresión de su rostro; estaba pálida por el terror y la exaltación de una niña que sabe que ha ido demasiado lejos. Miró a su esposa.

Eirene no le preguntó a Hebe qué era lo que quería decir. Era la más aterrorizada de las dos. Tenía el plato de la mermelada en la mano y lo estaba sosteniendo levantado como para repeler a Hebe.

Pero Hebe, aunque seguía temblando, se quedó allí plantada.

—¿Vamos a ir a la fiesta? —preguntó, mirándolo con dureza.

—Sí —dijo él, ansioso por terminar con aquella escena—.
Sí. Pueden ir, ¿verdad, Eirene?
Eirene abrió los ojos un segundo para dedicarle a Hebe
una mirada de odio absoluto. Dijo levemente:
—Id si queréis. Pero sal de aquí.
Hebe se fue corriendo.
—No creo que quiera más té —susurró Eirene—. Estas
escenas no me hacen ningún bien. No debería enfadarme. Baja
la bandeja, cariño, y yo me relajaré por completo.
Apenas la oía. Se quedó al borde de la cama, tamborilean-
do en la barandilla de la cama al mismo tiempo que repetía las
palabras en su sorprendida mente:

> *Sobre un pequeño montón de cebada*
> *muere el viejo tío Arty,*
> > *y lo enterraron una noche...*

—¿Te llevarás la bandeja, Harry?
Se recompuso.
—¿Qué ha querido decir? —preguntó.
—¿Hebe? ¿Cómo quieres que lo sepa? Alguna vulgaridad
que habrá oído. Eso es lo que pasa cuando juegas con niñas
horribles. Llévate la bandeja.
Cogió la bandeja. Casi se cae en lo alto de las escaleras al
tropezarse con Hebe, que estaba ahí agachada, esperándole.
Dijo de inmediato:
—Lo mejor sería que me mandaseis de vuelta al orfana-
to. No soy vuestra hija y os he salido mal. Será mejor que me
vaya.
—Somos responsables de ti —dijo él con tristeza.

—Es imposible que queráis quedaros conmigo después de lo que he dicho.

—No ha sido muy agradable. ¿Cómo...?

Pero se detuvo, sintiendo que no podía interrogarla.

—Oí a Edmée, que era la sirvienta de la señora Wilmott, hablando con otra sirvienta...

—Oh. ¿En Massachusetts?

—Sí. Edmée dijo que era así como... como la gente se mantenía delgada. Dijo que la señora Wilmott estaba harta de madre por eso y dijo que estaba loca... Engordó muchísimo, ya sabes, en América. Se estaba volviendo muy gorda. Y luego, de repente, adelgazó muchísimo. Edmée dijo...

—Eran vulgares cotilleos —intervino—. No hay nada de verdad en ellos. Es imposible.

Hebe asintió.

—¿Se lo has dicho a los demás?

—Oh, no. Nunca se lo he dicho a nadie. Solo hoy y porque estaba muy furiosa...

—Olvídalo.

—Ella no lo olvidará. Tendrás que alejarme.

Sabía que eso era verdad.

—Quizás te vaya mejor en el colegio —reflexionó.

Hebe estuvo de acuerdo:

—A lo mejor. —Y se animó un poco—. Como Jane Eyre.

Bajó la bandeja y se fue a la playa. Hasta donde él sabía, ese grotesco descubrimiento no cambió en absoluto su posición. Solo hizo que se sintiera más estúpido. Le robaba a sus problemas cualquier pretensión de dignidad.

4. El sombrero de Quangle Wangle

Este baile mundano pasó hacia la fiesta. Así es como se sentía un buen número de personas en Pendizack. Para los siete niños el día pasaba muy lento y parecía eterno. Pero los mayores, hostigados por sus muchas ocupaciones, no sentían tanta ira contra el tiempo. Evangeline, que aún estaba preparando toda la comida, se arrepentía de haber emprendido la fabricación de tantos disfraces. No terminó el sombrero de la señora Paley hasta el ultimísimo momento y cuando fue arriba con él, los niños, ya vestidos, estaban reunidos en el recibidor para la procesión de apertura.

Se encontró a la señora Paley luchando con el viejo chubasquero verde que le había prestado Duff. Era muy estrecho y las mangas eran bastante cortas. Pero no había duda de que parecía delgada.

—Aquí está —dijo Evangeline, poniendo el sombrero en la cama—. Pero no sé cómo podrá mantenerlo puesto.

—¡Es una obra de arte! —dijo la señora Paley.

El sombrero medía ciento veinte centímetros de diámetro. Estaba hecho de cartón rígido. Del borde colgaban lazos y pequeñas campanas. En la parte superior había dos canarios, una cigüeña, un pato, un búho, un caracol, una abeja, un ave de corral (hecha con un sacacorchos), un urogallo dorado, un pobble, un pequeño oso olímpico, un dong, un ternero de oriente, y un Attery Squash, y un Bisky Bat, todos bailando al son de la flauta de un babuino azul. La señora Paley se lo puso e inmediatamente empezó a volcársele hacia ambos lados, de un modo de lo más vergonzoso.

—Eso era lo que me temía —dijo Evangeline—. Pero he traído unos lazos. Si los coso, podría atárselos con firmeza a la barbilla...

Se sentó en la cama a coser, mientras la señora Paley se ponía los guantes negros con lápices en los dedos para que pareciesen garras.

—Me he llevado un susto de muerte —dijo la señora Paley—. La señora Cove me ha pedido que cuide a sus hijas mientras está fuera. Fue casi hasta agradable. Dijo que había sido muy amable con ellas. Me dio las gracias por la fiesta. ¡Y me sonrió!

—No me lo puedo creer —dijo Evangeline—. No sabía sonreír.

—Me enseñó los dientes en una especie de sonrisa. De verdad que lo hizo. ¡Ojalá supiera lo que está tramando!

—Oh, pero ¿acaso no es obvio? Ha alquilado las habitaciones. No quiere pagar y no usarlas. ¿Y por qué no iba a dejar a las niñas?

—Eso es lo que pensaría cualquiera. Pero el lema de Hebe da en el clavo. Esa mujer me atemoriza. En cuanto supe que quería dejarlas aquí, empecé a preguntarme si estaba bien que se quedasen.

—¿Cree que quiere librarse de ellas? Para siempre, quiero decir —preguntó Evangeline arrancando un hilo de un mordisco.

—Sí. ¿Tú no? ¿No tienes esa sensación de algún modo?

—Sí, pero no tengo ninguna prueba, solo sus formas.

—Me atrevo a decir que no se reconoce a sí misma. Pero ella... les deja correr riesgos, no lo sé. Parece que han tenido muy pocas escapadas. Nunca se me olvidará su cara cuando las vio bajando a la roca del hombre muerto. Lo vi con los binoculares. Fue tras ellas, para detenerlas, pero muy a regañadientes. No las quiere ni un poco, y creo que ellas se interponen en su camino. Cuando me dedicó esa horrible sonrisa, pensé de inmediato: ¿es peligroso para ellas quedarse aquí?

—¿Por qué iba a serlo? —dijo Evangeline.

—Claro, por qué iba a serlo, ¿verdad? A lo mejor estoy siendo un poco fantasiosa. Y no puedo suponer ni por un segundo que ella conscientemente... Pero siento que inconscientemente les desea el mal por algún motivo. Las quiere lejos de su camino. No se daría ninguna prisa por detenerlas con tal de que se apartasen de su camino. ¡Ojalá fuesen mías, Angie! Ojalá me las pudiese quedar para siempre.

—Aquí tiene —dijo Angie terminando el segundo lazo—. Debo darme prisa y ponerme mi divertido tocado. Áteselo muy fuerte...

Corrió escaleras arriba para disfrazarse de señora Discobolos. La señora Paley tuvo que volver a quitarse los guantes de garras para atarse el sombrero. Incluso con los lazos se escoraba un poco, pero pudo asegurarlo con horquillas retorcidas en el forro y ensartadas en su cabeza.

Mientras lo hacía oyó que su marido entraba, pero no podía verlo, porque el enorme sombrero, con todos sus lazos, le cortaba su línea de visión. Él se quedó muy quieto y ella sabía que la estaba mirando. Dijo de repente:

—No pretenderás de verdad hacer el ridículo de ese modo,

¿no? ¿De qué servirá? Sé que sientes mucha pena por esas niñas. Pero ¿qué bien les va a hacer?

—Las hará reír... —balbuceó la señora Paley con la boca llena de horquillas. Añadió, tras un minuto—: Me da mucha pena que no vengas. No estarías a gusto, lo sé. Pero no estarás peor allí que quedándote aquí, y ellas lo agradecerían. No te costaría nada y a ellas les gustaría.

Él no contestó enseguida y ella sintió que dudaba. Inclinó la cabeza a ambos lados para poder mirarlo de reojo por debajo del sombrero.

—Ven —dijo ella—. Quizás te quite de la cabeza...

—¿Quitarme de la cabeza el qué? —contestó bruscamente.

—Lo que sea que te está matando. Como no me lo cuentas, no sé lo que es.

—Es un sueño... —dijo el señor Paley en voz baja.

Se oyó un gran tumulto en la terraza de abajo. Los primeros invitados estaban tocando el acordeón de Fred.

—No te oigo —dijo la señora Paley.

—Y yo mientras tengas ese ridículo sombrero en la cabeza tampoco te lo puedo contar. ¡Quítatelo! —gritó el señor Paley.

—No puedo. Lleva horas ponerlo en su sitio y tengo que irme.

Abajo habían empezado a cantar:

¡Los animales entraron de dos en dos!
¡Hurra! ¡Hurra!

—¿Qué eres? —gritó—. ¿Qué crees que eres?

—Un Quangle Wangle —balbuceó la señora Paley.

—¿Un qué? No te oigo.

—Soy un Quangle Wangle.

—¿Y qué demonios es eso?

—No lo sé. Nadie lo sabe.

La señora Paley se sonó la nariz por debajo del sombrero. Estaba abrumada por la pena y no quería ir a la fiesta.

—¿Y bien? —le gritó el señor Paley—. ¿A qué estás esperando?

—No lo sé. Adiós, Paul.

Volvió a inclinar la cabeza a ambos lados para mirarlo. Él se había girado y se disponía a sentarse en su butaca al lado de la ventana, con la cabeza entre las manos. No le contestó.

Atravesaron la puerta, su sombrero y ella, con cierta dificultad.

5. El último en marcharse

Una profunda quietud envolvía el hotel Pendizack Manor. La procesión se había formado en la terraza y había emprendido su camino, cantando, hacia la carretera que lleva al camino del acantilado, porque la marea estaba alta. Los gritos y la música se desvanecieron y el silencio se enrolló como neblina.

La señora Siddal, tumbada inmóvil en su cama, al principio sintió todo como un alivio. El ruido que hicieron los niños, vistiéndose en el ático y gritándose de una habitación a otra, había sido intolerable. Se alegró cuando todos bajaron corriendo las escaleras.

Estaba totalmente vestida, porque no estaba enferma, solo cansada, y quizás le rogaban que cogiera las riendas del hotel de nuevo en cualquier momento. Ocurriría alguna catástrofe, sin duda, que los pondría a todos de rodillas ante ella. Pero no bajaría hasta que la invitaran. No bajaría mientras Evangeline Wraxton estuviese en la casa.

Robin, Duff o Nancibel le llevaban las comidas en bandejas, y todos le aseguraban que no la necesitaban, que todo iba perfectamente bien sin ella. No les creía. No quería creerles. Y la excelente calidad de la comida que le llevaban solo endurecía su corazón. Gerry y esa chica era muy malos; nunca subían, nunca le dieron una oportunidad de que su confianza se tambalease. Eran felices, allí abajo, sintiéndose superiores en su cocina, planeando su futuro y sin pensar en ningún momento en sus esperanzas rotas.

La luz se desvaneció y la casa se quedó en silencio. Su habitación estaba siempre un poco oscura, porque no tenía vistas al mar. Era la habitación más incómoda de la casa, motivo por el que se había mudado allí; ningún huésped la hubiese querido. En el pasado había sido la habitación de la leña, simplemente. La pequeña ventana daba al arroyo y a la amenazante mole de los otros acantilados, que se cernían tan cerca de la casa que no veía rastro del cielo a no ser que asomase la cabeza. Pudo oír la marea alta borboteando en el arroyo, pero no oyó la ruidosa salida de los participantes en la fiesta desde la terraza al otro extremo de la casa. Lo único que sabía era que había silencio, que se sentía sola y que la noche estaba cayendo.

Esta era la segunda tarde que pasaría sola allí arriba, encerrada con sus problemas, mientras la luz se hundía y las sombras de la pared del acantilado se fundían con la oscuridad dominante. El atardecer, en su habitación, no tenía tintes suaves y prolongados; no era más que el fracaso, la muerte del día. Y no había paz en el silencio de esta habitación, no había descanso. Era estéril, estaba vacía.

Lloró un poco, y después dormitó, hasta que un breve y estridente grito la sacudió y la despertó. No era más que una gaviota precipitándose junto a su ventana, pero la dejó con el corazón a mil por hora y un aterrador presagio. Le sobrevino una abrumadora necesidad de levantarse, de salir de la habitación, de ver caras humanas y de escuchar voces. Durante unos segundos luchó contra ello, pero el pavor, que empezó a dominarla, era demasiado fuerte. Tuvo que tragarse su orgullo. Dio un salto y recorrió rápido el pasillo, donde se encontró con el mismo silencio letal. Ahí fuera parecía más fuerte. Se estremeció, horrorizada, porque algún infeliz, que se había despertado por el olor del fuego, podría observar desde su habitación y encontrarse con una pared de humo sofocante. Después oyó el rechinar de pasos. Se abrió una puerta. Su pánico desapareció. Se alegraba por primera vez en su vida de ver a la señorita Ellis. Esa cara de sapo, observándola desde una pequeña apertura en la puerta, era una especie de compañía.

—¡Oh! —dijo la señorita Ellis—. Pensaba que se había ido todo el mundo.

—Y yo —dijo la señora Siddal—. Está todo muy tranquilo. ¿Dónde están todos?

—Se han ido a la fiesta.

Y eso lo explicaba todo, por supuesto. Se le había olvidado la fiesta, aunque Robin le había llevado la invitación esa mañana, y ella le había mandado su cariño a las pequeñas Cove y sus disculpas por no encontrarse lo suficientemente bien para asistir.

—La han liado mucho ahí abajo —le dijo la señorita Ellis—. Le va a molestar bajar y verlo. Fred ha roto dos platos de verduras. Y el modo en que la señorita Wraxton está utilizando el azúcar... ¿Se encuentra mejor?

—Sí, gracias. ¿Se han ido todos? ¿Usted no va, señorita Ellis?

—¿Yo? ¿A ese pícnic? No, no voy.

—Pero ¿no la invitaron? Pensé que...

—Oh, sí, me invitaron. ¡Lo hicieron Nancibel y Fred! Fue muy amable por su parte, no lo dudo. ¿Oyó la discusión mientras se iban?

—No. Desde esta parte de la casa no se oye nada.

—Sir Henry estaba lívido. Esa jovencita, Hebe, terminará en un correccional si no se anda con cuidado. Hay algo en esa niña..., algo realmente desagradable. ¿De qué cree que iba disfrazada?

—No tengo ni idea.

—Nada.

—¿Cómo?

—No llevaba más que un par de alas de papel y una pajarita y flechas. Dijo que era Cupido. Delante de todos esos chicos. De modo que tuvieron que esperarla mientras la enviaban arriba para que se pusiera algo. Así que tuvo la osadía de pegar a una bata las alas y decir que se había convertido en un ángel.

—¡Señora Siddal!

La señorita Ellis y la señora Siddal se giraron. La señora Cove había salido del ático.

—Me alegro de que ya se encuentre bien —le dijo—. ¿Puede ocuparse de que mi cartilla de racionamiento esté en mi mesa mañana por la mañana en el desayuno? La voy a necesitar. Tengo que irme a Londres mañana y me gustaría tener mi cartilla con tiempo antes de irme. En los hoteles suelen cometer errores y se quedan muchos puntos y no puedes descubrirlo a tiempo.

—¿Se va a Londres? —le preguntó la señora Siddal—. ¿Se van todas? No me había dado cuenta de que...

—No —dijo la señorita Ellis—. Deja a las niñas aquí. ¿No es cierto, señora Cove?

La señora Cove miró a la señorita Ellis. Las asfixiantes olas de silencio parecían enrollarse por el pasillo de nuevo mientras las dos mujeres estaban ahí en pie, mirándose la una a la otra. Algo pasó entre ellas, pero ni se movieron, ni hablaron. La señora Siddal las dejó allí y empezó a bajar las escaleras hacia la cocina, tan lejos de ellas como fuera posible.

Pero allí abajo las cosas no estaban mucho mejor. La falta de vida, la opresión, parecía haber trepado por cada esquina de la casa. Ni siquiera fue capaz de indignarse por los trozos rotos de los platos de verduras, o sentirse triunfante ante la predominante evidencia de desorden. Nunca jamás aquella cocina y antecocina habían sido testigos de un caos como aquel, porque los de la fiesta se habían ido sin limpiar ni lavar los platos. Pero lo miró todo con indiferencia, incapaz de sentir que algo importaba ya mucho. La campana de lady Gifford, exigiendo su leche malteada Horlicks, apenas podía romper la inmensa quietud. Su repique no hacía eco.

Es algo bueno, que esté aquí, pensó la señora Siddal lánguidamente. Se les olvidó.

Puso el hervidor y se fue al armario a por una lata. Ahí encontró algo que se les había olvidado: una cesta con cuatro botellas de vino blanco, evidentemente preparadas para la fiesta, y que se habían dejado allí.

Un despilfarro estúpido, pensó, con la misma indiferencia aburrida. Y después le sobrevino una sensación aguda: la primera que había conocido desde que se había ido de la habitación. Se les había olvidado. Lamentó mucho que se les hubiese olvidado la cesta. Lo sintió como una calamidad. Mientras la tetera hervía, salió a la terraza para ver si alguno de ellos estaba aún en la playa. Podría hacerles señas para que volvieran y la cogieran.

No había nadie en la playa. La marea había subido y debían de haberse ido por la carretera hacia el camino del acantilado. Pero se quedó allí un momento, porque el aire era dulce, después de la sofocante opresión de la casa, y un bonito atardecer relucía encima de Pendizack Point. El aire fresco y los colores vivos la conmovieron. Pensó que debería hacerlo más a menudo.

Alguien se acercaba por la esquina de la casa. Era Dick Siddal, y se movía bastante rápido, como si tuviera prisa. Pero se detuvo cuando la vio.

—Vaya, Barbara —dijo—, ¿estás mejor?

—Sí.

Su apariencia la sorprendió, porque estaba cuidadosamente vestido, casi pulcro. Pero parecía muy enfermo y le costaba respirar.

—¿Adónde vas? —preguntó—. ¿Adónde vas con tanta prisa?

—Oh, caminaba, caminaba... —Miró a su alrededor, incómodo, y añadió—: Había pensado en ir a dar un paseo por la playa, pero ha subido la marea.

Ella recordó el hervidor y entró de nuevo en la casa.

—Así que empecé a subir la carretera —jadeó él mientras la seguía—. Pero mi corazón no está muy bien, Barbara. Antes del primer recodo ya estaba agotado.

—Bueno, han debido de pasar años desde que subiste esa colina. Mira, Dick. Ha pasado una cosa tristísima. Los chicos se han dejado el vino.

Le enseñó la cesta y se rio.

—¡Pobre Gerry!

—¿Por qué pobre Gerry?

—Es el que tenía que cogerla. Él y su Angie. Gifford contribuyó con el vino; Gerry y Angie iban a llevarlo, pero se quedaron haciéndose arrumacos en el pasillo de mi cuartucho y se les olvidó. Los oí. Maldiciendo el pícnic y deseando no tener que ir.

—¿Por qué? Pensaba que estaban entusiasmados con la fiesta.

—Supongo que preferían disfrutar de la compañía del otro por completo, sin agentes externos. Cuando llegó la hora parecía más bien una faena. Pero se fueron, finalmente, como buenos scouts, y se olvidaron del vino.

—Ojalá pudiéramos enviar a alguien a buscarlos... Pero aquí no queda nadie más que la señora Cove, la señorita Ellis y lady Gifford. No nos sirven.

—Paley y Wraxton aún siguen aquí —dijo—. Puedes intentarlo con ellos. Wraxton está escribiendo cartas en la sala. Está escribiendo su testamento. Me lo ha dicho. Tiene intención de desheredar a su hija. Si él cuenta la verdad, perderá mucho dinero. Lo mejor será que no le pidas nada. Pero Paley está mirando por la ventana de su habitación.

—También le puedo pedir ayuda al gato de Hebe.

La campana de lady Gifford volvió a repicar y la señora Siddal le subió la Horlicks. Le supuso un esfuerzo subir las escaleras. Saber que la casa no estaba realmente vacía, que había gente en cada piso, no le mejoró el ánimo.

—Oh..., es usted —dijo lady Gifford—. ¡Qué agradable! Solo quería un poco de compañía. Siéntese. No la veo mucho. Tenía muchas ganas de... Oh, ¡mi Horlicks! Es usted muy amable.

—Me temo que tengo mucho que... —murmuró la señora Siddal.

Pero lady Gifford sacó una garra y la detuvo.

—Trabajo mucho, sabe. Creo que es maravilloso. No debería convertirse en una Marta. Es algo que siento muy a menudo, aquí tumbada. Quiero levantarme y hacer cosas. Me impaciento mucho. Y luego pienso..., bueno, ¿no se supone que tiene que ser así, de algún modo? Si pudiese levantarme haría un montón de cosas, pero me perdería lo que realmente necesito. Aquí tumbada me veo obligada a ser María, tanto si me gusta como si no.

La garra aún la tenía aferrada. Pero tendría que dejarla ir, pensó la señora Siddal, cuando se haya bebido su Horlicks. Y lady Gifford parecía pensar lo mismo, porque miró fugazmente en dirección a la taza que sostenía con la otra mano. Pero su necesidad de hablar era mayor.

—Siempre he sentido que las cosas materiales no son realmente importantes. El amor es todo lo que importa, ¿no es así? La gente que uno quiere... y lo que es mejor para ellos. He tenido mucha suerte, por supuesto. Toda mi vida he estado rodeada de amor. Era hija única y mis padres me adoraban. Y después me casé, un matrimonio perfecto. Harry es un marido maravilloso. Así que supongo que di por hecho que si daba amor, debía recibirlo. Nunca lo dudé. La gente, cuando quise adoptar un bebé, me dijo: ¿no es un gran riesgo? Dije que me gustaban los riesgos. Son divertidos. Adoraba a esa cosita. Nunca se me ocurrió, ni por un segundo, que el amor no me sería devuelto. Todo el mundo me había querido. Pero Hebe no me quiere y me ha afectado mucho.

—Oh, los niños atraviesan fases... ¿No se le está enfriando su Horlicks?

La sugerencia provocó un dolor evidente a lady Gifford, pero siguió reteniéndola.

—No es una fase. Hay algo anormal en ella. Algo que me atemoriza. Y tengo que enfrentarme a ello aquí tumbada. No es solo su actitud hacia mí. Es la influencia que ejerce en los demás niños. Ese asunto del martes... No está creciendo de un modo normal. Creo que un cambio absoluto de aires... Si se fuese de inmediato... Lejos de nosotros inmediatamente... Si empezase de nuevo su vida con personas nuevas... Nos entristecería muchísimo, por supuesto. A mí especialmente, porque es tan hija mía como si la hubiera parido. Pero si me sintiese respecto a Caroline como me siento respecto a Hebe, haría exactamente lo mismo. Diría: el amor es lo único que importa. Si la quiero lo suficiente, haría lo que fuera mejor para ella, cualquier cosa, incluso renunciar a ella...

En ese momento la Horlicks ganó. Lady Gifford liberó a su prisionera y se llevó la taza a los labios.

—Oh, no se vaya —gritó después de un sorbo—. Quería de verdad consultarlo con usted. Usted es madre y hoy me siento tan sola...

—Mañana. O en otro momento —le prometió la señora Siddal, huyendo—. Realmente debo...

No se le iba de la cabeza el vino que se habían olvidado. Volvió corriendo a la cocina para mirar la cesta y lamentar el contratiempo. Dick no estaba allí y tampoco estaba en su cuchitril. Debía de haber salido a dar otro de sus atormentados pequeños paseos.

Al coger la cesta del aparador le pareció inesperadamente pesada y vaciló respecto a su plan de llevarla ella misma a Pendizack Point. Subir la colina y trepar por el acantilado con un peso como ese no iba a ser una hazaña fácil: estaba demasiado cansada y era demasiado vieja. Mandarían a alguien a buscarla.

No se habían ido tan lejos. Cuando descubriesen que faltaba, mandarían a alguien. Solo tendrían que esperar unos veinte minutos. Mandarían a Gerry. De eso estaba segura. Había sido su error, en primera instancia, y en cualquier caso siempre era Gerry el que hacía los recados para el resto. De un momento a otro oiría el retumbar de pasos en el pasillo de la cocina y vería la cara preocupada de Gerry acercándose a la puerta. «Aquí está tu vino», le diría. Solo se ausentaría veinte minutos de la fiesta. Y no tenía muchas ganas de ir, según Dick. Por lo que no podría entender su extrema reticencia a permitirle que volviera.

Empezó a amontonar los platos en el fregadero sin energía e hizo el esfuerzo de recoger la cocina. Pero esa convicción, que no significaba nada, creció tanto en ella que podría haber lanzado todos los platos junto a los rotos. Solo la cesta en el aparador le molestaba con la insistencia positiva de una tarea urgente. Sobresalía, entre todas las cosas inertes, como si estuviese iluminada o haciendo algún ruido fuerte. Le imploraba, le ordenaba, salir y subir la colina.

Volvió a cogerla, por fin, sintiendo todo su peso. Se le había ocurrido una forma de arreglarlo. No tenía que recorrer todo el camino. Podía llevarla hasta cierto punto, por la carretera hasta el comienzo del camino del acantilado, y encontrarse al pobre Gerry mientras se dirigía a su tedioso recado. Y, por lo tanto, le ahorraría un poco de tiempo y de esfuerzo. No tenía que llegar hasta la casa y los invitados no tendrían que esperar tanto tiempo para cenar.

Pero no quería encontrarse a Gerry en ese preciso instante. Una especie de reconciliación, algo de dulzura, nacería cuando se diese cuenta de que ella se había tomado tantas molestias, y aún estaba enfadada con él.

—¡Qué fastidio! —le dijo a la cesta de vino.

La sacó por la puerta principal, pensando que no iría muy lejos. Una vez que hubiese subido tan alto como se viera capaz, podría sentarse y descansar al aire fresco hasta que llegase Gerry. Cualquier cosa era mejor que la casa. Así que se adentró en la carretera justo cuando algo pasó a toda velocidad a su lado, saliendo por la puerta, a través de la carretera y colina arriba hasta la sombra de los árboles. Le sorprendió tanto que soltó un gritito. Le contestó la voz de Dick. Vino corriendo rodeando la casa.

—¿Qué pasa? —dijo ansioso.

—El gato de Hebe. Casi me tira. Algo ha debido de asustarlo.

—Son todos esos ratones —dijo el señor Siddal.

—¿Qué ratones?

—¿No has visto ninguno? Nunca había visto tantos. Muchos, muchos ratones. En la terraza. ¿Adónde vas?

Le explicó su recado y se sorprendió diciéndole que iría con ella. Hacía años que no lo veía tan activo.

—Pero ¡Dick! No puedes subir hasta el camino del acantilado.

—Oh, podría. Podría. Si me das el brazo.

La cogió del brazo y se apoyó pesadamente en ella. Esto, junto al peso de la cesta del vino, era más de lo que ella podía soportar. Protestó. Pero él se colgó de ella, jadeando, y subieron juntos hasta la primera curva de la carretera, donde ambos tuvieron que sentarse y descansar. Él no dejaba de detenerse para escuchar y mirar los acantilados, inquieto.

—Es mi corazón —dijo—. Debe de estar sobresaltado. Necesito un cambio. Mañana alquilaré un coche y subiré la carretera. Iré y me hospedaré en el One and All. Este lugar me da claustrofobia. Me quedaré allí hasta el martes o el miércoles.

—Oh, plaga... —dijo la señora Siddal.

Desde donde estaban sentados podían ver la casa, a través de los árboles, justo debajo de ellos. Ahora podía distinguir un ligero chorro de luz en las ventanas de la habitación del jardín.

—¡Anna se ha ido y se ha dejado la luz encendida! ¡Qué despilfarro! Cuando vuelvas apágala, Dick.

—No se ha ido. Está allí. La vi allí cuando estaba paseando.

—Pensaba que se había ido con los demás.

—No. Ha debido de cambiar de opinión.

Otra allí abajo, pensó ella. Todos solos. Todos encerrados en sus habitaciones y aun así ninguno de ellos estaba en paz.

Se levantó, una vez recobrado el aliento, y dijo que debía subir un poco más porque, si se quedaba allí, de nada le serviría a Gerry.

—Creo que lo veremos por aquí en cualquier momento —añadió.

—No es a Gerry al que espero ver en cualquier momento —dijo el señor Siddal—. Sino a Duff.

—¿A Duff? ¡Oh, no! Duff nunca hace recados.

—¿Qué te apuestas? ¿Te apostarías lo que vale el coche mañana hasta St. Sody a que no te encuentras a Duff volviendo por los acantilados?

—Oh, sí. Pero no apostaría el precio de una habitación para ti en el One and All. Creo que es una tontería.

—¡Espera un momento, Barbara! Si descanso un poco

más, quizás pueda hacer otro tramo. No he subido lo suficiente.

—¿No has subido lo suficiente? ¿Para qué?

—Para salir de aquí. No dejo de sentir... No dejo de sentir... ¡como si todo se me fuese a caer encima! ¡Puros nervios!

Se rio con incertidumbre.

—Honestamente, Dick, no puedo esperar. Y no creo que subir tanto te haga bien, después de años y años de inmovilidad.

—No, pero creo que podría subir un poco más. Descansaré aquí y después volveré a intentarlo. Puede que recorra todo el camino a tiempo.

—¿Todo el camino hasta Pendizack Point?

—No, hasta St. Sody. Si pudiese llegar hasta allí, no bajaría. Me quedaría.

La señora Siddal lo dejó allí y ascendió con esfuerzo un par de curvas empinadas hasta donde se desviaba el camino del acantilado, a través de un túnel entre los rododendros. Tenía intención de esperar allí, pero había oscurecido bastante bajo los árboles, mientras que al final de aquel pequeño túnel vio los últimos rayos del atardecer. Así que se arrastró unos metros más y fue a parar a la explanada del acantilado. Allí podía descansar tranquilamente hasta que llegase Gerry. Pensó que podría verlo llegar por el camino del acantilado, pero en aquel suave velo del atardecer, no podía distinguir nada muy bien. Alguien se movía en el paisaje.

Dejó la cesta en el suelo y observó a través de las cuestas del acantilado. A pesar de la creciente oscuridad podía percibir mucho movimiento, mucho más de lo que había notado nunca antes en aquel lugar salvaje e indómito. Un destello blanquecino indicaba que podía haber una actividad inusual entre los conejos. Había muchos en el acantilado, pero a estas horas de la noche normalmente se quedaban en sus madrigueras. Ahora parecía que habían optado por un éxodo masivo. Rabito blanco tras rabito blanco, saltaban y desaparecían.

Realmente un hombre se acercaba por el camino del acantilado. Era demasiado alto para ser Gerry. Se parecía a Duff. Caminaba como Duff. Pero estaba calvo. Pero era él, de todos modos, tal y como había podido comprobar cuando ya estaba bastante cerca. Era todo parte de la extrañeza que había invadido su vida y la había sacado de allí.

—¡Oh, Duff! ¡Tu cabeza! —exclamó.

Él estaba muy sorprendido.

—¡Madre! ¡Madre! ¿Cómo has llegado hasta aquí?

—Pero qué le has hecho a tu pelo. Estás horrible...

Se llevó la mano a la cabeza y se quitó la peluca calva. Apareció su pelo rubio.

—Se me había olvidado que la llevaba puesta —dijo—. Se supone que soy un Pobble.

—¿Has venido por el vino? Lo tengo yo.

—¿Qué vino?

Se percató de que él no sabía nada del vino. No lo habían echado en falta cuando se marchó de la fiesta. No habían empezado a cenar, dijo; estaban jugando a cazar el dedal. Él había decidido regresar porque ya había tenido suficiente. Y no parecía muy contento cuando le pidió que llevase el vino por ella.

—Ahora no puedo volver —dijo impaciente—. No tienes ni idea de lo lento que es. Quizás no tenga otra oportunidad para escabullirme.

—No llevaré esta cesta más lejos —dijo la señora Siddal—. Pesa mucho y creo que ya ha sido muy amable por mi parte traerla hasta aquí.

Duff la levantó y estuvo de acuerdo, con cierto remordimiento, en que era muy pesada.

—Gerry vendrá a por ella enseguida —le urgió él—. Se darán cuenta pronto. ¿No puedes esperar a que venga él?

—¿Por qué tendría que venir? ¡Pobre Gerry! Cuando no es en absoluto necesario. Creo que somos todos muy egoístas con él.

—Nada me va a hacer volver al pícnic —declaró—. Pero esto es lo que haré. Llevaré la cesta hasta la parte de arriba de Point, por ti, y me escabulliré antes de que me vean. Tú podrás recorrer los últimos metros ¡y ver a Fred disfrazado de torero!

Pero eso, se quejó, la obligaría a unirse al pícnic. Por lo que rechazó impaciente su súplica de que debería hacerlo ella. Se aburriría, dijo, tanto como se aburría él. Quería irse a casa, meterse en la cama. Cada uno estaba a un lado de la cesta, discutiendo, inquietos. A Duff le asustaba que ella pudiese averiguar el verdadero motivo por el que volvía a casa. Ella intentaba escurrir el bulto para no revelar la verdadera razón por la que evitaba la fiesta, y el hecho de que habría empezado a relacionarse con los demás si Evangeline Wraxton no hubiese estado allí. Estaban ya bastante enfadados cuando los sorprendió un grito de miedo proveniente de entre los arbustos:

—Oh, oh, ¡una serpiente!

Era Blanche Cove, que estaba recorriendo el camino tan rápido como podía.

—¡Oh, señora Siddal! ¡Cuidado! Hay una serpiente...

—Está bien —gritó Duff—. No es más que una culebra, probablemente. Esta tarde hay muchas. No dejan de deslizarse colina arriba a través del camino. No te harán nada.

Blanche apareció, sin aliento y asustada, con un kimono rosa.

—Oh, estaba intentando volver a la casa sin que me viera nadie —dijo—. Para coger el vino. Se les ha olvidado el vino. Nos acabamos de dar cuenta y no queríamos que lo supiera ninguno de nuestros invitados... Así que Fred los está entreteniendo mientras yo iba corriendo...

—Está bien —dijo Duff—. Lo tenemos aquí.

—¡Oh, Duff! ¿Fuiste a por él? ¡Qué amable eres!

—No. Mi madre lo trajo...

—¡Oh, señora Siddal! ¿Está mejor? Teníamos miedo de que se perdiese la fiesta. Volvamos rápidamente, porque ya es la hora de cenar.

Blanche cogió la cesta y se afligió bastante cuando Duff se la quitó, porque no creía que su invitado tuviese que tomarse tantas molestias.

—En realidad no se ha perdido mucho —le dijo a la señora Siddal mientras los llevaba hacia Point como un pequeño perro pastor vigilante—. Unos cuantos juegos. Pero lo mejor está por llegar.

—Pero no tengo disfraz —protestó la señora Siddal—. No sabía que iba a venir.

—Oh, no hay ningún problema, señora Siddal, porque puede ser la tía Jobiska de Duff. Oh, Duff, ¿dónde está tu maravillosa cabeza?

Muy a regañadientes, Duff sacó la calva de su bolsillo y se

la puso. No veía la forma de escaparse de lo que quedaba de fiesta sin ofender a Blanche. Había cedido, igual que todos los demás, al poder de las Cove. Estaba enfadado y frustrado, pero al mismo tiempo sabía que había tenido una escapatoria. Porque si su madre no se lo hubiese encontrado en la carretera, él quizás no habría recordado que llevaba esa peluca calva puesta. Habría bajado, como un lobo, hasta Pendizack y la expectante Anna de esa guisa. Un error como ese, pensó, podría tener unas consecuencias tan humillantes que podría arruinar la vida sexual de un hombre incluso antes de que hubiese empezado.

6. La fiesta

La cena se había retrasado demasiado y el agradable espíritu de la fiesta había empezado a decaer, aunque todos mantenían una cumplidora apariencia de felicidad. La mayoría de los invitados habían llegado decaídos. Gerry y Evangeline estaban demasiado cansados y quería estar solos. La pesadumbre de sir Henry apenas había sido avivada por el grillo en la nariz. La señora Paley escondía bajo su sombrero un rostro lloroso; la contención de Paul aún tenía el poder de herirla. Caroline se había pasado toda la tarde intentando no llorar porque Hebe, mientras se disfrazaban, anunció que había dicho algo horrible y que la iban a mandar lejos por siempre jamás. No dijo el qué y tampoco admitió que le importaba abandonarles. Por lo que Caroline estaba contenta por esconder su cara afligida bajo la sábana de un fantasma, y Hebe era un ángel muy taciturno.

Fred, Robin, los gemelos y las tres anfitrionas estaban de verdad felices, y las penas de Nancibel habían sido tan profundamente enterradas que nadie hubiese dicho que tenía alguna.

Cuando trajeron a la señora Siddal y a Duff al redil, toda la fiesta estaba sentada en círculo cantando *Ten Green Bottles* con el acompañamiento de Fred. A nadie, salvo a los gemelos, que la habían sugerido, les gustaba mucho aquella canción, pero no parecía haber modo de escapar a ninguno de los versos. Hubo momentos en los que la canción se hundió en un murmullo desanimado, y después, cuando la conciencia social los espoleaba, se obligaban a subir la voz hasta casi gritar. Hubo momentos en los que Luke y Michael cantaron solos:

> *Y si... una... butella verde...*
> *se cayese azidentalmente,*
> *habría cinco... butellas... verdes...*
> *un tapiz en la pared.*

El acordeón gemía entre versos.

—¡Cantad más alto! ¡Que cante todo el mundo! —suplicó Robin—. ¡CINCO BOTELLAS VERDES...!

Hicieron hueco para que la señora Siddal se sentase al lado de la señora Paley, y le dieron el vino a Gerry, que hizo gestos de horror y disculpa.

—Es un pícnic horrible —le susurró Angie a Duff—. Lo mejor que podemos hacer es emborracharnos. ¡Demos gracias al Señor por el vino! Pero a las Cove les está gustando.

—Las Cove —dijo Duff— son una amenaza. Parecen ratoncitos blancos y mira lo que han hecho con todos nosotros.

El acordeón seguía gimiendo.

> *Tres... botellas... verdes,*
> *un tapiz en la pared.*

—¡Cantad más alto!

TRES BOTELLAS VERDES,
UN TAPIZ EN LA PARED.

—Las hermanas no se pueden separar —le dijo Caroline a Hebe—. Si te vas, yo también me iré. ¿Tienes un pañuelo?

—No. Suénate la nariz con la sábana.

Nancibel se sentó en una roca y estaba preciosa. El mantón español y la peineta le otorgaban una extraña dignidad. Su atención, por un momento, se alejó de aquella escena y adoptó una expresión pensativa. Después se dio cuenta de que la señora Siddal había venido e hizo brillar su dulce sonrisa.

NO HABRÍA BOTELLAS VERDES,
UN TAPIZ EN LA PARED.

Había terminado su penitencia y podían cenar. La comida ya estaba preparada sobre un mantel blanco, y Robin había estado trajinando con un sacacorchos durante los últimos versos de la canción. Beatrix se puso en pie, levantando su kimono, pues era demasiado grande y largo.

—Y ahora, damas y caballeros —anunció—, les invitamos a disfrutar de un tentempié frío y a beber un delicioso vino blanco que nuestro honorable invitado, sir Henry Gifford, ha tenido la amabilidad de proporcionarnos.

Todos se congregaron alrededor del mantel, donde Evangeline y Robin estaban sirviendo vino.

—¿Los niños van a tomar un poco? —preguntó Gerry.

—Todos lo necesitamos —dijo Duff con firmeza—. ¡Aquí tienes, Nancibel!

Pero Nancibel protestó diciendo que pertenecía a la Band of Hope.[7]

—Esto no tiene alcohol —le aseguró—. Pruébalo y verás. Es blanco, no tinto.

—No lo sabría. El champán también es blanco.

Le dio un sorbo y estaba segura de que la estaba engañando. Pero, en secreto, se sentía tan triste por Bruce que aceptó el estimulante y se terminó la copa tras servirse ensalada de langosta. Un cálido consuelo empezó a fluirle por las venas. Dejó de lamentarse por el pasado. Un futuro brillante le hacía señas a través de las nubes del atardecer.

Me está tomando el pelo, pensó. La limonada nunca me ha hecho este efecto. No voy a beber más.

Pero tenía que tomar más, porque Maud Cove estaba proponiendo un brindis.

—Llenaos las copas —gritó— y bebed por la ausencia del querido proveedor de los tomates: el señor Bruce... El señor Bruce... ¡Ay, señor!

—Partridge —dijo Nancibel, que era la única que lo sabía.

—Bruce... —gritó todo el mundo—. ¡Bruce!

Una agradable euforia estaba penetrando en la fiesta. Eran pocos los que habían bebido vino blanco antes, por lo que solo sir Henry estaba acostumbrado. Angie les había servido a los niños muy poco, pero lo suficiente para darles vidilla. Caroline y Hebe empezaron a reírse. Le quitaron el grillo de la nariz a sir Henry y lo pusieron en la ensalada de Fred para

---

[7] La Band of Hope es una organización cristiana fundada en Leeds en 1847 que educa a niños y jóvenes sobre el abuso de drogas y alcohol. Promueve la abstención eterna entre los jóvenes. Tiene su sede en Londres. *(N. de la T.)*

asustarlo. Gerry estaba contando una historia y se reía a carcajadas.

—Ella dijo: «¿Quién dices que ha metido un tarso?». Tú, Angie, ¿verdad?

—Pensaba que se habría aburrido de esa broma —le dijo Angie a la señora Paley.

—No se cansará nunca —le dijo la señora Paley—. Será mejor que lo aceptes, Angie. Los hombres tienen una mente de vía única. Tendrás que vivir con esa broma toda tu vida. El día que celebréis vuestras bodas de plata, la contará.

—¿Qué broma? —preguntó la señora Siddal inclinándose por detrás del sombrero de la señora Paley para mirar a Evangeline.

Era la primera vez que le hablaba a la chica. Evangeline, sumergida en un optimismo vinoso, decidió aceptarlo como una ofrenda de paz.

—Gerry estaba hablándome de tarsos y metatarsos.

Robin, al otro lado del mantel, le dio un codazo a Duff y le hizo mirar.

—Las chicas se están uniendo —murmuró.

Su madre y Evangeline tenían la cabeza debajo del sombrero de la señora Paley, por lo que no podían ver sus caras. Pero se oyeron risitas detrás del flequillo de lazos.

—Están todas un poco borrachas —dijo Duff.

Y Caroline le dijo a Hebe que no tenía la sensación de estar sentada encima de nada.

—Estamos borrachas —le explicó Hebe.

—¿Lo estamos? ¿Cómo lo sabes?

—Ya he estado borracha antes. Y mucho peor que ahora.

De nuevo el sonido del acordeón.

438

Fred estaba tocando *The Lily of Laguna*, que cuando le preguntaron, la señora Paley dijo que era su canción favorita. No lo era, porque iba a pedir *Pale Hand I Loved*, pero se había confundido. Todo el mundo cantó con ganas:

Sé que... ¡ella me quiere!
Sé que ella me quiere,
porque me lo dice...

—Pensaba que tenía algo que ver con capullos de loto —se quejó la señora Paley.

—No dejes que los niños beban más vino.

—¡Robin! ¡No más vino para los niños!

—Tendré que volver a firmar una promesa de nuevo. No sé lo que me diría nuestra madre.

—Es un pícnic maravilloso.

—Es un pícnic grandioso.

—¿Dónde está mi grillo? ¿Quién me ha quitado el grillo?

—El tío Arly ha perdido el grillo.

Sé que ella me quiere...

—No, pero Angie, tengo que contarte una divertida historia de cuando Gerry era bebé. Lo había dejado en su cochecito y...

—Tengo un hueso de los deseos. Tengo un hueso de los deseos. Señora Paley, ¿quiere pedir un deseo con mi hueso?

—No, Hebe, pide tu propio deseo.

—Bueno... Deseo que las Cove pudieran ser sus hijas, y

usted también lo desea, y si tiramos, se rompa la parte que se rompa...

—No tiene sentido desear algo imposible...

es el lirio de la la...gu...na...

Las Cove estaban demasiado contentas para cantar, demasiado felices para comer. Con solemnidad, iban de aquí para allá ofreciendo comida y bebida a sus invitados. Dominaron la fiesta, sin que lo pareciera, y se aseguraron de que todo se hacía del modo correcto. Cuando los gemelos, que estaban vestidos de pieles rojas, dieron muestras de querer golpear con el hacha de guerra a sus vecinos, Blanche los detuvo de inmediato diciendo con seriedad:

—Oh, pero eso vamos a reservarlo para la medianoche. Es el turno de Nancibel. Nos va a cantar sobre un viejo y malvado delfín.

Se hizo el silencio, de repente, y Nancibel parecía sorprendida.

—Es una canción muy antigua —les dijo—. No sé cómo tuve la osadía de decir que la cantaría. Mi bisabuela solía cantarla.

—Es una canción maravillosa —dijo Beatrix—. Nancibel nos la cantó el día que casi nos ahogamos.

—¡Venga, Nancibel!

Nancibel levantó la barbilla y cantó instintivamente en el tono dulce y firme de la antigua tradición:

Mientras caminaba junto al mar salado,
se me apareció una preciosa sirena.

Gritaba: «Oh, ¿dónde está el jovencito que ha de salvarme
del malvado delfín que me quiere por esposa?».

—¡Es una canción popular! —susurró Duff emocionado—. ¡Es una canción popular sin recopilar!

Le hice una reverencia y le cogí la blanca mano,
y la abracé, tiré de ella y la arrastré a tierra.
«Mi madre te dará un mantón y un vestido,
si vienes conmigo a mi casa en St. Sody.»

No puedo caminar, por desgracia, porque no tengo pies.
De hecho, señor, como puede ver, solo tengo una cola.
Tiene que llevarme, tiene que llevarme hasta allí,
tiene que llevarme a su casa en St. Sody.

—¡Una canción popular local! Y hemos vivido aquí toda
nuestra vida sin escucharla.

La levanté y me la puse sobre los hombros,
y, ay, fuimos felices y alegres durante un kilómetro.
Pero los acantilados eran muy empinados y la carretera
                                    [muy mala,
y la señorita me pesaba mucho en los hombros.

Y primero tuve que trepar y después tuve que arrastrarme
hasta que llegamos a la señal de la gallina y el búho.

—One and All —susurró Duff—. *Onen hen oil*, es córnico.

Por desgracia, mi querida señorita, debo bajarla,
porque aún queda mucho camino hasta St. Sody.

Nancibel se detuvo de repente.

—¿Eso es todo? —gritó la audiencia.

—No. Eso es todo lo que recuerdo. Pero hay mucho más.

—¿Y qué ocurre? ¿Llegan?

—No. El delfín malvado va tras ellos y los convierte en una piedra. Se supone que es una historia real. Las piedras están en una explanada justo detrás de nuestra casa y se llaman *El hombre y la sirena.*

—Lo sé —dijo Robin—. Están señalizadas en el mapa.

Un zumbido de interés y aprobación envolvió al grupo, lo cual sorprendió mucho a Nancibel. Quería haber cantado *A Sunbeam Don' Cost Nothun*, pero se había dado cuenta de que las Cove habían vuelto a acertar con su elección, porque *El viejo y malvado delfín* les había gustado mucho.

Y ahora, tras echar un vistazo al programa, Blanche Cove se había puesto en pie para proponer otro brindis.

—¿Podríamos Bee y Maud y yo tomar un poco de vino? —preguntó con entusiasmo—. Aún no hemos tenido tiempo, pero queremos brindar por vuestra salud y daros las gracias por estar aquí.

Les pasaron unos vasos y ella continuó:

—Queremos darles las gracias por venir y decirles lo felices que nos hace verlos felices. Sabemos que lo han hecho para complacernos, pero veo que están disfrutando de verdad. Espero que sea por el maravilloso vino.

—¡Hurra! ¡Hurra!

—Así que esa es la recompensa por venir, porque no lo

habrían tomado si no hubiese venido. Brindamos por ustedes y esperamos que todos sean felices siempre, especialmente Gerry y Angie.

—¡Hurra! ¡Hurra!

—¡Gracias, Blanche!

—¡Un discurso maravilloso!

—¡Una fiesta maravillosa!

—Por...

PORQUE SON UNAS CHICAS EXCELENTES,

PORQUE SON UNAS CHICAS EXCELENTES...

Todo el mundo estaba cantando. Todo el mundo estaba gritando. Estaban haciendo tanto ruido que, durante unos segundos, apenas oyeron el otro ruido que estaba tronando, hasta que todos los sonidos fueron engullidos por un rugido demoledor, ensordecedor y estremecedor cuya oscuridad y violencia los lanzó a todos al suelo. A algunos les pareció que el ruido duró mucho tiempo; otros, sin embargo, aseguraron que pasó todo muy rápido. Tampoco estaban seguros de que no hubiesen sido arrojado ellos mismos al suelo. Pero allí estaban tumbados, en una asfixiante nube de polvo, mientras el ruido remitía en un *arpeggio* decreciente de piedras descendentes, esquivando piedrecitas, con el murmullo del mar de fondo.

Empezó a surgir, de entre las rocas, un clamor distante; toses, sollozos, gritos y preguntas, mientras se tanteaban en la polvorienta neblina. Todos estaban demasiado aturdidos para exclamar en voz alta hasta que la voz de un niño se elevó hasta convertirse en un chillido punzante:

—¡Oh! ¡Es la bomba atómica! ¡Es la bomba atómica!

—¿Qué es?

—¿Qué ha pasado?

—¡Es la bomba atómica!

—¡Angie! ¿Dónde estás? ¿Estás bien?

—Aquí, Gerry...

—Oh, señora Paley...

—Estoy aquí, Maud..., agarrándote... ¿Dónde está Blanche? ¿Dónde está Beatrix?

—La bomba atómica...

—Tengo a los gemelos. ¿Estáis bien, pollitos? Soy Nancibel, os tengo...

—¿Dónde está Caroline?

—Papá...

—Es el polvo...

—Es la bomba atómica...

—¡Me ha dado un susto de muerte, eso ha hecho! Pensaba que algo iba a pasar...

—¡Deja de gritar, Hebe! ¡No ha sido eso! No ha habido ningún destello.

—Ni ninguna especie de bomba. Ni explosión...

—Un terremoto...

—¿Está todo el mundo bien? ¿Estáis todos aquí?

—Callaos, por favor. Voy a decir vuestros nombres...

—Callaos todos. Sir Henry va a decir vuestros nombres...

Sir Henry los llamó uno por uno, mientras el polvo empezaba a despejarse. Todos contestaron. Todos estaban a salvo.

Pero no lo entendían y aún creían que algún enemigo los había atacado. Porque estaban acostumbrados a asociar eventos así de violentos a un acto humano, no a un acto de Dios. Aturdidos y aterrorizados se apiñaron en una decreciente nube de polvo hasta que vieron el brillo de la luna en el mar y el plácido romper de las olas en la playa; un lugar familiar, que podría haberlos tranquilizado, se había convertido en un paisaje que no habían visto jamás.

Gerry y sir Henry fueron los primeros en darse cuenta. Pero no dijeron nada. Observaron en silencio cómo desaparecía la cortina de polvo. Mientras la verdad saltaba de una mente a otra, un suspiro gimiente atravesó al grupo. Se juntaron más, como si aún se aferrasen a esa unidad frágil y efímera que los había reunido y protegido de un modo tan extraño. Nadie dijo nada hasta que uno de los gemelos Gifford, levantando la cabeza del pecho de Nancibel, observó la escena de allí abajo y preguntó, aún perplejo:

—¿Quién lo ha hecho?

Se oyó un grito desde la colina trasera. Aparecieron en el horizonte pequeñas siluetas. La gente bajaba corriendo desde el pueblo y desde las granjas. El grupo del promontorio se revolvió y se disolvió. Susurraron juntos, poniendo nombre a lo que había ocurrido. Pero aquello era viajar al pasado. Sus pensamientos se dirigieron al futuro.

—Será mejor que subamos al pueblo —dijo Gerry—, y vayamos a la casa parroquial. El padre Bott nos acogerá...

Y hacia allí se encaminaron, como una procesión extraviada, aceptando una vez más el peso de sus dieciséis independientes vidas.

Este libro se terminó de imprimir
en los talleres de Romanyà-Valls,
en Capellades (Barcelona),
en marzo de 2022.